# 荊州迷霧

唐隱 著

# 楔子

太行山麓。

極黑極黑的夜，沒有一點月光。深秋的霧氣升騰起來，給這黑暗的天地又披上一件含混窒息的外套。眼前是晦暗深邃的虛空，鼻中是凝滯苦澀的氣息，耳際是細弱可疑的回聲，這樣的夜間山道，就連最膽大的人也不敢走上一步吧。但是，偏偏就有那麼一點微暗的火光，搖搖曳曳，由遠而近，伴隨著雜遝的腳步和激烈的喘息，慌亂不堪地前進著，忽左忽右，忽上忽下，前行得如此繚亂，又如此掙扎。

「撲通！」摔倒了。旁邊的人身形太小，也被帶倒在地。

稚嫩的聲音焦急地喊：「哥！哥！你怎麼了？起來啊，起來！」

沉重的喘息，每一下呼吸都那麼痛苦艱難。「啊啊，啊啊！」那人嘶啞地號著，卻發不出一個可以辨別的音節。

「哥，來，我扶你。你快起來啊！我們一起走啊！」身邊的人分明還是個孩子，小小的手裡握著一個火把，火光映著一張汗水涔涔的小臉，並不鮮明的五官輪廓，但是眼睛如星般澄亮。

「啊啊，啊啊……」仍然是痛苦至極的嗚咽，他奮力推開孩子的手，要孩子離開自己，離開這個已經沒有希望的軀體，去逃出生天，去掙出一條命來。

「不！」孩子已經帶了哭音在喊，但是語氣依然堅定，「我不會離開你的，哥，我們一起！

我絕不把你一個人留下。」

「啊啊，嗚嗚……」牙齒在格格地打顫，呼吸越來越急促，忽然，從喉間迸出難忍的呻吟，整張臉上青筋暴起，血紅的雙眼中滿是絕望。他痙攣著伏在山路上，火把照在他的身上。青色的麻布衣裹著一個不成人形的身軀，顫抖得越來越激烈。

終於，他發出一聲撕心裂肺的號叫，雙手撕扯著前胸，在山道上不停地翻滾起來，兩腿哆嗦著踢動，全身突然弓起又突然匍匐，直到窒息地翻起了眼白，嘴張得很大，卻再也發不出聲音。

孩子漲紅著臉跪在哥哥的身邊，晶瑩的淚水一滴滴流下來，掛在鼻尖上。突然，他好像下定了決心，伸手到懷裡掏出一樣東西，遞到哥哥的嘴邊：「哥，哥。好哥哥，你吃吧，吃下去，就不難受了……」

伴隨著嗚咽，那人把孩子遞過來的東西塞到嘴裡。

長久的靜默。火把閃耀兩下，就熄滅了，只剩下兩個人的呼吸，在一片漆黑中起伏。

又過了一會兒，連呼吸聲都聽不見了，山路回歸到一片寂靜之中。那兩個人彷彿已經融化到了這片黏稠的黑霧之中，消失了……

一大片雜遝的腳步聲，馬蹄聲，器械碰撞的聲音，夾雜著人聲，預告一大隊人馬的到來。黎明的微光穿透厚重夜霧，映出兩個緊緊依偎的輪廓。似乎剛剛從夢中驚醒，只見這一大一小如鬼魅的身影，猛地跳躍起來，滾入山道旁的密林中。

火把熊熊，照出一片白晝。

持槍帶刀的一大隊人馬現身在山道上。領頭者皂巾纏頭，黑布蒙面，僅露出一雙殺氣四溢的眼睛。

「他們跑不遠的，仔細搜，一定要找到！」

「是！」隊伍散開，殺氣騰騰地衝入周遭的密林。那兩個人能躲開這一輪的搜捕嗎？

忽然，一聲霹靂劃開昏暗的天際，大雨傾盆而下，山道頓時被沖得泥漿橫流，亂石翻滾，樹枝劈劈啪啪地折斷下來，雨太大了，怕是要引起山石滑坡。

「頭領，雨太大了，再搜下去，恐怕弟兄們有危險啊！」一個虯髯大漢邊摩挲著滿臉的雨水，邊大聲向頭領喊叫。

頭領的眼中陰晴不定，寒氣暴射，終於下定決心大吼一聲：「撤！」又咬牙切齒地加上一句：「讓你們跑，跑出去也是個死！」

雨越下越大，剛亮起來的天空又變成了漆黑一片，只有嘩嘩的雨聲，響徹天地。

# 第一章 回鄉

洛陽，上陽宮，御花園。

觀風閣內，已經是一副殘局了。武則天披著一襲絳紫色的錦袍，斜斜地倚在榻上，秋日的暖陽柔柔地鋪排在她的身上臉上。年逾古稀的女皇，眼帶春色，唇含嬌俏，竟煥發出宛如年輕女子般的妍麗容色來。她目不轉睛地端詳著對面的男子，眼神裡滿是愛意。如此充沛熱烈的愛意，似早春花蕾般的愛意，通常只會綻放在情竇初開的少女身上的愛意，此刻竟也在這垂暮的老婦身上釋放出懾人的力量。只是，當這力量產生於一位君臨天下的女皇身上時，又會裹挾著怎樣顛撲眾生的氣象呢？

此時此刻，她並不在意這一切，她的眼裡只有那張水蓮花般純美端麗的臉，還有那具每個夜晚在她的手掌間鋪呈開的，沒有絲毫瑕疵的身體。是的，她位居九鼎，尊貴之極，開天闢地，炎黃以下，只有她，唯一的她，身為一個女人而達到了萬眾之上的巔峰。但是，身為一個女人，她依舊有著最隱秘的渴望和最火熱的欲念，在這副日益衰老的軀體上，憑藉著權力燃燒到連她自己都無法控制的程度。這樣也很好，沒有關係，她的信念依然堅定，她的頭腦依然銳利，普天之下能夠在垂暮之年盡情享受這一切的，捨她其誰呢？

「陛下，該您了。」男子開口了，一邊拋了個嫵媚的眼風過去。

「嗯。」武則天懶懶地應了一聲，微微含笑，並不動作。

「陛下，您再不落子，可就算您輸了這局了。」男子又道，語氣裡透著恃嬌賣乖的味道。

「嗯，那就算朕輸了吧。」

「哎呀，陛下，那六郎就要邀賞啦。」

「好啊，你要什麼，朕看看能不能給你。」

「六郎，六郎想要……」

「嗯，什麼？」

武則天微合著眼睛，沒有等到回答，不由疑惑地睜開雙目。卻見張昌宗拉長著那張俊臉，冷若冰霜地端坐著，兩手卻痙攣地撕扯著袍服上的緞帶。

「陛下，臣狄仁傑恭請聖安。」

武則天猛一抬頭，狄仁傑正向她長跪叩首。雖已年近七十，這位武則天最倚重的大周宰輔仍然腰背挺直，氣宇軒昂。蒼老的臉上，盡顯端嚴與正氣，使武則天每次見到他，都會產生一種依賴、敬重與忌憚相互交織的微妙情緒。

「哦，是狄國老啊，看座。」武則天一擺手，竟是自己把宣召狄仁傑的事情給忘記了。都是那可惡的水蓮花兒，可惡的俏臉蛋兒，在面前晃來晃去的，把正事都給晃到一邊去了。

狄仁傑口中稱謝，穩穩地坐下，連眼皮都沒有向張昌宗那邊抬一抬。

「自狄卿回到神都，已有旬月，你我君臣今天還是初次晤面啊。」武則天向狄仁傑寒暄了一句，一邊瞥了張昌宗一眼——沒出息的小樣兒，還是那麼緊張。

「連日來聽聞聖躬欠安，老臣甚為擔憂，總算今天得見天顏，清健如常，臣心甚慰。」狄仁傑侃侃道來，聲音中自有一番懇切的情意，武則天不禁心中一動。

「哼。」張昌宗鼻孔裡出氣，又拖長了聲音撒嬌地說：「陛下，咱們這局棋您到底還下不下啊。」

「不是下完了嗎？你贏了。」武則天略略有些不耐煩。

「可陛下還沒有打賞呢。」張昌宗不肯甘休。

狄仁傑不緊不慢地開了口：「陛下有事，老臣就告退了。」

「等等，朕還有事找國老。這樣吧，國老陪朕去花園走走。」武則天起身，緩緩步出觀風閣，經過張昌宗身邊時，輕聲叱道：「你去吧。」

狄仁傑肅立一旁，竭力克制著胸中翻滾的厭惡之情。張昌宗的一切，他的聲音，他的臉，他的姿態，都讓狄仁傑感到胃裡發酸，噁心欲吐。女皇剛剛冊封了張昌宗「雲麾將軍」的稱號，據傳聞都是緣於對這具毫無瑕疵的身體的熱愛。狄仁傑微微瞇起眼睛，似乎看見在另一個差不多同樣年輕的身體上，那一道道深淺不一形態猙獰的傷痕。就在最近，這身體上才添了新的傷痕，傷痛還在折磨人，但是關於這個案子的奏摺，女皇恐怕還沒有讀完，就撇在一邊了。

「狄愛卿？」武則天發現狄仁傑的神情有些異樣。

「是，陛下。」狄仁傑邁步跟上，兩人一前一後地走上御花園的甬道。力士和女官們遠遠跟隨著。張昌宗往外走了幾步，又停下來，回頭朝武則天和狄仁傑的方向望去，惡狠狠地跺了跺腳。

武則天悶悶地自顧自往前走，狄仁傑一言不發緊隨其後。突然，武則天停住腳步，長歎一聲：「狄愛卿，轉眼又是一年秋深，你看這花園中，兩月前還是花團錦簇，姹紫嫣紅。今日卻已落葉凋敝，真真時光如利刃啊。」

「陛下，臣看到的卻是新老交替，碩果盈豐。就算落葉凋敝，那也是歸返大地，豐澤後代，所謂得其所哉。」

「哦？你這見解倒頗有新意。如果人人都像你這麼想，也就沒有那許多傷秋懷離之作了。」

「陛下，臣的見解並不新鮮。臣的見解只是承襲古來聖賢的教誨。子在川上曰：『逝者如斯夫！不捨晝夜。』臣因此懂得，天地萬物，生生不息，自有其來處，自有其去所。也正因此，臣才不願做些無謂之感歎，而願從容順應於這更迭往復的自然之律。」

「說得好啊。」武則天輕哼一聲，盯牢狄仁傑，「朕明白你的意思。更迭往復的自然之律，你是說朕也應該走到更迭往復的那一步了吧！」

「陛下！普天下均是陛下的臣民，後繼者更是陛下的血脈。陛下的榮耀和威嚴上承自太宗天帝，下託於黎民蒼生。這天底下至尊的榮威，必要有千秋萬代的傳承。」

「至尊的榮威，至尊的榮威。狄愛卿，你說說看，至尊的榮威難道也換不來一個青春永駐？至尊的榮威難道也敵不過一個生老病死？」

「生老病死是天數，至尊榮威乃人力。以人力敵天數，臣以為不智。」

「狄仁傑！你還真敢說！」

「臣問心無愧。」

武則天點點頭：「好啦，今天不談這些。今天朕找你來，是為了你的事情。」

「我的事情？」

「是啊。近幾年來，狄愛卿幾次三番上表要求致仕回鄉，朕都沒有答應你，實在是因為國事紛雜，朕離不開你這個股肱之臣。」

「蒙陛下錯愛，老臣甚為惶恐。」

武則天擺擺手：「聖曆以來，朕看天下昌平，邊關寧定，百姓安居樂業，朕也倍感安慰。因此想到狄愛卿多年來為了國事操勞，以花甲之軀四處奔波，身邊無子孫頤養，亦少晚年靜休之樂趣，實在於心不安。所以，朕近日才打定了主意，准你致仕回鄉，即日啟程。」

狄仁傑一愣，但立即鎮定下心神，深揖到地：「臣蒙陛下如此眷顧，惶恐之至。陛下實不該為臣這樣操心。致仕歸鄉是老臣多年來的心願，今日得陛下降下天恩，許臣了此心願，臣感激涕零。陛下，萬歲萬萬歲。」

武則天雙手扶住狄仁傑：「國老太謙了。國老這一去，朕實在不捨。只是朕心再不捨，也不願始終違逆國老的心願，望國老此去好自為之，多多珍重。」

狄仁傑微微顫抖著聲音答道：「老臣明白。」

「好了，如此朕就不多留國老了。國老只需將閣部的事務做個交接，便可擇吉日啟程了。到時候，朕就不去送了，以免傷感。」

「是，老臣就此別過陛下。陛下，您也珍重！」

武則天點點頭，狄仁傑倒退兩步，正要轉身，突然想起了什麼，又上前一步奏道：「陛下，臣致仕後也不需要衛隊了，臣這就將衛隊遣返衛府。」

「嗯。」武則天點點頭，看狄仁傑仍在踟躕，問道：「狄愛卿，你還有什麼事嗎？」

「臣還有個不情之請。」

「哦？你說。」

狄仁傑猶豫了一下，道：「陛下，臣想懇請陛下，准臣帶上衛士長袁從英一同返鄉。」

武則天頗有深意地看了看狄仁傑：「袁從英雖是國老的衛士長，但也是朝廷的龍武衛大將軍。國老此去不需衛士相隨，袁從英就該留在朝中繼續為國效力。不知道國老要他隨你一同返鄉，是什麼道理？」

「臣明白。只是從英與我相伴十餘年，情深意厚如同父子，臣實不忍與他分離。」

「可是袁從英並不夠致仕的資格，如果要陪你返鄉，難道你要他辭官不成？」

「看來沒有其他更好的辦法。」

「哦？你是不是也應該問問袁從英他自己的意思？」

「不必了。老臣心裡有數。」

武則天搖頭道：「狄愛卿，你這個請求恐怕朕不能答應你。袁從英是重臣，朕還要用他呢。朕不會准許他辭官，朕也不會准許他與你共同返鄉。」

狄仁傑覺得太陽穴突突地跳個不停，不，他告誡自己要冷靜，定定神，再次開口道：「陛下。狄仁傑是大周的臣子，袁從英是大周的將軍。我二人的生和死都是陛下的，也是大周百姓的。為了陛下和大周，我們肝腦塗地萬死不辭。然今天老臣有這一請求，實在是因為多年來為了保護老臣的安全，從英多次以身犯險，在與賊寇拚殺中屢受重傷，至今沒有痊癒。這次返鄉，老臣想趁機帶他去休養，并州還有老臣相識多年的名醫，可以為他調治。老臣保證，一旦從英身體復原，老臣即令他回返神都，為陛下效力。」

「狄愛卿自己不就是大周朝的國手，為袁從英治傷何須另請名醫？」

「陛下聖明，應知醫者不治至親之人。」

武則天一愣：「哦？」她沉吟著，終於點頭道：「都說狄愛卿將袁從英視為己出，今天看來還真是舐犢情深哪。如果朕再不答應你，倒顯得朕不通人情了。好吧，就讓袁從英隨你一同返鄉吧。不過，朕有個條件，三月後袁從英必須回京復職。在這三個月中，暫時保留其龍武衛大將軍之職，但免去一切實際職務，停發俸祿，官憑上交衛府。待三月返京後再另行區處。」

「臣代從英謝陛下隆恩。」

「狄愛卿，再過兩個多月就是新年，又恰逢你的壽辰，回鄉好好慶祝一番吧，朕到時候自會有厚禮相祝。好啦，你去吧。」

狄仁傑跪倒在地，含淚叩頭：「陛下隆恩，臣感激涕零，雖肝腦塗地無以回報。老臣去了。陛下您要千萬珍重啊。」

武則天緩緩離去，狄仁傑仍然跪在那裡，跪了許久，幾縷白髮從帽檐下探出，在秋風中抖抖索索，他低著頭，一片枯葉飄飄蕩蕩地正好落在他的面前。狄仁傑這才搖晃著站起身來。他感到從未有過的悲涼和空蕩，一陣鮮明而不祥的氣息，讓他在一瞬間竟有些暈眩。他第一次不敢肯定，自己今天的言行究竟是對還是錯。一切來得太突然了，他沒有時間周密思考，幾乎完全憑藉本能做出了判斷，並且下了賭注，但可他甚至都不知道，這將是怎樣的一局棋，棋枰的對面又是誰。

「回去，該回去了。」

狄仁傑慢慢步出天津橋時，天色都有些擦黑了。狄府的管家狄忠迎上前來，將他扶入馬車中，一邊吩咐起行，一邊嘟著嘴道：「老爺，下回小的能不能不穿這件袍子啊？您看我在這裡候了您一天，就讓人當怪物瞧了一整天。」

「什麼？」狄仁傑一愣，看清楚狄忠身上那件價值連城的羽緞錦袍，忽然大笑起來，「好啊，不用穿，以後再也不用穿了。狄忠啊，回去後你就把它燒了。」

「是，老爺！」狄忠響亮地答應著，高興極了。自從上回老爺連贏三局雙陸，從張昌宗身上贏下這件武皇欽賜的集翠裘後，每次進宮就讓狄忠穿著這個袍子，實在把狄忠膩味壞了。總算今天狄仁傑心情好，以後可以不用受這個罪了。「老爺，小的回去就把它燒了，這袍子上一股子又甜又酸的怪味，燒了才乾淨！」

洛陽，狄府。

夜深了，二更已敲過。狄仁傑的書房裡燈火通明，卻安靜得沒有一絲聲響。狄仁傑埋頭翻閱著面前的公文，並不時停下來思索著。一個人影來到他的案前，狄仁傑並無絲毫意外，只道：「從英，今天回來就沒看見你，現在又是從哪裡鑽出來的？」說罷，才抬起頭，微笑地端詳站在案前之人。

此人年約三十來歲，身材高大，站姿挺拔威武，一看便是武將的風範。瘦削的面龐上五官鮮明，顯得十分精明強幹，但那雙望向狄仁傑的目光卻格外謙恭坦白，就像望著一位從心底裡敬愛的長輩。他便是狄仁傑最倚重的衛士長袁從英。

十年前，狄仁傑外放寧州刺史期間，遇上當地的突厥人陰謀暴亂，情勢相當緊急。這個袁從英恰在寧州的衛府從軍，因諳熟突厥語被狄仁傑選中，潛入突厥人中偵察到關鍵敵情，與官軍裡應外合粉碎了賊人的陰謀。袁從英在此役中表現出的有勇有謀和忠肝義膽，受到狄仁傑的青睞，便將他調來自己身邊擔任衛士。之後的十年中，袁從英對狄仁傑始終忠心耿耿，出生入死從不敢有辱使命，逐漸成長為狄仁傑最信任的衛士長，兩人之間也建立起了父子般的深厚情誼。

聽見狄仁傑問話，袁從英答道：「大人，下午聖旨來過了。卑職接了旨就去衛府交割，他們硬拉著我喝餞行酒，剛剛才散。」

「哦？這麼快。聖旨怎麼說？」

袁從英疑惑地瞧了瞧狄仁傑，道：「聖旨說聖上已經准了大人致仕返鄉，即日啟程。並命卑職即刻遣回衛隊和軍頭，官憑交還衛府，隨行伴護大人回鄉。大人，這些您都知道了吧？今天聖上就是為了這件事召您進宮的？」

「嗯，聖上確實是為了這個召我進宮的。那麼，現在我倒想問問，你對這件事情怎麼看？」

「我？大人和皇帝商量好的事情，我能怎麼看？大人，您年事已高，本不該再太過操勞。這回聖上開恩准了您致仕，您就高高興興地回家咯。」

「我自然如此，那麼你呢？」狄仁傑站起身，背著手在屋裡踱起步來。

袁從英低著頭，目光跟隨著狄仁傑的步子，輕聲道：「大人去哪裡，我就去哪裡。」

狄仁傑一轉身，注視著袁從英的眼睛：「胡說！你是朝廷的大將軍，又不是我狄仁傑的私人衛屬。你的職責在朝廷，在大周，而不在我狄仁傑！」

袁從英道：「大人，今天卑職已經交出了大將軍的官憑，此時此刻，從英已經不是大周朝廷的大將軍了。從英跟隨大人這麼多年，看得很明白。所謂權位，予取予奪，本都是朝廷的一句話。為國效力是軍人的本分，也是從英的心願，但卻不是為了當什麼大將軍。在從英看來，保護大人，協助大人，就是為國效力，絕不單單是做您的個人衛屬。因此大人需要從英一天，從英就為大人效力一天。哪天大人不需要從英了……從英自會向朝廷請命去鎮守邊關，有朝一日為保家衛國戰死沙場，馬革裹屍才是從英理想的歸宿。」

狄仁傑的心顫了顫，袁從英平日裡略顯沉悶，很少如此剖白心意，他今天這是怎麼了？朝他看看，卻是一臉的平靜，彷彿什麼也沒有發生，什麼話也沒有說過。狄仁傑狠了狠心，話都說到這個份上了，形勢所迫，今天少不得再逼他一逼，便道：「從英，你說得也有些道理。只是以今天你我的身分，不論做任何的決定，都必須要詳加斟酌。我要求致仕歸鄉這麼多年，聖上始終不准，為什麼今天突然就准了呢？這背後的原因你想過沒有？還有，起初聖上根本不允許你與我同行，是我幾番懇求之下，她才答應你隨我歸鄉三個月，還要免去一切實際職務。這又是為什麼？」

袁從英愣住了。

狄仁傑瞥了他一眼，本來也沒打算讓他回答，便繼續說下去：「我們回京已有月餘，皇帝卻始終未曾親自召見過你我。這完全不符合她的個性。當今聖上的精明謹細本就世所罕見，然而最近這段時間以來，聖上疏於朝政懶問世事，好像完全變了一個人。」

「卑職聽說聖上近日來龍體欠安，所以無法過問朝政。」

「哼，龍體欠安！今天我見到皇帝了，她的精神好得很哪。」

「大人，您到底想說什麼？」

「別著急，來，坐下。」狄仁傑親切地拉著袁從英坐在自己身邊，突然換了個話題，「今天衛府的軍頭們拖你喝酒了？」

「是。」

「那你有沒有吃虧？」

「怎麼會！就他們幾個加起來也不是我的對手。打架打不過我，喝酒也喝不過我。」

「呵呵，不錯，不錯。呃，我怎麼聞不到酒氣？」

「大人，卑職一回來就去更了衣，才到您這裡來的。卑職怎麼能讓酒氣熏污了您的書房。」

「咱們的袁大將軍果然精細。」

袁從英朝狄仁傑笑笑，道：「大人，您就別光顧著打趣我了。您再這麼兜圈子，我的頭都疼起來了。」

狄仁傑道：「唉，你的身體還沒有復原，本就不該喝酒，現在怎麼樣了？」

「我沒事，大人，您還是說正事吧。」

狄仁傑長吁一口氣，正色道：「從英，你我心裡都明白，皇帝疏於朝政並不是因為身體有病，而是因為她越來越沉迷於男色嬖寵而無法自拔。今歲以來，她先後授封張氏兄弟侍郎位和將軍銜，又建控鶴府，廣攬天下男色。而她這樣做，無非是對年華老去的恐慌和盛隆威嚴的眷戀。你知道嗎？作為一個與她年紀相仿的老人，有些時候，我尚可以理解她。但作為臣子，我卻無法認同她的行為，因為她並不是一個普通的老婦人，她是當今的皇帝！她的所有行為都會給朝廷，乃至整個大周帶來深遠的影響。她實在不該如此放縱自己的欲望。如今，二張拜將封卿，仗勢欺人狐假虎威，做出了許多令人齒冷的可恥行徑。更可恨的是，他們在原來就糾結不清的李唐和武周的矛盾中，又添加了一股勢力，使得局勢更加紛繁複雜，混沌不清。再加上某些想趁機獲取漁翁之利的人，紛至遝來，妄圖從這灘渾水裡取到各自的利益。今天的大周形勢比過去任何時候都更加凶險啊。」

「大人，那二張只不過是面首而已，難道他們會對光復李唐產生不利的影響？」

「面首又怎麼樣？史上不是沒有從面首出身，最終篡奪權位的例子。而且，正因為他們是面首，無才無德，沒有任何根基，一切榮華富貴都是蒙皇帝的恩寵，而當今的皇帝又是一個年逾古稀的老人，所以他們才會更加焦慮、更加急迫地想要取得權力。因為他們心裡很清楚，如果不趁著皇帝還在世的時候鞏固他們的地位，那麼一旦皇帝賓天，等待他們的恐怕就是比死亡還要恐怖淒慘的命運。種種跡象都表明，最近這幾個月來，二張四處勾連，招兵買馬，加緊活動，似乎正在醞釀一個龐大的計畫。而今天發生在你我身上的事情，應該正是這變化中的一部分。」

「大人，您是說，是二張促使皇帝准您致仕歸鄉的？」

「暫時還沒有確切的證據這樣說，但有一點是可以肯定的，那就是皇帝終於下定決心讓我致仕，一定與最近朝廷裡這些勢力的此消彼長有著密切的關聯。過去這些年，皇帝對我不是沒有猜忌和顧慮，但是根本上她還是信任我的。這就是為什麼這麼多年來，她始終不允許我致仕。因為在她的心裡，始終還是相信我能夠為她分憂，而你又恰恰是我最得力的臂膀，故而這些年來，她對你也一直恩寵有加。當今皇帝是個十分多疑的人，最忌諱的就是大臣之間勾連朋黨。因此我行事一直十分謹慎，從不與朝中的其他重臣交行過密。但是你說說，你這個正三品大將軍，真正的朝廷重臣，這麼多年來一直陪伴在我的左右，算不算我的朋黨呢？」

「大人！」袁從英急得「騰」地站起身來，狄仁傑當作沒有看見，繼續往下說：「這麼多年來，有多少人對你我又忌又恨，但就是因為皇帝的信任和庇護，誰都奈何我們不得。也因此，我們二人才有了這長達十多年的緣分啊。但是今天，皇帝第一次表示了要把你從我身邊調開的意圖，這只能說明今天皇帝對我的忌憚超過了信任！她不僅要我離開洛陽，離開這個漩渦的核心，她還要我失去你這個臂膀，要你獨自一人來面對這風雲詭譎的政治鬥爭。所以，我才更不能答應皇帝把你一個人留在洛陽！」

袁從英的臉上，冷峻剛毅取代了方才的困惑神情，他向狄仁傑微微欠了欠身，輕聲道：「大人，是卑職連累您了。」

狄仁傑擺擺手。

袁從英沉默了一會兒，又道：「大人，卑職只是一介武夫。雖官拜大將軍，但從不統領府兵，也沒有實際的權力，一旦離開了大人，以卑職看來，在旁人的眼裡，卑職未必是大的威脅。卑職今天接過聖旨後就已拿定主意，三月後回神都時就會求聖上遣我去塞外服役。不論是漠北還是朔西，卑職就去那些最苦最沒有人願意去的地方。卑職覺得，這樣做聖上應該不致再忌憚於我，卑職也可以了卻多年的心願。」

狄仁傑厲聲道：「你想得太簡單了！過去這些年來你跟著我，可是得罪了朝中不少人啊。對這些人來說，你我就是他們的眼中釘肉中刺，早欲除之而後快。過去他們不敢動手其實不是因為你我，而是因為皇帝。今天的變故對他們是一個明確的信號，皇帝不再信任我們。那麼，要羅織若干罪名，將你置於死地恐怕是再容易不過的事情。當年我就是這樣被構陷入獄的。而我如果不是先屈意認罪，再施計託書皇帝上陳冤情的話，恐怕早就死在例竟門內了。但是從英，以我對你的瞭解，只怕你是絕對不肯委曲求全，甚而不屑於申訴自保的……我說得對嗎？」

袁從英沒有回答，只是靜靜地注視著狄仁傑。

狄仁傑沉吟半晌，又道：「於我個人，致仕是福不是禍。但是對李唐，我卻不能輕易地拋開我的職責。這次皇帝畢竟給了我們三個月的時間，三個月足夠我們靜觀其變，認清形勢，再巧妙佈局。三月後等你再回洛陽之時，我要你成為插入這個政治漩渦中心的一柄利劍，替我來守護李唐神器，繼續匡復李唐的大業！」

袁從英道：「大人，卑職有一個問題。」

「你說。」

「三月後我必須要留在洛陽，是嗎？」

狄仁傑站在窗前，凝望著深黑色的夜空，緩緩地說道：「從英，我明白你的意思。我預感到，這三個月中將會發生很多事情，一切都是有可能的。但是，最終的結果仍然取決於我們究竟是怎麼想的，或者說，取決於你究竟打算怎樣做。」他轉過身來，面對著袁從英，「恐怕這一次，我要讓你選擇了。」

袁從英動了動嘴唇，卻沒發出聲音，過了一會兒，說出一句：「大人，從英一切都聽您的吩咐，您放心。」

狄仁傑點點頭，長歎一聲，輕輕拍了拍袁從英的手臂，轉身慢慢踱回窗前。他感到，整個身心都被深重的疲憊所籠罩了。今夜他窮盡雄辯之才，只不過是為了得到這句話。身為一個政治家，他從不相信任何承諾。沒有毫無保留的信賴，沒有生死與共的寄託，這是他必須付出的代價，他付得起。然而今天，在這風雨欲來的危險關頭，他卻如此急迫地需要一個承諾。似乎只有這樣，他才能心安。可為什麼，此時此刻他感到的並不是心安，反而是心酸……

燭光在窗紙上映出光怪陸離的陰影，不用回頭，狄仁傑都能感覺到身後那雙關注而親切的目光，他強自硬了一個晚上的心軟下來，回過身來仔細端詳著袁從英的臉，那雙眼睛溫暖明亮如昔，只是眼睛下面的黑影很深很深。

狄仁傑乾笑一聲，道：「看看，又讓你陪我熬了一夜。頭還疼嗎？」

袁從英按按額頭：「我還好。大人，您打算什麼時候動身？有什麼需要我準備的？」

「回家嘛，沒什麼需要特別準備的。明天起我還要交接一些閣部的事務，我已讓狄忠收拾行李細軟，領著馬車輜重先行。你我二人輕身簡行，三日之後即可出發。」

「是。」

洛陽，上陽宮，寢殿。

金碧輝煌的龍床上，臥著隻老鳳。滿頭銀絲披散下來，被一雙皎潔的手溫柔地摩挲著。忽然，那雙手停了下來，驚喜交加地喊：「陛下，您又長出新的黑髮來了。」

「是嗎？六郎啊，你可看仔細了？」武則天微合雙目應道，語氣裡卻也透出隱隱的驚喜。

「當然看仔細了，不信，陛下您自己瞧。」張昌宗輕輕托起那把銀絲，湊到銅鏡前頭。武則天略一偏頭，就能從面前的銅鏡望到身後鏡子裡反射過來的圖景。在她的寢宮裡，圍繞著龍床，上下前後放置著數十面大小不一形態各異的銅鏡，每面銅鏡後頭高高擎起一盞紅燭，間雜在重重疊疊的紗籠帷幕中。只要有人遊走其中，每一個動作每一種神態，都會從各個角度映入鏡中，泛著微醺的紅光。

也不知道女皇從這些鏡子中是看得更清楚，還是更模糊了。

這一刻，她似乎是看清楚了。臉上喜氣洋洋的，武則天輕輕撫摸著張昌宗的手，歎了口氣：「六郎啊，你就是朕的姬晉太子。『白虎搖瑟鳳吹笙，乘騎雲氣吸日精』，朕有了你，就真可以長生登仙了嗎？」

「陛下本來就是天上的神仙。」張昌宗諂媚地笑著，眼神迷離。

「聽聽，這張小嘴可真甜啊。朕問你，你說的那件事情到底進展得怎麼樣了？」

「還請陛下耐心等待，您知道，這事兒要費些工夫的。」

「嗯，朕倒是有耐心，就怕你這小鬼頭不盡力。」

「陛下這麼說六郎，六郎可是死無葬身之地了。」

武則天一擰他的臉：「死？朕還捨不得你死呢。」

張昌宗噘一噘嘴，滿臉委屈道：「臣知道陛下心疼臣，臣不敢死呢。可是就有人巴不得臣死！」

武則天的臉色一凜：「誰？」

「還有誰？陛下知道的。」

「哦，你是指他。」武則天放緩了語調，「朕不是已經讓他致仕了嗎？今後你就眼不見為淨吧。」

「可他心裡憋著恨呢。陛下，他恨六郎！」

「哼，恐怕你還招不到他的恨吧。」

張昌宗有些急迫地說：「他不恨我，為什麼要在府裡把那件袍子燒掉？」

武則天疑道：「袍子，什麼袍子？」略一思索，她恍然大悟，不禁冷笑一聲，「就是那件集翠裘啊。燒了？有意思。」忽然一挑眉毛，「你怎麼知道的？」

張昌宗一愣：「有、有人告訴我的。」

「有人告訴你？狄國老府裡的事情也有人告訴你？哼，你的眼線不少啊。」

張昌宗的額頭上開始冒汗了，不敢再吭聲。

武則天緊皺眉頭，片刻，才抬眼看了看半跪在身邊，噤若寒蟬的張昌宗，柔聲道：「狄仁傑這幾日就該離開洛陽了，以後關於他的事情就再也不要提了。你先下去吧。」

「是。」張昌宗躬身退下。

「來人。」武則天一招手，一名絳衣女官來到她面前，口稱陛下。

「取地圖來。」

「是。」須臾，兩名女官一左一右跪在皇帝的面前，展開一張地圖。

武則天舉起右手，在圖上緩緩畫著圈，食指最後停在了一個地點上——并州，她喃喃自語著：「并州，并州，狄仁傑啊，這一回，朕也拿不準了。」她的臉上漸漸凝起了一層厚厚的冰霜。

洛陽，相王府。

相王李旦與狄仁傑坐在王府的書房內，李旦對狄仁傑說：「狄國老這次歸鄉十分突然啊。本王此前怎麼一無所知？」

狄仁傑躬身道：「聖上昨日突然准我致仕，坦白說老臣也覺得有些意外。但此乃聖上降下的天恩，老臣唯有感激。」

李旦道：「狄國老打算幾時動身？」

「三日後便行。」

「這麼快？」李旦略一沉吟，輕輕歎了口氣，「狄國老這一走，朝堂中便缺了一根擎天玉柱，朝中空虛啊。」

狄仁傑搖搖頭：「唉，殿下千萬不要這麼說。大周朝有的是輔國良臣，我狄仁傑除了一顆忠心，也並沒有什麼特別。」

「但最可貴的就是這一顆忠心啊！」李旦感慨地點頭，停了停又道：「狄國老，你既然要回并州，本王倒是有些事情要託付予你，不知道狄國老是否還願撥冗相助？」

「殿下請講，狄仁傑定將竭盡全力。」

李旦皺了皺眉，思索著說：「狄國老肯定知道，并州牧過去幾年一直是由魏王擔任。他一手把持著北都的軍政，早將并州造成武氏的天下。可一年前，由於狄國老的多方周旋，終於說動聖上迎回了盧陵王，並重授太子之位，魏王多年的野心落空，鬱鬱而亡，這并州牧的位置空出來，聖上便授予了本王并州牧銜。」

「是啊，此乃李唐之幸啊。」

「嗯。」李旦仍然緊縮眉頭，「本王就任之後，自然是想儘快接管并州衛戍，掌控住這個重鎮。因并州折衝都尉劉源是魏王的親信，我便找了個名頭將他罷了官，派本王在右衛最信任的將軍王貴縱，接任了折衝都尉之職。哪知道，王將軍上任僅一個月便得了暴病，被送回到洛陽醫治，只過了短短兩天便亡故了。」

狄仁傑十分詫異：「哦？還有這樣的事情？老臣怎麼沒有聽說？」

「狄國老當時不在洛陽，所以對此事並不瞭解。本王對王將軍的死非常懷疑，曾經動過念頭請狄國老來幫助探查，但當本王向聖上請求時，卻被聖上嚴詞拒絕了。」

「聖上拒絕了？」

「是的。聖上說御醫已經驗看過王將軍的病況，確是惡疾致命，因此讓我不要疑神疑鬼。還說而今李武兩家只有和睦才對朝廷有利，對社稷有利，不許我在這上面再生事端。聖上的意志一向是不容任何人違背的，於是我便不敢再追究，還按照聖上的意思，沒有再派自己的心腹去接管并州軍務，而是將并州衛府的原左果毅都尉鄭暢提拔成新的折衝都尉。這個鄭暢本來就是魏王的人，現在又和梁王府來往密切，對我只是虛加周旋，故而我這個并州牧實際上到現在都不能觸及真正的并州防務。」

狄仁傑默默點了點頭，神色很凝重。

李旦接著說：「狄國老，并州的行政長官——長史陳松濤，想必您還算熟悉吧？」

「哦，他是老臣的姻親。」

李旦微微一笑：「這個陳松濤也是叫人捉摸不透的一個人物啊。魏王任并州牧時他便深得信任，現在對我倒也十分恭敬。對於并州衛府的人事變動，他似乎也毫不在意，一副我自巋然不動的鎮定，他自己行事十分小心謹慎，完全找不到破綻，可又對并州的事務一手遮天，水潑不入，實在不容人小覷。」

狄仁傑欠身道：「殿下的這番話，老臣已經聽明白了。老臣想，殿下是想讓我借這次返鄉之際，冷眼觀察并州官府的狀況，以及并州軍政要員的忠誠。」

李旦道：「狄國老，并州對於本朝的重要性僅次於東西二都，過去一直是武承嗣的勢力範圍。現在本王真的很希望能夠好好整頓一下并州的軍政，卻遇到了前述的阻力，本王正在一籌莫展之際。此次國老返鄉，對本王來說實乃一個大大的好消息。請狄國老一定要幫本王這個忙。當然，狄國老既已致仕，本王也不忍讓國老太過操勞，狄國老只需將所觀察到的情況通報給本王即可。」他猶豫了一下，又道：「陳松濤大人是狄國老的姻親，如果國老覺得有所不便，此刻就可對本王言明，本王絕不會強人所難。」

狄仁傑微笑道：「老臣的心思，殿下是最清楚的。請殿下放心，老臣定會竭盡全力的。」

并州，郊外，恨英山莊。

秋日的天空比其他季節更顯得高遠空闊。從恨英山莊高大的牌樓看過去，太行山重重疊疊的山峰在雲霧繚繞中若隱若現，群山起伏彷彿一幅潑墨山水，儼然便是所謂的人間仙境了。只是這座由漢白玉高高砌起的牌樓十分古怪，兩端飛簷高挑，上面各豎著一個火紅的琉璃圓球，陽光直射時，琉璃球中間便彷彿有火輪轉動，又酷似一雙充血的眼睛。牌坊周身刻滿吐信的蛇形，每四條蛇一組，圍著一個黑白相間的琉璃八卦圖。整座牌樓沒有莊嚴的氣象，卻顯得十分詭異多姿。右邊立柱自上而下鐫刻著「非人非鬼非仙」，左邊相對則是「不生不死不滅」，坊眼上是四個龍飛鳳舞的大字「恨英山莊」。

如此一座牌樓，本來已經夠熱鬧奇特了，而今又披滿了雪白的素花靈帷，在風中搖擺不定，簡直讓人人瞠目結舌。

狄忠站在牌樓之下，抻著腦袋看了老半天，還是拿不定主意是進還是退。他身後停著五六輛馬車，也已眼巴巴地等了許久，那幾匹馬都開始不耐煩了，一個接一個地嗚響鼻尥蹶子。一個車夫走上前來，問道：「大管家，您這到底是打算走還是打算留啊？天色不早了，再耽擱下去，今天可就來不及進城了。」

「哦，再稍待片刻，我去送了名帖就走。」狄忠撓撓頭，下定了決心。他稍理了理衣服，幾步躍上臺階，來到裹滿白色麻布的大門前，握住獸頭紫銅門閂，敲了三下。

「吱呀」一聲，大門未開，從旁邊的一扇小門裡鑽出個腦袋，問道：「什麼人？」

狄忠上前一拱手：「在下狄忠，我家老爺讓我來給貴莊主人范老先生送名帖。」

「你家老爺是誰啊？」

「我家老爺是并州人士狄懷英，與貴莊主范老先生是舊交。」

「狄懷英？沒聽說過。」那人一身白麻布喪服，上下打量狄忠，又看看停在不遠處的小車隊，問道：「你是從外地來的吧？」

「是，剛從神都洛陽過來，今天就要進太原城。因我家老爺長年在外，這次返鄉，意欲與老友相聚，故而讓我路過貴莊時提前送名帖過來。我家老爺比我晚出發，大概三日以後才能到并州。」

「這就難怪了。」那人道，「你來晚了，我家莊主人已於三日之前故去了。」

「啊！這……」狄忠躊躇著。

「這樣，我替你把名帖呈給我家夫人吧。」

「多謝。」

「請在此稍候。」門關上了。

狄忠退後幾步，站到門前的大柏樹下。舉頭望望，這大柏樹足有五人合圍般粗，不知有多大年紀了。

突然一陣嘈雜聲起，面前的大道上，從并州方向來了一隊人馬。吵吵鬧鬧的，這隊人馬旁若無人地直衝到莊門前，領頭的是個清俊挺拔的年輕人，一身軍官打扮，站在門前，大喝一聲：

「肅靜！」眾人噤聲，他這才上前打門。

「哐噹！」這次開的不是小門，而是那扇包裹著白布的大門。

狄忠好生納罕地一邊張望，一邊想著果然是官人氣勢大，一叫就叫開大門，自己平時跟著老爺擺開宰相儀仗，走到哪裡不也是前呼後擁，見者無不恭敬非常，哪像今天……正胡思亂想著，卻不見有人從門裡出來。

卻見那個年輕人閃到一邊，隊伍中另有一個官員模樣的人來到門前，朗聲道：「并州法曹奉大都督府長史之命，求見范夫人。」

「法曹大人。」一個悠悠的女聲從門內傳出，狄忠在旁聽得心頭一顫，這個聲音低低的，柔柔的，有種說不出的醇厚婉轉，不如尋常年輕女子的清脆，卻有別樣的勾人心魄。

一個身影從門內緩緩移出，白麻布的喪服從頭到腳，一襲白紗遮住臉面，看不清容貌，她停在法曹面前，慢慢問道：「妾身新寡，亡夫尚未出七，此刻法曹大人前來敝莊，卻不知是何見教？」

法曹略顯尷尬，退後半步，抱拳道：「夫人見諒，因前日有人到大都督府衙門告狀，說范老先生是被人謀殺的。故而長史大人特命本官帶仵作前來，請夫人允我們驗看范老先生的屍身。」

「哦？有人說我的丈夫是被人謀殺的？」

「正是。」

「不知法曹大人能否告訴妾身，是何人出此妄言？」

「這……請夫人明鑑：告狀之人乃是貴莊園丁范貴。」

「范貴？」那女人發出一聲陰慘慘的冷笑，「我道是誰，原來是他。」

隔著白紗，她的一雙眼睛牢牢地盯在法曹的臉上：「妾身有一事不明，還望法曹大人賜教。」

法曹又一抱拳，臉上露出越來越為難的表情：「夫人請說。」

「法曹大人是否已經訊問過范貴？」

「已審問清楚。」

「那麼說法曹大人應該知道，這個范貴因為私藏山莊的名貴花種被發現，五日前就讓我給遣出山莊了。」

「范貴的確供稱他於五日前離開山莊，回家安頓了老母之後，昨日才到大都督府遞的狀紙。」

「哦？那麼法曹大人又是否知道，我家老爺是三日前亡故的。既然范貴五日前就離開了敝莊，他又怎麼會知道老爺是被人謀殺的呢？難道他能未卜先知不成？」

「這……」法曹一時語塞。旁邊的年輕軍官不慌不忙地開口道：「請夫人莫要急躁。范老先生三日前亡故，並未有人親眼所見，都是夫人的一面之詞。所以，假設范老先生亡故在五日前甚至更早，而夫人三日前才對外報稱，也不是不可能的。」

女人唰地撩開面紗，眾人只覺得眼前豔光四射，趕緊低下頭，臉上都不自覺地微微泛紅。

「這位大人是？」

「末將并州衛府果毅都尉沈槐，奉并州長史之命協理本案。」

「原來是沈將軍。妾身聽剛才沈將軍的話，倒彷彿是坐實了老爺被殺的事，而且還暗指妾身有嫌疑？」

「夫人誤會了。按大唐律法，有人報官謀殺，官府必須要查實嚴辦。還望夫人諒解，允我們進莊勘查。」

「且慢，妾身還有一問。」

「夫人但講無妨。」

「不知那范貴有否詳陳所謂的謀殺經過？有否指出殺人者是誰？」

「這……」沈槐猶豫了一下，道：「夫人，范貴只說看到范老先生的喉嚨被利器割開喪生，至於殺人經過他也未曾親眼見到。」

「既然如此，想必他也拿不出什麼真憑實據。」

「夫人，屍身就是真憑實據。如果范老先生的死沒有問題，夫人何不就讓仵作去驗看一回，事實真相便可不言自明。」

「哼，隨便一個什麼人告個謀殺之罪，就要開棺驗屍，驚擾逝者，難道這就是大唐律法？」

沈槐的語氣變得強硬起來：「夫人！誣告謀殺是要拱告反坐的，想必不會有人隨便以身試法。按律，其實今天我們是可以將夫人拘押到官的。然長史大人念及夫人新喪，且范老先生是并州名流，為恨英山莊及家主人名聲所顧，才讓我等上門驗屍，請夫人莫再阻攔。」

「沈將軍，並非妾身執意阻攔，妾身只怕沈將軍和法曹大人就是驗看了，也看不出個究竟，反而誤了我家老爺的大事！」

「什麼意思？」

「沈將軍可知羽化飛仙之說？」

「羽化……飛仙？」沈槐不可思議地看著這張豔若桃李又冷若冰霜的臉。

女人面無表情，不緊不慢地說：「沈將軍容稟，我家老爺長年潛心修道，前日得一世外真人點撥，已漸入化境。大約半月前，他對妾身說已修煉完成，擇日便可羽化升仙。果然在三日前，於山莊涼亭內坐別塵世。此前他曾特別囑咐，將肉身安置於山莊內的藍田神湯泉水中，以神泉水一刻不停地沖洗塵埃，如此滿百日之後便可飛升仙境。百日之內，肉身絕不可離開神泉，否則立腐，老爺不僅不得升仙，反而會魂飛魄散。故而妾身還請沈將軍回去，稟告長史大人內情後再做斟酌。」

「這……」

「如果沈將軍一定要驗看，那就請在泉邊隔水而看，不知道是否可行？」

沈槐沉吟了一下，道：「既然有此內情，我就回去先稟告了長史大人後再做區處。只是夫人的說法頗有些邪佞之色，料想長史大人未必會接受。」

「邪佞？沈將軍此話差矣。想我家老爺當年蒙先帝欽賜這座牌樓，並封為藍田真人，難道均是因為邪佞？」

「本將言語不周，多有得罪，望夫人見諒。告辭了。」沈槐無心戀戰，轉身就走。他帶來的一幫人默不作聲地跟了上去。

這邊大柏樹下，狄忠看戲看得腿都站疼了，一見事情了結，趕忙也要走。身後卻被人吆喝一聲：「咳，你過來。」

狄忠扭頭，原來是剛才招呼自己的那個莊丁。那人將一份素箋遞了過來，道：「我家夫人說了，既然狄老爺是故交，本莊誠待舊客來訪。這是夫人的名帖，請轉交狄老爺。」

「多謝。」狄忠將素箋小心藏入懷中，只覺一股淡淡檀香從懷裡散出來，沁人肺腑。通體雪白的身影閃入莊門，門隨後關上。

「大夥兒，走嘍。」狄忠吆喝一聲，跳上領頭的馬車，帶著車隊跟在那隊官差後面，也踏上了去并州的大道。

前頭隊中，沈槐悶頭騎著馬，法曹問道：「沈將軍，我們這麼無功而返，長史大人怪罪下來怎麼辦啊？」

沈槐冷笑一聲：「長史大人並沒有真的要驗屍，怎麼會怪罪？」

「啊？」

「休得多言，本將自有計較。」說著，沈槐突然站住，回頭望向「恨英山莊」的牌樓，嘴裡嘟囔了一句：「不倫不類。」催馬轉身向并州疾馳而去。

# 第二章　險境

北都太原，狄家老宅。

太原城北，仁興坊中，一座五間六進的大院落，烏頭大門，素瓦白牆。院內迴廊勾連，櫺格雕花，素樸卻不簡陋。沿牆栽著的是一排排翠竹，在這深秋之際已帶上滿身的枯黃。幾棵參天的大槐樹，再加錯落的幾株海棠，給略顯蕭瑟的院落增加了一點點有限的綠意。

狄忠站在第一進的院中，口沫橫飛地指揮一眾家丁從馬車上往下卸貨。身邊還圍著好幾個丫鬟婆子，正七嘴八舌地和他聊著天。

正忙亂著，突然一人三步並作兩步，像一陣風似的刮了進來，伸手往狄忠肩上狠狠地拍了一掌。狄忠給拍得一齜牙，正要發作，卻見面前之人滿面春風地衝著自己笑。

狄忠驚喜地大叫：「三郎君！」

「狄忠你這小廝，幾年沒見，你可發福不少啊。看來跟著我爹，伙食還算不錯。」被稱為三郎君的人一邊上下打量著狄忠，一邊點頭微笑。只見他劍眉朗目，挺直的鼻梁下一抹濃黑的唇髭，修飾得十分精心。身上一襲黑色嵌金銀絲的錦袍，束條亮銀色革帶，越發顯得蜂腰鶴臂，氣度瀟脫。他正是狄仁傑的小兒子狄景暉。

狄忠不好意思地撓撓頭，笑道：「三郎君，您還不知道咱們家老爺嗎？跟著他老人家，吃飽是沒問題，好不好就另說了。」

狄景暉爽朗地大笑起來，眼睛掃了掃貨車，問道：「狄忠，我爹什麼時候能到家？」

狄忠忙從懷裡掏出一封書信，遞給狄景暉：「三郎君，這是老爺給您的書信。小的臨出發前，老爺吩咐說他比小的晚三天走，估摸著後天應該就能到了。」

狄景暉接過書信，並不拆封，又問：「這次歸鄉很是匆忙啊。此前一點沒有聽到風聲，你知道是怎麼回事嗎？」

「這個小的就不清楚了。好像皇帝突然就准了老爺致仕，咱老爺也說走就走了。三郎君，要不您先看看老爺信裡是怎麼說的？」

狄景暉一皺眉：「信裡會怎麼說？我爹那個人，我太清楚了。信裡除了些冠冕堂皇的套話，他什麼都不會寫。這書信還是待我送給母親，讓她老人家去看吧。」

說著，他又微微嘲諷地一笑：「女人終究是女人。這種朝秦暮楚、反覆無常的作風也就我爹能侍奉得了啊。」

狄忠「哎喲」一聲，道：「三郎君！您說話怎麼還是這麼不小心啊？」

「怎麼了？這裡又沒有外人。難不成你要去告我的惡狀？」

「打死小的也不敢啊。只是，老爺回來時要聽到這話，又要對您生氣了。」

「呵呵，反正不管我說什麼他都會生氣，我倒不如想說就說。我爹他們這些士人官宦，侍奉女主久了，成天價峨冠博帶，言不由衷，滿嘴裡說不出半句實話。狄忠，你可別也學出一副扭捏作態的樣子來。」

「我……」狄忠面紅耳赤，無言以對。

狄景暉又一拍他的肩：「好了，不談這些。你好久沒回太原了，今天晚上我帶你出去好好玩，怎麼樣？」

「三郎君，小的不敢啊。」

「有什麼不敢的？我勸你還是抓緊這兩天吧，等我爹一到家，你就是想玩也沒機會了。這樣吧，今晚咱們就去我在東市的那間酒肆，胡姬美酒，可都是太原城的一絕，今夜咱們不醉不歸！」

狄忠還在猶豫，狄景暉不耐煩地一揮手：「就這麼定了。我這就去給母親請安，你略等我一會兒，咱們立刻就出發。」

他轉身剛要邁步，突然抽了抽鼻子，仔細打量著狄忠，問道：「你身上怎麼有股子香味？」

「啊？」狄忠想了想，恍若大悟，「哦，是那位恨英山莊夫人的名帖。」說著，他從懷裡掏出素箋，遞給狄景暉。

狄景暉接過素箋，看了看，臉上掠過一絲不易察覺的厭惡之色，問：「你怎麼有這個？」

狄忠把替狄仁傑送名帖到恨英山莊的經過說了一遍。

狄景暉聚精會神地聽完，手一揚，將素箋甩回到狄忠懷中，淡淡一笑道：「這麼說你看見那個女人了。怎麼樣？端的是傾國傾城吧？」

狄忠呵呵傻笑，並不答話。

狄景暉也不追問，抽身往內堂而去，走了兩步，突然又想起了什麼，轉身道：「我爹他不會是一個人回來吧？」

「當然不是，老爺和袁將軍一起來。」

「袁將軍？」

「就是老爺的衛士長，袁從英將軍啊！」

「袁從英？」

「是啊，就是——」

狄景暉打斷狄忠的話：「我知道了，袁從英，這些年我聽這個名字耳朵都要聽出老繭來了。他來幹什麼？」

「小的不知道。不過老爺到哪兒都帶著袁將軍的。」

「出去辦差要帶著，如今回家也要帶著嗎？」

狄景暉想了想，又道：「看來這個袁從英果然是個人物。聽說年紀不過三十出頭，跟著我爹就一路升到了朝廷的正三品大將軍。沒想到我爹回家也要帶著他，我還真沒見過我爹對哪個人這麼倚重過呢。」

狄忠熱切地接口道：「那當然。袁將軍是大英雄，老爺很信任他的。」

狄景暉「哼」了一聲：「大英雄？這世上真的有大英雄嗎？骨子裡不還都是凡夫俗子，最多不過比大家更道貌岸然些罷了。」

狄忠趕忙辯解道：「三郎君，袁將軍不是道貌岸然，他是個真英雄。」

狄景暉看了狄忠一眼，意味深長地點點頭，道：「很好，我還真想見識見識這個人了。」他再次邁步往內堂方向走去，一邊走一邊說：「狄忠，我知道讓你去酒肆你心裡不安。告訴你，後天父親回府，我要給他辦接風宴，到時候會讓我那酒肆裡最好的廚子，來做一桌北都一流的宴席。今晚你這個大管家，就當是去檢視食物的風味吧。」

太行山麓。

一條曲折的山道上，秋風烈烈，吹起滿地黃葉。兩匹駿馬一路疾馳，馬蹄踏在黃葉之上，如在金色的河流上飛舞，清脆的足音在群山中迴盪。

「大人，我們從晌午出發，一路奔馳到現在，該歇歇腳了。」袁從英一邊躍馬飛奔，一邊向身邊馬上的狄仁傑叫道。

狄仁傑也邊催馬快跑，邊高聲回答：「怎麼了從英？我一個老頭子還沒喊累，你倒要歇了？」

「大人，不是我累了，是您的馬累了。」袁從英雙腿猛地一夾，座下駿馬往前猛衝過去，立時攔到了狄仁傑的前面，他輕輕伸手一攬，就將狄仁傑的馬轡繩牢牢地抓在手中。那馬一聲嘶鳴，連踏了幾下蹄子，便乖乖地停了下來。

「從英，你這是何意？」狄仁傑喘著粗氣，疑惑地看著袁從英。

「大人，您看看牠。」袁從英輕輕拍打著狄仁傑的坐騎，狄仁傑低頭一看，只見這馬渾身大汗，汗水順著鬃毛往下直淌，雙腿能明顯地感覺到馬的身子在微微顫抖，四個蹄子輪番踩著地，似難維持重心。

「牠怎麼會這樣？」狄仁傑疑道。

「今天您趕得太急太快了。」袁從英道。

「不對啊，驛站明明把最好的馬匹換給了我們，再說你的馬不是還好好的？」

袁從英淡淡地笑了笑，眼神朝狄仁傑腰身隨意地一瞥。狄仁傑低頭看看自己發福的肚腹，也不由釋然而笑了。

袁從英跳下馬來，站在狄仁傑面前，向他伸出右手道：「大人，這馬再騎下去會有危險的。請您下馬，我陪您走一段。到前面您換我的馬。」

狄仁傑無可奈何地翻身下馬，袁從英牽起兩匹馬，慢慢跟隨在他的身邊。兩人一時無語，默默地走了一段，狄仁傑長歎一聲，道：「從英，你可知我今日為何如此匆忙趕路？」

袁從英搖搖頭。

狄仁傑四下張望著，嘴裡嘟囔道：「應該就在這附近了。」忽然，他眼前一亮，快步朝前面的一個陡坡走去，袁從英看看那條小路極為細窄，搖搖頭，將兩匹馬繫在旁邊的一棵樹上，趕緊跟了上去。

兩人三下兩下爬上陡坡，眼前頓時豁然開朗。腳下群山綿延，雲深霧遮，舉目望去卻又晴空如洗，只有幾縷淡淡的雲絲在很遠的天際飄浮。

狄仁傑無限惆悵地歎了口氣，道：「整整三十年之前，我就走過這同一條路。」

「三十年前？」

「是啊。那時候我經老師閻立本推薦，從汴州判佐升任并州法曹，就是經由這太行山，一路北行，去到太原。當年，我正是走到這個地方，遙想致仕賦閒在河南別業的老父，南望河陽，感慨萬千，淚沾衣襟，方才深深體會到『忠與孝原非一遍，子和臣情難兩全』的道理。未曾想，這三十年一轉眼就過去了。而今我自己也到了致仕賦閒的時候，竟然走的還是這同一條路。」

狄仁傑說著，眼眶不禁有些濕潤了。他按捺下心潮起伏，看看身邊的袁從英，笑道：「三十年前，你還剛剛出生吧？和你說這些，怕是難以得到共鳴，是不是？」

袁從英溫和地笑了笑，道：「大人，您只要不說是對牛彈琴，我就很感激了。」

狄仁傑被他逗得朗聲大笑起來：「好啊，我還沒見過這麼聰明的牛呢。」

袁從英道：「大人，您要是發完感慨了，咱們就接著趕路吧。前面按理該有個歇腳的涼亭，我們去那裡飲飲馬，喝口水，然後就一鼓作氣，趁著日落之前翻過這道山崖。」

「好，就聽大將軍的。」

「大人……」

兩人又並肩走回山道，狄仁傑依然沉浸在剛才的惆悵之情中，只覺得心潮蕩漾，萬千思緒湧上心頭，卻難以理出個頭緒。他看看身邊沉默的袁從英，總覺得似乎三十年前自己走這條路的時候，就有他陪伴在身邊。雖然知道不可能，但仍然在心裡固執著這個念頭，和他的緣分絕對不僅僅開始在十年前的寧州，而應該是在更加久遠的過去。只是那個過去，已經很難找回來了。

「大人，您看。」袁從英的聲音把狄仁傑從沉思中喚醒，舉目一看，前面幾步外正是一座涼亭。

涼亭中，一個老漢擺著個小小的茶攤。旁邊是供騎馬客人餵馬的簡便馬槽，還有一個竹編的大籠屜，架在木棍支起的小火堆之上，周圍壘起幾塊山石擋著風，籠屜上蓋著雪白的屜布，正嫋嫋地冒著熱氣。

狄仁傑樂了：「呵呵，看來今天咱們有口福了。」

老漢看到有人來，趕緊招呼狄仁傑落座。袁從英將馬匹拴在馬槽邊，看著兩匹馬都開始嚼起了槽裡的草料，才走過來坐在狄仁傑的身邊。此時狄仁傑已經和老漢聊了好幾句家常了。

「唉，天氣越來越冷了。這條山道上行人也越來越少，我這攤兒再放幾日，也該收了回家過冬了。」老漢一邊抱怨著，一邊倒上兩碗熱茶。

「老丈，您這籠屜裡蒸的是什麼好東西？」狄仁傑笑咪咪地問道。

「您說這個呀，那可是我們這太行山區的特產啊，叫作蓬燕糕。」老漢掀起蓋子，一股清香撲鼻而來。老漢瞧瞧狄仁傑，又道：「您這位老先生，聽口音像是咱們本地人啊，怎麼不知道這個？」

狄仁傑哈哈大笑：「啊，老丈聽得準啊。我正是并州人士，只不過去鄉多年，已經很久沒有機會吃到這家鄉的美味了。今天借著這個機會，倒是要好好嚐嚐。老丈啊，給我們一人來一塊。來，來，從英，今天我請客。」

老漢把糕夾到兩人面前的碗裡，道：「你們這父子倆怎麼還這麼客氣，還什麼請啊請的。」

「哦？老丈，你怎知我們是父子倆啊？難道我們長得相像？」狄仁傑吹吹糕上的熱氣，饒有興致地問道。

老漢仔細打量了下袁從英，又看看狄仁傑，道：「要說呢，像倒是不太像。可我老漢這麼大把年紀了，看的人多了，你們明明就是父子倆，我絕不會看錯。」

狄仁傑微笑地看看袁從英，點頭道：「是啊。老丈好眼力，你沒看錯。」

老漢看看火堆，對狄仁傑道：「您二位先吃著，這柴火不夠了，我去後頭樹叢裡找幾根去。」

狄仁傑看老漢走到樹叢中去了，親切地瞧著袁從英吃了一口糕，壓低聲音說：「今天翻過這座山，明天再走一日，就到并州城了。我也該把家裡的情況給你介紹介紹了。」

「哎，你忙你的。」

「大人請講。」

「嗯。」狄仁傑點點頭，臉上的神情慢慢變得嚴肅起來，「雖說并州是我的桑梓之地，但是剛才我也告訴你了，因我的父親早就在朝中為官，我自小跟著他四處任職，遍遊神州大地，其實並未在并州居留多久。倒是後來我自己在并州大都督府任法曹期間，在此地待了有十多年，算是我在并州最久的日子了。而今，我那大郎、二郎都已入仕為官，一個在魏州，一個在益州，故而今天留在老家的，只有我的大夫人，和小兒子景暉。說起這景暉……」

狄仁傑正要往下說，突然，從旁邊的樹叢中竄出一個身影，七歪八斜地衝著二人前面的桌子而來。就在他要撲上來之際，袁從英猛地跳起身，把狄仁傑讓到自己背後，用腿輕輕一點，桌子整個地翻倒在來人的身上。

那人在桌子下掙扎著，手亂抓腳亂蹬，嘴裡還發出嗚嗚的聲音，袁從英伸出右手抓住他的後脖領子，拎小雞似的一下就把他拎了起來。但一看清此人的樣貌，袁從英和狄仁傑同時吃了一驚。只見此人滿頭亂髮，裡面還夾雜著樹枝草梗，臉上一片污穢，除了兩隻血紅的眼睛之外，完全看不清楚本來面目。身上的衣服更是破損不堪，幾乎不能蔽體，又是泥又是土，早已看不清原來的顏色。那人含混不清地叫著，繼續猛烈地掙扎著。雖說袁從英臂力強勁，但手裡抓著這個人，心裡卻有種說不出的厭惡和難受，一股撲鼻的惡臭從那人的身上散發出來，熏得袁從英恨不得立刻就把他扔出去。

他看看狄仁傑，狄仁傑搖搖頭，道：「從英，此人似乎並無惡意，你把他放下來。」袁從英「咚」的一聲把那人扔到地上，那人在地上爬了兩步，忽然看見滾落在面前的一塊蓬燕糕，立時猛撲過去，抓起糕就往嘴裡塞。

狄仁傑和袁從英對望了一眼，狄仁傑道：「看來他是餓了。」那人三兩下就把整塊糕塞了下去，又哆嗦著在地上四下亂爬，瞧見另一塊糕，又猛撲過去，頃刻便把第二塊糕塞了下去。他繼續在地上爬著，張著嘴，歪斜著一雙血紅的眼睛，口水順著嘴角淌下來，渾身都在顫抖。

狄仁傑慢慢向他走過去，袁從英輕聲道：「大人，小心。」「無妨，似乎是個病人，我來看看。」狄仁傑正要靠近那人，賣糕的老漢循聲而來，一看桌翻碗碎，不由驚呼起來：「哎喲，這是怎麼說？」

那人聽到叫聲，突然尖嘯一聲，發瘋似的朝老漢撲過去。老漢嚇得往後直退，後背撞在籠屜上，籠屜倒翻下來，滿籠的蓬燕糕滾落一地。袁從英一個箭步衝過來，正要再擒住那人，卻見他突然跪倒在地，從地上同時抓起三四塊蓬燕糕，拚命往嘴裡塞。直塞得嘴巴鼓鼓囊囊的，眼睛往外暴出，連眼白都翻了出來。袁從英雖身經百戰，可也從來沒見過這番景象，一下子沒了主意，向狄仁傑直瞧。

狄仁傑面沉似水，厲聲喝道：「從英，快制住他，他這樣要把自己活活噎死的。」

「是！」袁從英伸手一握，把這人的兩手牢牢反剪在背後。可是那人居然又探出頭，從地上咬起塊蓬燕糕，翻著白眼，艱難地往下吞。袁從英只好把他提起來，半豎在那裡，只見那人抻著脖子，嘴裡發出痛苦不堪的呻吟，身體的扭動漸漸緩慢下來，終於眼睛翻上去就再也沒有翻下來，頭往下一耷拉，繃得緊緊的身軀瞬間軟塌。袁從英一探他的鼻息，驚詫地看看狄仁傑：「大人，他死了。」

他輕輕地將此人的身軀放到地上，狄仁傑走過來蹲在旁邊，沉默地端詳著這張完全變了形的臉，歎了口氣：「從英，你弄些水來擦擦他的臉，我要驗看一下。」

經過擦洗，這人的臉現出些許原來的模樣。雖然口眼歪斜，臉色青灰，已辨別不清原來的五官形狀，但依然可以看出年紀不大，也就二十來歲。

狄仁傑拿起他的手仔細檢查，又看了看他身上的衣物，問：「從英，你能看出這人是做什麼的嗎？」

袁從英略一沉吟：「大人，他似乎是個道士。」

「嗯，是因為這道巾嗎？」狄仁傑指指那人頭上歪斜著的一方青布幅巾，因為鬆鬆垮垮地掛在耳後，又被亂髮遮蓋，所以剛才他們都沒看見。

「是，還有他身上穿的，應該也是道袍。」袁從英指指那人的破爛衣衫。

「不錯，這衣服確是得羅道服，但是有一個問題……」

「有什麼不對嗎？大人。」

狄仁傑從那人的衣領裡拖出一條鏈子來，道：「從英，你看看這個？」

狄仁傑的手掌正中是一片金燦燦的長方形掛墜，在日光照射下放出耀眼的光芒，金框中嵌著一塊淡綠色的寶石，通體透明，隱約可以看到寶石內部還刻寫著一些奇怪的紋路，既不像花紋更不像文字，十分罕異。

袁從英疑惑地看看狄仁傑：「這樣東西很古怪啊，不像是道教中的物件。」

「這點是可以肯定的。而且，你看這些紋路，非花非獸，歪斜扭轉，不似中土教派中的任何圖符或象徵。那麼這個道士身上，怎會佩戴這樣一個物件呢？」狄仁傑把鏈子從那人的頸項上取下來，在手裡掂了掂，道：「這應該是純金製成的，還有這塊綠色寶石，也是罕見的珍貴之物，身上既然有如此值錢的東西，又怎會困苦地流落山中呢？」

「是啊，大人，他既然都餓成這樣了，為什麼不把這個物件或當或賣，去換點吃的呢？」

「從英，你覺得他剛才的狂食僅僅是因為饑餓嗎？」

「那還能因為什麼？」

「不好說啊。雖說餓極之人確實會不顧分寸地亂食一氣，也有因此而飽脹致病的例子，但像他這樣活生生吃死的，卻令人難以置信啊。」

狄仁傑接著將此人的手掌翻開，示意道：「從英，你再看他的手。他左手的每個手指指腹都染著顏色。」

袁從英點點頭，他也發現這人的左手很奇怪，整個手掌上都是黑紅藍綠各種顏色，手指的指腹上更是各色重疊夾雜。袁從英沾了點水用力擦了擦，抬頭道：「大人，這些顏色擦不掉，好像都印進去了。」

狄仁傑點點頭，站起身來，叫過賣糕的老漢：「老丈啊，我二人還要繼續趕路，只能請你把屍首運下山去交官了。」

老漢滿臉難色：「這，這……」

狄仁傑從腰上解下一串銅錢，塞到老漢手中，道：「老丈，這人死狀甚是可疑可憐，需得要報請官家好好勘查，另外，總也要給他找找親屬家眷，好入土安葬啊。」

老漢歎口氣：「唉，看來只好用我這運傢伙的車來運他了，真是晦氣啊。」

狄仁傑道：「從英，來，幫幫這位老丈。」

袁從英答應一聲，正要上前幫忙，忽然目光一凜，右手緊緊抓住懸在腰間的若耶劍，朝山道旁的樹叢邁出兩步。

狄仁傑警覺道：「從英，怎麼了？」

袁從英站在原地，目光如箭，在樹叢草窠上掃了一遍，輕吁口氣，回身道：「大人，沒事。咱們準備出發吧。」

二人幫著老漢把屍體抬上推車，目送老漢順著山道蜿蜒而下。袁從英牽過馬來，道：「大人，您騎我這匹。」

狄仁傑上了馬，卻並不著急出發，看看袁從英，問道：「從英，你剛才發現了什麼？」

袁從英點頭道：「是的，大人，剛才有人在旁邊的草窠裡面窺探，被我發現後向山背逃去。

我怕那是調虎離山之計，所以並未追趕。」

「哦，那我們現在一起過去看看。」

「是。」袁從英領著狄仁傑往樹叢深處而去，邊道：「大人，其實我剛才感覺那窺探之人身量很小，腳步極輕，似乎是個小孩子。」

「哦？」

狄仁傑四下張望著，滿地的落葉衰草，一點兒足跡都找不到。正在躊躇之際，突然發現前面不遠處一條小小的溪流蜿蜒而去，很窄很窄的水流上冒著熱氣，小溪旁的草枝被踩得七歪八斜，雜遝的一串足跡和著泥水清晰地沿著小溪，直指密林深處。

狄仁傑一催馬，道：「從英，咱們跟去探探。」

「大人，會不會耽擱咱們的行程？」

「無妨，還有些時間。咱們先稍探一探，只要在申時之前回到大道，就能趕在今天翻過這道山。再說，從英你看，這些足跡確實窄小，分明就是個孩子的。一個小孩子在這深山裡過夜會有危險，最好能把他找到。」

「是！」

二人沿著小溪，亦步亦趨地跟隨著足印，駕馬慢慢往密林深處而去。周圍都是些參天的古木，雖是深秋，巨大的樹冠依然遮天蔽日地撐開，越往前走越覺得周遭陰暗難辨。那條小溪倒是越淌越寬了，水面上冒出的熱氣和著枝葉腐敗的味道，簡直使人窒息。忽然，狄仁傑低聲叫道：「糟了，足跡不見了。」

一直沿著小溪旁的連串足印斷了，小溪在此亦形成一個圓形的深潭，水面上突突地冒著氣泡。袁從英催馬緊緊靠在狄仁傑的身邊，握著寶劍的手微微有些出汗，他可以清晰地感覺到危險就潛伏在身邊。周圍一片寂靜，似乎有什麼在等待著，窺伺著。

突然，伴著一聲沉悶的吼叫，一大團黑影從深黑色潭水之中一躍而出，向狄仁傑猛撲過去。袁從英早有準備，往前一探，手中的若耶劍劃出幾道冷光，鮮血向四處飛濺。他這才看清，那團黑影竟是隻樣貌猙獰的巨犬，此時已經被他的寶劍攔腰斬成三截，渾身豎起的黑毛上血肉模糊。可就在前半個犬身掉落之際，犬頭卻就勢往前一探，狠狠地咬在狄仁傑坐騎的腿上。那馬一聲驚嘶，連驚帶痛，載著狄仁傑沒命地奪路狂奔而去。

袁從英急得大叫：「大人！」打馬便追。怎奈前頭已是匹驚馬，而他自己胯下的，卻是狄仁傑原來騎的那匹體力衰落的馬。兩匹馬的速度根本無法相敵，眼看著就拉開了一大截距離。就在袁從英心中叫苦之際，前頭的馬已經跑出了密林，飛也似的衝上山道，袁從英抬頭一看，頓時大駭，山道的盡頭分明是座懸崖！要追上去救人已經來不及了，袁從英一咬牙，猛地一踢馬腹，借著馬匹朝前猛衝的勁道騰空而起，手中的若耶劍同時甩了出去。寶劍在空中劃出一條迅急的弧線，剎那間就將狄仁傑所騎之馬的兩條後腿齊刷刷地削斷了！那馬狂嘶一聲，往後翻倒，袁從英也恰恰飛身而來，正好把狄仁傑牢牢抱住，順勢往旁邊一滾，後背重重地砸在地上，兩人接連翻滾了好幾下，才將將在陡崖邊停了下來。

「大人！好險啊。您沒事吧？」袁從英驚魂甫定，趕緊扶著狄仁傑坐起身來，想看看他有沒有傷到，卻聽到頭上一陣轟隆隆的怪響。兩人一起抬頭看去，不由再次大驚。原來這是一條極為狹窄的山路，不僅前頭懸崖，兩邊更是一邊峭壁，一邊陡崖，轟隆的怪響正是從峭壁上發出的。隨著這陣陣怪聲，大塊大塊的山石一路翻滾著朝山路上落下。

袁從英趕緊從地上撿起若耶劍，一邊揮舞著阻擋山石，一邊拖起狄仁傑躲避。可是山道狹窄，前面是懸崖，往回走的山路又被那匹斷了腿的馬橫在中間，兼有紛紛山石砸下，根本是躲無可躲。

「大人！快蹲下！」袁從英叫著把狄仁傑按倒，自己遮在他的身體上面。落下的山石越來越密，越來越大，好幾塊砸到袁從英的頭上背上，都被他硬生生地擋住了。但即使如此，還是砸得他陣陣劇痛，眼前發黑，幾乎要支撐不住了。千鈞一髮之際，狄仁傑突然叫道：「從英，這裡有個山洞！」

袁從英低頭一看，就在面前的峭壁上，似有一個洞口，被一叢藤蔓茅草遮蔽著。

袁從英握緊若耶劍，往洞口內一探，帶下一大片泥石藤草，他不再猶豫，叫了聲：「大人，當心！」就一把把狄仁傑推了進去，自己也緊隨其後躍入洞中。

撲通兩聲，兩人一齊跌落到一丈多之下的地面上，身後幾聲巨響，洞口被滾落的山石堵了個嚴嚴實實。

洞內一片漆黑，地面又濕又硬，狄仁傑摔了個結結實實，好半天才緩過氣來，聽到身邊有人在叫：「大人，大人，您怎麼樣了？」

「我這全身的老骨頭都要讓你給摔折了。」狄仁傑顫顫地說，一邊摸索著，握住袁從英伸過來的手，心裡覺得甚是安慰。

「大人，是我不好。剛才情況險峻，我太著急了。」

「哎，和你開玩笑呢。若不是你啊，我這把老骨頭此時就真的給砸爛了。」

「大人，您等著，我身上還有個火撚，我這就打亮。」

噗哧一聲，悠悠的一點亮光燃起來，晃晃的，照亮了周圍的一圈，還有他們這兩個狼狽不堪的人。

袁從英借著火光仔細瞧了瞧狄仁傑的臉，沒看出大的異樣，鬆了口氣，往四下一瞧，手邊的地上長著一叢蒿草，他扯下大半叢，又撕下自己的袍服下襬，和蒿草捲在一起，用火撚一引，做成個簡易的火把。火把熊熊燃起，把四周照亮許多。

狄仁傑已經坐起身來，讚許地看著袁從英忙活，剛才的生死危機彷彿已經給拋到九霄雲外去了。

袁從英點好火把，抬頭看看狄仁傑，見他衝著自己微笑，不由也笑了，問：「大人，您樂什麼啊？」

「從英，咱們可是死裡逃生，怎麼能不高興？」

忽然，袁從英大叫一聲：「血！大人，血！」

狄仁傑嚇了一跳，從來都沒見他這麼大驚失色過，不知道出了什麼事。再看袁從英瞪著自己的衣服前襟，低頭一看，自己的胸前竟是一大片殷紅！狄仁傑也有些蒙了，剛才摔得不輕，全身的骨頭都在痠痛，但胸腔沒有感覺到受了什麼傷啊。袁從英伸手過來，似乎想檢查傷口在哪裡，可是手抖得厲害，眼圈登時就紅了。

看到袁從英這個樣子，狄仁傑反倒不緊張了，他定定神，自己摸了摸，黏黏的是血，但是衣服上卻分明沒有破口，又看看周圍，滴滴答答的血跡從胸口到手臂到肩頭再到地上……他猛一抬頭，一股血流正順著袁從英的腦後往肩上淌。狄仁傑「哎呀」一聲，道：「從英！是你自己！你快摸摸是不是腦後讓石頭砸破了？」

袁從英伸手往頸後一摸，滿手的血，長出了口氣：「還好，還好，是我的血。」

狄仁傑又好氣又心疼：「我看你是給石頭砸傻了，連疼都不知道了嗎？」

袁從英笑了，皺皺眉道：「疼的地方太多，我也搞不清楚了。」

狄仁傑低頭掀起自己的袍服，從內襯的白色綢衫上撕下一長根布條，正要給袁從英包紮傷口，袁從英變戲法似的從懷裡掏出個小紙包，在狄仁傑面前晃晃：「大人，我有藥。」

狄仁傑小心地替他上好藥，把傷口包好，再從上到下檢查了一遍，還好都是些擦傷撞傷，並沒有大的傷口，這才鬆了口氣。又瞧瞧他，一根白布條在脖子裡纏了好幾圈，樣子傻傻的，不由笑了起來。

袁從英知道狄仁傑在笑自己，朝他翻了翻白眼，嘴裡嘟囔著：「您還真笑得出來，要不是您那體格，我也不會多事和您換什麼馬，何至於如此狼狽？」

狄仁傑這下笑得更開懷了，道：「從英，咱們剛才遇到一連串的險狀，你此刻卻全怪到我的體格上，可有點兒不講道理啊。哈哈哈。」

袁從英氣道：「我不講道理？我倒覺得您這位大周朝的堂堂宰輔，就是對我最不講道理。好，您就慢慢笑吧。我去找出口。」

狄仁傑攔道：「從英，你剛流了這麼多血，歇一下再動。」

「沒關係。此地不能久留，咱們要趕緊想辦法出去。」袁從英一躍而起，手裡握緊若耶劍，原地轉了一圈。

「奇怪。」他低聲說了一句。

「奇怪。」狄仁傑也低聲說了一句。

兩人相視一笑。袁從英把劍往旁邊一放，一撩袍服下襬，盤腿在狄仁傑身邊坐下。兩人一齊抬頭看著前方不遠處洞頂岩壁上的一條裂縫。那條裂縫間正在朝下一滴滴地滲著水珠，周圍霧氣騰騰，水珠掉落頗急，在地面形成一個水窪，水窪上也冒著熱氣。順著坑窪不平的地面，水窪裡的水橫七豎八地流了一地，故而洞內整個地面都是濕漉漉的。狄仁傑伸手摸了摸身邊地上的水跡，道：「這水著實熱得很哪。」

「大人，如今已是深秋，山泉按道理應該冰冷刺骨才對。可是我們方才一路跟來的，卻是個熱泉。」

「是啊，此乃溫泉之水，來自於地底深處，故而帶著異熱。太行山區中有此熱泉，倒也不算太過稀罕，不過咱們是跟蹤熱泉水旁的足跡，才遭遇惡犬，遇山石襲擊的，而今落入這個洞穴，沒想到又碰上熱泉。」

「會不會就是同一條泉水呢？」

「很有可能。而且你看這山洞是從洞頂往下滲水，所以我們還很可能是位於熱泉之下。」

「熱泉之下？那，那怎麼辦？我們該往哪裡出去？」

「從英，別著急。有水流就應該有出路。咱們沿著這洞頂的裂縫往前探探，想必能找到些方向。」

袁從英攙扶起狄仁傑，兩人一起順著洞頂的水跡緩緩而行。水流時小時大，但始終連綿不絕，行了大約半個時辰不到的光景，能聽到前面嘩嘩的水聲越來越響，於是他們加快腳步，又走了大約一刻鐘，前面豁然出現了一個大大的洞口。大股冒著熱氣的泉水從上面傾瀉而下，形成了一道天然的瀑布水簾。

袁從英站在瀑布前面，頗為犯愁地說：「這個地方若是我一個人，恐怕還能試著出去，可是帶上您……」

狄仁傑不吭聲，一個人在洞口周圍上上下下地摸索，忽然低聲喚道：「從英，你快過來看。」

袁從英湊過去一看，就在洞口旁邊的石壁上，另有個剛能容一人經過的小洞，舉火把伸過去照照，竟看到洞裡有一條鑿刻出來的小徑綿延而下。袁從英興奮地對狄仁傑道：「大人，這回看來有門。我先進去，您跟上。」

小徑十分逼仄，袁從英還能騰挪自如，狄仁傑就走得滿頭大汗，十分費勁了。好不容易七扭八繞，朝下爬了大概百來級臺階，頭頂出現了一塊木蓋板。袁從英舉起若耶劍，毫不費勁地一捅，木蓋板就骨碌碌地滾了出去。袁從英輕輕一躍，跳出洞口，只聽哐噹一響，狄仁傑忙問：「從英，怎麼了？」

袁從英的腦袋又出現在洞口，探身來拉狄仁傑，嘴裡道：「沒事，大人，出來吧。」

狄仁傑氣喘吁吁地爬出洞口。原來上頭是個床榻，已經被袁從英翻起豎在牆邊。四下看看，是個黑乎乎的屋子，除了床榻和一副桌椅之外，再無他物。袁從英一腳踢開房門，兩人走出屋子，站在門前空地之上，深深呼吸了幾口山間的新鮮空氣，卻見月光靜靜地灑落在草木之上，原來他們折騰了整整一個下午，現在已經是晚上了。

嘩嘩的水聲依然近在咫尺，兩人循聲看去，只見不遠處就是一堵十來丈高的岩壁，冒著熱氣的溫泉水從上奔湧而下，在前方匯入一個大池，足有幾十個下午看到的深潭那麼大。

袁從英張望了一會兒，突然倒吸一口涼氣：「剛才還好沒有從水簾那裡出來。」

「怎麼？」

「大人，您看，那岩壁的中間是不是就是我們方才發現的洞口？」

狄仁傑瞇起雙目使勁眺望，借著月光，終於發現在五六丈高的岩壁上，泉水掩映之後，有一個洞口。

他點點頭，道：「嗯，如果當時我們從那裡莽撞而出，必然是要跌落這個深潭，不是摔死也要淹死了。」

袁從英道：「大人，看來咱們最終還是走到了這個山泉的最下面。可是，現在該怎麼辦？」

「嗯，先看看周圍吧。」

環顧四周，除了前面是絕壁、熱泉瀑布和深潭之外，另外三面都是高高的山峰。在月光之下，只能約略看出高低不平的山脊和林木的輪廓，其他便都分辨不清了。但是，就在他們的身邊卻有十多間屋舍，孤零零地佇立在這個山間盆地之上。

狄仁傑道：「沒想到此地還有人家。天色已晚，你我已筋疲力盡，你還帶著傷，需要休息。看來今天要在這裡宿上一宿了。」

說著，兩人便一起朝離得最近的一棟屋宇走過去。走了幾步，袁從英滿腹狐疑地看看狄仁傑，道：「大人，這肯定不是住家啊。」

狄仁傑點點頭：「嗯，從英，你眼力好，你唸唸這門上的匾額。」

袁從英唸道：「老——君——殿，大人，這是個道觀！」

「哦？咱們今日還和這李老宗派結上不解之緣了。走，過去看看。」

老君殿裡漆黑一片，推開門，一股黴濁之氣撲面而來，借著月光可以看見裡面的神壇上佈滿灰塵，道德天尊、元始天尊和靈寶天尊的塑像上也是污穢不堪，一副被荒棄已久的模樣。

狄仁傑並不往裡走，示意袁從英再去旁邊的屋宇。很快，他們就把這裡的十多間屋舍轉了個遍，除了兩間正殿供著三位天尊和玉皇大帝的神像之外，剩下的看來全是給道士居住的丹房。他們鑽出來的洞口，就位於其中一間最為狹小的丹房的床榻底下。這些丹房倒不像正殿那麼破敗，都打掃得挺乾淨，奇怪的是任何一間屋裡都是漆黑一片，沒有半個人影。

轉了一圈，兩人回到中間的空地上，狄仁傑自言自語道：「這個地方太為怪異了。像是道觀吧，可正殿被荒棄至此，神像佈置又都很粗疏，漫不經心，彷彿僅是略作姿態遮人耳目的用途。供人居住的丹房倒還妥當，卻又一個人都沒有。真是奇哉怪也。還有，今天死在山路上的那個人，也是道士打扮，會不會與這個地方有什麼關聯呢？」

袁從英問：「大人，要不要我再到周圍轉一圈，看看有沒有什麼別的蛛絲馬跡？」

狄仁傑聽出他的聲音有些嘶啞，月光襯得臉色也很蒼白，知道他失血不少，再加奔波一天，身體必然十分疲倦，便道：「夜間看不清楚，你我也很疲乏了，還是先休息。待養精蓄銳後，明日再做探查。」

「是。大人，我看這些丹房還算乾淨，不如我們就挑一間住下。」

他們隨便挑了一間丹房，袁從英找來樹枝，在屋子中間點起個火堆，房間裡面頓時溫暖了不少。狄仁傑和衣躺到榻上，方才感到渾身上下都脫了力，想要把白天發生的事情在腦海裡整理一遍，卻已經昏昏沉沉，不知不覺墮入夢鄉。

睡到下半夜，狄仁傑突然驚醒了，耳邊聽得水聲嘩嘩啦啦，迷迷糊糊間還以為又來到了那個泉下的山洞之中，但又感到聲響有異，心中一震，頓時清醒了過來。他坐起身，一件黑色披風從身上滑落，忙撿起來，不用看也知道是袁從英的披風，一定是他趁自己睡著時蓋在自己身上的。耳邊的嘩嘩水聲更響了，狄仁傑側耳聽了聽，才分辨出是雨聲，心中歎道，好大的山雨啊。

屋子中央的火堆還在冒著火花，散發出陣陣暖意，袁從英坐在火堆旁的門邊，微閉著眼睛，懷裡抱著若耶劍。狄仁傑看了他一會兒，拿起那件披風，輕手輕腳地下榻來到袁從英的身邊，把披風披到他的肩上。袁從英睜開眼睛向狄仁傑微微一笑，卻朝他努了努嘴唇，示意他不要出聲。狄仁傑略感詫異，忙又注意聽了聽，果然在滂沱的雨聲中聽到了另一種細微的聲音，尖尖的，十分悽楚，似乎是人的哭聲，在一片雨聲之中若隱若現。

經過一夜的暴雨沖刷，早晨的天空一片澄碧，顯得異常清爽。在他們爬出洞穴的那個狹小丹房中，狄仁傑細細地查看了地面上的足跡，對袁從英道：「從英，咱們跟蹤的小孩足跡也在這裡出現過。只可惜，和你我的足跡混在一起，現在已經分辨不清了。」

袁從英道：「大人，看來那個小孩子先於我們到了這裡。他現在會在什麼地方呢？屋外一點足跡也沒有啊。」

狄仁傑道：「昨晚的一場大雨把戶外的足跡都沖刷掉了，所以我們也不可能知道他的去向了。不過，昨晚上你我聽到隱隱約約的哭聲很尖細，彷彿是個小孩的聲音。」

袁從英點點頭，沉吟道：「也不知道這個孩子現在怎麼樣了，哭得似乎很傷心。」

狄仁傑拍拍他，道：「如今也顧不得這許多了，咱們再去別處看看。」

狄仁傑和袁從英又把周圍的屋舍轉了個遍，再沒發現什麼別的線索。回到屋前空地之上，狄仁傑自言自語道：「每間丹房都收拾得整整齊齊，尚未蒙上什麼灰塵，說明人走了不久，而且走時井然有序，他們為什麼會一起突然消失呢？這裡究竟發生了什麼？」

袁從英看看狄仁傑冥思苦想的樣子，眼珠一轉，突然拉了拉他的衣袖，指著老君殿搖頭道：「大人，您看這個道觀蓋得也忒潦草了，連個觀門觀名都沒有，算什麼呀。」

狄仁傑被袁從英扯斷了思路，嗔怪地「嗯」了一聲，只好跟著四處一通亂看，忽然，臉上堆起了笑容，拍拍袁從英的肩，道：「你搗亂還搗得很有道理哩。你來看看這岩壁上，我們昨天發現的洞口上面是什麼？」

袁從英仔細一瞧，突然欣喜地叫道：「藍玉觀！原來觀名是刻在這岩壁上的。大人，您是怎麼想到的？」

狄仁傑呵呵一樂，道：「從英，你可知道道教是有洞天福地之說的？老子在《道德經》中說：『人法地、地法天、天法道、道法自然。』道人最講究的就是要在青山秀水之中修身養性，得道成仙，故而道觀常建在自然山水之間。你看這個地方閉塞荒僻，怎麼會建有道觀？照我想來，一定與這座熱泉和岩壁上的洞穴有關係。說不定哪位真人挑選了這個洞穴作為修煉之所，所以才有了這座依泉壁而建的道觀。洞穴裡的小徑也是為了修道之人上下方便而鑿刻出來的。」

袁從英點頭，道：「我明白了。可是這也解釋不通為什麼正殿廢棄，丹房又空無一人啊。」

狄仁傑道：「目前來看，這確實是個難解之謎，只能暫時先擱一擱了。你我二人當務之急還是要趕緊離開這個地方，走回正路，否則只怕要餓死在這裡，那可就直接成仙咯。」

袁從英道：「昨天來的那個洞穴，另一頭已經堵死，恐怕不能走了。可這四周又都是絕壁，哪裡會有出路呢？」他想了想，又道，「既然不久前還有人居住，怎麼沒看見廚房？大人，您在這裡別動，我再去找找。要是能找到廚房，說不定還能發現些剩下的食物。」

袁從英跑到屋宇後面的樹叢裡去了。狄仁傑背著手在老君殿前踱步，這深山幽谷裡頭別有一種與世隔絕的味道，若不是一路行來險象環生疑竇重重，倒還真有心試試在此清修自省。

忽然聽見袁從英在樹叢後頭一聲聲地叫：「大人，大人，您過來看！」

狄仁傑連忙趕過去，繞過密密匝匝的樹叢，前頭又是一堵高聳的絕壁，似乎此路不通，但卻聽到袁從英的聲音從絕壁後面傳來：「大人，您沿著這絕壁走。」

狄仁傑依言沿著絕壁繞行，大約走了百來步，忽見絕壁就此斷了，後頭又是另一堵更高的絕壁，但在兩堵絕壁之間卻現出一條窄窄的夾縫，從夾縫中往後一轉，眼前豁然開朗，大片矮矮的灌木，再往前，依稀已能看見蜿蜒的山道了。

狄仁傑大喜，對等在夾縫旁的袁從英道：「從英，跟著我，就知道什麼叫吉人自有天相了吧？」

袁從英也笑了，道：「大人，您再來這兒看看。」

原來緊貼在這絕壁的夾縫口，還建有兩座小小的屋舍。走過去一看，其中一間正是廚房，灶臺傢伙齊全，屋角還堆著些米麵和萎敗的菜蔬，似乎幾天前還有人在這裡起鍋造飯。狄仁傑的靴子突然踢到什麼東西，撿起來一看，臉色一沉。袁從英過來看看，也是一驚，狄仁傑手中的正是塊昨天他們見過的那種蓬燕糕。這糕已經變得乾硬，上面沾滿了灰塵，狄仁傑抽出手絹，把糕細細裹起，塞入袖中。

兩人走出廚房，又進到對面的小屋，只見簡單的土炕和桌椅，特別的是牆角橫七豎八倒著幾柄刀槍。

狄仁傑點點頭，道：「我明白了，這裡才是道觀通常的出入口，而這間小屋應該是把守道觀的人住宿的地方。此地還真是一夫當關，萬夫莫開。如此狹窄的出口，四周又都是絕壁，只需要幾個人就可以把出路堵得死死的。」

「大人，一個道觀有必要這樣嚴加看守嗎？再說，既然嚴加看守，那麼道觀裡的人怎麼還是都不見了？看守又去了哪裡？」

狄仁傑呵呵一笑，道：「我也很想知道這些問題的答案，怎奈已經一天一夜粒米未進，你大人我啊，如今除了熱菜熱飯，可什麼都想不起來了。」

袁從英也笑了，忙道：「大人，別著急。咱們這就上大道，我看這周圍的山勢明顯比昨天看上去要高，咱們一定是下到了較低的山脊上，應該很容易見到人煙。」

二人說笑著穿過灌木叢，走上山道。又往前走了大約兩三里地，山路越來越寬闊平坦，周圍的林木也越來越稀疏，拐過一個彎，眼前出現一條平坦的大路，路口停著輛馬車。馬車前坐的人一身大戶人家的家人打扮，正在向山路上張望。

袁從英停住腳步，一拉狄仁傑的衣袖，道：「大人，您看！那不是狄忠嗎？」

狄仁傑還來不及答話，狄忠已經興奮地叫起來：「老爺！袁將軍！」催馬車就朝他們衝了過來。來到跟前，狄忠跳下馬車，剛要開口，一看他二人的樣子，大驚失色地叫道：「老爺！袁將軍！你們，你們怎麼啦？這身上……你們的馬呢？」

狄仁傑斥道：「教訓過你多少次了，宰相府的管家，就不會學得端莊些？成天大驚小怪的。」

袁從英忙道：「大人，我們倆今天這個樣子，就是皇帝看見也會大驚小怪的。」

狄仁傑一擺手：「罷了，你這小廝怎麼會在這裡？」

狄忠道：「三郎君估摸著您和袁將軍今、明就該到了，特意讓小的在此等候你們的。此處是前往并州城的必經之道，三郎君說在這裡等最好。可就是沒想到你們這麼早就到了，我還想著，最早得要下半晌呢。」

狄仁傑和袁從英相視一笑，狄仁傑道：「看來我們是走了條捷徑。」

狄忠道：「老爺，袁將軍，你們很累了吧，快請上馬車。從這裡到并州城還有三十里官道要走呢。」

狄仁傑道：「且慢，老爺我還餓著呢，你有沒有給我們準備些吃食？」

狄忠笑了：「有蒸餅、油塌和一壺您最喜歡的湖州紫筍茶，都熱在暖窠裡，就在車上擱著呢。也是三郎君讓準備的。」

狄仁傑這才笑咪咪地上了馬車，袁從英隨後跟上，狄忠一聲「駕」，馬車在官道上飛奔起來。

金色的陽光灑在路上，遠遠的，太原城的巍巍城樓破霧而出。

# 第三章　父子

太原，狄宅。

狄仁傑已經換上了乾淨的深褐色常服，舒舒服服地端坐在自家書房的案前，剛抿了口茶，狄忠小心翼翼地走進來，喚了聲：「老爺。」

「嗯，狄忠啊，袁將軍安頓好了嗎？」

「安頓好了，在西廂房，小的剛從那裡過來。」

狄仁傑點點頭，舒了一口氣道：「這兩天把他累壞了，讓他好好休息一下。你派誰去伺候他？」

狄忠道：「老爺，您又不是不知道袁將軍的脾氣，他不愛有人伺候。」

「嗯，也罷，他不要就算了。」狄仁傑走到花几前，仔細端詳著上面一盆形狀纖柔的蘭草，問道：「這盆素心寒蘭今年還是沒有開花？」

狄忠道：「這個小的不太清楚，要不要把花匠叫來問問？」

狄仁傑擺擺手：「不必了。」眼睛依然沒有離開素心寒蘭嬌弱的綠葉，臉上漸漸浮現出一種悵然若失的表情，彷彿陷入了某些久遠的回憶之中。

狄忠侍立一旁，大氣也不敢出，他知道老宅中這幾盆珍貴的素心寒蘭花，是狄仁傑的至愛之物，每年冬季都要帶話回來，問問有沒有開花。奇怪的是，這花就是不開，而狄仁傑似乎也從沒有動過把花帶去洛陽的念頭，就這麼遠遠惦記著，實在令人費解。

沉思良久，狄仁傑收回心神，向狄忠問道：「你不是說，是景暉讓你去官道上接我們的？他自己怎麼不在家中？」

狄忠支吾道：「確是三郎君吩咐小的，可是他吩咐完就走了。三郎君整天忙忙碌碌的，小的也不知道他在幹什麼。哦，老爺，小的已經讓人去他府上送信去了。想必很快就會來。」

狄仁傑皺眉道：「家中這麼大的宅院他不住，自己跑到城南去另立門戶，成天跑來跑去的他也不嫌累！」

頓了頓，狄仁傑又道：「他又不肯入仕，只領著個散議大夫的閒官，不說為國效力，吃起朝廷的五品俸祿來倒是毫不客氣，令我每每想起來就替他汗顏。既然這樣，乾脆安分守己些也就罷了，他還整天的不務正業，我真不知道他有什麼可忙的？」

狄忠低著頭一聲不吱。

狄仁傑朝他看看，忽然冷笑道：「那個傢伙一定已經收買過你了，所以你此刻才會在我面前三緘其口。很好，看來如今這太原狄宅做主的人，已經是他狄景暉了！」

「老爺！」狄忠大駭，張口結舌地說不出話來。

狄仁傑搖搖頭，平復了一下心情，緩和口氣道：「夫人那裡已經通報過了？你去告訴她，我晚飯前會去看她。」

狄忠忙道：「都通報過了。夫人說她身體不便，讓老爺不用惦記，還是與三郎君好好聚聚為要。」

狄仁傑沉默著。過了會兒，他突然想起什麼，問道：「狄忠，有沒有替我將名帖送到范老先生那裡？」

「送是送到了。只是，范老先生已經在幾日前故去了。」

「什麼？」狄仁傑很是詫異。

狄忠便將那日送名帖的經過，詳詳細細地給狄仁傑說了一遍。說完，雙手呈上范夫人的名帖。

狄仁傑把名帖拿在手上，顛來倒去地看了幾遍，長歎一聲道：「沒想到竟會發生這樣的事情。」他唸著名帖上的名字，「馮氏丹青，這名字倒有些意思，看樣子應該是位出身於書香門第的女子。我的這位范兄，多年來一直禁絕欲念守身如玉，信誓旦旦要以童子元陽之身修道，卻不想在晚年自破其戒，還留下一位寡妻，說來終不能算是個有恆念之人。」

狄忠好奇地問：「老爺，我怎麼從來不曾聽你說起過這位范老爺？」

狄仁傑道：「我與他兩家算是世交，小時候也曾一起嬉鬧玩耍過。只是他這個人性格孤僻，又對岐黃之術有特殊的偏好，研究起醫藥來簡直是入魔入癡，對人情世故卻一概不理，脾氣亦十分難於相處。不過，他的醫術卻是我所見過最高的。當年我在并州任職期間，景暉年紀尚小，體弱多病，多方調治總不能見效，後來還是請他開了幾劑方子，服用了半年左右的時間，果然就將身體徹底調理好了。否則，你的這位三郎君哪會有現在這麼活蹦亂跳？說不定到今天還是個病秧子。如今想想，當時也是多事，乾脆讓他就做個病秧子，我也少生許多閒氣！」

聽到最後一句話，狄忠不由低下頭暗自發笑。

狄仁傑接著道：「那時候，因為他對景暉有恩，他自己又從年輕時就立志不娶妻不生子，我和夫人還特意讓景暉去向他認了義父。不過這些都是在你出生以前發生的事情，你自然是不知道的。」

狄忠問：「老爺，那為什麼後來您倒不與這位范老爺來往了？」

狄仁傑道：「一則我被調入長安任大理寺卿，離開了并州，這麼多年都沒有回來，故而沒有機會相聚；另則也是因為他一年比一年沉浸在醫理藥學之中，對塵世俗務一概置之不理，甚難交流，近年來更是深陷於修道煉丹，期求長生的妄念中無法自拔。你知我素來討厭這些邪佞之說，當然也就沒有興趣再與他往來。這次如果不是因為從英，我也斷斷不會……唉！正所謂月有陰晴圓缺，人有旦夕禍福啊。從英身上有這許多年留下的舊傷，始終不能徹底復原，精神也不太好，我本來是打算趁這次回鄉，請范兄替他好好診治一番。雖說對其人已十分厭惡，但為了從英，我也可以容忍，卻沒料到是這樣的結果。」

狄仁傑的聲音低落下去，陷入了沉思。

狄忠等了一會兒，看他沒有動靜，便躡手躡腳地往門外退去。剛推開門，狄仁傑突然問：「你剛才說，有人報官，稱范其信是被人謀殺的？」

「是啊，老爺，法曹大人和另一位都尉沈將軍都這麼說。這案子都報到大都督府衙門了。不過，最近這兩天，小的也出去略略打聽過一番，卻沒聽說官府再有什麼動靜。」

「嗯。」狄仁傑點點頭，招手道，「沒讓你走呢，急著溜什麼。你過來看看這個。」

狄忠趕緊回到狄仁傑的書案前，一看案上放著塊風乾骯髒的蓬燕糕，納罕道：「老爺，這不是咱們并州特產的蓬燕糕嗎？您想吃這個啊，我馬上讓人去東市上買。廚房裡也可以做，不過要等晚飯時才能得，眼面前吃不到。」

狄仁傑聽他說得頭頭是道，不由啞然失笑：「你這小廝，一說起吃來就口齒伶俐了許多。我不是要吃這個，我是讓你幫我看看，這塊蓬燕糕有沒有什麼特別的地方？」

狄忠對著那塊髒兮兮的糕，左看右看了半天，道：「也看不出什麼特別的……就是，嗯，這塊糕的顏色似乎不太對。」

「顏色？這糕染了泥土，自然會黑灰些。」

「老爺，不是黑灰。蓬燕糕都是用上等的白麵做成的，應該雪白雪白的才對。就算是染了泥灰，也不該是這個褐色啊？」

狄仁傑覺得有理，忙再仔細端詳，果然這糕的麵色不是純白，而是淺褐色的。他從糕上輕輕掰下一角，裡面也是同樣的淺褐色，狄仁傑點頭道：「這褐色不是染上去的，而是麵裡摻雜了其他的東西，所以才會有這樣的顏色。」

他直起身，對狄忠說：「狄忠，你把這塊糕妥當地保管起來，這可能是個重要的證物。」

「是，老爺。」

「好了，時候也不早了。你幫我更衣吧，我現在就去後堂看夫人。」

時值深秋，日短夜長，才剛到酉時，天色已經黑了下來。狄仁傑見到夫人，和她略談了一會兒，看她疲乏就離開了。從後堂沿迴廊慢慢踱去，經過花圃，花匠正在培土，木架上整齊擺放著的盆栽全都是各個品種的蘭花，其中最特殊的就是幾盆淺綠色的素心寒蘭了。

狄仁傑見袁從英正安靜地站在花圃前，便走過去，輕拍一下他的肩，笑道：「從英，怎麼你也有賞花的閒情逸致？」

袁從英回頭，也笑道：「大人，我怎麼懂這些。再說，您這裡一朵花也沒有，我就是想賞花也無從賞起啊。大人，我在等您。」

「哦，有事嗎？」

袁從英略一遲疑，道：「大人，狄忠說今晚上是您的三公子為您準備的家宴，我參加不合適吧。」

「有什麼不合適的？從英，你是我的貴客，況且今晚上也沒有別人。夫人身體不便，很多年都不出房門了。因此今晚也就只有我與景暉那一家人，本來就人丁不旺，如果你再不來，就更顯冷清了。」

袁從英點頭道：「從英遵命便是。」

「唉，這個狄景暉，說要給我接風，自己到現在連個影子都見不到。從英，咱們一起去二堂坐著，邊喝茶邊等吧。」

剛要邁步，狄忠興沖沖地跑過來，道：「老爺，袁將軍，你們都在這裡啊。老爺，三娘子來了，在二堂呢。」

狄府的二堂裡燈火輝煌，正中放置著精雕細刻的金絲楠木桌椅，兩邊還面對面地設置了一對色彩斑斕的孔雀牡丹屏風，顯得十分富麗華貴。

狄仁傑在門外看到這番情景，眉頭緊皺，低聲問狄忠：「這些東西都是哪裡來的？」

狄忠也壓低聲音答道：「三郎君送來的，專為給您接風。」

狄仁傑正要說什麼，二堂裡端坐在下首椅子上的一位錦衣女子站起身來，向狄仁傑款款地行了個禮，口稱：「阿翁萬福。」

「秋月啊，一向可好？孩子們都好嗎？」狄仁傑緊走幾步邁入二堂，笑咪咪地端詳著這位三兒媳。

「託阿翁的福，秋月一切都好。孩子們也都很好。」陳秋月姿容秀麗，衣飾華貴，通身上下都是出自名門望族的大家閨秀氣派。只是眉心微蹙，眼波流轉間帶出一絲淡淡的愁緒。

狄仁傑介紹：「秋月，這位是袁從英將軍。從英，我的三兒媳，陳氏秋月，她的父親便是并州長史陳松濤大人。」

「袁將軍。」

「陳夫人。」

兩人隔了五尺開外，互相施禮。狄仁傑在一旁冷眼觀察，只見袁從英秉承禮儀，目光始終不曾落到陳秋月的身上，陳秋月卻在施禮之際深深地看了一眼袁從英，臉上陰晴不定，表情十分複雜。

三人各自落座，奶娘領上狄景暉的一雙兒女，都是齠髫小童，生得粉雕玉琢，見到狄仁傑，便圍在他身邊「爺爺、爺爺」地叫個不停，直惹得狄仁傑心花怒放。享受了一會兒天倫之樂，狄仁傑讓奶娘把兩個孩子帶到後堂，去見奶奶。

喝了口茶，狄仁傑漫不經心地問：「秋月啊，你可知景暉在忙些什麼？」

陳秋月冷冷地回答：「阿翁，媳婦不知道。」

「哦。」狄仁傑也不追問，又道：「長史大人近來可好？待我安頓下來，倒是應該去拜訪一下陳大人。」

「阿翁，家嚴很好。家嚴也很惦念您，今天就囑咐秋月問您什麼時候方便，家嚴要來向您請教。」

「唉，我已致仕，是個閒人了。長史大人為國為民日夜操勞，應該是我去拜訪他才是。」

「請阿翁不要再客氣，否則就是為難媳婦了。」陳秋月的答話言簡意賅，頗有些不耐煩，眼睛一直朝堂外看去。狄仁傑不露聲色，默默地喝茶。

二堂上一片寂靜，傭人們已經把燈燭全部點起，搖搖曳曳的燭火映在每個人的臉上，卻沒有絲毫喜色。茶喝過三巡，狄景暉仍然沒有露面，陳秋月的神情也越來越不安。突然，狄仁傑沉聲道：「狄忠，現在是什麼時候了？」

狄忠連忙回答：「老爺，剛過戌時。」

「不等了，我們入席。」

傭人們開始悄無聲息地一道道上菜，狄仁傑的臉色亦隨之越來越難看。沒一會兒，桌上就擺滿了珍饈佳餚，狄仁傑也早已面沉似水，只是一言不發地端坐在桌前。

就在此時，隨著一陣匆忙的腳步聲，狄景暉急匆匆地撞了進來。他一眼看見桌前坐著的狄仁傑，臉上微微泛起激動的神色，跨前一步，作揖道：「父親。」袁從英和陳秋月同時站起身來。

狄景暉等了一會兒，見狄仁傑不理他，倒也並不在意，似乎很習慣父親對他的這種態度。他用眼角的餘光瞥了瞥陳秋月，就把臉轉向袁從英，上下打量著袁從英，高聲道：「如果我沒有猜錯，這位就是大名鼎鼎的袁將軍吧。」

袁從英抱拳行禮道：「在下袁從英。」

狄景暉正要開口，狄仁傑沉聲道：「你設的接風宴，你自己到現在才來，是何道理？」

狄景暉爽朗地笑道：「父親，兒子還不是為了讓您喝到咱并州最好的三勒漿。因怕下人們不懂酒的好壞，兒子親自去城外的波斯酒肆挑選，誰知在回來的路上，下人居然失手將酒斛打翻，只好又多走了一趟，故而來晚了。」

狄仁傑「哼」了一聲，看三人還都站著，便先示意陳秋月坐下，又招呼袁從英道：「從英，景暉比你略大幾歲，看在我的面子上，你就稱他一聲景暉兄吧。」

袁從英點頭稱是，狄仁傑按按袁從英的肩，讓他坐下，這才向狄景暉抬了抬下巴，道：「你也坐下吧。」

狄景暉在父親對面坐下，看了看滿桌的酒菜，皺眉道：「怎麼？一點兒都沒有動？難道這些菜餚不合口味？」目光一閃，又道：「哦，我知道了，是缺少美酒佐餐啊。來人，把那斛三勒漿送上來。」他親自起身，給每人斟了滿滿一杯，舉杯道：「父親，袁將軍，景暉給你們接風了。」

狄仁傑冷冷地道：「多謝你的美意，可惜我從來不喝這種酒，只能心領了。」他又轉頭對袁從英道：「從英，你身上還有傷，也不要喝酒。」

狄景暉一愣，臉色頓時陰沉下來，乾笑著說：「也好，那我就自乾為敬吧。」仰頭將杯中的酒一飲而盡。

他看看桌上的菜餚，高聲叫道：「狄忠！讓人去把老張從廚房叫過來。」說著又給自己倒上酒，接連喝了好幾杯。

狄忠把老張領到桌前：「三郎君，老張來了。」

「啊，好，來得好。老張，你來給老爺介紹介紹這桌酒席的好處，說得好有賞！」

老張答應一聲，開始滔滔不絕地講解起來：「這道菜叫白沙龍，是用馮翊產的羊，只取嫩肉爆炒而成的；這道菜是駝峰炙，駝峰是從西域專運過來的；這木煉犢是以羊犢肉用慢火煨熟，再將帶調料的水全部收乾；這個五生盤是羊、豬、牛、熊、鹿五種肉細切成絲，生醃後再拼製成五花冷盤；這金粟平是魚子醬夾餅；還有這紅羅丁是用奶油與血塊製成的冷——」

「夠了！」狄仁傑厲聲喝道。老張嚇得一哆嗦，狄忠趕緊把他拖了出去。

狄景暉已經差不多喝掉了半斛酒，聽見狄仁傑這一聲，大剌剌地問：「怎麼了，爹？看來，這桌子菜也不合您的口味？」

狄仁傑怒視著狄景暉，道：「我來問你，這桌酒菜市價要多少錢？」

「這個嘛，還真不好說。就是再有錢，市面上您也沒處買去。像這駝峰、魚子醬、熊、鹿什麼的，都得到胡人開的店鋪裡去特訂，配的調料香料也是珍罕稀有。就連這位老張，也是兒子從長安花大價錢請來的，您說要花多少錢？」狄景暉挑釁地說。

狄仁傑強壓怒火，又道：「好，那我就換一種問法，以你一個五品官一年的官俸，可以辦多少桌這樣的酒席？」

狄景暉冷笑道：「爹，您是要考兒子的算學嗎？您老人家不會忘了吧，景暉可是十九歲就明經中第的。這麼點簡單的算術難不倒兒子。如果您老人家真要考我，倒不如再接著問，兒子這五品官一年的官俸，可以買幾副您面前的楠木桌椅，可以置幾座您身邊的嵌金屏風，可以換多少這桌上擺的密瓷碗碟和琉璃杯盞，可不可以置得下兒子在城南那座五進的大宅院，以及您兒媳頭上身上的華服首飾，我母親每天都要服用的冬蟲夏草──」

陳秋月顫抖著聲音道：「景暉，別說了！你喝醉了。」

狄仁傑道：「讓他說！」

狄景暉又給自己斟了一杯酒：「喝醉？我這樣的酒囊飯袋可不那麼容易喝醉。再說了，喝醉了又如何？也不像人家什麼大將軍那麼金貴，時時刻刻需要保重身體。」

袁從英猛一抬頭，目光像箭一樣射向狄景暉，但又慢慢移開了。

狄仁傑道：「狄景暉，這就是你給我辦的接風宴？一見面，你可曾問過我回鄉的緣由，你可曾問過我一路上的經過？難道遲到懈怠、擺闊炫耀就是你給我接風的方式？」

「哼，兒子倒是想問，您給過兒子機會了嗎？再說了，兒子就是問了，您會說嗎？您老人家可是國之宰輔，朝中棟樑，全身上下擔負的都是國家機密，兒子哪裡有資格知道您的事情。不過這回兒子倒是看出來了，您別是奉了聖上的命，又要當什麼欽差大臣，微服來查您兒子的違法貪墨之罪吧？」

「景暉！求求你不要再說了。」陳秋月已經帶著哭音了。

狄景暉咬著牙道：「為什麼不說。我花的都是清清白白的錢，我又不怕。」

狄仁傑已然氣得渾身發抖，說不出話來。袁從英站起身來，道：「大人，從英告退了。」

狄景暉攔道：「袁將軍，你可別走。你走了我爹怎麼辦？他對我不待見，把你可是當寶貝似的，哪次寫回家的信裡面不要誇你幾句。景暉還想向袁將軍學幾個哄我爹的絕招呢。」

狄仁傑道：「從英，你去吧。」

「是。從英先告辭了。」袁從英向眾人一抱拳，轉身往堂外走去。

狄景暉對著他的背影道：「哼，我還道是什麼頂天立地的大英雄。今天看來靠的不過是卑躬屈膝言聽計從，討人歡心而已。」

狄仁傑狠狠地一拍桌子：「狄景暉！你給我住嘴！」

袁從英剛跨出二堂門，他停下腳步，緊緊地捏起拳頭，站了片刻後，才又大踏步地向外走去。

狄仁傑長長地吁了一口氣，低聲道：「狄景暉，你也走吧，你們都退下吧。」

狄景暉還想說什麼，陳秋月拉住他的胳膊，含著眼淚向他拚命搖頭。狄景暉這才稍稍鎮定了一下，向父親作了個揖，與陳秋月一起離開了二堂。

後堂的東廂房是狄景暉和陳秋月在狄府的臥室，三開間的套房，層層疊疊地掛著山水織錦的幃簾，一床一榻、一架一櫃，無不風格簡練色調淡雅，蓮花樣的銅香爐裡飄出百合香鎮靜安然的香氣，但似乎也無法讓狄景暉安靜下來。他在屋子中間不停地來回走動著，陳秋月默默地坐在榻邊，面無表情眼神空洞，不知道在想些什麼。

過了好一會兒，她才悠悠地開口道：「景暉，你今天究竟去了什麼地方？」

狄景暉不耐煩地答道：「我不是已經說過了，你再問一遍幹什麼？」

陳秋月抬起眼皮，神情倦怠地道：「景暉，你那些話騙騙阿翁也就罷了。他老人家畢竟多年沒有回太原了。可你騙不了我。城外哪裡有什麼波斯酒肆？再說，太原城中最好的三勒漿就在你自己開的酒肆裡頭，又有什麼必要捨近求遠？」

狄景暉停住腳步，轉過身來直直地盯著陳秋月：「你倒是精明，不愧是陳長史大人的千金小姐。既然你這麼有見識，怎麼不乾脆去告訴我爹我撒謊了？」

陳秋月道：「景暉，你不要這麼焦躁。我只是想知道你究竟怎麼了。你，你是我的郎君啊。」

「哼，郎君？你想知道內情，恐怕不是為了我，而是為了你爹吧！」

陳秋月長歎一聲：「景暉，你一定要這麼想，我也沒有辦法。可我能感覺得到，你必是碰上了天大的難事，否則今晚你絕不會如此煩躁，你平時不是這樣的。」

狄景暉繼續在屋子裡走動著，沒有說話。

陳秋月道：「景暉，阿翁是那麼精明謹細的一個人，他現在正在氣頭上，也許一時察覺不到你言語中的破綻，等他冷靜下來，一定能發現你的問題。」

狄景暉「哼」了一聲。

陳秋月又道：「還有那個袁從英，你何苦無端得罪於他？我聽說他是個非常有本領的人，又深受阿翁的信任，這次阿翁返鄉，把他帶在身邊，還說不好是出於什麼目的。你今天這樣對待人家，不是白白地又給自己樹了個敵人？」

狄景暉道：「我還不需要你來教訓我！我就看不慣袁從英在父親身邊那副諂媚的樣子，他如果不是深有城府會揣摩父親的心思，又怎麼能夠得到父親如此信任？這樣的人，我偏要打打他的氣焰！」

「唉。」陳秋月深深地歎了口氣，不再說話。

狄景暉沉默了一會兒，突然想起了什麼，往外就走。陳秋月一下子從榻上跳了起來，緊緊地扯住他的衣袖，緊張地問：「景暉，你要幹什麼？你又要出去嗎？」

狄景暉「嗯」了一聲，也不多話，就要掙開陳秋月的手。

陳秋月突然提高了聲音，道：「不，景暉，我不讓你走。你別走！」她顫抖著雙手抱住狄景暉的身子，眼淚在眼眶裡打著轉，「景暉，你夜不歸宿已經有半年多了，每天晚上我都是一個人睡，我，我，我很孤獨，很孤獨……求你了，今天好不容易回一次阿翁阿婆的家，你就留下來，不要再出去了，好不好？」

狄景暉看著她悲傷的臉，略略有些遲疑了，他抬起手，輕輕撫摸了下陳秋月的秀髮，眼中流露出隱隱的不捨……突然，他又一把甩開了陳秋月攏著自己的手，抬腿就走。

陳秋月向後退了幾步，抬起頭，看著狄景暉的背影，顫聲道：「你，你又要去找那個小賤人是不是？總有一天，總有一天，她會把你害死的！」

狄景暉頭也不回地扔下一句：「你是三品宰相的兒媳，四品長史的千金，不用我來教你怎麼恪守婦道吧？」話音未落，他就砰地一聲關上了房門。

陳秋月呆呆地站著，愣了好一會兒，眼淚不停地往下落，終於忍耐不住，撲倒在桌上出聲地哭泣起來。

此刻，狄仁傑在書房的案前，已經一動不動地坐了很久。他的臉上籠罩著深深的疲憊，似乎一下子蒼老了好幾歲。

狄忠輕輕地開門進來，走到案前，狄仁傑聽到動靜，招呼了一聲：「從英。」

「老爺，是我。」

「哦，是狄忠啊。」狄仁傑應了一句，又發起呆來。

「老爺，小的看您一晚上什麼都沒吃，就讓廚房下了碗麵條，做了幾個清淡的小菜，您就在這裡用吧。」狄忠說著，打開提來的食盒，在桌上布起碗碟來。

狄仁傑朝桌上看了看，對狄忠道：「先放在這裡吧。哦，從英和秋月今晚上也什麼都沒吃，你也給他們房裡送些過去。」

狄忠道：「給袁將軍和三郎君房裡都送過去了。」

狄仁傑問：「景暉在做什麼？」

狄忠猶豫了一下，回道：「老爺，三郎君他又出門去了。」

狄仁傑擱在桌上的手一顫：「他又出去了？他，他為什麼會是這個樣子？」

他看看低頭侍立一旁的狄忠，歎息著說：「狄忠啊，你說說看，我是不是對景暉太過嚴苛了？」

狄忠沉默著。

狄仁傑彷彿陷入了回憶之中，自言自語道：「景暉一出生，他娘就得了病，從此臥床不起成了個廢人。他缺少母親的照料，從小就體弱多病，而我公事繁忙對他關心得更少……後來幸虧范兄妙手回春，否則真不知道他能不能長大成人。我總覺得虧欠了他很多，他又特別聰明直率，性格是他們三兄弟裡面最像我的……我曾經對他寄予了多大的期望，可是今天，今天，他卻成了這個樣子。是我的責任，我的責任啊。」

狄忠安慰主人道：「老爺，您別太難過。其實小的能看出來，三郎君心裡面還是很孝順您的。今天三郎君一定是遇到什麼不順心的事情了，他平時不這樣。」

狄仁傑又道：「別的倒也罷了，反正為了他棄仕從商，奢侈驕橫的作為我們也不知道吵過多少次了。可是今天，他居然對從英都說出那麼過分的話，他不是不知道，從英是我的客人。」

狄忠道：「老爺，我想袁將軍不會在意的。」

狄仁傑搖頭道：「你不懂。」

狄忠小心翼翼地問：「老爺，要不要小的去把袁將軍請過來？」

狄仁傑歎了口氣：「今天就算了，我要好好想想。」

并州城外，恨英山莊。

恨英山莊是一座依山而建的莊院，佔地相當廣闊，從山下的莊門往上望，幾乎看不到頭。山莊裡除了稀稀落落的幾座殿舍之外，就是大片大片的草木和間雜其中的水流。這些水流沿著山勢從上而下蜿蜒曲折地流淌，每到一處平坦之地，便匯聚成一個水池，每個水池邊都建有一座涼亭或者殿宇。和此前狄仁傑與袁從英在太行山中碰上的熱泉相仿，這裡的水流和池塘也都一律冒著熱氣，使整個山莊都籠罩在一片迷茫的煙霧之中。最大的一座殿宇建在山坡上，一色松木的外牆，顯得十分素樸。殿內卻是完全不同的一番景象。整個前殿裡是一個碩大的蓮花狀水池，白玉的池壁上雕刻著龍頭，熱泉水從龍頭潺潺流出，源源不斷地注入池中。從池邊拾級而上就到了後殿，後殿中央卻只放置了一副同樣白玉雕鑄的巨大坐榻，別無其他家什。尤其令人驚歎的是，整個後殿的牆上繪製著一幅五彩斑斕的巨大壁畫，畫著的正是諸神歡宴、群仙聚會的場面。

范老先生的遺孀馮丹青身披皂紗，倚靠在白玉榻上，手邊擱著狄仁傑的名帖。她的那雙宛如秋水的美目凝視前方，端麗絕倫的面容上呈現出如夢如幻的幽怨之色。

恨英山莊的總管范泰走進殿來，朝馮丹青施了一禮：「夫人。」

馮丹青冷冷地「嗯」了一聲，緩緩坐起身來，看了看范泰，問：「怎麼樣？都打聽到了？」

「打聽到了。狄仁傑已經在今天下午到達了并州狄府。」

「還有其他人嗎？」

「有，有一個叫袁從英的和他一起來。」

「嗯，我知道了。還有別的事情嗎？」

「別的倒沒什麼特別。并州官府這兩天沒有動靜，對於老爺的死似乎沒有往下追究的意思。」

馮丹青輕輕地「哼」了一聲，道：「無論如何，我們還是要做好準備。這個狄仁傑以斷案如神聞名於世，我倒還不知道，他居然也是老爺的舊友。他如今一定已經知道了老爺的死訊，會採取什麼行動，還不好說。」

范泰道：「夫人不必過慮，小的這邊已經安排得妥妥帖帖，那狄仁傑畢竟好多年沒有見過咱們老爺了，我想他就是再有本領，也難看出什麼端倪來。」

馮丹青注意地看了一眼范泰，臉上突然飛起一抹嫵媚的春色，柔聲道：「范泰，如今這恨英山莊可就全靠你了，我馮丹青也都全靠你了。」

范泰趕忙抱拳拱手：「夫人，這是范泰的榮幸。范泰願為夫人效犬馬之勞。」

馮丹青點頭微笑：「你先去吧。」

看著范泰走出殿外，馮丹青臉上那抹熏熏然的姣妍便消失了，眼睛裡閃出惡狠狠的凶光，咬牙切齒地低聲唸出一句：「狗奴才！」

她從玉榻上下來，慢慢走向前殿的蓮花池。就在這時，殿門開了，一個年輕女子走了進來。馮丹青一瞧見這年輕女子，立即停下腳步，直勾勾地盯著對方，冷笑一聲道：「我還以為你永遠不回來了呢。」

年輕女子也毫不示弱地逼視著馮丹青，答道：「我為什麼不回來？這裡是我從小長大的地方，不要以為如今師父一死，你就可以當家做主了！」

「笑話，不是我當家做主，難道還是你當家做主不成？陸嫣然，我看你還是趕緊去找你的那位狄三公子廝混吧。」

年輕女子飛紅了臉，恨恨地道：「我的事情你管不著。想把我從恨英山莊趕走，你休想！」

馮丹青微微一笑，走到陸嫣然面前，嬌聲道：「嫣然，你又何必如此敵視於我。這幾年來，我對你還算不錯吧？讓我來給你一個建議，咱們兩個還是應該攜手互助，一致對外。在這恨英山莊裡面，有你我各自想要的東西，我們為什麼不好好合作，各取所需呢？」

陸嫣然「呸」了一聲，道：「馮丹青，你不要用這副狐媚的樣子來噁心我。恨英山莊裡有你想要的東西，卻沒有我想要的東西。我留在這裡，只是不想看到你毀了我師父苦心經營的一切，更要為師父不明不白的死討一個公道！」

馮丹青輕輕一揮手：「哎喲，真是話不投機半句多啊。你一心想要作死，我也沒必要攔你。那咱們就走著瞧吧。」

陸嫣然轉身欲走，馮丹青在她身後道：「狄家老先生狄仁傑大人已經回到太原了，你知道了吧？」

陸嫣然不吱聲。

馮丹青又露出嫵媚的笑容，道：「狄大人是什麼樣的人，你大概也聽狄三公子提起過吧？狄大人是老爺的故交，我正想請他來山莊一敘，不如，你就替我去請上一請？」

陸嫣然猛地轉過身來，盯著馮丹青道：「你到底在打什麼主意？」

「我還能打什麼主意？不過是想讓狄大人早點見一見，他這位娶不進門的兒媳美人罷了。」

「你！」陸嫣然大大的眼睛裡一下就蓄滿了屈辱的淚水，奇異的是，這雙眼睛竟是碧綠的，像兩潭碧水更似兩塊翡翠，美得讓人心痛。

馮丹青悠悠地歎了一口氣，道：「話已經說了，去不去你自己決定吧。不過，我想你一定會去的。」

陸嫣然咬了咬嘴唇，走了出去。

馮丹青坐到蓮花池邊，抬頭看著後殿的壁畫，一動不動，宛然變成了一尊玉美人。

狄府，後花園。

這一夜是那麼長，好像總也到不了頭。三更已過，狄府裡面一片寧靜，再也聽不到任何聲響，連刮了一天的風都彷彿睡著了，牆邊的枯竹靜靜地站在蒼白的月色中，乍一看，真有點像泛著幽幽綠光的鬼影。

袁從英吹滅了桌上的蠟燭，走出屋子，輕輕地闔上房門，沿著迴廊慢慢朝後花園走去。停在花圃前的牆邊，他靜靜地站著，似乎在想些什麼，又似乎什麼都沒有想。最近他常常夜不能寐，甚至徹夜難眠，尤其是在身體特別疲憊的時候。從接風宴上回來，他就知道，今天肯定又是個不眠之夜，於是乾脆連上床都免了，只是坐在燈下看書。現在，他來午夜的花園中站一站走一走，不為別的，就為這一片寂靜。

但是，偏偏連這樣一點要求都無法得到滿足。就在牆根下，他聽到了從牆外傳來的低低的耳語聲。側耳傾聽，聲音又消失了。袁從英朝牆頭看了看，輕輕一躍，就無聲無息地站到了高過牆頭一棵榕樹的枝杈上。銳利的目光沿著外牆搜索過去，果然在靠近後院門外的牆邊，發現兩個鬼鬼祟祟的人影。兩人都是一身夜行打扮，正在悄聲商量著。

「今兒晚上還真是夠冷的。咱倆這沒頭沒腦的，還要待多久啊？」

「唉，有什麼辦法，上頭說要監視狄府，咱們就監視唄。」

「可問題是，到底要監視什麼，頭兒也沒告訴咱們啊。這可讓人怎麼辦？」

「頭兒不是說了嗎？讓我們監視異動。」

「廢話！異動是什麼東西？有隻黃鼠狼鑽進去了，算不算異動？」

「行了，你就別抱怨了。再忍忍，三更都敲過了，到天亮咱們就可以撤了。」

「是啊，也不知道前門的兄弟們發現異動了沒有？」

說話聲停止了，兩人拉開距離，繼續執行他們的任務。袁從英掉轉頭，往前院方向看過去。果然，每隔一段距離就能發現一個黑影，看來狄府周圍已經被布上了嚴密的監控網。他想了想，飛身而起，在幾棵樹間閃轉騰挪，很快找到了一個最佳的觀察點，便悄悄地隱蔽在了樹葉的後面。

清冷的月光靜靜地灑落，照出秋夜的淒涼。袁從英聚精會神地等待著「異動」的出現。對於不習慣這種等待的人來說，恐怕真的是一種折磨。但是袁從英的直覺卻在告訴他，今夜的等待一定會有收穫。

果然，遠遠地從巷子的另一頭，出現了一個小小的身影，猶豫不決地朝狄府的方向摸過來。離開狄府還有好幾丈遠，小身影突然被人騰空抱起。他剛張嘴要喊，嘴就被捂得嚴嚴實實，他的手臂也被死死夾住了，只好拚命地蹬腿，卻一點兒作用都沒有。就這樣，直到兩三條巷子外的一棵大樹下面，抱住他的人才把他放了下來。小孩子撲通一聲坐到地上，漲紅了臉，瞪著這個瘦瘦高高的陌生男人。

袁從英站在孩子的面前，抱起胳膊打量著他。這男孩子也就是十來歲的樣子，長得十分瘦小，臉蛋上泥一道灰一道的，看不清楚五官長相，但是一雙眼睛卻很清澈明亮。身上的衣服破爛不堪，髒得辨不出顏色。此刻，這小男孩仰著臉，目露凶光，活像一頭受了驚嚇打算要拚命的小野獸。

袁從英慢慢地蹲下身子，饒有興致地朝他微笑了一下：「我們見過面，對不對？不，準確地說，是你曾經見過我，而我卻沒有見過你。」

小男孩朝他翻了翻白眼，不說話。

袁從英又問：「前天在山道上，草叢裡面窺探我們的就是你吧？後來把我們引到山間熱泉的也是你吧？再後來在那個荒僻的道觀裡面，夜晚哭泣的還是你吧？」

他注視著小男孩的眼睛，仔細觀察著對方的神情。

小男孩被他逼視得垂下了頭，但依然緊閉著嘴，一言不發。袁從英的眼裡突然掠過一道冷光，壓低聲音，一字一句地問：「最後一個問題，那個死在山道上的人是誰？」

小男孩被他的語氣和目光嚇得渾身一哆嗦，驚恐不安地轉動著眼珠，突然跳起身來就跑，可憐一步都沒邁出去，就被袁從英伸手一提腰帶，拎回來扔在原地。小男孩有些絕望了，扁了扁嘴，眼睛裡面充滿了淚水，卻又狠命咬著牙不肯哭出來。

袁從英輕輕地歎了口氣，在小男孩的身邊坐下來。他語氣和緩地說：「你這個孩子，真是夠神秘的。其實我沒有惡意，我是想幫助你。」

小男孩惡狠狠地說：「我才不信呢！」

袁從英一愣，笑道：「原來你會說話啊，我還當你是個啞巴。」

「我不是啞巴，你才是啞巴呢！」

袁從英被他衝得啼笑皆非，只好搖頭道：「隨便你怎麼說吧。不過，既然你不是啞巴，是不是可以回答我的問題？」

小男孩把頭一扭：「你休想，我什麼都不會告訴你的。」

袁從英道：「好吧，那你也休想離開了。反正我也睡不著覺，咱們就在這裡一起耗著吧，看誰能耗過誰。」

小男孩嘟起嘴，背對袁從英坐著。袁從英也不理他，靜靜地靠在樹上，仰望著深黑色的夜空。過了一會兒，他忽然聽到一些奇怪的「咕嚕嚕」的聲音，他又注意聽了聽，笑道：「哎，你多久沒吃東西了？是不是很餓了？」

他轉到男孩面前，說：「這樣吧，我先帶你去吃東西。等你吃飽了，再決定要不要回答我的問題，怎麼樣？」

小男孩咽了口口水：「就算你給我東西吃，我也什麼都不會告訴你的。」

袁從英一點頭：「嗯，倒是有點骨氣。那咱們就走吧。你最好閉上眼睛，免得嚇破了膽子。」

他向男孩子一伸手，就把他抱在身上，輕輕一點足尖，飛身躍上旁邊的院牆，幾次騰躍就來到之前觀察動靜的那棵大樹上。目光一掃，看到那幾個夜行人還在狄府院牆外恪盡職守。袁從英輕輕自語了一句：「以防萬一，對不住了。」從樹上輕輕掰下兩根細細的樹枝，一揚手，樹枝迅疾地朝離得最近的兩個黑衣人飛去，兩個人連吭都沒吭一聲，就無聲無息地倒了下去。袁從英又觀察了一遍周圍的情況，確認沒有任何問題，這才騰空而起，輕巧地越過狄府的外牆，穩穩地落在後花園裡。四周依然一片寂靜，他稍稍調整了一下呼吸，繞過迴廊，連轉兩個彎，就來到了自己的房前，推門進屋，把懷裡的男孩往榻上輕輕一放，轉身關上了房門。

袁從英點亮桌上的蠟燭，回頭一看，男孩目瞪口呆地傻坐在榻上。

「你怎麼了？嚇傻了？」袁從英也坐到榻邊，微笑著問道。

男孩吐了吐舌頭：「原來你還會飛啊，這麼大的本事！」

「本事？我有什麼本事？連個小孩子都不肯聽我的話。好了，先看看有什麼可以吃的吧。」

袁從英皺起眉頭，看了看榻几上的碗碟，有羊肉餡餅，幾樣小菜，牛肉清湯，還有一大碗飯。這些都是狄忠晚上送過來的，他還一點兒都沒動。

「可惜全都涼了，湊合湊合吧，你喜歡吃什麼就隨便拿。」

男孩雙眼放光，伸手一把抓起羊肉餡餅，大口大口地嚼起來。袁從英看著他的吃相，突然想起了什麼，臉色一沉，擒住男孩的手，道：「你慢點吃。」又倒了一小碗湯給他，看他吞幾口餅喝一口湯，吃相文雅了些，才鬆了口氣。

看著男孩吃了一會兒，畢竟一晚上什麼都沒有吃，袁從英也覺得餓了，就乾脆給自己也盛了碗飯，拿起筷子，就著冷冰冰的湯和菜，吃了起來。

為了避免引起注意，袁從英進屋時只點亮了一支蠟燭，僅夠照亮榻前的一小塊地方。此時此刻，就在這片微弱的紅色光暈中，一大一小的兩個人，津津有味地悶頭吃著冷菜冷飯，倒像是在品嘗著什麼美味佳餚。

男孩子吃得差不多了，偷偷瞥了眼袁從英，看他絲毫沒有注意自己，就悄悄地從右手的袖管裡掏出一件東西來，突然揮起右手，朝袁從英的面門直扎過去。袁從英還確實沒有防備這一著，雖然反應迅速，立即閃開臉來用左手一擋，誰知那東西鋒利無比，左手臂上立時就被拉出了一條長長的血口。袁從英反手一記耳光，只打得那小孩原地轉了兩圈，從榻上撲倒在地，嘴裡咬著的半塊餡餅掉出去好遠，那件凶器也噹啷落地。

袁從英瞧了一眼左臂，只見鮮血順著拉破的衣袖不停地往下淌。他氣得臉色發白，拎起那個暈頭轉向的孩子，往榻上用力一按，咬牙切齒道：「你這小孩，怎麼如此狠毒？！」

男孩只道自己這回在劫難逃了，嚇得全身不停地哆嗦，眼淚終於撲簌簌地滾落下來。袁從英氣呼呼地盯了他半天，自己取出塊帕子裹了手臂上的傷口，坐在男孩子的對面，不再看他，一個人生著悶氣。

小男孩卻越哭越起勁，嗚嗚咽咽的聲音越來越響，袁從英瞪了他一眼，道：「你還有臉哭！小聲點吧，想把所有的人都招來嗎？」

「嗚嗚，你，是你害死了我哥哥，嗚嗚……」

袁從英感到莫名其妙：「我害死了你哥哥？什麼意思？你哥哥是誰？」他思索著，恍然大悟道，「原來那個人是你的哥哥。難怪，可是我並沒有害死他。」

「是你，就是你，我親眼看見的，他就死在你手上。」

「他的確是死在我手上，但我卻沒有害他。說實話，他死得十分蹊蹺，我都不明白他究竟是怎麼死的。不過，當時看他的樣子，似乎是吃東西噎死的。」

小男孩不說話，只是不停地哭泣。袁從英歎了口氣，端起他的小臉蛋看看，上面清清楚楚的五根指印。袁從英搖了搖頭，輕聲道：「打重了。我還從來沒打過小孩子呢，唉。」他想了想，又道：「對不起，你哥哥死時的情景太特別，早知道我就不讓他吃那些糕了，也許他就不會死。

不過你要相信我，你哥哥的死因，我一定會查清楚。」

男孩子止住悲聲，道：「我本來看著他的，可後來太睏了睡著了，他就跑掉了，等我看到他和你們在一起的時候，他就、就……」

「他是不是有什麼病？」袁從英問。

男孩子搖搖頭，又不說話了。袁從英知道一時問不出什麼，就從地上撿起剛才的「凶器」。那是一塊猶如水晶的透明物，周邊銳利無比，他左看右看不得要領，便問：「這是什麼東西？我還從來沒見過。」

男孩說：「還給我。」

「那不可能。這東西就留在我這裡了，你帶著它太危險。」

接著，袁從英又自嘲地笑了笑，道：「這個世上能把我傷到的人可不多啊。今天的事情要是傳出去，肯定會有人對你佩服得不得了。」

「真的嗎？」男孩子聞聽此言，興奮起來。

袁從英沒好氣地道：「那是自然，不過我的臉可就丟盡了。」

男孩好奇地看著他，問：「我刺傷了你，你好像一點兒都不生氣？」

「嗯，我沒那麼容易生氣。」說著，袁從英朝窗外張望了一下，道：「天快要亮了，我不能再把你留在此地，你家住在什麼地方？我送你回去。」

「我沒家……不過可以去城東的土地廟，是個破廟，平時從沒人去，藏在那裡很方便的。以前我和哥哥沒地方住的時候，在那裡住過一陣子。」

「好吧，你來指路。」

這個城東土地廟果然是個躲藏的好地方，周邊雜草叢生，但是轉過一條小巷就是集市，跑起來很容易混入人群，廟後又有一大片荒草地，再往外就是一眼望不到頭的大片樹林。袁從英觀察了一番，心中暗暗讚許，真是個聰明的孩子，挑到這麼個好地方。

男孩坐在廟前的臺階上，袁從英在他腳邊放下幾枚銅錢，道：「餓了就自己去買點吃的。」轉身要走，又回頭道：「我有時間會到這裡來看你。如果你有急事找我，可以在今天咱們說話的那棵大樹下面留個字條給我，我每天都會去看。記住，不要再靠近狄府，那裡不安全。」說到這裡，他忽然想起來，「不對，你去狄府不是要找我。你不可能知道我在那裡。你是要去找誰？」

「不找誰。」

「嗯，還是不肯說，沒關係，以後你一定會告訴我的。我走了。」

他走了幾步，停下來，背對孩子，問：「我還不知道你叫什麼呢？」

「……我叫韓斌，別人都管我叫斌兒。」

袁從英這才回過頭來，對韓斌笑道：「斌兒，好名字。你會寫字嗎？」

「我會！哥哥教過我很多。」

袁從英點點頭，縱身一躍，走了。

他回到狄府外的時候，天已經矇矇亮了，那些監視的人，連同被他打翻的兩個不見了。他還是循原路返回，路過後堂狄仁傑的臥室，聽到從裡面傳來咳嗽的聲音，狄仁傑習慣起床很早。袁從英在屋外站了站，轉身離開。

# 第四章　凶案

太原，狄府。

早晨的狄府呈現出一副忙忙碌碌的生氣。狄忠指揮著幾個家丁正把二堂上的楠木桌椅和孔雀屏風裝車運走。後院門前，老張和另一個廚子在檢查剛送上門來的菜蔬。奶娘帶著狄景暉的一雙兒女在院子裡玩耍起來。陳秋月去後堂給公公婆婆請了安，也來到院子裡看著孩子們嬉戲，因為徹夜哭泣而蒼白憔悴的臉上才稍稍沾上點喜色。

狄仁傑多年來上早朝，養成了卯時之前就起的習慣。此時他已用過早餐，儀容齊整地站在書房裡，略有些不知所措地在屋子裡踱著步，一時間不太清楚今天應該做些什麼。

「大人。」袁從英在門口喚了一聲。

「從英啊，快進來。」狄仁傑看見袁從英，心裡立時湧起一股說不出的親近。袁從英邁步進屋，狄仁傑上下仔細打量他一番，沒看出有什麼異樣。袁從英穿著一件半新的月白袍服，全身上下收拾得整齊俐落，既有軍人的一絲不苟，又帶著儒生的文雅俊逸。狄仁傑欣賞地端詳著他，讓他坐在自己的身旁。

「昨晚休息得好嗎？對此地還習慣嗎？」狄仁傑笑咪咪地問道。

袁從英點點頭，微笑道：「大人，我休息得很好。」

「這就好，這就好。」狄仁傑道，「從英啊，你來得正好。我剛才想到，咱們這一路上的經歷，還有諸多疑竇尚待勘查，你我今天有時間，正好可以把整個過程好好地回想分析一遍。」

「大人，跟著您，真是到哪裡都離不開斷案。」

「從英，你還莫要取笑老夫，這回我就讓你來主導推斷一次，看看你這麼多年來跟在我的身邊，到底有沒有掌握些真才實學。」

「大人，讓我試試可以，不過從英要是推斷得不好，您可不能全怪在從英的身上。畢竟這麼多年來，大人您派給從英的任務還是以打架為主，學習為輔啊。」

狄仁傑哈哈大笑起來，狄忠急匆匆走到門口，剛想報事，看到兩人融洽的樣子，一時不忍打攪，就在門前傻笑著。待狄仁傑笑止，才發現門邊的狄忠，便問：「狄忠，你倒是想進來還是想出去啊？」

狄忠忙跨前一步，回道：「老爺，并州長史陳大人來了，要見您。」

「哦，快請到這裡來。」

看著狄忠快步朝前院跑去，狄仁傑向袁從英介紹道：「從英，并州牧的職位過去一直由魏王武承嗣擔任，年前魏王病逝後，皇上便任命了相王接任。不過你也知道，這兩位王爺都是本朝地位最高的人物，一般不離開京城。因此陳長史便是并州實際上的最高長官，在此地任職已有十餘年，政績頗斐，也算是位很得皇帝器重的大吏。他的女兒秋月就是景暉的夫人，昨夜你已經見到了，故而他也算是我的親家……」

正說著，狄忠已經領著陳松濤到了書房門口。狄仁傑住了口，趕忙迎前幾步，含笑招呼道：「陳大人，您的公事繁忙，還勞您親自來訪，真是折殺老夫了。」

陳松濤站在門口，畢恭畢敬地作了個揖：「狄國老，您一向可好啊。松濤這廂有禮了。」

「好，好啊，陳大人請進。」

兩位大人互相謙讓著走進書房，陳松濤一眼看見了站在門邊的袁從英，忙道：「這位就是袁從英將軍吧？」

狄仁傑道：「從英，這位是陳大人。松濤啊，你沒認錯，這就是從英，我的左膀右臂。」

陳松濤一邊和袁從英互相見禮，一邊上下打量著他，笑道：「名不虛傳，名不虛傳。果然是風神俊逸，儀容偉岸。難怪松濤常聽人說起，狄大人是時時刻刻都離不開袁將軍。」

袁從英只是微笑著，並不說話，欠身讓到了一邊。

狄仁傑與陳松濤分賓主落座，狄忠奉上香茶。

「老夫昨日午後剛到太原，還沒有時間出去體察市井民風，然而據我從城外一路回府所見之市容，還有百姓的神色來看，這北都太原端的是井然有序，百姓也可謂安居樂業。難怪歷來諸位黜陟使視察并州治下的，都對你讚不絕口。松濤，你做得很好啊。并州有你這樣的好長官，我也確實可以在此安心養老了，哈哈。」

「國老過獎了。松濤慚愧，慚愧啊。身為一方父母，勤政愛民實乃本分，松濤這點區區的作為，怎可與國老的經天緯地之才、匡扶社稷之功相提並論。況且，國老多次向聖上懇請致仕，聖上哪次是真准了的？所以這次國老返鄉，恐怕也不會僅僅是養老那麼簡單。以松濤想來，最少，國老應該還擔負著指導地方方略，檢閱地方吏治的職責吧。」

狄仁傑一邊搖頭，一邊笑咪咪地答道：「松濤，這回你可想錯了。蒙聖上憐惜，老夫這次返鄉，可真的要採菊東籬下，悠然見南山了。」

陳松濤連忙笑道：「那是最好，那是最好。松濤也是擔心國老為國事操勞，一時半會脫不了身，才會有這樣的臆測，還望國老見諒。」

狄仁傑喝口茶，道：「哪裡。」

陳松濤又看了一眼端坐在下手位的袁從英，笑道：「不知袁將軍此次前來太原，又有何貴幹？」

狄仁傑道：「那也是聖上顧念我年老體弱，對從英多有倚賴，故而特讓從英一路陪我返鄉。唉，這一路上還真是多虧了從英。」

「哦？國老在路上遇到什麼麻煩了嗎？」

「倒也沒有什麼大事，一些小小的波折而已，再加上一些小小的奇遇。」

「國老有什麼波折和奇遇，可否說來聽聽？」

狄仁傑笑道：「松濤，你在并州為官多年，可曾聽說過一個叫藍玉觀的所在？」

「藍玉觀？」陳松濤面色變了變，接著忙說：「倒是沒聽說過。」

狄仁傑笑道：「前夜我與從英誤入藍玉觀，還在那裡宿了一夜。那可真是個奇異的所在啊，一個空無一人的道觀。如果松濤不曾去過，以後老夫倒是可以帶松濤去看看。」

「那是甚好，甚好。」

狄仁傑頓了頓，又道：「松濤，老夫還要多謝你，這許多年來替我關照景暉一家。狄景暉生性頑劣，一定讓你操了不少的心吧。」

陳松濤道：「國老這是從何說起。景暉雖對仕途沒有興趣，然他為人精明強幹，又兼性情豪邁，氣魄不俗，這些年來在一個商字上巧加經營，竟也成就斐然，已成為我北都赫赫有名的一位富商巨賈。不僅僅是太原，哪怕在整個河東道，也稱得上數一數二。」

狄仁傑正色道：「士農工商，商畢竟是在末席，即使做得再有成就，也算不上什麼。他狄景暉雖有能力斂財，卻無忠心報國，總歸不是正途。」

陳松濤笑道：「國老嚴苛了。前年朝廷與吐蕃開戰，缺乏軍餉，景暉一個人就認捐了五十萬兩白銀，也算得上報國有為了。」他觀察了一下狄仁傑的臉色，忙又笑道：「哎呀，景暉是我的女婿，丈人看女婿，自然是越看越歡喜。國老卻是教訓兒子，嚴苛一些，也是人之常情嘛。」

狄仁傑只是淡淡一笑，端起茶杯喝了口茶，道：「秋月和孩子們這幾天就住在我這裡，你今天既然來了，正好也去瞧瞧他們娘兒幾個。平日裡公事繁忙，也不知道與他們見面的機會多不多？」

陳松濤道：「國老考慮得很周到。我也正想著去看看女兒和外孫們。如此，松濤就先告辭了。」

「好，好。」

狄仁傑正要起身送客，狄忠突然又跑了進來，稟道：「老爺，陳大人，外面有位沈將軍說有急事找陳大人。」

陳松濤道：「怎麼找到這裡來了？這……」

狄仁傑道：「松濤請便。」

正說著，那位狄忠曾經在恨英山莊外面見過的年輕將領沈槐急匆匆地走進院中，他一眼看見書房門口站著的諸人，立即跨前兩步，畢恭畢敬地抱拳道：「列位大人。」

陳松濤走到他的跟前，低聲問：「什麼急事？居然找到狄大人的府上來。」

沈槐也低聲回道：「您不是叮囑過我，凡是與恨英山莊有關的事情，都要立即稟報嗎？」

狄仁傑聽到「恨英山莊」這四個字，不由眼神一凝，他想了想，抬高聲音道：「松濤，不如請這位沈將軍到書房來議事。恨英山莊的莊主范其信乃是老夫的故交，凡與這恨英山莊有關的事情，老夫倒也想瞭解瞭解。」

陳松濤驚喜道：「這就太好了。國老您不知道，為了這恨英山莊的事情，松濤近日來是殫精竭慮而不得要領啊。如果國老肯助松濤一臂之力的話，何愁疑案不解？」

各人重新回到書房落座。

沈槐筆直地站在書房中央，陳松濤介紹道：「這位是并州折衝府的果毅都尉沈槐沈將軍，如今正協助本官調查恨英山莊的案子。」

狄仁傑上下打量沈槐，看他和袁從英的年紀差不多，英挺矯健的身姿、精明有禮的舉止，也都和袁從英有幾分相似，心中立即生出些莫名的好感來。狄仁傑看了看袁從英，發現他也在注意地端詳著沈槐。不知道為什麼，狄仁傑的心中微微一顫，趕忙斂了斂心神，認真地傾聽起沈槐的彙報。

只聽沈槐朗聲道：「各位大人，末將今天冒昧前來，是要報告陳大人，恨英山莊的園丁范貴今天突然死在都督府羈押證人的監房裡。據仵作驗看，他是被人毒死的。」

陳松濤道：「什麼？唯一的證人也被殺人滅口了！歹人的手段很是厲害啊，居然能夠跑到都督府的監房裡面去殺人。」他命沈槐道：「沈將軍，請你將恨英山莊案子的始末原原本本地向狄大人、袁將軍講述一遍，好讓他們知道全部的背景。」

於是，沈槐便將幾日前恨英山莊范其信老爺傳出喪訊，園丁范貴到并州都督府報謀殺案，以及他和法曹去恨英山莊驗屍，被馮丹青阻攔的經過清清楚楚地敘述了一遍。

狄仁傑此前已經聽狄忠講過一遍恨英山莊前發生的事，心中多少有了點數，此刻再聽沈槐說得詳略有當，條理清晰，心中的好感不由又增添了幾分。待沈槐全部講完，狄仁傑道：「那麼說，這位馮夫人是以所謂羽化成仙之說，阻攔了官府入莊驗屍。」

陳松濤道：「這樣的鬼話，本官是不信的。怎奈十年前范其信曾向先帝獻藥，治癒了先帝的癲瘡，先帝對他的醫術十分讚賞，因而特意給他在恨英山莊門前豎了座牌樓，還封了他藍田真人的名號。這恨英山莊也算是受了皇室恩澤的所在，手上沒有真憑實據，松濤不願硬闖。」

狄仁傑點了點頭。「松濤處理得很妥當。」

陳松濤又道：「但問題是，入不得山莊，驗不得屍，這件案子就難有進展。因此這幾日我左思右想，找不到突破口，只好暫且按兵不動。好在馮丹青口中的羽化需要百日，一時倒也不怕屍體有什麼差池。」

狄仁傑道：「范其信雖是我多年故交，但近年來並無往來，也不知道他什麼時候娶了一位妻子。」

陳松濤笑起來：「好像是在三年前娶的吧。據說這位馮夫人秉絕世之姿容，堪稱傾國傾城呢。對了，景暉與恨英山莊時有往來，他應該與馮夫人頗為熟識。國老沒聽他談起過？」

狄仁傑的臉色微微一變，馬上端起茶盞掩飾過去：「哦，景暉小時候曾受范其信妙手回春之恩，拜過他為義父。不過，這都是很多年前的事情了。近年來我曾多次囑咐他，不要與范家太多往來，他也絕少與我提起范家，想必最多是維繫些表面上的禮儀罷了。」

「那是一定，那是一定。」陳松濤連連點頭，袁從英從旁注視著他，眼神有些冷峻。

「松濤，既然這件事情牽涉到我多年的故交，我也有心管管閒事，不知長史大人意下如何？」

「國老願施援手，松濤欣喜之至啊。不瞞國老，松濤這次前來，本就打算請國老助一臂之力，卻又不好意思開口。沒想到今天機緣巧合，國老已經首肯，真是太好了。今後在這個案子裡，一切都憑國老做主，松濤定當全力輔助。」

「此話差矣。老夫只是從旁協助，長史大人才是主審的官員。」

「國老說的是，是松濤喜不自勝，失言了，失言了。」

袁從英從頭開始就一直一言不發地聽著，臉上的神色卻越來越凝重，此刻，他瞧了瞧狄仁傑，目光中竟有絲隱隱的擔憂。

狄仁傑道：「這樣吧，恨英山莊那裡我已送過名帖，這幾日我便會去拜訪一次。從英，現在還要請你辛苦一趟，隨這位沈將軍去都督府，驗看一下那位死去的園丁。」

「是。」袁從英和沈槐同時答應了一聲。

陳松濤站起身來：「國老，如此松濤就去後堂看女兒和外孫去了。」

「好，狄忠，給陳大人前頭帶路。」

眾人離去，書房裡只剩下狄仁傑一人，他長長地吁了一口氣，陷入沉思。

後堂東廂房。

狄景暉和陳秋月的臥室裡，陳秋月頹然地坐在桌前，陳松濤站在她對面，眉頭緊鎖，神情憤憤。半晌，他才冷笑一聲道：「那麼說，我的好女婿昨天是大鬧了一場啊。不錯，不錯，不愧是狄仁傑的兒子。」

陳秋月悶悶地道：「他吵完就走了，到現在還沒回來。」

「哦？你不是已經很習慣他這種作風了嗎？」

陳秋月忽然抬起頭，盯著父親問：「爹，景暉昨天是不是碰到什麼事情了？是不是你做了什麼？」

陳松濤一甩袖子，斥道：「我看你是越來越不像樣了，哪有半點長史千金的氣魄。你丈夫的事情你自己問不到，反而來問我，簡直是笑話！」

陳秋月垂下眼簾，哀怨地道：「您又不是不知道，自從上回的事情之後，他對我就越來越冷淡。這半年來，更是公然和那個小賤人在他的酒肆裡頭出雙入對。我這個千金小姐、五品夫人的臉，早就丟光了，哪裡還談得上氣魄？」

陳松濤道：「秋月，你什麼時候學得這麼忍氣吞聲了？狄景暉對你不仁，你就該還他以不義。想想我從小是怎麼教導你的？」

陳秋月忽然發作了，她恨恨地盯著父親道：「對，就是你的教導，才使我陷入了如此的處境。景暉雖然恃才放曠，但他心地善良重情重義，對我也一向很好。要不是因為您，他現在絕不至於對我如此絕情！」

陳松濤「哼」了一聲，道：「你就不要再為他辯解了。我們的行動秉著大是大非，目的是要成就大業，絕非小小的兒女私情可以左右。況且，我看狄景暉對你，早就沒有什麼兒女私情了，所以你還是早點清醒為好。」

陳秋月神情黯然地低下頭，不再說話。

陳松濤又在屋子裡來回走了兩圈，道：「狄仁傑這個老狐狸不好對付啊。好在狄景暉先自亂了陣腳，在這裡上躥下跳地鬧起來，狄仁傑的心裡一定不好受。哼，畢竟是父子連心啊。所以，我們必須要把狄景暉牢牢地掌握在手裡，讓他和狄仁傑鬧得越凶越好，這樣我們才能漁翁得利。還有那個袁從英，也不是個一般的人物。今天在堂上，他的那雙眼睛一直盯著我，令我很不自在。從昨日狄仁傑回府起，我就安排了人日夜監視這裡，不料第一個晚上就被人神不知鬼不覺地撂倒了兩個。聽說袁從英的武功十分高強，也不知道是否和他有關。不過照你剛才所說，狄景暉似乎和他也鬧上了。哼哼，這倒也算是個好消息。」

他看了看悶頭呆坐的陳秋月，道：「秋月，你要振作些。你也知道，我們謀劃了多久，準備了多久，才有了今天這些進展。現在事情已經漸漸進入到關鍵的環節，每一個地方都不能出差錯。狄景暉總歸是要回家的，等他一回家，你就想辦法把他的行蹤探得一清二楚。他這頭，我們不需要做得太多，只要在適當的時機，加以引導，他自己就會去做我們希望他做的事情。而這，還需要你的手段。」

陳秋月冷淡地重複了一句：「我的手段？」

陳松濤加重語氣道：「秋月，你已經失敗過一次了。這一次，只許成功不可失敗！」

陳秋月茫然地看看父親，面無表情地點了點頭。

大都督府衙門前，袁從英和沈槐各騎一匹快馬風馳電掣而來。二人翻身下馬，沈槐道了聲：「袁將軍請。」正要往裡走，突然門邊一陣喧譁，兩名衙役和一個老漢似乎發生了爭執。

袁從英舉目一看，那老漢正是山道上賣糕的老丈。他忙對沈槐道：「沈將軍請稍等片刻，我過去看看。」便快步走到老漢面前，叫道：「老伯。」

老漢正滿頭大汗地與衙役理論，突然聽人招呼，抬頭一看，見到袁從英，彷彿遇到了救星，大聲道：「哎喲，這位公子啊，原來你也在這裡。」

袁從英點頭笑道：「老伯這兩日可好？」

老漢咳了一聲：「好什麼，還不都是你們給我惹的麻煩。弄得我這兩天生意沒得做，盡折騰這個死人了。好不容易把他送到衙門了吧，嘿，人家還不肯收。」

袁從英往他身後一看，山道上食糕而亡者的屍首直挺挺地躺在老漢的板車上呢。他皺了皺眉，問：「老伯，他們為什麼不肯收？」

老漢道：「就是這兩位官爺，說法曹大人外出辦案去了，如今不在衙門裡頭。他們自己做不得主，讓我把屍首先運回去，待法曹大人回來了再送過來。可我老漢的家在幾十里外的山裡啊，為了把這個屍首送進城裡，我走了兩天才到，衙門這要是不收，讓我把他放哪兒好啊。我說這位公子，你來得正好。本來我就是受了你爹的託付，才接下這個晦氣的事兒。既然你在這裡，我乾脆就把這屍首留給你，你愛拿他幹啥就幹啥吧。」

袁從英笑道：「老伯辛苦了。您別管了，這事就交給我吧。」他轉身看看，沈槐正十分留意地朝這邊看著。袁從英叫了聲：「沈將軍，麻煩你過來一趟。」

沈槐立即走過來，袁從英壓低聲音，將山道上遇到死人的經過簡略地敘述了一遍，最後道：「百姓報官，衙門以官員不在為由不予處理，十分不妥。還請沈將軍善為處置。」

沈槐點點頭，走到那兩個衙役面前，喝道：「法曹大人不在，難道衙門就不辦案了，你們就不當差了？我看就是你們耍奸偷懶，不肯盡力。」

兩個衙役嚇得臉色發白，眼珠亂轉。沈槐吩咐道：「還不快把屍首送入屍房，請仵作來驗看。再讓畫工過來，繪製認屍告示，即刻就張貼出去。待法曹大人回衙門，我會親自向他說明此事。」

「是！」衙役們七手八腳地把屍體抬下板車。袁從英掏出一串銅錢，塞入老漢手中：「老伯，謝謝您了。這些錢拿去買口茶解解乏。」

「呦，公子，你怎麼比你爹還大方啊。這些錢要是都買了茶，夠我全家喝兩年的了。」

袁從英只是微笑，看著老漢將板車推走了，才對沈槐點點頭，道：「沈將軍，你辦事很幹練啊。」

沈槐的臉微微有些泛紅，袁從英道：「現在，我們再去看看那個園丁吧。」

「袁將軍請。」

二人一起來到都督府後院的停屍房。

范貴的屍體直挺挺地躺在殮床上。袁從英上前掀開蒙著屍身的白布，只見范貴面色漆黑，七竅流血，的確是中毒致死無疑。袁從英問：「什麼時候發現他死的？」

沈槐道：「范貴是五天前來衙門報案的。法曹三審過後，讓他簽了狀紙，就收押在都督府的監房內。其後他便一直安然無恙地待在這裡，也從沒有人來找過他。誰知今日上午，獄卒送飯過去時，就發現他已經氣絕身亡了。經仵作驗看，所中之毒乃是常見的砒霜。」

袁從英問：「昨夜他的情況如何？昨天晚飯吃的是什麼？食物查驗過了嗎？」

「據獄卒說，昨夜他的情況並無異常，吃的也是統一的監飯。食物以及所有相關器皿都已經查驗過了，沒有任何問題。」

「因此可以肯定，毒不是投在晚飯之中。」

「這一點末將可以肯定。」

「他飲用的水有沒有驗查過？」

「水壺裡已經沒有水，查不出什麼痕跡了。」

「那麼從昨夜到今晨，他還有什麼管道會碰到毒物呢？」

「這點末將也盤算過，有一種可能是他自己夾帶進來的。因為范貴是報案的訴家，並非人犯，將他收監只是本朝律法的規定，故而入監之前沒有嚴格搜查夾帶的程序。」

「嗯，有這種可能。」袁從英沉吟道，「如果是他服用了自己夾帶的毒物，那就是自殺。但問題是，他早不自殺晚不自殺，偏偏選在這個時候自殺，總歸要有個緣故。據你所說，他自報案以來，一直很安穩地在此等待案件審理，案件至今未有進展，也沒有任何外人來找過他，他又有什麼理由突然自殺呢？」

「如果不是自殺，那就還是他殺。可是能夠出入都督府的監房，都是都督府的官員和差人，如果是他殺的話，就……」

袁從英看了沈槐一眼：「會不會有人趁夜間防範鬆弛闖入作案？」

「末將認為，這個可能性不大。大都督府的防衛是十分嚴密的，如果有人夜晚闖入，不可能不與人遭遇，但是昨夜整個都督府都平安無事，沒有任何異動。」

袁從英輕吁口氣，道：「沈將軍，這番推理下來，似乎只能得出一個結論。」

沈槐看著他的眼睛，倒抽一口涼氣：「是內部！」

袁從英點頭道：「我剛才說了，即使范貴自殺，也需要一個觸發的理由。如果沒有外人找他，那麼就只可能是都督府內的某人趁昨夜找到他，透過什麼方式讓他起了自殺的念頭。而如果是他殺的話，就更簡單了，只要在昨夜將毒直接投到他的水壺中，待人死後再將水壺裡的水倒乾，便可以消滅一切痕跡了。」

他停了停，又道：「只是這一切需要充分的時間，而你又否定了外人進入的可能性，因此只能是內部作案。」

沈槐皺起了眉頭，道：「此事看來不簡單。」

袁從英道：「范貴當日報案的訴狀在哪裡，是否可以借閱？」

「當然。」沈槐正要命人去取，袁從英道：「不知道沈將軍這裡是否有副本，我想借去給狄大人看看。」

沈槐忙道：「有，有。我已讓人抄錄了一份，還有一份范貴的死況調查匯總，正好也請袁將軍帶給狄大人。」

袁從英讚許地點點頭，接過訴狀，道：「沈將軍想得十分周到，那我就不打擾沈將軍公幹，告辭了。」

「我送袁將軍。」沈槐趕緊陪著他往外走。走到門口時，袁從英又停下腳步，對沈槐道：「沈將軍，今天那位老漢送來的屍體，如果有了身分下落，請務必即時通知我們，拜託了！」

「請袁將軍放心，如果有了消息，末將一定親自去狄府通報。」

袁從英向沈槐一抱拳，飛身上馬。沈槐站立在都督府門前，目送他離去。

袁從英在回狄府的途中，特意去了趟與小孩韓斌約定聯絡的大樹那裡。他繞著樹轉了一圈，沒有看見字條，才打馬朝狄府而去。

袁從英回到狄府，已經過了正午。他急匆匆地往狄仁傑的書房走去，還沒到二堂就被狄忠逮住了。狄忠連聲道：「袁將軍，你可回來了。老爺正要讓小的去都督府衙門找你呢。」

「哦？有什麼著急的事嗎？」袁從英加快了腳步。

「其實也沒什麼要緊的事，呵呵。」狄忠滿臉鬼笑。

袁從英白了他一眼，一頭衝進了狄仁傑的書房，喚道：「大人，我回來了。」

「哦，從英回來了。」狄仁傑笑咪咪地迎上來，「忙了一上午，累不累？」

「大人，我不累。今天去都督府有些收穫，還碰上了——」

「不忙，不忙，談案子有的是時間。先吃飯。」

袁從英一愣，狄仁傑已經把他拉到桌前，上面擺了滿滿一桌子菜。

狄仁傑按著他坐下，道：「從英啊，昨晚的飯沒有吃好，我的心裡很過意不去。這頓飯我作東，我來請你，就咱們兩個。」

袁從英叫了聲：「大人。」勉強笑了一下。

狄仁傑看看他，一時也有些語塞，忙道：「來，這些都是并州的特色菜，快嘗嘗。」

默默地吃了幾口菜，兩人這才都平靜了些。狄仁傑若有所思地問：「從英，今天早上你見到了陳長史，對他有什麼看法嗎？」

袁從英低頭吃飯，不說話。

狄仁傑又道：「從英，你不用有什麼顧慮。我想聽到你真實的想法，這樣才是真正地幫助我。」

袁從英低低地「嗯」了一聲，道：「才見一次面，談不上什麼看法。但是我很不喜歡這個人，大人，他好像一直在試圖探聽您回鄉的意圖。而且……說話拐彎抹角，總像在暗示什麼東西。」

狄仁傑點頭：「說得很對。陳松濤是我的親家，我與他打過些交道。但此人總是給我一種心術不正的感覺。不過這些年來，他的政績頗豐，也無甚劣跡可查，因此，要麼是我的感覺錯誤，要麼就是他的城府極深。」

袁從英道：「不過，他手下的沈槐將軍倒很能幹，人也滿正直。」

狄仁傑微笑道：「能夠這麼快就讓袁大將軍產生好感，這個沈槐絕不是個一般的人。」頓了頓，又道：「從英，多吃點，咱們今天下午還有件大事。」

「什麼大事？」

「上午恨英山莊女主人送來請帖，邀請我今天下午去山莊一敘。這不是件有趣的大事嗎？」

正說著，狄忠來報：「老爺，恨英山莊的陸嫣然小姐來接您去山莊。」

狄仁傑微微一笑：「看看，說曹操曹操就到了。」

袁從英站起身來：「大人，我吃好了。」

「好，那我們現在就去會會這個陸小姐。」

陸嫣然站在正堂門前等候著。她那雙碧綠色的眼睛猶如深深的秋水，倒映著目光所及的樹木房屋，只是在那泓潭水的最深處，卻藏著無限的哀怨和悽楚。

狄仁傑和袁從英來到堂前，看到陸嫣然，不由自主地交換了下眼神。這實在是個讓人過目難忘的，特別的女子，讓他們這兩個見多識廣的人都暗暗詫異。

陸嫣然很美，而且美得十分奇異。除了那雙碧綠的眼睛之外，雪白的肌膚、漆黑濃密的眉毛、筆挺的鼻梁、嬌豔欲滴的嘴唇，似乎都昭示著非同尋常的出身。狄仁傑心下不由稱奇，看來這個恨英山莊，真是個值得好好探究的地方。

陸嫣然向狄仁傑和袁從英深行禮，落落大方地說：「小女子陸嫣然，奉山莊女主人馮丹青差遣，特來接狄先生前往山莊。」

狄仁傑來到她的面前，微笑答禮：「嫣然小姐親自來接，老夫於心不安啊。」

「狄先生是先師的舊友，嫣然自當奉以待師之禮，這是弟子的本分。」

「哦，嫣然小姐是范先生的女弟子？」

「正是。」陸嫣然答著話，眼波一轉，道：「狄先生，山莊在城外，從這裡過去需要走一個時辰。不如我們這就出發，有什麼話路上再談，狄先生意下如何？」

「好，好。」狄仁傑連聲答應，又介紹道：「這位袁先生，是老夫請在家中的貴客。因恨英山莊乃并州一勝，今日老夫也想請他同往山莊看看，不知可否？」

陸嫣然彬彬有禮地答道：「這是山莊的榮幸。請袁先生一同前往。」

三人共同乘上陸嫣然帶來的馬車，狄忠騎馬跟隨。

馬車行於路上，狄仁傑饒有興趣地觀賞著車外的風景，一邊不經意地問：「嫣然小姐是什麼時候拜范兄為師的？」

「狄先生，嫣然三歲時父母雙亡，蒙先師憐惜，收在山莊中撫養，既為師亦為父。嫣然得先師大恩，方可長大成人。」

「哦，不知嫣然姑娘今年多大了？」

「小女子今年二十歲。」

「那麼說，嫣然姑娘是十七年前入的山莊，難怪老夫不知道。呵呵，老夫正是那一年離開并州去長安的。嫣然小姐……」
「狄先生，請直呼小女子嫣然便是。」
「好。嫣然，不知你的父母是何方人士？」
「狄先生，嫣然亦不知。父母雙亡時嫣然年紀尚小，不能記事。嫣然也曾問過先師，但先師不肯答覆。」
「哦。」
沉默了一會兒，狄仁傑又開口道：「老夫這次返鄉，本還想與范兄好好敘敘舊，卻得到了噩耗。怎麼好好的，范兄就突然辭世了呢？」
陸嫣然臉色一變，悲哀地回答：「不瞞狄先生，嫣然對先師的死也很困惑。」
「哦？」
陸嫣然的語氣變得憂傷，又帶了點憤恨：「狄先生一定已經知道，三年前先師娶了一位妻子，名叫馮丹青。自那以後，先師的性情就變得越來越古怪，他本就不喜與人親近，自那以後便變本加厲。每日只是在山莊隱修，吃穿用度必須經過馮丹青之手，連我要見他一面，都十分困難。我待在山莊無所事事，就乾脆到城裡先師開設的藥鋪裡面幫忙，這半年來很少回到山莊。幾日前，突然聽說先師去世，嫣然悲痛萬分，但馮丹青至今連先師的遺容都不讓嫣然一見，真是……」她的話音一低，兩行清淚順著面頰緩緩滑落。
少頃，陸嫣然抬起頭看著狄仁傑，道：「嫣然聽說狄先生斷案如神，還望這回狄先生能夠把先師之死的真相搞清楚，還先師一個公道。」

狄仁傑點點頭，沒有答話。

并州郊外，恨英山莊。

恨英山莊到了。三人下了馬車，步行穿過牌樓時，狄仁傑仔細觀察了一番，心中對范其信的古怪作風很不以為然。一進莊門，范泰便將他們直接引到了山坡上的正殿。馮丹青站在殿門前迎接，只見她白衣飄飄，明眸皓齒，真宛若墮入凡塵的仙子一般。

看見狄仁傑和袁從英，馮丹青嬌媚的臉蛋泛起微微紅暈，語調婉轉，身姿綽約地行禮問候，然後將二人讓進正殿。陸嫣然滿臉怨恨地留在門外，不肯進去。

後殿巨大的白玉榻前，加了兩排椅子，馮丹青請狄仁傑和袁從英坐下後，也款款地落座在白玉榻上。她見狄仁傑好奇地端詳著殿後的壁畫，媚笑道：「狄先生對繪畫也有心得？」

狄仁傑微笑答道：「心得是談不上的。只是狄某的老師閻立本乃一代丹青大家，近朱者赤，狄某耳濡目染，對繪畫也非常喜愛。尤其對於老師擅長的壁畫，狄某更是既愛好又佩服啊。只是不知，這裡的巨幅壁畫出自何人之手？」

馮丹青微微頷首，羞怯地回答：「此畫正是出於妾之手。」

「哦？」狄仁傑很是驚詫，「夫人如此纖弱嬌柔之軀，怎能繪得這樣的巨幅壁畫？」

馮丹青有些得意地道：「是妾先在紙上作好圖樣，再由畫工臨摹到牆上的。當然，關鍵的線條和設色依然是妾的親筆。」

狄仁傑欽佩地說：「夫人之才實在讓狄某敬仰之至。難怪夫人名喚丹青，真是名副其實啊。」

他環顧四周，又道：「這殿宇的構造和佈置，也是夫人的設計嗎？」

馮丹青道：「那倒不是。妾於三年前才來到山莊，據先夫說，這些殿宇始建自十多年前，陸陸續續才到今日之規模。」

狄仁傑奇道：「狄某看這些殿宇的構造設計十分別致，似乎有些異域的風格在裡面？」

「狄先生說得很是。先夫曾經告訴妾，他在十數年前巧遇幾位大食國來的商人，與他們有過一些交往，對大食的風俗文化頗有好感，故而在建這座山莊時，也請那些大食人來給過建議。恐怕就是這個原因，才使山莊成了如今這個模樣。」

「原來如此，倒是有趣得很。」

馮丹青道：「既然狄先生有興致，妾就陪二位先生在山莊中略作一遊，狄先生以為如何？」

狄仁傑呵呵一笑：「樂意之至，樂意之至啊。」

馮丹青領著狄仁傑和袁從英在山莊內上上下下轉了一圈，只見熱泉流動，亭殿疏立，雖在深秋之季，草木也不似別處那麼凋零，反而鬱鬱蔥蔥，枝繁葉茂。狄仁傑不由問道：「夫人，這裡的熱泉之水都是從何處而來？」

「狄先生有所不知，恨英山莊所在之地，恰好就在熱泉的泉流之上，所以處處有泉眼，整個山莊的地面都是溫熱的。故而這裡的草木比別處要長得好，即使在冬季也不會凋敝。先夫在此建山莊最初，並不知道下面有熱泉的泉眼，只是因為這裡的草木生長罕異，長年不敗，才聯想起地下的熱源，並最終發現這些熱泉的。」

「原來如此。」

狄仁傑和袁從英相互看了對方一眼，都不約而同地想起了路上所見到的熱泉、泉下的山洞和那個奇異的道觀。

往前又走了幾步，來到了山莊的最高處。突然，狄仁傑發現眼前出現了一大片豔麗的紅花，在這個萬物凋零色澤灰暗的深秋裡，顯得格外妖異。他指著這片紅花，問馮丹青：「夫人，這是什麼花？」

「狄先生，這是先夫親手培育的一種來自異域的奇花，必須要有一定的溫度才能生長，所以種在熱泉的泉眼周邊。至於這花的名字，妾也不知道。」

狄仁傑點點頭，三人正徐徐返回山莊正殿，馮丹青突然止住腳步，轉到狄仁傑眼前，拜下身來，眼中淚光閃動，嬌滴滴地哀告道：「狄先生，狄大人，求您還妾身一個清白。」

狄仁傑趕緊伸手相攙：「馮夫人，卻是從何說起？」

馮丹青顫顫地站直身子，含淚道：「狄先生，想必您已經聽說了，有人告發先夫被人謀殺，官府還曾經要闖入山莊查驗先夫的屍身。」

狄仁傑道：「倒是有所耳聞。狄某也正想向夫人請教所謂羽化成仙的事情呢。」

馮丹青輕輕咳了一聲，道：「妾身羞愧。狄先生一定覺得羽化成仙的說法十分牽強，妾又何嘗不知呢。然妾蒙先夫囑託，必不能讓官府涉入這件事情，不得已才編造出這些說辭。」

「那麼說，並沒有羽化成仙這回事？」

「沒有。」

「那……范兄的死？」

馮丹青再次含淚下拜：「狄先生，先夫確是被人殺死的！」

狄仁傑和袁從英一驚，彼此交換了下眼神。

狄仁傑又一次將馮丹青攙起，道：「還請夫人將經過緣由細說一遍。」

馮丹青輕輕拭去臉上的淚水，道：「狄先生，先夫這一兩年都在修道煉氣，每日除在正殿的白玉榻上冥想之外，便是在山坡上的那座十不亭內，吐納自然之氣。他所用的一日三餐，都是妾親手送到面前的。五日前的正午，妾又去十不亭送午飯給先夫，卻見他倒在亭中的碾玉棋枰之上，臉上身上都是血，已經奄奄一息了。妾慌亂之下正想叫人，卻聽先夫喃喃道出一句：『莫叫官府，等狄懷英……』說完，便氣絕身亡了。」說到這裡，馮丹青淚如雨下，泣不成聲。

狄仁傑安慰馮丹青道：「請夫人暫忍悲傷，不知夫人其後是怎麼處置的？」

「妾看見先夫死在那裡，早已頭昏腿軟，幾欲暈厥。還好山莊總管范泰趕到，助妾將先夫的屍身運到亭旁的小屋之中，至今還保管在那裡。妾一邊發喪，一邊想法要與狄先生聯絡，誰承想，官府不知怎麼得到消息，就要闖入山莊中。妾想到先夫遺言，雖不知其深意，但絕不敢違背，所以才想出個羽化成仙的說辭，好不容易阻擋了官府的介入。」

「原來是這樣。所以夫人，你當時就知道狄懷英的名字嗎？」

「當然，妾曾聽先夫提起過狄先生。況且，狄先生的三公子景暉是先夫的義子，與先夫和女弟子陸嫣然都有交往，也算是出入恨英山莊的，絕無僅有的幾位常客之一。妾自然知道狄懷英指的是誰。」

狄仁傑猛聽到狄景暉的名字，腳步微微一錯，身旁的袁從英趕緊輕輕扶了一下他的胳膊。

狄仁傑鎮定了一下心神，問：「夫人，狄某可否看看范兄的遺體？」

「當然可以，狄先生請。」

三人又來到十不亭旁的小屋，范泰守在門前，見三人到來，連忙打開房門。屋內寒氣森森，正中擺著一口楠木棺材。棺蓋斜靠在一邊，裡面躺著一個鬚髮皆白的老者。

狄仁傑走上前去，仔細觀察著屍身，對袁從英低聲道：「貫穿咽喉的一道傷口，你看看是什麼凶器？」

袁從英看了看，道：「大人，從傷口的形狀判斷，應該是短刀所傷。」

狄仁傑點點頭，又稍稍檢查了下屍體的頭面，就離開了棺材。他招呼侍立一邊的范泰，問：「你是山莊的主管？」

范泰恭恭敬敬地答道：「是，小的名叫范泰，是恨英山莊的主管。」

「你是什麼時候來到山莊的？」

「回狄老爺，小的是在十年前，我家老爺始建恨英山莊的時候，被老爺招進山莊的。」

「嗯，范泰，你最後一次見到你家老爺是什麼時候？」

「回狄老爺，就是五天前的早晨，小的在十不亭上伺候老爺開始吐納運功，就離開了。中午時分，小的想去十不亭看看老爺有什麼吩咐，恰恰看見夫人倒在老爺的屍身旁邊。」

狄仁傑點點頭，對等在一旁的馮丹青道：「夫人，如此看來范兄死得確實蹊蹺。既然范兄死前有此囑託，老夫義不容辭，一定會將事情的原委調查清楚。請夫人放心。」

「那就拜託狄先生了。」

狄仁傑沉吟道：「還需要夫人回想一下，范兄死亡當日，有沒有什麼外人來過山莊？」

「這……」馮丹青欲言又止。

「夫人但說無妨。」

馮丹青古怪地看了一眼狄仁傑，道：「那天上午只有狄三公子來過山莊。我曾見他與先夫在十不亭上交談，後來就不見了。」

狄仁傑愣了愣，半晌才問：「景暉來過？夫人知道他來幹什麼嗎？」

「妾不知道。」

狄仁傑又問：「請夫人再想想，范兄死前是否與什麼人爭吵過？他近年來，與什麼人結過仇嗎？」

馮丹青回答：「先夫深居簡出，幾乎很少與人交往，沒有什麼仇家。」

「這點還請夫人仔細回想，另外，范兄死前是否有過什麼異常的舉動，也請夫人一併回想，不論想起什麼，都請告知狄某。」

「妾一定好好回想。」

袁從英觀察著狄仁傑的臉色，低聲說：「大人，您累了吧。天色不早，今天就到這裡，我們回去吧。」

狄仁傑點頭，對馮丹青道：「馮夫人。如此老夫就先告辭了，老夫回去後，會將整個事情細細地分析一遍。請夫人莫急，老夫一定會將范兄的死亡真相搞清楚。」

馮丹青深深一拜，柔聲道：「一切都拜託狄先生了。只要并州官府不糾纏，妾不著急，一定耐心等候。」她抬起頭時，正碰上袁從英用帶著厭惡的目光瞪著她，不由自主地哆嗦了一下。

回去的路上，狄仁傑一直沉默不語，似乎在努力地思考著。忽然，他猛一抬頭，看到袁從英目不轉睛地看著自己，便問：「怎麼了，從英？」

袁從英搖頭無語，只是朝狄仁傑淡淡地微笑著。

狄仁傑拍了拍他的肩膀：「別擔心，我沒事。」

他們剛回到狄府，還沒坐定，狄忠來報：「老爺，上午來過的那位沈將軍又來了。」

「快請。」

伴著一陣急促的腳步聲，沈槐身披甲冑，腰懸寶劍，英姿勃發地來到堂前，抱拳道：「狄大人，袁將軍。你們在山道碰上的那人身分搞清楚了。」

「這麼快？快說說是怎麼回事！」

沈槐道：「認屍告示貼出去不久，就先後有幾個人來到衙門聲稱認識這個死者。我讓他們都分別去看了屍體，所說的情況完全一致，想來不會有差池，便立即趕來向狄大人和袁將軍彙報。」

狄仁傑點頭微笑：「沈將軍，你的確很幹練啊。難怪從英對你讚不絕口。」

沈槐鬧了個大紅臉，正不知所措，袁從英笑道：「沈將軍，快說吧，我們還等著呢。」

「是。」沈槐趕忙答應一聲，侃侃而道：「據那些人稱，這個人名叫韓銳，不是本地人，大約在十年前從外鄉流落到這裡，當時才十來歲，還帶著個剛出生不久的小嬰兒，應該是他的弟弟。」

狄仁傑皺了皺眉，問：「應該是他的弟弟，什麼意思？」

「這個韓銳是個啞巴，不會說話，會寫的字也不多，故而和他交流起來有些困難。他們兄弟二人到了并州以後，韓銳就沿街乞討，還要養活他的那個嬰兒弟弟，日子十分困苦。後來有一陣子不見蹤影，大家都以為他們死了，或者又投奔別處去了。誰想兩三年前，兄弟二人又出現在并州城中，說是這些年在太行山裡的一個名叫藍玉觀的道觀當了道士，混得口飯吃。」

「藍玉觀！」狄仁傑和袁從英同時驚叫了一聲。

沈槐頓了頓，繼續道：「我問了周圍的人，大家都說沒聽說過藍玉觀。這話是韓銳那個長大了些的小弟弟說的，幾歲孩子的話，當不得真。從此這兄弟兩個就時不時地出現在太原城裡，買些米麵等生活用品，再也不沿街乞討了，生活似乎是有了著落。那個小弟弟名叫韓斌，很快地長大起來。韓銳是個啞巴，韓斌這小孩卻聽說十分聰明伶俐，而且特別維護他那相依為命的哥哥。不過，這兄弟倆又有大概半年多沒在城裡出現了。」

袁從英早已聽得坐立不安，沈槐的話音剛落，他就立即對狄仁傑道：「藍玉觀。大人，看來我們還要再去勘查一下藍玉觀！」

「嗯，很有必要。」

「大人，那我此刻就去。」袁從英說著就要起身。

「從英，天色已經不早了。藍玉觀離城三十多里地，你趕到那裡就該天黑了。」

「大人！夜長夢多，我總覺得藍玉觀裡埋藏著很多線索，我們必須要抓緊啊。」

「話雖如此，可是你我如今都是賦閒的身分。這樣的探案工作，應該由官府主導，沒有官府的委託，你我不可擅動！」狄仁傑的語氣很堅決，他從心底裡不願意讓袁從英一個人去夜探險地，要找個理由阻止他是很容易的。

但是袁從英的心意更加堅決，他一眼瞧見仍肅立在堂前的沈槐，立刻叫了聲：「沈將軍！」沈槐馬上會過意來，向狄仁傑抱拳道：「狄大人，沈槐想立即去探查藍玉觀，請袁將軍帶路。」

狄仁傑愣住了，沒想到兩個年輕人居然當著自己的面勾打連環。他看了看袁從英，這傢伙滿眼都是得意之色。狄仁傑不由歎了口氣，道：「那你們就去吧。一定要小心。」

二人答應了一聲，往門外疾走。狄仁傑衝著他們的背影叫道：「快去快回，無論發生什麼事情，切不可戀戰！」

「是！」

狄仁傑坐回到椅子裡，沉思片刻，埋頭奮筆疾書，然後喚來狄忠：「立即把這封書信送到大都督府，面呈陳長史，請他即刻派兵支援從英和沈槐將軍。去藍玉觀的路線我已寫在書信裡面，他們按圖索驥即可找到。辦完這件事，你再去看看景暉在不在，給我把他找來，我有話要問他。」

# 第五章 鬼影

太行山麓，藍玉觀。

袁從英和沈槐快馬加鞭，終於趕在晚霞收走最後一抹餘暉，一輪圓月騰空而起的時候，來到了藍玉觀外的那兩堵絕壁之前。遠遠望去，漆黑的絕壁頂上，鋪著慘白的月光，透出難以形容的詭異和淒涼。他們還沒靠近，一股強烈的血腥氣便撲面而來。袁從英叫了聲：「不好！」率先衝到了絕壁間的夾縫前。

血腥氣更加濃烈了，簡直令人窒息。夾縫太窄，他們只好下馬，將馬拴在夾縫外的小屋前。袁從英握緊若耶劍，向沈槐使了個眼色，兩人一前一後，小心翼翼地轉過夾縫。呈現在他們面前的，是一個慘不忍睹的殺戮現場！

數十具屍體橫七豎八地躺在老君殿前的空地上，每一具屍體都被砍得肢體殘缺，腦漿血水四處飛濺。殺人者顯然並不滿足於將人殺死，而是要在這些人的身上發洩滿腔憤恨。猩紅的鮮血滿地流淌，上面是雜遝的腳印，根本就分辨不清。更多的血水順著泥地上的縫隙，流進熱泉潭水之中，與滾燙的泉水混合在一起，使蒸發的水霧都充滿了血腥氣。

袁從英和沈槐只覺眼前的夜空都變紅了，帶著血色。袁從英咬緊牙關，一步步地往前挪動著腳步，沈槐緊緊跟在他的身邊。他們穿過屠殺場般的空地，再一間間地檢查丹房。每間丹房的門都大敞著，門前、屋裡、床邊，到處都是死屍，死況和空地上的屍體一般無二。

繞了一圈，袁從英和沈槐回到老君殿前，沈槐看著袁從英，氣喘吁吁地問：「袁將軍，怎麼辦？」

袁從英閃動著比冰還要冷冽的目光，一字一句地道：「前天夜裡我和大人在此過夜的時候，還空無一人，今天卻變成了這個情景！這是誰幹的，為什麼？」

沈槐茫然又焦急地看著他，無法回答。

袁從英緊鎖眉頭思索了片刻，對沈槐說：「沈將軍，事不宜遲，你立即回并州城，去向長史大人報告這裡的情況，並請他即刻派兵前來。我留在此地，看守現場，等待援兵。」

沈槐猶豫道：「這……袁將軍，你一個人留在這裡，會不會太危險？」

袁從英冷笑一聲：「沈將軍，難道你還有其他的辦法嗎？」

沈槐不吱聲了，默默地朝夾縫外走去。袁從英跟上來，一直送他到夾縫外，看他上了馬，道了聲：「一路小心。」

沈槐狠狠抽了一鞭子，戰馬一聲嘶鳴，朝官道直衝而去。

袁從英慢慢回過身來，一步一步地走回到血紅的場地中央。月光灑在他的身上，月白的袍服下襬已經被鮮血染紅了。袁從英一動不動地站著，靜靜地等待。

一大片烏雲飄過來，遮住了淒清的月光。死一般的寂靜中，袁從英的聲音冷冷地響起來：「窩在死人堆裡面這麼久，你們也不覺得累！」周圍的死屍堆開始有了些細微的顫動，突然，只聽一聲呼哨，幾個渾身是血的死屍從地上一躍而起，頃刻間便組好了陣形，將袁從英團團圍在中央。

頭頂上，猶如大鵬展翅一般，順著絕壁筆直的岩面，一個黑影徐徐落下，毫無聲息地站到袁從英的面前。此人黑巾罩面，只露出一雙鷹眼，放出犀利的光。

「袁從英，果然名不虛傳，是條好漢！可惜有膽無識，只知道無謂的逞能。今夜你若是不支走同行之人，倒還可以不用死得如此孤單。」

「哦，你怎麼知道我今天一定會死？」

黑影一陣狂笑：「你不死，難道是我死不成？」

袁從英的眉毛微微一挑，道：「你的聲音我似乎在哪裡聽到過。」

黑影愣了愣，轉而又是一陣狂笑：「不錯，你很精細。可惜太晚了，你不會有機會驗證自己的判斷了。」

袁從英冷笑道：「那你們就來試試吧。」

黑影將手一揮，偽裝成死屍的殺手們揮舞閃著寒光的利刃，一擁而上。袁從英不慌不忙地舉起手中的若耶劍，雪白的劍光劃出懾人的弧線，劍尖所及之處，兩個殺手躲避不及，脖頸上頓顯深深的血痕，熱血從傷處噴湧而出。其餘的殺手驚得倒退了幾步，再次組成陣形，一齊向袁從英攻來。袁從英身形一錯，騰空躍起，已經跳出包圍圈，隨即反手一揮，又有兩個殺手的手臂被若耶劍齊刷刷地斬落在地。那兩個殺手痛極大叫，卻並不退縮，依舊亡命地向他猛撲過來，袁從英被殺手們團團圍住，激戰起來。沒過幾招，又有好幾名殺手被斬斷手腳，但可怕的是，他們雖身受重傷，卻絲毫沒有減少鬥志，反而變本加厲地進攻，而且毫無章法，完全是搏命的打法。袁從英雖能應付，但看到如此慘烈的進攻還是不由心悸。他決定速戰速決，於是一劍一命，乾脆俐落地結果了好幾個亡命徒的性命。

黑衣頭領在旁凝神觀戰，眼中浮現出耐人尋味的神色。此刻，他看到袁從英結束了戰鬥，正朝自己一步步逼來，方才冷笑一聲：「果然好功夫，很好。」話音剛落，他便騰身而起，直向絕壁的頂端飛去。

袁從英怎麼會放他走，若耶劍向上一指，緊跟其後也直上絕壁。兩人一前一後，彷彿兩隻大鳥飛舞在陡峭的岩面之上。袁從英的速度更勝一籌，眼看著就要追上，黑衣人突然向旁邊一閃，從絕壁頂端劈頭蓋臉地射下無數箭矢，正對著袁從英而來。袁從英揮舞起若耶劍劈開箭雨，黑衣人乘此機會沿著絕壁滑向裂縫，眼看著就要消失蹤影。袁從英伸左手抓住一支飛來的利箭，用力向黑衣人擲去。黑衣人猝不及防，利箭牢牢釘入左肩。他吃痛不住，翻滾著落下絕壁。袁從英亦飛快地隨之而下，只見黑衣人縱身一躍，跳出了絕壁中的縫隙。袁從英正要尾隨而去，突然踉蹌了一下。他扶住身邊的岩石，深深地吸了口氣，舉頭望望，絕壁頂端空無一人，岩縫外的黑衣人亦消失得無影無蹤。袁從英咬咬牙，閃出岩縫，正要判明方向，繼續追趕，卻見前面的官道上一大隊人馬舉著燈球火把，風馳電掣地朝這邊趕來，領頭的正是沈槐。

沈槐遠遠望見袁從英，大聲呼喊著：「袁將軍！」直衝到他的面前翻身落馬。

袁從英詫異地看著他：「沈將軍，這麼快就搬到救兵？」

沈槐喘著粗氣道：「是，是狄大人！他不放心我們，我二人剛走他就送信到大都督府，請陳長史派出人馬趕來。我剛才一上官道，就看見孫副將和他的部隊，故而這麼快就趕回來了。」

袁從英輕輕嗆了一句：「大人。」

孫副將也來到他的面前，抱拳道：「袁將軍！」

袁從英點頭道：「孫副將，請派你的人馬立即將這裡包圍，再遣一隊人搜索絕壁四周，一定要小心！」他對沈槐說：「沈將軍請隨我來，讓他們清點死屍，我們再檢查一下現場。」

很快，現場的死屍數目就清點了出來，除了剛剛被袁從英殺死的六名殺手之外，剩下的死者全都身穿道服，共有六十餘名，個個肢體殘缺，不忍卒睹。因夜色太黑，搜查的人沒有發現什麼特別的痕跡。

袁從英對沈槐道：「如此就先請孫副將帶兵在此把守現場，你我立刻趕回并州，分頭向狄大人和陳長史彙報這裡發生的一切。」

「好！」

二人奔出絕壁找到各自的馬匹，沈槐剛跳上馬，回頭一看，卻發現袁從英站在馬邊不動，臉色蒼白牙關緊咬。沈槐嚇了一跳，趕緊來到他身邊，問：「袁將軍，你怎麼了？是受傷了嗎？」

袁從英抬頭勉強一笑，道：「我沒事。只是一些舊傷，不知道為什麼，總也好不完全，時時發作，非常囉唆。」

沈槐道：「那……要不你留在這裡？我先去向狄大人彙報，再去長史大人那裡。」

袁從英一搖頭：「不必，我可以走。」說完，他深深地吸了口氣，翻身上馬。二人這才駕馬飛奔上官道，朝并州城疾駛而去。

在并州城門前，沈槐亮出身分，守城兵卒打開城門，將二人放入。沿著寂靜的街道飛跑到岔路口，沈槐對袁從英道：「袁將軍，從這裡一直往前就是狄大人的府邸，我從這裡往東可以前往都督府。」

袁從英點點頭，對沈槐微笑了一下：「沈將軍，我與你十分投緣，不願再對以繁文縟節，不如現在就交換了年齒，今後更好稱呼。」

沈槐一驚，忙道：「末將不敢。」

袁從英搖搖頭，道：「在下虛度三十二年光陰，不知道沈兄貴庚？」

沈槐喜道：「我倆同年。」

袁從英笑道：「既然如此，那從英就自認為兄了。沈賢弟，你意下如何？」

沈槐抱拳：「袁將軍，噢，從英兄，沈槐太高興了。」

袁從英笑著點頭，道：「好，現在我們就分頭去報告吧。愚兄先走了！」他一催胯下之馬，奔上去往狄府的巷子。

并州城北，狄府。

狄仁傑的書房中燈火通明，狄忠從都督府送信回來以後，向狄仁傑報告了陳松濤派兵出去的情況。狄仁傑憂心忡忡地點點頭，不停地在書房裡面來回踱步。心中不祥的感覺是如此鮮明，使得他坐不住站不定，整個身心都處在焦慮之中。回到并州才兩天不到的時間，就發生了這麼多的事情，讓狄仁傑彷彿漸漸陷入一個漆黑的大網之中，過去他也曾面臨過許多次危險，但卻從來不像這一次，似乎所有的矛頭都直指一個中心，那就是——他自己！

狄仁傑感到頭腦混亂不堪，太陽穴脹痛不止。他走到書房敞開的門口，仰望夜空，深深地呼吸了一口秋夜凜冽的寒氣。

「父親。」狄景暉大踏步走來，站在狄仁傑的面前。

狄仁傑微微頷首，仔細端詳這個小兒子，他的面容，他的神情，他的舉止，都和自己那麼相似，根本不需要仔細鑑別，就可以清晰地辨認出彼此的血脈相連。但是，他和自己又是多麼的不同，簡直天差地別，彷彿水火不能相容。

狄仁傑歎了口氣，應道：「景暉啊，你來了。來，進來坐，我們談談。」

狄景暉默默地跟著父親邁進書房，坐在椅子上。他的面容也有些憔悴，不知道在這兩天裡面都經歷了什麼。他端坐著，等待父親先開口。

狄仁傑咳了一聲，道：「景暉，記得你我上一次見面，還是前年的中秋。你去洛陽辦事，在我的府邸住了短短幾日。那幾天，正好從英出外查案，否則那時候你們兩個就該見面了。」

狄景暉「哼」了一聲。

狄仁傑接著又道：「我還記得那次見面時，我們也有過一些交談，只可惜我們每每談話總以爭吵告終，上次的談話最後也是不歡而散。」

狄景暉低聲道：「是的，我記得我原本想住一個月的，結果才住了五日就走了。」

狄仁傑苦笑著點頭：「其實我也常常在想，我們的分歧到底是什麼？難道你我父子之間，真有什麼不可調和的矛盾嗎？」

狄景暉帶著怨氣回答：「這恐怕得問您吧，兒子對此也一直很困惑。」

狄仁傑歎道：「第一次聽到你說要棄仕從商，我當時確實難以接受。但是這麼多年過來，我又何嘗不是默許了你的選擇。所以，這並非是我們針鋒相對的關鍵。」

「哦？那除了這個，還有什麼別的原因呢？」

狄仁傑搖了搖頭，道：「景暉，今天我們先不談這些。這幾天發生的事情太多，我怕我的心緒過於煩亂，無法與你心平氣和地交談。今天，我想和你談點別的。」

狄景暉不耐煩地撇撇嘴：「爹，您永遠都是這麼顧左右而言他，東拉西扯得都習慣了吧。別人受得了，可惜我就是無法適應。」

狄仁傑不想與他多計較，只乾笑一聲，單刀直入道：「景暉，今天我想問問你與恨英山莊的往來情形。」

狄景暉的身子微微一顫，眼珠轉了轉，低聲道：「恨英山莊？我與他們有什麼往來？」

「是的。今天我去了恨英山莊。據山莊女主人馮夫人說，這些年你和范其信頗有來往。」

「馮丹青！」狄景暉咬牙切齒地唸道，「又是這個女人！蛇蠍美人這四個字用在她的身上，真是一點兒都不過分！」

「那麼說她所言非虛，你不僅與他們有交往，還有些過節？」

狄景暉冷笑道：「爹，您別這麼拐彎抹角的，拿出一貫兒套別人話的招。我可以很坦白地招供，是，雖然您一再囑咐我不要與范其信交往，可我沒有聽您的話，我一直都在和他保持關係，而且是很密切的。」

狄仁傑定定地注視著這個兒子，真的有些害怕了，不知道接下去還會從他的嘴裡聽到些什麼，還有多少會令自己感到恐懼的事實將被揭露出來。

狄景暉看了看父親的臉色，口氣稍稍軟下來，道：「您別這麼看著我，怪嚇人的。當初還不是您讓我去認范老爺子做乾爹，否則我怎麼會和這種古裡古怪的人打起交道。」頓了頓，接著道：「其實兒子和范老爺子打交道，是為了做生意，沒別的意思。」

狄仁傑驚訝地問：「做生意？你和他有什麼生意可做？范其信不是與俗世無染的世外高人嗎？」

狄景暉不屑一顧地道：「世外高人也要食五穀雜糧，父親您不會天真到，以為他靠吐納天地之氣就能活到這個歲數吧？您今天去看了恨英山莊，如此的規模、建築、花木，哪一樣不是靠錢堆出來的？父親，難道您就沒有想過，范其信的錢到底從何而來？」

狄仁傑沉吟道：「他是有名望的神醫，過去他給王公貴族和官宦人家治療些疑難雜症，還是收入頗豐的。」

「咳，人家老早就不幹這個了。這麼些年都是閉關靜修，不再給人看病。我就乾脆說了吧，爹，他的那個山莊，那些排場，還有他能娶上那麼個狐狸精似的老婆，都是與兒子一起經營生意得來的錢。」狄景暉一口氣說完，頗為得意地望著狄仁傑詫異的表情。

狄仁傑的確大感訝異，緊接著狄景輝的話追問：「范其信和你一起經營生意？他能和你經營什麼生意？」

狄景暉道：「爹，別看您是舉世聞名的神探，號稱博聞廣記，天上地下無所不知、無所不曉。可在兒子看來，您在這經商生意上頭，還是遠遠不夠敏銳。」

狄仁傑一擺手，道：「行了。你還是快說說，到底是怎麼回事？」

狄景暉這才正色道：「父親，您應該知道，范其信不僅是一代神醫，還是本朝數一數二的藥學大家。雖說他路走偏門，亦無濟世救人之志，所以名氣沒有『藥仙』孫思邈那麼響，但在兒子看來，范其信在藥物學問上的造詣還是相當深厚的。更重要的是，范其信一貫喜好研究異域風土，雖然不與平常人交往，可是結交的異域人士卻不在少數。什麼天竺、波斯、大食的異人，他都認識。他專從這些異域人士那裡收集來自異域的奇珍藥材、藥物，編制成異域藥典，還在恨英山莊裡面試栽一些特別罕有的異域藥種，再與中原的藥材相配，合成具有奇效的特殊藥物。」他抬起頭，眼裡閃著熱切的光芒，正視著父親道：「父親，兒子所經營的生意中，飯店酒肆只是一部分，兒子最大的生意，是在各地開設的百草堂。而百草堂裡面的一絕，正是這些來自於異域的藥物，和范其信所配製的特殊藥物。這些藥物別無分號，只此一家，雖價格昂貴，但效用卓著，病家無不趨之若鶩，實乃是一門利益異常豐厚的絕好生意！這些年來，兒子與范其信通力合作，已將百草堂的生意做到了河東、河北、河南各道，每年的收入多達百萬兩白銀。」

狄景輝住了口，仔細觀察著父親的反應。狄仁傑顯然被這番話深深地震驚了，他用一種全新的眼光端詳著狄景暉，心中翻滾著好幾種完全不同的感情：懷疑、欣賞、感慨、厭惡，不一而足，難以形容。許久，他才喃喃說出一句：「景暉，你真是太令我驚訝了。」

狄景暉苦笑了一下，低下頭。

狄仁傑定了定神，道：「好吧，你與范其信的關係，現在我已經很清楚了。你再回答我的另外一個問題，五日前的上午，你是不是去過恨英山莊，且與范其信談過話？」

狄景暉一怔，飛快地思索了一下，點頭道：「是的。我確實去找過他，只是去談最近一次去廣州進藥材的情況，沒有什麼特別的事情。我在他吐納的十不亭上和他談了幾句話，就離開了。怎麼？」

狄仁傑低聲道：「據馮夫人稱，那天中午她去給范其信送飯時，發現他已被人刺死在了十不亭內。此前，只有你去找過他。」

「什麼！」狄景暉從椅子上跳了起來，臉漲得通紅，大聲嚷道：「這，這簡直是胡說八道！我和范老爺子談話的時候他還好好的，怎麼就……」他想了想，咬牙切齒地道：「馮丹青，又是這個女人。父親，我勸您好好留意這個女人。她的話絕不能輕易相信。范老爺子的死，到今天所有的人都只是聽到她的一面之詞，我們至今連范老爺子的屍體都沒見到過，誰知道她說的是真是假！」

「今天我見到了范其信的屍體，他確實是被人用短刀刺死的。」

「哦？這麼說……」狄景暉陷入了沉思。

狄仁傑看著他，一種難以言傳的疼愛和憐惜之情湧上心頭：他畢竟是自己的親生孩兒，如果他有了什麼意外，自己又該如何自處呢？狄仁傑不由低聲道：「景暉，我只希望你什麼都不要瞞我，把一切都告訴我。我是為你好的。」

狄景暉全身哆嗦了一下，冷笑道：「父親，兒子並不想隱瞞您什麼，也確實沒有什麼可以隱瞞您的。您只管調查您的案子，要是想把兒子列成嫌犯，兒子也無話可說。」

狄仁傑長歎一聲，不再說話。

沉默許久，狄景暉道：「父親，您要是沒有別的事情，兒子就告退了。」

「也好，都敲過四更了，你先去休息吧。」

狄景暉正要起身，狄仁傑又道：「景暉，你的百草堂的藥物名冊，眼下身邊可有？」

「兒子的房裡就有一本。父親，您要看嗎？」

「嗯，你讓人給我送過來。」

「您看那個幹什麼？您要找什麼藥嗎？」

狄仁傑點頭道：「我想看看有什麼特效藥物可以給從英用，我很擔心他的身體。」

狄景暉的臉上泛起不屑的表情：「爹，您還真是時時刻刻都惦記著袁從英啊。他怎麼了？我看他很好啊，不像有病的樣子。」

狄仁傑歎道：「景暉，你為什麼偏要和從英過不去？我本來還希望你們能夠成為好朋友。他跟在我身邊這麼多年，出生入死，身上的那些新傷舊創只有我瞭解得最清楚。我不關心他，誰來關心他？」

「好朋友？哼，我可沒興趣和一個護衛交朋友。再說了，您犯得著為他這麼牽腸掛肚嗎？他若是沒病，就該為您效力。他若是有病幹不了，讓他走人便是，何必如此麻煩！」

狄仁傑氣結，正要開口訓斥，卻聽到一聲「大人」。

袁從英從外面疾步走來，一腳跨入書房的門，正聽到狄景暉最後那句話，一下子就愣住了。氣氛一時十分尷尬。少頃，還是袁從英低低地又喚了一聲：「大人。」但卻沒有和狄景暉打招呼，也不看他，只當他不存在。

狄仁傑趕緊迎上去，一下看到袁從英的月白袍服上染滿鮮血，不由大驚：「從英！你這是怎麼了？」

袁從英低頭看看自己的身上，笑了，柔聲道：「大人，別擔心。這回都是別人的血。」

狄仁傑握住他的手，頻頻點頭，一時竟說不出話來。

狄景暉渾身不自在地從椅子上站起來，道了聲：「爹，我先走了。」就朝書房外走去。

狄仁傑忙拉著袁從英坐下，問道：「看來我的預感還是有道理的。藍玉觀那裡究竟發生了什麼？」

狄景暉剛走到門口，聽到「藍玉觀」三個字，渾身一震，猶豫著放緩了腳步。

此時狄仁傑的注意力都在袁從英的身上，並沒有察覺到兒子的異樣。

袁從英道：「大人，今天我在那裡看到了少有的慘狀。幾十名道眾被人殺死在藍玉觀內，死狀慘不忍睹。另外，我今夜在那裡還遇到了伏擊，殺手很強，而且都是亡命之徒，十分可怕。若不是您及時調去援兵，還不知道會發生什麼事情。」

狄仁傑連連點頭，顫聲道：「只要你沒事就好，沒事就好。」

狄景暉悄悄閃出了房門，大步流星地朝後院走去。

袁從英把藍玉觀裡的情景詳細地對狄仁傑說了一遍，最後道：「孫副將已經帶隊將藍玉觀包圍了起來。我這邊來向您彙報，沈賢弟去都督府向長史大人彙報。」

狄仁傑眼波一閃，打趣道：「沈賢弟？噢，就是那個沈槐將軍吧？從英，你這麼快就和人家稱兄道弟起來了？」

袁從英不好意思地笑笑：「沈槐不錯，所以我……」

「嗯，很好，這樣很好。以後你再出去行動，就和他一起去，這樣我也可以放心些。」

袁從英問：「大人，現在我們該怎麼辦？」

狄仁傑道：「我要好好想想。從我們在山道上路遇那個食糕而亡的道士，到今天不過短短兩天多的時間，就發生了這麼多事情。雖然各件事情看起來都是分散獨立的，但我總感覺它們之間有著千絲萬縷的聯繫。我覺得，透過仔細的分析，一定能夠找出某種內在的關聯，也只有這樣，我們才能將這些紛繁複雜的線索整理清楚，找到其中的關鍵。」

袁從英點點頭，問：「藍玉觀呢？大人，您要不要也去現場看看？」

「藍玉觀的現場我是肯定要去的。看看現在的樣子，再和我們上次過夜時候的情況做個比較，我相信一定可以找出些端倪。」

「那我們明天……噢，是今天，天亮後就去？」

狄仁傑注視著袁從英，正色道：「不急。我說過了，官府才是案件的主審，我們最好等待陳長史來要求我們參與時，才正式介入。」

袁從英急忙起身道：「沈賢弟已經去向陳長史彙報了，我想長史大人很快就會來請您去現場的。我這就去換件衣裳，好陪您過去。」

狄仁傑一把拉住袁從英：「從英，你這是怎麼了，為何如此急躁？什麼時候去藍玉觀勘查現場，我心裡自有計較。不過，我可以告訴你，不論陳長史會不會來請我，今天我都不會去。」

「大人！」

狄仁傑仔細端詳著袁從英的臉色，歎口氣道：「你不要命了？再說，就算你不覺得累，我老頭子也撐不住啊。你看看，外面天都快亮了。行了，什麼都不要再說了，你先去休息，午飯後再到我這裡來，我們好好研究一下案情。藍玉觀，明天我們再去。」

袁從英還想說話，卻被狄仁傑用眼神堅決地阻止了。他默默地站起身，向狄仁傑行了個禮，就離開了書房。

狄仁傑久久地望著他的背影，眼神中充滿了擔憂。

并州，都督府衙門。

沈槐站在正堂中央，將藍玉觀內的情況原原本本地對陳松濤做了彙報。陳松濤聽完他的講述，沉吟良久道：「真沒想到，在并州治下居然發生如此慘禍，是本官失察啊。奇怪，此前我怎麼從沒聽說過這個藍玉觀？」

沈槐答道：「對此末將也深感疑惑。末將可以去調查一下。」

「嗯，是應該查一查。這樣吧，沈將軍，你忙了一個晚上，先去休息。今天下午你想辦法多瞭解些藍玉觀的情況，然後再去狄大人那裡走一趟，請他明日與本官、法曹等眾位大人一起去勘查藍玉觀的現場。」

「是。」

看著沈槐走出正堂，陳松濤站起身來，慢慢走入後堂，打開一扇隱蔽在書架後的小門，轉入一間密室。

密室四面封閉，只靠桌上一支蠟燭的微弱光線照明，桌旁椅子上坐著的，分明就是昨晚與袁從英在藍玉觀絕壁激戰的黑衣人。此刻，他正握著塊紗布，輕輕擦拭著左肩上的傷口，桌上扔著那支被袁從英擲入他肩頭的利箭，已經被一剪兩段了。他一邊擦拭傷口，一邊咬牙切齒地發出唏噓的聲音，顯然是疼痛難忍。

陳松濤走過來，探頭看了看他的傷口：「怎麼？傷得不輕吧？」

「嗯，這個袁從英真是太厲害，太難對付了。」

「我提醒過你，讓你不要輕敵。你偏不信，還非要見識見識他的能耐，結果怎麼樣？」

「哼，這次算我大意了，下次再見到他——」

「行了，我看最好還是不要有下次。對了，你剛才說，他似乎聽出了你的聲音？」

「是的。這個人實在精細，我只不過在他面前講過幾句話而已。」

陳松濤點頭道：「總的來說，事情進行得十分完美，完全達到了我們需要的效果。尤其沒想到的是，狄仁傑和袁從英在來并州的路上就誤入了藍玉觀，算是天助我也，反而少了將他們引入歧途的麻煩。現在，狄仁傑肯定已經聽取了袁從英的彙報，開始分析藍玉觀的案情了。哼，他分析得越深入，我們就越主動。很好，很好，今天就給他們一天的時間好好想想，明日，我再去聽聽他們的分析結果。」

黑衣人諂媚：「陳大人神機妙算，屬下佩服之至。不過，屬下總覺得袁從英是個麻煩，想起來就頗為不安。」

陳松濤思忖著道：「說得有理。如今狄仁傑是致仕的身分，身邊無一兵一卒可以調用，就算他的本領再大，說穿了也不過是個手無縛雞之力的老頭子而已，我們可以輕而易舉地將他玩弄在股掌之中。但是他的身邊有這個袁從英，事情就不那麼簡單了。況且，袁從英還聽出了你的聲音……」

「要不，想辦法把他幹掉？」黑衣人做了個「喀嚓」的手勢，不想牽動傷口，立即疼得擠眉弄眼。

陳松濤搖頭道：「不行。你昨夜已經和他動過手了，以你的武藝都鬥不過他，恐怕咱們這裡沒人能將他輕而易舉地置於死地，萬一失手的話，反而會弄巧成拙。況且，昨日我在狄仁傑處冷眼觀察，狄仁傑對他是愛護有加，假如袁從英真的出了事，很難說這個老狐狸會不會狗急跳牆，做出什麼過分之舉來。狄仁傑要是真的急了，恐怕還是很難對付的。」

「那該怎麼辦？」

陳松濤來回踱著步，嘴裡喃喃：「讓我想想，想想，必須要找到一個萬全之策……」突然，他的眼睛一亮，「我怎麼忘記了他？太好了，有辦法了。我不殺袁從英，我讓他待不下去，自己走！」他又對黑衣人道，「你也不要在此久留，處理完傷口就立即回去吧。千萬小心，不要讓那個女人看出破綻來。還有，監視狄府的情況怎麼樣了？」

「請大人放心。我已經派了最精幹的人手去，讓他們多加小心，保證不再發生第一個晚上的事情。而且這些人都是我們的死士，萬一被擒，他們會立即自盡，絕不讓狄仁傑問出真相！」

「很好。」

陳松濤走出密室，來到正堂上，又恢復了平常的神態，喚了一聲：「來人哪，備馬，我要到城南小姐的家中去一趟。」

并州城南，狄景暉的宅邸。

與城北狄仁傑府邸的素樸莊重不同，狄景暉的這座宅院，極盡奢華之能事，真可謂是朱戶甲第，樓閣參差，花木繁榮，煙雲鮮媚。門外有崑崙奴恭迎，門內有紫衣人吏接待，青衣仕女在院內穿梭侍奉。沉香為樑，玳瑁貼門，碧玉窗，珍珠箔，碧色階砌，不知道的恐怕還以為來到了皇帝的某座行宮。

狄景暉仍然是一路風風火火，直入位於第四進院子裡的內宅。推開房門，他一眼看見沉著臉坐在桌前的陳秋月，立即沒好氣地道：「成天就看到你唬著個臉，給誰看！」

陳秋月無精打采地瞟了他一眼，道：「還能給誰看？給我自己看罷了。你十天半個月都不回家，也看不了幾眼。」

狄景暉也不理她，接著道：「我剛看見你父親騎馬從這裡離開，他來過了？」

「來過了。」

「他來幹什麼？」

陳秋月冷笑道：「好不容易回來一趟，不問我一句，不問孩子們一句，倒馬上問起我爹來，你真是越來越讓人不明白了。」

狄景暉臉色一變，正要發作，想想又按捺下去，道：「我也是隨便一問，你就別吹毛求疵了。」說著，在桌邊坐下，自己默默地倒了杯茶喝。

陳秋月看著他的舉動，眼中突然閃現出熱切的光芒，探頭過去道：「景暉，今天你就留在家中吃晚飯吧，我讓廚房給你做幾樣你最喜歡的小菜，我們夫妻二人好久沒有聚在一起吃飯了。啊？好不好？」

狄景暉「哼」了一聲，不置可否。

陳秋月又道：「景暉，其實我父親來不是為了什麼別的，就想問問你最近在忙什麼，他也有些擔心你。」

「擔心我？他什麼時候對我如此好心了？」

陳秋月轉動著眼珠，臉上的表情十分複雜，想了想，說：「父親告訴我，昨天晚上官府在太行山裡發現了一個叫藍玉觀的地方，還有許多道人的屍體。」

狄景暉的面頰有些抽緊，死死握住手中的茶杯，卻不發一言。

陳秋月從旁觀察著他的表情，繼續說：「奇怪的是，阿翁在來并州的路上，就已經和袁將軍一起進了藍玉觀，還在那裡過了一夜。但當時觀中是空無一人的。景暉，阿翁和你談起過這件事嗎？」

「他和我談？沒有，他什麼都不和我談的。」

「那就奇怪了，父親還說會請阿翁明日與他一起再去勘查現場。我想以阿翁的能耐，應該能很快查出案件的真相。對了，聽說袁將軍昨天夜裡還在藍玉觀與人交了手。我父親說，袁將軍的功夫十分了得，有他在，阿翁真是如虎添翼，沒什麼疑難案情解決不了。」

狄景暉將手中的茶杯猛地拍在桌上，茶水濺了一桌。

陳秋月哆嗦了一下，但她顯然已經下定了決心，咬了咬嘴唇，繼續往下說：「父親說，那幾十個道眾都死得十分淒慘，說不定是有人殺人滅口也未可知。景暉，父親來告訴我這些，是想讓你有些準備，畢竟你、你彷彿和那個藍玉觀有些關係……」

狄景暉猛地跳起身來，死死地盯著陳秋月：「你說什麼？我和藍玉觀有什麼關係？我連聽都沒聽到過什麼藍玉觀！」他一字一頓地道，「陳秋月，還有你那個狡詐陰險的父親，我勸你們不要得寸進尺！當年的事情是我看在與你的夫妻情分上，才隱忍了下來，但你們也不要欺人太甚！我的事情我自己會解決，你們休想牽扯到我的父親，我絕不會讓你們得逞！」

陳秋月慘白著臉道：「你倒是很維護阿翁啊。只可惜阿翁對你橫看豎看都不順眼，倒把個外人當寶貝似的信任著，愛護著。我看你這個兒子，做得也真是夠失敗的。如果哪天阿翁真查出你有什麼差錯，只怕立時就把你當作他大義滅親的犧牲品了！」

狄景暉拉開房門，頭也不回地衝了出去，房門在他身後「砰」的一聲關上了。

陳秋月喃喃自語道：「你走吧，你走吧。永遠不回來才好！」

并州城北，狄府。

午後的陽光透過窗紙，斜斜地灑在狄仁傑寬大的書案上，把他案上的張張白紙渲染成溫暖的淡金色。他一會兒在這張紙上寫幾筆，一會兒在那張紙上寫幾筆，忙得不亦樂乎。

袁從英輕輕地走進來，問了聲：「大人，您在幹什麼？」

狄仁傑並不答話，一直等他走到面前，湊著陽光打量了下他的臉色，才點頭道：「嗯，臉色比昨夜好一些了，睡得好嗎？」

袁從英道：「好，從早上一直睡到現在，剛剛才醒，就到您這裡來了。」

「還沒吃午飯？」

「沒有。」

狄仁傑指了指桌子：「這裡有幾包點心，都是太原城裡最好的點心鋪子上午剛做出來的，我讓人去買了些來，你吃吧。」

「好。」袁從英拿起一塊點心正要吃，狄仁傑走過來，倒了杯熱茶給他，道：「坐下慢慢吃，這酥餅配熱茶吃是最好的。」

「大人，您在幹什麼？」袁從英在桌邊坐下，又問了一遍。

狄仁傑微微一笑：「我在分析案情。」

「你倒會享受啊，又有得吃，又有案情聽，很舒服嘛。」

「能說給我聽聽嗎？」

「說說吧，大人。」

狄仁傑把手往身後一背，篤悠悠地在屋子裡踱起方步來：「昨夜我們談到，從我們在山道上遇到那個道士起，發生了一系列事情。我們先做一個大的假設，假設這些事情之間有著某種關聯，那麼我們現在要做的，就是找出這種聯繫，然後再反過來驗證，我們的假設是否正確。」

他走回到書案前，拿起那幾張紙，指給袁從英看：「這些紙上，分別記錄了我們所遇到的不同事情，以及這些事情中的可疑之處。這些事件是分別獨立的，但是放在一起，說不定就可以把它們組織起來。」狄仁傑挑出其中的一張，道：「這張上寫的是『山道上的死者』，正是我們所遇到的一系列怪事的開端，那麼這個死者身上到底有什麼可疑之處呢？首先，他究竟是因何而死？從表面看，他是食蓬燕糕鼓脹而死的，但是緊接著我們就在藍玉觀外的廚房裡發現了一塊蓬燕糕。所以，這兩者之間就有了聯繫——蓬燕糕。我回來後檢查了廚房裡的蓬燕糕，發現在那塊糕中，似乎是摻雜了些別的東西。」

袁從英正捏著塊酥餅要吃，聽到這裡，不由自主地朝手裡的酥餅看了好幾眼，最後還是放下了，道：「大人，如果道觀裡的蓬燕糕是摻了東西的，會不會那個韓銳，他是叫韓銳吧？想吃的不是普通的蓬燕糕，而是藍玉觀裡的蓬燕糕，或者說，是藍玉觀裡的蓬燕糕中摻的東西。」

「說得好！我也是這麼想的。不過，現在要查出來糕裡所摻的東西，有些難度，所以我們暫且擱下這第一個結論，再看下一個疑點：韓銳脖子上戴的金鏈。這條金鏈我們已經分析過了，十分奇特，非為中土的物件，和道觀似乎也扯不上關係，而像是來自於異域。但是從英，這兩天裡我們不是還見識過其他的異域風貌嗎？」

「是……您是說恨英山莊？」

「對，就是恨英山莊。從英啊，坦白地說，恨英山莊真是讓我大開眼界。」

「確實開眼界，從東西到人都怪得要命。」袁從英低聲嘟囔了一句。

狄仁傑呵呵一笑，道：「怪卻怪得很有名堂啊。昨天馮丹青提到，范其信曾與大食人有些往來，而我看那些建築的式樣、泉池的格局，也確實很有大食國的味道。」

袁從英皺起眉頭，狄仁傑知道他不太懂這些，疼愛地拍了拍他的肩，隨後，又拿起書案上放著的金鏈，道：「今天上午我已經讓狄忠把金鏈送到城裡波斯人開的珠寶店裡去認過了，雖然沒人見過這樣東西，但是波斯商人都肯定說，這是一件與大食有關的飾品，因為這塊綠寶石裡面所刻的蝌蚪樣的圖形，正是大食的文字。」

袁從英直聽得目瞪口呆，好半天才迸出一句：「大人，您怎麼什麼都懂啊？」

狄仁傑笑著搖搖頭，道：「所以，我們又有了第二個結論，那就是韓銳和恨英山莊之間，也有著千絲萬縷的聯繫，他們之間的聯繫是透過大食這條紐帶產生的。並且，證明這種聯繫的還不只這一條金鏈，還有另外一個重要的疑點。」

「大人，另一個疑點是什麼？」

「就是韓銳左手上的那些顏色。這還是昨天我在恨英山莊正殿上，觀看壁畫時突然想到的。我想起我在老師閻立本的手上，也見到過相似的顏色印記。從英，你知道嗎？畫師在投入地繪畫時，往往會不由自主地用手指去擦拭畫上的顏料，有些繪畫的效果就是透過手指的塗抹而形成的。所以，但凡畫師的手上，尤其是左手上常會染上各種顏色。長年累月下來，顏色就深入肌膚，擦洗不掉了。」

「大人，您是說韓銳左手上的顏色也是這樣形成的？」

「嗯，我覺得這種可能性最大。」

「難道說，韓銳是個畫師？」

「嗯，你記得嗎？昨天馮丹青曾經提到，正殿上的壁畫是由她構思，再由畫工臨摹上去的。」

「我記得。不過大人，我覺得這個推論有些牽強。根據沈槐的調查，韓銳、韓斌兄弟倆是十多年前乞討來到太原城的。他們生活如此困苦，到哪裡去學習繪畫的技能呢？何況韓銳還是個啞巴。」

「這點確實不好解釋。但是沈槐也提到，這兄弟兩個曾經消失過一段時間，再次出現的時候，生活似乎就有了保障。又是為什麼呢？」

「據沈槐說，韓銳在藍玉觀做了道士。」

「那好，既然你提到了藍玉觀，我們就再轉回到這個藍玉觀來看看。首先，你我是怎麼闖入藍玉觀的呢？從表面上看，我們闖入藍玉觀純屬偶然，但是仔細想想，還是有一些必然性的。這必然性從我們遇到韓銳就開始了。」

「嗯，我們是追蹤小孩的腳印才最終闖入藍玉觀的，對嗎？大人，我覺得那個小孩應該就是韓斌。」

「不錯，應該就是他。我想當時的情形是這樣的：韓斌躲在樹叢中，親眼看見韓銳死在我們面前，他驚駭之下，往山洞跑去。你我一路追蹤足跡，後來遇到了惡犬襲擊和山石崩塌，目前還無從判斷是偶然或人力所為，但是無論如何，你我一頭撞入了通往藍玉觀的山洞。所以，基本上仍可以認為，正是韓斌將你我引入了那個神秘的藍玉觀。」

「是的，而且我們在出入藍玉觀的丹房裡面，也發現了小孩的足跡。」

「還有那天夜晚，我們聽到孩子的哭聲。」

袁從英頻頻點頭，似乎想要說什麼，但猶豫了一下，又把話咽了回去。

狄仁傑思忖著，繼續道：「韓銳和韓斌兄弟對藍玉觀一定是非常熟悉的。否則韓斌不可能知道那個山洞，更不可能知道山洞裡面直通藍玉觀的狹窄階梯。」

「嗯，這個藍玉觀也真是神秘啊。昨天沈槐還說，似乎從沒人聽說過那個地方。」

「它埋在四面絕壁的深山幽谷之中，出路除了那個熱泉山洞以外，就只有兩堵絕壁之間的夾縫，確實很難被人發現。」

「最奇怪的是道觀裡面的人，一會兒不見了，一會兒又都被殺死了。這麼多的道眾，究竟是從哪裡來，又是被什麼人所殺呢？」袁從英又想起了昨夜的恐怖情景，眉頭緊鎖，面色變得陰沉。

正在此時，狄忠來報：「老爺，袁將軍，沈槐將軍來了。」

「哦？快請進書房來。」

沈槐神采奕奕地走進書房，端端正正地抱了個拳，道：「狄大人，從英兄。」

「沈將軍快請坐。」狄仁傑招呼道，袁從英也緊走幾步，對沈槐抱拳道：「沈賢弟。」

三人分別坐下，沈槐道：「末將今天過來，是應長史大人之命，請狄大人和從英兄明日一起去藍玉觀勘查現場。還請二位不要推辭。」

「嗳，我們怎麼會推辭呢。請轉告陳大人，明日一早我們即可出發。」

沈槐道：「如此甚好，明早我會與陳大人一起過來，請上狄大人和從英兄之後，從這裡出發去藍玉觀。」

「太好了。」

沈槐又道：「關於藍玉觀，今天我又去多方打聽了一下，略有些收穫，可以講於狄大人和從英兄聽。」

「哦？沈將軍快說來聽聽。」

沈槐道：「對於這個藍玉觀，過去的確從沒有人聽說過，更沒有人見過。雖然韓銳和韓斌兄弟提起到過藍玉觀，但大家都認為他們在胡說八道。直到半年多前，曾有些工匠被召集起來，蒙著眼睛送去一個深山中的幽僻所在，在那裡蓋了幾座房舍，屋舍的構造彷彿就是個道觀。工匠們被遣回時也是蒙著眼睛的，所以他們不知道如何出入那個神秘的地方。但是他們都提起，那裡有一個高達數十丈的熱泉瀑布。所以末將斷定，工匠們被帶去的地方，其實就是藍玉觀。」

狄仁傑和袁從英相互看了一眼，點點頭。

沈槐接著道：「還有一件怪事，最近這半年來，并州周邊總有些流浪乞討者失蹤的案子，但因這些流浪者本就行蹤不定，也無親無眷，所以最後都成了無頭案。末將在想，不知道這些人和藍玉觀裡死亡的道眾有沒有關係。」

狄仁傑沉吟道：「沈將軍，你做得很好。這些資訊非常有價值，確實應該放在一起好好考慮。這樣，我們明天勘查現場就更加有的放矢了。」

沈槐道：「狄大人過獎了。」

狄仁傑微笑著，親切地問：「聽口音沈將軍像是洛陽人士，什麼時候來的并州啊？」

「狄大人，末將確是洛陽人，五年前從羽林衛中被派往并州折衝府。」

「哦，原來沈將軍曾是羽林衛啊，難怪舉手投足都這麼嚴謹精幹。」

沈槐笑道：「末將慚愧。如果狄大人沒有別的事情，末將就先告辭了。」

「好。從英，替我送送你沈賢弟。」

袁從英跳起來，陪著沈槐到門口。沈槐看了看他，壓低聲音問：「從英兄，身體好些了嗎？」

袁從英的臉微微一紅，感激地看了沈槐一眼，道：「我已經沒事了，謝謝你。」

回到書房，狄仁傑道：「你先去吧，今天晚上早點休息，明天會有很多事情要做。」

袁從英答應了一聲，卻不動，只對著狄仁傑笑。狄仁傑讓他笑得有些莫名其妙，便問：「從英，還有什麼事嗎？」

袁從英點點頭，不好意思地道：「大人，點心很好吃，我可以拿些去嗎？」

「啊？噢，哎呀，拿去，拿去，都拿去吧。」狄仁傑忍俊不禁，把點心包往袁從英的懷裡塞。

「不，不，不用這麼多。」袁從英的臉漲得通紅，一邊說著，一邊從桌上拿起張紙，揀了幾塊點心包在裡面。

狄仁傑看著他手忙腳亂的樣子，突然深深地歎了口氣，道：「你呀，和景暉小時候一模一樣。他也喜歡吃這種點心，吃完了還要拿……從英啊，我過去一直不覺得自己老，可是這次回到家，看到景暉，再看看你，我真的覺得自己已經老了，老了啊。」

袁從英已經包好了點心，低頭聽著。

狄仁傑看著他，眼裡突然有些潮濕，顫聲道：「人老了，就希望看到孩子們一切都好，開開心心的，這才是一個老人最大的安慰。景暉是我最小的兒子，你比他還要小些，我在心裡也一直把你看成我的親生兒子。我是多麼希望你們兩個能夠和和睦睦的，可惜，世事總難遂人願。從英，你別和景暉計較，他就是那個脾氣，我也拿他沒辦法。其實他的心地並不壞。如今我的身邊只有你們兩個，我一個都離不開啊。」

袁從英一直低著頭，此時才極輕地說了句：「大人，我走了。」拿起紙包離開了狄仁傑的書房。

他走到自己的房門前，轉了一圈就朝府外走去，一路上快馬加鞭，很快趕到了離城東土地廟三條巷子的街口，把馬拴在路邊的一棵大樹上，慢慢地朝土地廟的方向走去。

晚霞的餘暉將天際塗抹成燦爛的金色，路邊的樹上，幾片搖搖欲墜的枯葉在風中輕輕搖擺，好似伴著殘陽輕盈地舞蹈。深秋時節的黃昏，路上幾乎已經沒有了行人。袁從英一個人優哉游哉地走著，彷彿在盡情享受這靜謐安詳的秋日即景，實際上，那雙敏銳的眼睛始終在警覺地觀察著周圍的動靜。走了兩條小巷，他完全確定沒有任何異常情況，才飛快地跑起來，幾步就飛身躍過了土地廟塌了一半的院牆。

落在破廟前的院中，袁從英環顧四周，一點兒動靜都沒有。他皺了皺眉，舉步要往土地廟裡走，忽然聽到廟門內有聲音。他注意聽了聽，露出笑容，便乾脆往臺階上一坐，耐心等待起來。

在他的身後，一個小孩子躡手躡腳地靠近了，突然，袁從英一個轉身，小孩子猝不及防被他一把揪入了懷中。袁從英看著這個蓬頭垢面的孩子，輕輕擦了擦他的臉蛋，道：「你的武器都讓我給收走了，還有什麼辦法來伏擊我？」

「伏擊？什麼叫伏擊？」韓斌瞪著他，一個勁兒地在地上蹬著雙腳，拚命掙扎。袁從英被他掙得沒辦法，只好把他放開了。再一看，韓斌的小手裡面居然握著半拉剪刀，袁從英愣了愣：「你怎麼？唉，我真不明白，把我弄死了，對你有什麼好處？」

「也沒什麼好處，可我就是不喜歡你老纏著我，問東問西的。」韓斌氣呼呼地說，把剪刀隨手一扔，坐到了袁從英的身邊。

「那我不問東問西了，你是不是可以對我客氣些？」

「這還差不多。」

袁從英苦笑著搖頭，問：「吃過東西了嗎？」

韓斌朝他翻了個白眼，也不答話。

袁從英從懷裡掏出紙包，打開來遞給韓斌：「看，我給你帶好吃的來了。」

韓斌一把搶過去，抓起塊酥餅就往嘴裡塞。袁從英看著他笑：「你明明知道你哥哥不是我害死的，為什麼還是不願意相信我？我對你不好嗎？」

韓斌嘴裡塞著點心，含含糊糊地說：「可你和那個人住在一個家裡面，我看見的。你們是一起的。」

「那個人？哪個人？」袁從英盯緊韓斌問。

韓斌有些被他臉上嚴肅的表情嚇到了，囁嚅著說：「就是那個，那個狄三公子。」

袁從英冷冷地道：「看來我沒有猜錯。你認識狄景暉，為什麼？」

韓斌被他嚇得一哆嗦，結結巴巴地說：「是，是因為，嫣然小姐，我哥哥……」

袁從英大為訝異：「嫣然小姐，你還知道陸嫣然？」

韓斌「嗯」了一聲，接著委屈地道：「你不是保證不問了嗎？我真的不想說，我哥哥死了，我不知道該怎麼辦，也不知道該去哪裡。我……可我還想替他報仇，我哥哥是個啞巴，他也沒什麼本事，除了畫畫什麼都不會，可他是我的好哥哥，我就這麼一個哥哥，現在他死了，我什麼親人也沒有了……」他說不下去了，嗚嗚咽咽地哭了起來。

袁從英歎了口氣，呆呆地看著韓斌哭，一直等到韓斌漸漸停止了哭泣，他才站起身來，說：「斌兒，我要走了，你自己要小心。」他又繞著土地廟轉了一圈，道：「把你一個人留在這裡，我真是不放心，可是又不能帶你去狄府，怎麼辦呢？我也是兩天前才到太原，東南西北還搞不太清楚。讓我好好想想，想想……」

他突然又盯著韓斌：「你騙了我，你根本就不會寫字。」

韓斌轉了轉眼珠，道：「嗯，我不會寫字。可我會畫畫，哥哥教我的。」說著從地上撿起根樹枝，三下兩下就在泥地上畫了個人臉。

袁從英走過去一看，居然畫的是自己，還挺形神兼備的，就是皺著眉頭很凶的樣子，他看得大樂，笑道：「我有這麼凶嗎？」用鞋底把自己的肖像擦掉，袁從英看著韓斌道：「真是個聰明的孩子。這樣吧，你就在此再待一個晚上，明天，明天我一定想辦法把你帶走，我會保護好你的。」

袁從英朝韓斌揮揮手，離開了城東土地廟。

他回到狄府的時候，天色已經黑了。回房間的路上，不期碰上了在原地轉來轉去的狄景暉。狄景暉似乎在等他，剛一看見袁從英，臉上頓時有些尷尬，但馬上就調整得若無其事的樣子，穩穩地走上前來，拱手道：「袁將軍。」

袁從英略略猶豫了一下，也立即跨前一步，抱拳道：「景暉兄，找我有事嗎？」

狄景暉笑道：「咳，景暉慚愧啊，袁將軍來了這兩天，景暉多有冒犯，心裡很過意不去。今晚上特意設了宴，想請袁將軍過去，給袁將軍賠罪。」

袁從英毫不遲疑地答道：「賠罪是絕不敢當的，景暉兄盛情，從英怎敢違命。從英一定去。」

狄景暉大喜：「好！痛快！袁將軍果然豪爽。宴席就設在景暉開設的酒肆九重樓裡面。那麼景暉就先走一步，在九重樓恭候袁將軍。」

「景暉兄請便，從英隨後就到。」

袁從英目送著狄景暉大步流星地走了，才回到自己的房間，匆匆地換了套衣服，向狄忠問明了九重樓的方位，上馬飛奔而去。

# 第六章　酒宴

洛陽，上陽宮，寢殿。

十月末的洛陽，悄悄地飄下了今年第一場的雨雪。冰冷刺骨的雨水中夾雜著雪珠落到地面上，即刻和泥土混在一起，變得黏糊糊髒兮兮，再被行人踏過，到處都是骯髒不堪的黑水和泥漿。這樣的深秋之夜，是多麼令人不快啊。

但在武皇的寢殿裡，卻是另一幅溫暖如春的圖景。重重簾幕懸掛在暖閣的四周，三個青銅熏籠裡面燃著炭火，向暖閣裡輸送著源源不斷的熱量。迷迭香令人昏昏欲睡的香氣飄浮在宮殿之中，使得訓練有素的女官和力士們都不由眯縫起了眼睛。暖閣正中的龍榻前，鋪開一幅巨大的裘皮地毯，張昌宗披著薄如蟬翼的一襲紗袍，赤著雙足，在地毯上輕盈地走來走去。暖閣外傳來悠揚的笛聲，吹奏的正是張昌宗親自譜寫的〈冀樂舞曲〉，就在這舞曲的伴奏下，張昌宗如癡如醉地舞動著身體，彷彿進入了仙境。

武則天斜倚在榻上，目光跟隨著張昌宗的身子。透過半透明的紗袍，欣賞這副年輕勻稱、充滿韻律的身體，是女皇新近最大的一個樂趣。正在半夢半醒的陶醉之中，一名緋衣女官悄悄來到她的身邊，湊在她的耳邊低語起來。武則天聽著聽著，面色漸變凝重，忽然，她猛地坐直身子，手一伸，女官立刻將一封密奏遞到了她的手中。武則天全神貫注地流覽完密奏的內容，抬頭沉思了片刻，將密奏交還給女官，一擺手，那女官無聲無息地退了出去。

回過身來，只見張昌宗還在那裡自顧迷醉著，武則天又看了片刻，才用無限惆悵的語調歎道：「多麼美的身子，多麼好的年華啊。人要是能夠永遠也不老，該有多好啊。」

張昌宗停止了身體的擺動，靠到女皇的腳邊，迷迷糊糊地道：「陛下，在六郎的眼裡，您就是永遠也不老的。」

武則天撫摸著他的頭髮：「小孩子也知道哄人。哄人和被哄還不一樣，六郎哄得朕心裡很舒服。」

「嗯。」張昌宗把頭俯在武皇的胸前，似睡非睡地輕輕歎息著。

武則天的手慢慢地摩挲著他的背部，一直往下滑，停在他的腰間：「都說六郎的身體毫無瑕疵，完美無缺，其實沒有人知道，在這裡還有一朵蓮花。」

張昌宗笑道：「就是。六郎的這個胎記除了父母和哥哥，就只有陛下您知道了。」

武則天道：「這朵蓮花好啊，全無瑕疵固然美，這白璧微瑕卻更讓人愛不釋手。這朵蓮花，朕是要獨佔的。誰要是膽敢沾手，朕就讓他千刀萬剮，死無葬身之地！」

張昌宗全身一哆嗦：「陛下，您嚇死六郎了。」

武則天道：「膽子這麼小，以後朕不在了，你怎麼辦呀？」

張昌宗忙坐起身來，急道：「陛下，您說什麼呀？六郎不能沒有陛下，您，您得一直護著六郎！」

武則天輕輕搖頭：「朕倒是想啊，但生老病死誰都難敵，不是嗎？你要是想讓朕一輩子護著你，你說的那個東西，怎麼還不快給朕獻上來？」

張昌宗完全清醒了，緊張得額頭微微冒汗，遲疑地道：「陛下，那邊一直在想辦法，六郎也去信催過好幾次了。只是……只是，這東西確實很難到手，還請陛下稍賜耐心。」

「嗯……六郎，是你的那位姨媽在想辦法嗎？」

「是，正是六郎的姨媽。」

「六郎，你長得這麼標緻，你的姨媽想必也是位大美人吧？」武則天若無其事地問道。

「是，凡見過我姨媽的人，都說她是百年一遇的美人，是天仙下凡。」張昌宗的語氣裡有些不由自主的驕傲，武則天不覺盯了他一眼，張昌宗頓感失言，一下子嚇得心狂跳起來，深深地低下頭，不敢再看武皇。

武則天注視他片刻，心裡有些好笑，柔聲道：「瞧把你嚇的。就算是天仙也不錯嘛，我看你們一家子都是些天仙美人。不過，她也不會很年輕了吧？多大年紀了？」

「稟陛下，我的姨媽有三十多歲了。過去也曾嫁過人，後來寡居了幾年，三年前才嫁到了那個恨英山莊。」

「三十多歲算半老徐娘了。」武則天若有所思地說，「我當年被冊封成皇后的時候，也已經三十多歲了。不過我還記得，先帝對我說過，在他的眼裡，三十多歲的我比當初剛入宮時更加美麗，也更有韻致。」她的目光迷離起來，彷彿陷入了久遠的回憶之中。

張昌宗討好地道：「陛下，在六郎看來，您如今的樣子比三十多歲時還要美麗，還有韻致！」

武則天聞言一愣，隨之大笑道：「你啊，我三十多歲時你還沒生出來呢，你又見過了？要奉承也不能這麼胡亂奉承。」

張昌宗也尷尬地笑了。武則天充滿愛意地端詳著他，良久才道：「六郎，你先出去一下，朕要辦件事。」

「是。」張昌宗退了出去。

武則天坐直身子，剛才的緋衣女官立刻悄然無聲地出現在她的身旁，活像一個幽靈。武則天又沉思了半晌，對女官說：「你即刻擬一道密旨到并州，讓他們加強監控，一旦有風吹草動就立即採取行動。事發緊急時不必請示，朕授予他們便宜行事之權。」

「是。」女官退下了。

武則天滿面寒霜地凝視著前方，喃喃自語：「狄仁傑啊狄仁傑，這次你可不能讓朕失望啊。」

寢殿外，張昌宗像熱鍋上的螞蟻般來回踱步。一名力士上前來，替他披上件裘皮錦袍，也被他猛地甩落在地。他恨恨地跺了跺腳，彷彿終於下定了決心，快步朝殿外走去。

并州郊外，恨英山莊。

馮丹青又坐在恨英山莊正殿的蓮花池邊，望著殿後的巨幅壁畫，一動不動地遐思著。范泰悄悄進殿，來到她的身旁，屏息站立著。馮丹青一回頭，正看見范泰淫邪的目光，嚇了一大跳，驚叫道：「你要幹什麼？」

范泰一彎腰：「夫人，是我啊。洛陽那邊有信來。」雙手遞過一封書信。

馮丹青長出了一口氣，道：「鬼鬼祟祟的，嚇死人了。」她接過信來，並不拆開，吩咐道：「你可以走了。」等了一會兒，見范泰沒有動彈，疑惑地問：「還有事情嗎？」

「也沒什麼事情。夫人，有信就看嘛，何必躲躲藏藏的。」范泰搭訕著，眼光閃爍，神情越發猥瑣。

馮丹青猛地往後一退身，無比厭惡地逼視著范泰，道：「你想幹什麼！」

范泰冷笑一聲：「夫人，小的不想幹什麼。小的只是在替夫人擔心，不知道夫人這招瞞天過海，還能支持多久。狄仁傑那個老狐狸，可不是那麼容易騙的。」

「你！」馮丹青臉色大變，勉強定下神來，媚笑著道：「狄仁傑我是不怕的，一個老頭子能有多大的本事。只要有你幫著我，我還有什麼可擔心的呢？」

范泰嘿嘿一樂，道：「夫人，小的自然肯為夫人效力，萬死不辭。」

馮丹青妖嬈地走到范泰面前：「范泰，只要你對我忠誠，我是不會虧待你的。」說著，她輕舒玉臂，溫柔地搭上范泰的肩頭。不料范泰猛地一個激靈，臉上現出痛苦不堪的表情，往旁邊就閃。

馮丹青大驚，詫異地看著范泰痛得發白的臉，問：「范泰，你怎麼了？」

范泰吸著氣，從牙縫裡擠出一句：「沒，沒事，今天搬東西時扭到了。」

馮丹青疑慮地轉動著眼珠，看了范泰一會兒，突然微微一笑，道：「搬東西扭到了？你怎麼這麼不小心啊。老爺死了，你要是再出了事，讓我靠誰好呢？」她一邊說著，一邊又要將身子倚上來。

范泰嚇得往後一跳，趕緊道：「夫人，如果沒什麼事情，小的就告退了。」

馮丹青儀態萬方地點點頭，看著范泰急急忙忙地走出正殿，臉上才浮現出刻骨的仇恨來。她低下頭，撕開手中的信封，匆匆讀了一遍，握著信的手微微顫抖起來。

太原城，東市，百草堂。

東市的這家百草堂，是整個太原城裡最大最氣派的藥鋪。五開間敞亮高闊的大堂裡，中間是整排一人高的烏漆櫃檯。櫃檯後的牆上滿滿地豎著巨大的藥櫃，從地上一直伸展到二層樓上的屋頂處，藥櫃上面琳琅滿目的一排排抽屜，每個抽屜上都用銅牌鐫刻著藥材的名字。大堂裡撲鼻都是藥材略帶苦味的清香，堂前人來人往絡繹不絕，好一番熱鬧的景象。

櫃檯旁邊，另有一個木柵欄隔開的小間，木柵欄上輕懸一幅碎花緞簾，就將滿堂喧囂隔在外面。裡面一桌二椅，陸嫣然坐在桌後，正在給人搭脈開方。碧綠的雙眼時時流動著溫柔親切的光芒，她輕言細語地與每一個人交談。剛送走一個懷孕的婦人，陸嫣然稍稍喘了口氣，眼前微微一暗，一個婀娜的身影遮住了半寸光線，輕盈地坐在了她的對面。

陸嫣然一驚，全身發冷，這個身影她太熟悉了，熟悉到了不用看就知道是誰。陸嫣然抬起頭，冷冷地道：「夫人，今天好興致啊，怎麼想到來這裡？」

馮丹青掀起面紗，輕歎口氣道：「看你說的，我為什麼就不能來？這百草堂也有恨英山莊的份，我來瞧瞧，不行嗎？」

陸嫣然只是緊閉雙唇，一言不發，看也不看馮丹青。

馮丹青頗有興味地端詳了陸嫣然半天，方又開口道：「哎，何必這麼大的敵意呢。你看，恨英山莊如今就是我的，只要你和我好好合作，我也不在乎分你一半兒，怎麼樣？到時候，你有了這麼豐厚的一筆家底，也就能配得上狄三公子，他也就可以堂而皇之地納你為妾了。」

陸嫣然氣得臉色煞白，低聲斥道：「馮丹青，別以為天下人都像你這麼不知廉恥！如果你來就為說這些，那便請你速速離開。我這裡還可以多瞧幾個病人。」

馮丹青搖著頭道：「陸嫣然，你怎麼就如此執迷不悟呢？難道你沒看出來，我是一片真心為你好嗎？你看看，你對老爺的死有疑慮，我就去請了當朝第一的神探來。如今狄仁傑大人正在為這件案子操心呢，你想不想知道，他為了什麼操心嗎？」

陸嫣然厭惡又疑慮地望著馮丹青，神情裡有隱隱的擔憂。

馮丹青悠悠地歎了口氣，道：「那天在恨英山莊，我請狄大人看過了老爺的屍身，驗明老爺是被人用短刀刺死。我也告訴了狄大人，老爺死的那天，除了狄三公子，就沒有人來過恨英山莊！」看到陸嫣然的胸膛激烈地起伏著，馮丹青神色詭異地繼續道：「到底是父子連心啊，狄大人聽說這個，當時就腳底不穩起來，連我看得都有些不忍呢。可我還聽說，狄仁傑大人是當世名臣，斷不會為了一己私情，就亂了律法綱常。」

陸嫣然抬起頭，碧綠的雙目中已有淚光閃動。她艱難地啟齒道：「馮丹青，你可不可以把話說得明白些？你到底想幹什麼？」

馮丹青亦輕輕地從齒間擠出聲音來：「我要那個死鬼的長生不老藥，只要你把藥方給我，我就有辦法讓狄三公子擺脫嫌疑，你也可以得到恨英山莊一半的財產，怎麼樣？這些條件很公平吧。」

陸嫣然愣了許久，終於含淚笑出了聲：「馮丹青，你真是鬼迷心竅了。這世上哪有什麼長生不老的仙藥？我沒有，我師父也沒有，從來就沒有過這種東西！」

馮丹青站起身來，狠狠地道：「反正我已經把話說明白了，怎麼辦你自己決定吧。陸嫣然，給你的時間並不多，狄大人已經接了老爺的案子，不可能拖著不辦。就算他想拖，并州官府也不會容他拖。況且，現在盯著狄景暉的絕不只我這邊，他的麻煩很大，我勸你還是多為他想想，能幫就幫。」語音剛落，她便如一縷輕風似的閃出了簾外，只留下嫋嫋的檀香縈繞不絕。

陸嫣然呆坐著，淚水緩緩地滾落下來，也渾然不知。

并州東市，九重樓酒肆。

袁從英尚未轉進九重樓酒肆所在的那條街，就遠遠地看見前面通街的寶馬香駒，紅男綠女，熱鬧非凡。已是歲末，年關就在眼前，不少人開始日日笙歌，夜夜尋歡，彷彿要用這種方式，把整整一年的愁緒煩惱都拋在舊年中，市裡的酒肆飯莊因而一天比一天更加擁擠繁忙。

袁從英緩緩地駕馬前行，並不急於赴宴，悠然地觀賞著周圍喧譁的集市夜景，自己也覺得奇怪，居然會有這樣的心情。到了拐角處一轉彎，迎面的整條街上亮如白晝，車來馬往，人聲鼎沸，絢麗的燈光和人群帶著及時行樂的熱烈氣息撲面而來。此情此景，真會讓人恍惚相信，的確有永盛不衰的歡樂和滿足常駐世間。

九重樓酒肆就在長街的盡頭，足足有三層樓高，雕樑畫棟張燈結綵，遠遠望去，好像一座通體發光的塔樓。濃郁的酒香從中飄散出來，引得來往行人無不駐足，深深呼吸，真是人未入，心已醉。

袁從英來到酒肆門口，剛唸了唸門口懸掛的條幅「六蒸九釀，百年香自飄千里；一來二返，五湖客重奔八方」，立即有青衣夥計上前招呼：「這位公子，喝酒嗎？」

袁從英將馬韁繩交到夥計手中：「我找狄景暉。」

「您找……噢，我知道了，您就是袁公子吧，樓上雅間請！」

袁從英點頭上樓，樓梯上已經有另一個夥計候在那裡，將他直接引入三層樓最底的一間屋子。

踏進房門，狄景暉已經等在桌邊，見袁從英進來，趕忙起身相迎。桌旁還坐著一個人，袁從英此前並未見過，是個四十多歲的中年男子，體態微胖，面容和善。狄景暉笑容滿面地和袁從英打過招呼，就向他介紹那個中年人：「這位是并州大都督府的司馬吳知非吳大人。」

袁從英趕忙見禮。吳大人從上到下地打量了他一番，頻頻點頭，對狄景暉道：「景暉老弟，我一直說你和沈槐老弟算得上是咱并州城的青年才俊，人中龍鳳。今天看到袁將軍，呵呵，你可被人家比下去了。」

狄景暉笑道：「比下去就比下去。在我老爹那裡，我早就被袁將軍比下去了。」轉首對袁從英道：「吳大人是我今天請來，專給咱們兩個作陪的，只當喝酒時解悶用，平時你不用理他。」

吳知非道：「我說狄景暉，陳松濤是你的老丈人，我是他的同僚，稱你一聲老弟已經是我屈就了，你可別蹬鼻子上臉啊，哈哈。」

狄景暉道：「誰不知道你的司馬就是個等死的官兒，今天就少在袁將軍面前裝模作樣了。人家是正三品的大將軍，怎麼會把你放在眼裡。」

吳知非也不和他計較，只搖頭笑著，坐回席間。狄景暉請袁從英坐在自己的右手，道：「袁將軍，在家裡面喝酒說話都不爽快，看到我老爹的那張臉，我連飯都吃不下去。故而特地請你出來一敘，今天在這裡，咱們就放開了，該喝就喝，該樂就樂，再無拘束，你看如何？」

袁從英笑道：「景暉兄豪爽，從英定當奉陪。」

狄景暉只樂得手舞足蹈，正要說話，門開了，又有一人走進來。袁從英一看，正是沈槐。沈槐看見袁從英，臉上也是一陣驚喜，和眾人招呼道：「景暉兄，吳司馬，從英兄。」

狄景暉疑道：「從英兄？你們兩個認識？」

沈槐與袁從英相視一笑，狄景暉忙道：「好，好，如此更好。看來我請人還請對了。袁將軍，坦白對你說，這整個并州官府，我就沒幾個看得上眼的。除了些酒囊飯袋，剩下的還盡是些阿諛奉承之徒。也就沈老弟不錯，至於吳司馬嘛，呵呵，半個死人而已，不過酒量好人也風趣，喝酒作陪還是可以的。想來想去，今天能請的也就這兩位了，好過我們兩個對飲，那樣太悶。」

吳司馬道：「多承景暉老弟看得起。」

四人團團坐下，狄景暉問道：「袁將軍，你看我這九重樓如何？」

袁從英環顧了一下四周，這個雅間裡素淨的白牆上掛著幾幅字畫，桌椅陳設也都簡約質樸，毫無炫富誇耀之氣，卻又透著典雅雍容，便道：「景暉兄，你的九重樓從外面看富麗堂皇，進到裡面卻又別有丘壑，倒是從英很少見到的。」

狄景暉點頭道：「唉，富麗堂皇只是必需的門面，其實我並不喜歡。整間酒樓裡，只有這兒才是我最愛待的地方，佈置成了我要的樣子。」他指一指面前隔扇上掛的條幅，道：「你看看我寫的這副對聯，有沒有點意思？」

袁從英默唸：「一仄三平，得失繾綣，筆停總道佳句本天成；千迴百轉，酣暢淋漓，飲罷方知好酒能自發。」不由會心一笑道：「景暉兄，你的心胸似乎和外表看上去的不太一樣。」

狄景暉一拍大腿：「就是嘛！袁將軍，就衝你這句話，咱倆就有緣。」

吳司馬在一邊看得直樂，道：「你們兩個今天到底是來喝酒的，還是來談心的？若是要結金蘭契，還要我們這兩個外人幹什麼？啊？是不是，沈槐老弟，乾脆我們就告辭吧。」

狄景暉道：「我看你倒是敢走！來人，把酒送上來。知道你想喝，今天就喝死你。」

幾個夥計抬著酒罈子進了屋，在他們面前的地上一字排開。狄景暉豪爽地一揮手道：「袁將軍，全大周朝的好酒都在你的眼前了，你隨便挑，喜歡什麼咱們今天就喝什麼，不醉不歸！」

袁從英看著這一大排酒罈子，有些為難。沈槐笑道：「從英兄，我得景暉兄抬愛，常常來陪他豪飲，故而識得他的這些美酒，且讓我來給你一一介紹。」說著，沈槐起身來到那排酒罈子前面，一個一個地指著說：「這是若下酒，素有若下春味勝雲陽之美譽；這是土窯春，以水質取勝；這是石凍春；這是梨花春；這是郎宮清和阿婆清；這是五雲槳，宮裡侍宴用的御酒；最後這罈是新豐酒，從英兄應該比較熟悉，長安新豐的名酒。」

狄景暉問：「怎麼樣？袁將軍，你愛哪罈？」

袁從英笑道：「既然都是美酒，我也不願取捨，就從頭開始一罈罈往下喝吧。」

吳司馬鼓掌大樂：「景暉老弟，我看你今天算是棋逢對手了。不錯，不錯，我說景暉啊，既然人家袁將軍都這麼說了，你就把你全套的把戲都耍出來吧。」

狄景暉一拍桌子，叫道：「綠蝶！別搭你的臭架子了，快出來侍酒！」

門扇聲響，香風拂面，一名綠衣酒妓搖曳生姿地來到桌前，顧盼生輝的美目在席間滑過，停在了袁從英的身上。她的眼睛看著袁從英，嘴裡卻和狄景暉說著話：「狄三郎，這位就是你今天要請的貴客？」

狄景暉斜著眼睛說：「怎麼樣？還算不玷污你吧？」

綠蝶嗔道：「什麼時候也輪到我來挑三揀四了？」纖手一揮，又道：「既然今天是特意宴請的這位袁公子，那麼正宴開始之前，先由主人敬客三杯。」說著，親手給狄景暉和袁從英各斟滿三杯酒。

狄景暉舉起酒杯，正色道：「袁將軍，這兩日多有得罪，這三杯酒就算景暉向你賠禮了。」說罷，連飲三杯。袁從英也將自己面前的三杯酒一飲而盡。

綠蝶拍手笑道：「很好，這樣我們也能開宴作樂了。我既然掌了今天這桌酒宴，你們這幾個人從現在開始就得聽我的了。這樣吧，先說好了，今天是要文喝還是要豪飲？」

吳司馬連忙道：「我還是文喝，文喝。沈槐老弟，你也來文的吧，明日還要公幹。」

狄景暉道：「就討厭你這副窩窩囊囊的樣子。我從來都是豪飲，怎麼樣，袁將軍，既然他們兩個來文的，今天你陪我豪飲？」

「樂意奉陪。」

吳司馬道：「景暉，你別欺負袁將軍不知道你豪飲的規矩。袁將軍，我勸你還是小心這個狄景暉，他不是什麼好東西。」

正說著，綠蝶已將狄景暉和袁從英面前的三個官窯小酒盅換成了鑲金白瓷把杯，比原來的小酒盅要大三四倍。

沈槐笑道：「景暉兄，從英兄與我明早還有要務，你看這……」

狄景暉道：「嗳，人家袁將軍自己都沒說什麼呢，你們兩個倒在這裡掃興。」他看著袁從英道：「袁將軍，今天你既然來了，景暉就要與你一醉方休。你如果不樂意，現在就說，咱們即刻散席，各自回去睡覺。對了，我記得我爹好像不讓你喝酒，你不會怕他說話吧，他為什麼不許你喝酒？」

袁從英道：「大概是怕我酒後無狀吧。」

狄景暉道：「嗳，酒後無狀怕什麼？老頭子就喜歡沒事找事。『一樽齊生死』的道理他是不會懂的。好了，誰都不許再廢話，綠蝶，給我們把酒滿上，現在該你大顯身手了。」

綠蝶笑道：「今兒咱們人不多，就不玩那些繁難囉唆的了。我來說個最簡利乾脆的法子，在座各位每人輪流做一次莊，顯一次本領，無論詩詞歌賦樣樣都行，只要能得到在座他人的稱讚就算過關，並可隨意命其餘的人飲酒，否則罰酒三杯。前頭做莊的可指定下一位做莊的，怎麼樣？」

眾人皆道：「很好。」

吳司馬道：「我趁著腦袋還清醒，就來做這第一個莊吧，各位賣我這老頭一個面子。」

綠蝶道：「吳司馬請展才。」

吳司馬嘿嘿笑道：「我哪有什麼才華，不過是些雕蟲小技而已，我給各位每人測個字吧。測完如果你們覺得有理，我就不用受罰了。」

狄景暉道：「你還會測字？不要拿些鬼話來搪塞我們。」

「是不是搪塞，測完便知。」

沈槐笑道：「這倒也有趣，我還從來沒測過字呢。從英兄，你測過沒有？」

袁從英道：「我也沒有。只見過大人給人測字，還挺準的。」

狄景暉呵呵冷笑一聲：「我爹那恐怕才叫巧言令色吧。綠蝶，伺候筆墨吧，我們這就寫，你也要寫。」

眾人分頭寫完，綠蝶收起來都放到吳司馬面前。那吳司馬擺出算命先生的架勢，拈起一張來看看，搖頭晃腦地說：「綠蝶寫的是一個『天』字。呵呵，我說你啊，就逃不過做妾的命。『天』嘛，就是夫不出頭，總想著人家有婦之夫，歸宿何在啊？」

綠蝶跺腳道：「你個死老頭子。」

吳司馬又拿起第二張，道：「沈槐老弟寫了個『雪』字，不錯，這個字好啊。雪的字形，是雨下之帚，掃地逢雨，省時省力，況且雪者，厚積而薄發，預示沈老弟會有個很好的前程。」

沈槐笑道：「借司馬吉言。」一口喝乾杯中之酒。

吳司馬又看看第三張，再拿起第四張，左看右看，卻不說話。

狄景暉著急道：「怎麼回事？這兩張是我和袁將軍的，你先測哪個？」

吳司馬滿臉耐人尋味的笑容，撚鬚道：「你們兩個有些意思，這兩個字可以放在一起測。景暉老弟寫了個『老』字，袁將軍寫了個『帶』字，看似風馬牛不相及，可測出來的結果卻很相似，竟都是一個遠走他鄉的結果！」

狄景暉和袁從英聽了這話，都有些發愣。吳司馬看看他們兩個，微笑道：「我先說景暉的這個『老』字，老者，近盡也，氣數不足。且字形為裂土之像，預示遠足。而這老字側看多枝杈，並有一匕首在旁，表示有血光之災。」

狄景暉的臉色有些發白。吳司馬又接著說：「再說袁將軍的這個『帶』字，帶者，紳也，佩也。說文：『凡帶必有佩玉。』袁將軍正是如玉之君子。帶，又通走之底的帶，去也，往也。所以這位如玉之君子也要遠走。」

他最後笑道：「你們兩個還真有些緣分，只是不知道，要去的是不是同一個地方啊？」

狄景暉此時方才回過神來，連連擺手道：「一派胡言，全是一派胡言。罰酒！罰酒！」

吳司馬也不辯解，笑著自飲了三杯。

綠蝶道：「吳司馬，請指定下位令官。」

吳司馬笑咪咪地瞧瞧袁從英，道：「袁將軍，今天雖然是初次相見，但在下常常聽人說起袁將軍武功蓋世，乃不世出的青年俊傑，不知道今天有沒有幸一睹風采啊？」

袁從英微笑著應道：「吳司馬過獎了，只是從英平日裡都在征戰殺伐，並沒有什麼可以展演給大家看的本領……」

吳司馬道：「袁將軍會不會舞劍？」

狄景暉在一旁叫起來：「對，對，袁將軍，我們要看舞劍。你就不要推辭了。」

袁從英笑著想了想，看了看沈槐，問：「沈賢弟，我看你也佩劍，平常是不是也慣常使劍？」

沈槐一愣，忙道：「是。家傳劍法，卻不甚精進，慚愧。」

袁從英道：「從英原本不用劍，故而劍法並不是從英最長。從英也確實不擅舞劍，但是今天從英願與沈賢弟比劍，不知沈賢弟肯不肯賞光？」

沈槐略一猶豫，拱手道：「從英兄肯賜教，沈槐怎敢說不，只怕與從英兄差得太遠，過不上二三招就……」

袁從英道：「不會。你的劍能否借我看看？」

沈槐抽出腰間佩劍，雙手遞給袁從英。袁從英細細地看了一遍，撫著劍身道：「雖然比不上我的若耶，卻也是一把好劍。」

他把沈槐的劍擱下，噌的一聲從自己腰間抽出若耶劍。眾人頓覺眼前寒芒閃爍，殺氣逼人。袁從英輕輕撫摸了一下若耶劍上鐫刻的行書，雙手將劍托起，遞給沈槐，道：「沈賢弟，既然比劍，就不能讓你在兵刃上吃虧。今天，你用我的若耶。」

沈槐大吃一驚，正想說話，卻見袁從英目光誠摯、神情懇切，於是也平舉雙手，接過若耶劍，掌心立時感到森森劍氣，沁入臟腑。

袁從英道了個「請」，便起身走到屋子中央，挺身肅立，沈槐站到他的對面，兩人眼神一錯，相互點頭示意。沈槐深吸口氣，率先揮舞掌中的若耶劍，向袁從英的前胸刺來，袁從英輕輕一閃讓到一邊，沈槐翻身側挺，朝袁從英的右肩又是一劍，袁從英依然躲過。兩人你來我往戰在一處，但始終是沈槐主動進攻，而袁從英卻避免與他手中的若耶劍直接接觸，一直在輕巧地輾轉騰挪。

就這麼拆了幾十招，沈槐的鼻尖開始出汗了，他的出招越來越快，劍勢也越來越凌厲，若耶劍被他舞成了一團銀光，將袁從英牢牢包裹其中。旁邊觀戰的三人都看得心情緊張，正在眼花繚亂之際，卻見袁從英突然賣了個破綻，引得沈槐縱身挺劍直指袁從英的咽喉而來。綠蝶嚇得一聲尖叫，花容失色。

就在劍尖要觸上袁從英的咽喉之時，袁從英突然側過身來，抬起手中的劍，重重地拍在沈槐握緊若耶的右手背上。沈槐前衝之時已使出全力，來不及收勢，被拍了個正著，手一鬆，若耶劍飛上半空，落下時被袁從英穩穩地接入左手。沈槐一個趔趄，趕緊站直，袁從英已將右手中的劍遞了過去：「沈賢弟，還你劍。」

沈槐臉色微紅，氣喘吁吁地接過劍，抱拳道：「從英兄，沈槐輸了。」

袁從英微笑道：「你的劍法很凌厲，只是缺少些實戰的鍛煉。只要假以時日，定會出類拔萃。」

綠蝶拍著胸口道：「哎喲，嚇死我了。袁公子，你這個令官太厲害了，再沒人敢罰你的酒了。你就定下位令官吧。」

狄景暉和吳知非剛才也都看得驚心動魄，此時方才鬆了口氣，連聲讚許。狄景暉道：「雖不罰酒，可是袁將軍害得我們擔驚受怕，還須得要自飲幾杯謝罪才是。」

袁從英坐回桌前，點頭道：「好。」舉起面前的鑲金白瓷把杯一飲而盡。隨後，他抬頭看著綠蝶道：「我不想定下位令官，我想請綠蝶姑娘唱個曲子，可以嗎？」

綠蝶的秋波一閃，問：「哦？不知袁公子想讓我唱什麼？」

袁從英道：「我想請綠蝶姑娘唱一曲你們并州詩人王之渙所作的〈涼州詞〉。」

吳司馬問：「袁將軍還有這樣的雅興？」

袁從英搖頭道：「不是雅興，從英曾在隴右服役多年，這些年來雖然遠離邊關，但心中卻常懷思念。今天想聽這首曲子，也是為了聊解思念之苦。卻不知綠蝶姑娘可否讓從英遂願？」

綠蝶道：「袁郎言辭懇切令人感動，綠蝶願唱。但請袁郎再飲一杯。」袁從英點頭飲酒。綠蝶取過琵琶，調了調音，便展開歌喉，悠揚的歌聲瞬間充滿了整個房間：

黃河遠上白雲間，一片孤城萬仞山。
羌笛何須怨楊柳，春風不度玉門關。
單于北望拂雲堆，殺馬登壇祭幾回。
漢家天子今神武，不肯和親歸去來。

唱完一遍，她轉了轉調，在高音上又再唱一遍。唱到最高亢處，歌聲淒切悲涼，曲意悠遠滄桑，聽得在座各人愁腸百轉，心神蕩漾。歌聲漸漸落下，袁從英端起酒杯，輕輕地說：「從英再飲一杯，多謝綠蝶姑娘。」聲音中的惆悵和傷感，引得吳司馬和沈槐同時朝他看了看。

吳司馬問：「袁將軍，你很久沒回塞外了嗎？」

袁從英低頭答道：「差不多十年了，倒也不常想念，但是一年前跟著大人辦案去了一趟。之後就常常想起，最近想得尤其多。故而才請綠蝶姑娘唱曲。」他抬頭一笑，又喝乾一杯酒。

綠蝶道：「沈郎剛才已經和袁郎一起比過劍了，如今席間就只有狄三郎沒有當過令官，該你的了。」

狄景暉道：「好啊，終於輪到我了？」他環顧了一下在座各人，突然笑道：「我既是今天宴客的主人，又是這酒肆的老闆，我這個莊要做得與眾不同。」

吳司馬搖頭晃腦地道：「景暉老弟，你不會又憋著要害人了吧。我已經過量了，不行了，我要先告退，告退。」

狄景暉喝道：「誰都不許走！吳司馬，你也不用擔心，我只是想再熱鬧熱鬧，讓大家再展展才。這樣喝酒方能盡興嘛。」說著站起身來，端起酒杯，朗聲道：「酒者，無詩則俗，詩者，無酒不歡。既然詩酒一體，今天我要做的這個莊，就是詩莊。在座各位，每人一首詩，以酒起興，以酒為題。我們不賽詩作的高下，只要盡展其才，盡抒心胸即可。如何？」

吳司馬道：「好是好，只是喝到現在，我的頭腦已經混沌，只怕作不出警句來了。」

綠蝶道：「吳司馬真是的。向來警句都自半醺中來，連這點也不懂，還虧你是個進士。」

吳司馬呵呵一樂，不再說話。袁從英突然道：「景暉兄，你這個莊，只怕從英要作壁上觀了。」

「噢？卻是為何？」

「因為從英不會作詩。」

袁從英此話一出，其他人不由得面面相覷，沈槐道：「從英兄已經比過劍了，不作詩也行吧。」

狄景暉看著袁從英，慢慢道：「你不會作詩？這我倒沒想到。不作也行，那你就只能受罰了。」

袁從英道：「好，我受罰，你說吧，怎麼個罰法？」

狄景暉想了想道：「這樣吧，吳司馬、沈將軍，還有我，我們一人一首詩。你就一句一杯酒，我們唸完你喝完，如何？」

袁從英點頭道：「好，我喝。」

綠蝶瞧著狄景暉說：「你這個罰法也忒狠了點吧。我來說句公道話，上下句為一聯，袁公子就一聯詩一杯酒，也不用這白瓷把杯了，還換回官窯小盅。」

狄景暉笑道：「就這麼會兒，你已經心疼起人來了？」

綠蝶白了他一眼，伸手就把袁從英面前的酒杯換了。

狄景暉也不堅持，道：「綠蝶，燃香，我們作詩。」

須臾，沈槐和吳司馬各自寫完，狄景暉卻一個字都未寫，只自顧自吃菜。綠蝶問：「狄三郎，你自己怎麼不寫？」

狄景暉道：「他們寫完了就讓他們先唸，我押後。」

沈槐站起身來，道：「我先來吧。勉強了一首，大家見笑了。」遂朗聲唸道：

葡萄美酒夜光杯，壯志豪情馬上催。
驟雪壓盔任幾落，霜風透甲抖一回。
陽關作鼓踏宵曲，冷月為燈照夜追。
何用龍城飛將在，逐平胡虜萬里歸。

唸完，一口飲乾杯中之酒，臉微微泛紅。吳司馬道：「沈將軍果然豪氣沖天啊，呵呵，我可就沒有這樣的壯志豪情了，老了，老了，我作了個清幽的，請聽。」

清秋岱色夕陽斜，俯瞰楓林映晚霞。
野徑空時非雨瀑，竹溪盡處有人家。
單提老酒尋詩友，再賦新詞唱韶華。
醉裡袍衫誰點綴，西山桂雨繡金花。

唸罷正要坐下，狄景暉突然一聲冷笑，道：「我看你這只是表面清幽吧。」吳司馬臉色一變，忙低頭飲酒。狄景暉看了看袁從英：「袁將軍，你覺得他們的詩怎麼樣？」

袁從英一笑，道：「很不錯，正好配你的美酒。」

狄景暉點頭：「這就好。狄某要獻醜了，請袁將軍慢慢飲酒，狄某的詩比較長。」

「景暉兄請。」

狄景暉站起身來，注視著袁從英的眼睛，不慌不忙地頌起來：

載酒江湖行，無聊反自矜。
匆匆來與去，畢竟為何名？
我欲乘風去，胸懷酒意生。
鳳兮歌又舞，蕭瑟晚風驚。
昨掛春秋筆，今懸濟世甕。
經集曾讀遍，自省欠仁心。
配藥同書理，君臣使五行。
明朝還買酒，醉裡看芸芸。
座上號哭狀，堂前恨罵音。
悲歌見長短，血淚有濁清。
病者醫能藥，何方治不平？
欲求天下樂，還向酒中尋。
酒盡葫蘆破，乾坤放浪人。
誰人同此醉，夢裡是非明。

他一首詩唸完，袁從英也飲下足足十四杯酒。另外三人聽在耳裡，看在眼中，只覺得驚心動魄，滋味萬千，一時間竟無人開口。突然「咕咚」一聲，眾人一看，吳司馬已經醉倒在椅子下面。

狄景暉道：「綠蝶，你把他弄出去。」

沈槐忙道：「我幫綠蝶。狄公子，袁將軍，沈槐明天還有公幹，我先告退了。」狄景暉點頭。

綠蝶和沈槐一左一右架著吳司馬，跌跌撞撞地走了出去。門在他們身後關上，屋裡頓時變得安靜。

狄景暉坐在袁從英對面，正對著他的臉，一本正經地道：「袁將軍，他們都走了，就剩下咱們兩個。現在景暉要與你聊幾句肺腑之言。」

袁從英抹了一把額頭上的汗，還是看見幾滴汗水落到了面前的酒杯裡。他的後背越來越痛，每一杯喝下去的酒就像毒藥，隨著血液的流動飛快地在全身燃燒起來，最後都匯集成後背的劇痛，痛得他一陣陣大汗淋漓。但與此同時，頭腦卻異常清醒，既不睏倦也不昏沉。他也正視著對面，道：「景暉兄，有話儘管說。」

狄景暉舉起酒杯，和袁從英一碰杯，兩人又各自一飲而盡。狄景暉開口道：「袁將軍，景暉也曾見過不少我父親身邊的人，什麼隨從、護衛、門生之類的，可我感覺你和他們都不一樣。」

「怎麼不一樣？」

狄景暉冷笑一聲：「哼，那些人我從來覺得只有兩種類型。一種是被我爹灌了迷魂湯的，以他馬首是瞻，毫無主見；還有一種則是心懷叵測，嘴裡面成天溜鬚奉承，一心想討我爹的歡心從而得償所願的。然而，其實不管是哪一種，在我父親那裡，他們都只不過是工具而已。」他斜了袁從英一眼，道：「袁將軍，你看上去似乎不屬於這兩種類型，但我卻也不知道，你是不是仍然是我父親的工具？」

袁從英緊盯著手裡的酒杯，一言不發。

狄景暉也不追問，自顧自說下去：「其實，我父親又何嘗只把他們當成工具呢？哼，在我看來，他把天下人都視為他的工具，包括我、我的兄長們，還有我的母親，無一例外。從小到大，他的話就是我們必須奉行的命令，我和我的兄長，我們什麼時候科考，考取之後做什麼官，去哪裡任職，娶什麼樣的老婆，都由他來安排。呵呵，也許在旁人看來，這樣的父親實在是太周到太慈愛了，可我卻每每覺得，他的心很冷很硬，讓我害怕。因為不論我們做什麼，到頭來都會發現，我們成了他佈局中的一枚棋子，只有他最清楚需要我們完成什麼樣的任務，幫助他達到什麼樣的目的。喝！」他又和袁從英碰了碰杯，袁從英也毫不含糊地再次將杯中的酒一飲而盡。

狄景暉安靜了一會兒，接著說道：「袁將軍，我不知道你怎麼看待我父親。你在他身邊十年，不容易，太不容易。你不想說也沒關係，但我能看出來你是個聰明人，一定有你自己的看法。」又冷笑了一聲，道：「我父親不喜歡我，因為我不願意做他的棋子。我從小就下定決心，要做我自己想做的事情。他要我入仕，我偏經商，他討厭陳松濤，我偏要娶陳松濤的女兒，他要我遠離范其信，我偏和恨英山莊一起把生意做到整個大周。他拿我沒辦法，我卻覺得很愉快，不用在他面前裝腔作勢，他也沒辦法在我面前講他那些顛撲不破的大道理。他不是最喜歡講什麼『雖千萬人吾往矣』嗎？可他自己又是怎麼做的呢？一會兒維護李唐，一會兒歸附武周，一會兒天下蒼生，一會兒國家社稷，到頭來還不都是為了滿足他自己的政治野心？」

「你說得不對。」袁從英突然插了一句。

狄景暉一愣：「哦，袁將軍有話說？」

袁從英搖搖頭，又不開口了。

狄景暉冷笑道：「看來袁將軍還真是我父親的知己啊，很好，我父親活了這大半輩子，似乎也沒有賺到什麼真心朋友，也許你算是一個。」他發出一陣大笑，兩人又各自乾了一杯酒。

狄景暉已經有點醉了，順手拿起桌上散落的那幾張詩稿，口中唸唸有詞，讀起詩來。袁從英也不管他，又給自己連著倒了好幾杯酒。

正在此時，不知道什麼時候進屋來的陸嫣然悄悄走到桌前，輕聲勸道：「袁郎，你停一下。這樣喝酒太傷身了。」

狄景暉聽到聲音，抬頭一看，皺眉道：「你什麼時候進來的？也不打個招呼。我和袁將軍講的知心話都讓你聽去了？我們男人的事情不用你管，少在這裡婆婆媽媽的。」

陸嫣然道：「景暉，你別這樣，你這是在幹什麼？」

袁從英突然道：「他在幹什麼？他不就是千方百計處心積慮地想要我喝醉，想讓我出醜，想讓我痛心嗎？我真不明白他為什麼如此恨我。」

狄景暉擺手道：「唉，袁將軍，從英老弟，你誤會我了。我只不過是，只不過是想和你交交心而已……噯，你既然覺得我要害你，又何必在此戀戰？」

袁從英冷笑道：「我？我原以為我是在捨命陪君子，可惜直到現在才發現你根本就不是個君子！我很後悔今天來赴你這個宴，但既然來了，不分出個勝負我是絕不會走的。今天我們兩個不喝到有人先倒下，我不會停，你也不許停！」說著，他又把兩人面前的酒杯倒滿，對狄景暉道：「喝！」兩人各自再乾一杯。

狄景暉放下酒杯，頻頻點頭道：「袁從英，罵得痛快。我真不明白，這麼剛烈的性子，怎麼居然能在我爹身邊待那麼久？」

袁從英道：「你當然不會明白，你什麼都不明白，還自以為自己很高明！」

狄景暉道：「我不高明，你高明！坦白說，我還是挺感激你的。你別看我和我老爹每每鬧得勢不兩立，好像恨得他要死，可他要是真有個三長兩短，我還是會很難過的。所以袁將軍，我敬你一杯，謝謝你這麼多年來出生入死，保我父親平安！」

袁從英正往酒杯裡倒酒，狄景暉突然伸手過來搶，嘴裡叫著：「不行，不行，沒倒滿。」一句話還沒說完，袁從英一把捏住他的手腕，只輕輕一擰，狄景暉頓時痛得大叫起來。袁從英鬆開手，把狄景暉往椅子上重重一推，狄景暉差點栽到地上，捧著手腕疼得咬牙切齒道：「好啊，你打架啊，欺負我不會功夫！」

袁從英道：「打又怎樣？你剛才不是還欺負我不會寫詩！」

陸嫣然在旁邊跺腳：「你們兩個不要鬧了。」

狄景暉坐直身子，突然笑道：「哼，會功夫果然是好啊。想打就打想殺就殺。」他湊近袁從英的臉，壓低聲音道：「從英老弟，我是個沒用的人。雖然有時候嚷嚷恨我爹恨不得他死，可我其實連句重話都不敢對他說。可你呢，我聽說你曾經差點就把我爹給結果了，是不是？告訴我，你當時怎麼就沒下手呢？」

袁從英猛地跳起身來，像看見鬼似的盯著狄景暉。就在一年多前，袁從英隨狄仁傑辦理一樁大案時不慎落入賊人圈套，身負重傷後又中了迷藥，以致一時心智迷亂差點失手殺了狄仁傑。所幸狄仁傑大智大勇，及時喚回了袁從英的理智，才未曾釀下大禍。事後雖然狄仁傑絕口不提，此事卻成了袁從英一塊莫大的心病。每每午夜夢迴，他都會後怕不已，在悔恨和自責中備受煎熬，幾乎無法自拔。這件事本來十分機密，僅有狄仁傑和袁從英等極少數的幾個人知道，沒想到今天卻被狄景暉如此貿貿然地說了出來。

袁從英一伸手拉住狄景暉的衣領，啞著嗓子問：「你是怎麼知道的？」

狄景暉被他拉得搖晃著腦袋，迷迷糊糊地道：「我？我怎麼知道？當然是他告訴我的……我，我畢竟是他的兒子……」

袁從英一鬆手，狄景暉往椅子上一倒，腦袋擱在桌上，立即鼾聲如雷。袁從英一動不動地站了一會兒，便往門外衝去。陸嫣然趕過去叫著：「袁郎。」袁從英頭也不回地奔下樓去了。陸嫣然回過身，攙起狄景暉，把他拖進隔壁的臥房。

袁從英奔到樓下，大堂裡面已經空無一人，熄燈關門了。他一腳把門踢開，跑到街上。早已過了三更天，來時熙熙攘攘的大街上，現在只有鬼火似的幾點燈光，袁從英也不辨方向，只是沿著街道猛跑，跑過兩條巷子，突然腳下一軟，便跪在路邊的一棵樹下吐了起來。也不知道吐了多久，在頭腦就要完全混沌之前，他提起最後一口真氣，才算驅除掉眼前的黑霧，沒有就此昏厥過去。他扶著樹幹站起來，聽到身後有人低低地叫了一聲：「袁郎。」

袁從英回過身來，見陸嫣然一手提著個茶壺，另一隻手裡捏著個茶杯，看著他，輕聲道：

「袁郎，你喝口水吧。不過等了這麼久，水都涼了。」看見袁從英搖頭，她又道：「剛才我都怕你會昏過去。這裡離酒肆其實不遠，你隨我過去，到屋裡稍坐一下，喝口熱茶。」

袁從英示意她先走，自己跟在她身邊，卻依然一言不發。兩人默默無語地走回到九重樓門前，一個店夥不知何時已等在門邊，手裡牽著袁從英的馬。陸嫣然走進店內，見袁從英沒有跟進來，轉頭疑惑地看著他。袁從英方才開口道：「陸姑娘，你今晚就住在這裡嗎？」陸嫣然微微有些臉紅，點了點頭。

袁從英道：「那好，多謝陸姑娘，我告辭了。」

陸嫣然詫異：「你不進來坐？」

袁從英低聲道：「我沒醉，不需要醒酒。而且，我今生今世也不會再踏進這座酒肆了。」

陸嫣然愣了愣，悵然道：「袁郎，景暉他方才真的很過分。我，我替他向你賠罪了。」說著，深深地向袁從英拜了一拜。

袁從英忽然冷笑了一下，道：「狄景暉，這兩天總有人替他向我道歉。可惜，他並沒有得罪我，但他若是真的得罪了我，誰賠罪都沒有用。」說著，他接過店夥遞來的馬轡繩，想要上馬，卻連腿都抬不起來，便乾脆把轡繩往胳膊上一挽，牽著馬慢慢沿著街道走下去。

陸嫣然愣愣地站在酒肆門前，一直望到看不見他的身影，才轉身上樓去了。

袁從英依然不辨方向地在街上轉著，轉來轉去，發現自己已經回到了狄府門前，他走到邊門前敲門，值夜的家人打開門一看見他的樣子，嚇得大驚失色。袁從英也懶得理會，把馬往家人手裡一遞，就直接回到了自己的房間，往榻上一躺，便閉上了眼睛。

# 第七章　愛人

并州城北，狄府。

狄府的二堂上，陳松濤坐在主客的座位上，悠然自得地品著香茗。沈槐在下手陪著，卻有些坐立不安。主座上，狄仁傑神態端詳，時不時與陳松濤寒暄幾句，但一雙眼睛卻分明透出少有的焦慮和不安。

他們在共同等待著一個人——袁從英。按照約定，半個時辰前，陳松濤便帶著沈槐到達了狄府。本應立即出發去勘查藍玉觀現場，可就因為袁從英缺席，才坐在二堂上等著，沒想到一等就是半個時辰。

狄忠匆匆忙忙跑進來，稟報道：「老爺，袁將軍的房間房門緊閉，我在門外喊了好久，也沒人答應。可房門是從內鎖的，袁將軍應該在裡頭。」

狄仁傑自言自語道：「這是怎麼回事？從英從來沒有這樣過……」

沈槐顯得愈加不安了，一副欲言又止的樣子。陳松濤瞥了他一眼，道：「沈將軍，你有話要說嗎？」

沈槐終於下定決心，稟道：「狄大人，陳大人，昨夜袁將軍和末將在九重樓酒肆一起飲酒。不知道是不是這個緣故……」

狄仁傑一驚，忙問：「喝酒？還有誰和你們在一起？喝到幾時才散？」

沈槐道：「是狄三郎設宴請袁將軍，我和吳司馬席間作陪。後來吳司馬醉了，我送他回的家。當時袁將軍和狄三郎還在喝，他們什麼時候散的我不知道。」

狄仁傑的臉色變了。陳松濤卻笑道：「呵呵，到底是年輕人啊。看來景暉與袁將軍倒很投緣，大約是喝過頭了。狄大人，您說我們還要不要等啊？萬一袁將軍沉醉不醒，我們今天的正事可就……」

狄仁傑招呼狄忠道：「狄忠，你再去袁將軍那裡敲門，如果他不應，你回來告訴我，我親自去叫。」

「是。」狄忠答應著跑了出去，突然又轉了回來，「老爺，袁將軍來了。」

「哦。」狄仁傑站起身快步往堂前走，正攔在匆匆走進來的袁從英面前。二人四目交錯，狄仁傑覺得自己的心猛地一揪，他正要開口，右手卻被袁從英一把握住了。袁從英朝他搖了搖頭，低聲說：「大人，對不起，我來晚了。咱們現在就出發吧。」

狄仁傑長吁口氣，點點頭，轉身對陳松濤和沈槐道：「現在可以走了。」

一干人馬在官道上飛馳了足足一個半時辰，才趕到了藍玉觀外的絕壁前面。在正午的陽光照耀下，絕壁看上去還算不太猙獰，反倒顯得十分巍峨。絕壁外守衛的士兵排列整齊，孫副將已經站在夾縫前肅立等候了。因夾縫狹窄，幾個人便在外面下了馬，沿夾縫魚貫而入。

藍玉觀前的空地已經被打掃乾淨了，血跡都被沖洗掉了，只有熱泉潭中的泉水依然一片黑紅，散發出陣陣腥氣。在一片死寂的幽谷中，熱泉瀑布的嘩嘩水聲不絕於耳。如果在平時，這聲響應能帶給人靈動的生機之感，而此時此刻，在狄仁傑聽來，卻只能令他心緒煩亂，無法集中精神。

陳松濤似乎心情不錯，東張西望了一番，感歎道：「哎呀，在并州待了大半輩子，卻從來不知道郊外還有這麼一個幽靜的所在，果然是個修身養性的好地方啊。」

袁從英冷冷地開口道：「陳大人，這裡剛剛發生了血案，您倒有心情賞景。」

陳松濤被他說得一愣，尷尬地咽了口唾沫，乾笑道：「袁將軍，本官著實佩服您的恪盡職守、心懷仁義啊。」

袁從英朝他跨了一步，狄仁傑馬上向袁從英使了個眼色，極低聲地叫道：「從英。」袁從英掉過頭去，走到一邊。

狄仁傑叫過孫副將來，問：「前天夜裡發現的那些屍體，現在何處？」

「都堆放在兩間正殿和幾間較大的丹房之中。」

「帶我們去看看。」

「是。」

尚未走到老君殿的門口，一股惡臭撲鼻而來。孫副將打開大門，只見老君殿裡橫七豎八地擺放了二十多具屍體，裸露出來的肢體個個殘缺不全，泛溢出陣陣臭氣。陳松濤站在門口喘息起來，狄仁傑看了他一眼，道：「松濤，你看不慣這種場面，就留在外頭吧。」

陳松濤道：「多謝狄大人體諒。」趕緊捂著鼻子走了出去。

狄仁傑帶著袁從英和沈槐走進殿內，一具一具屍身慢慢看過去，來回走了兩遍之後，他的心裡有了些底，便示意二人離開老君殿。接著，狄仁傑三人又細細查看了另外幾間放置屍體的房間。最後，狄仁傑蹲在一個齜牙咧嘴的屍體旁邊，問袁從英：「從英，你能看出這具屍身有什麼問題嗎？」

袁從英道：「大人，這個人死的時候十分痛苦。」

「哦，難道一個人死的時候不應該痛苦嗎？」狄仁傑反問。

袁從英避開他的目光，指著近旁的另一具屍身，道：「他的表情就很安詳。」

沈槐在一旁輕呼道：「果然，這兩個人的表情很不一樣啊。」

袁從英對沈槐道：「沈賢弟，你仔細看看，這裡的屍體基本上都是這兩種表情，一種很痛苦，似乎死的時候受到很大的折磨；而另一種則很自然，彷彿是在不知不覺中死去的。」

沈槐連連點頭：「是的，是的，確實如此。另外那些房間裡面的屍體也都是這樣。怎麼會有這種區別呢？」

袁從英道：「肯定是他們的死因有差別。」

沈槐疑道：「死因會有什麼差別？他們不都是被殺的嗎？」

袁從英對狄仁傑道：「大人，您看呢？」

狄仁傑注視了他一眼，道：「從英，你說得很對。這裡的道眾雖然看上去都是被砍殺致死，但細察下來，卻有兩種明顯的差別。」他指著那具表情痛苦的屍體，道：「這具屍體，面容猙獰，口眼歪斜，表示死的時候十分痛苦。其面目、脖頸、前胸都有多處抓傷，像是掙扎時候產生的傷痕。還有，這具屍體雖然被斬斷了左手和雙腿，但是他衣服上沾的血跡卻並不多。」

沈槐聽得頻頻點頭。狄仁傑對他道：「沈將軍，你再看看旁邊這具面容安詳的屍體，能看出什麼不同嗎？」

沈槐仔仔細細地看了半天，瞧瞧袁從英，再瞧瞧狄仁傑，鼓足勇氣道：「這具屍體脖子上的傷直入咽喉，應該是致命的。此外，他的後腦、前胸和腹部都有砍傷，血流得很多，衣服幾乎全部被染成了鮮紅色。」

狄仁傑讚賞地看著沈槐道：「沈將軍，孺子可教啊，你的觀察很敏銳。那麼你能不能試試看，推測一下這兩種屍體狀況所代表的，不同的死因是什麼嗎？」

沈槐凝神思索了半天，搖了搖頭道：「狄大人，沈槐想不明白。」

狄仁傑看著袁從英道：「從英，你說呢？」

袁從英低聲道：「大人，還是您說吧。」

狄仁傑不由輕歎了口氣，道：「面容安詳的屍體，顯然是被一擊致命的，而且殺人者為死者所熟悉，死者在毫不防備的情況下被殺，所以表情鬆弛。死後馬上又被連砍數刀，血液尚未凝固，所以鮮血橫流，濺滿全身。至於那些面容痛苦的屍身，死因則不好說，彷彿是死於某種疾病，或者中毒，總之是在經歷了巨大的肉體折磨後才死去的。不過，這些死者身上的砍傷，卻是在死後一段時間以後才有的，當時死者的血液已經凝結，所以砍殺導致的流血很少。」

沈槐歎道：「狄大人說得太有道理了！想來肯定是這樣的。」

狄仁傑道：「沈將軍，現在就請你帶領屬下，把所有的屍體再清理一遍，按照我們剛才所說的這兩種情況區分一下。如果發現還有另外第三種情況，再留待我查看。我與從英再去看看別的丹房。」

「是！」沈槐答應一聲，連忙招呼了幾個屬下佈置起來。

狄仁傑道：「從英，你隨我來。」

兩人依序走入其餘的那些丹房，簡單地看了一下，狄仁傑幾次想開口說話，但又都咽了回去。最後，他們來到最狹小的那間丹房中。狄仁傑道：「從英，你看看榻下的洞口，有沒有被動過的痕跡？」

袁從英探頭下去看了看，道：「沒有。這個洞口上的泥蓋板和周邊的泥地十分契合，而且緊貼在牆邊，很難被發現。看來，暫時還沒有人動過這裡。」

「嗯。」狄仁傑點點頭，又環顧了一下四周，道：「從英，你還記不記得沈槐說過，大約半年前，曾經有些工匠被帶到這裡來修建房屋？」

「記得。我剛才查驗屍體的時候也留意了一下，這些房舍確實建的時間都不長。」

「嗯，其實你我二人第一次夜宿此地時，就已經發現了這一點。但是，從英，你再看看這間丹房，卻十分陳舊，絕不是半年前新建的。」

「對，這間丹房確實和別的都不同，屋舍狹小，建築陳舊，肯定比其他的丹房和觀殿都建得早。」

狄仁傑點頭：「這一點十分重要。」他看看袁從英，突然問：「從英，你還好嗎？」

袁從英掉頭往門外走去，一邊說：「大人，我很好。」

狄仁傑又歎了口氣，跟在他身後也走了出去。一出門，就碰上興沖沖跑過來的沈槐，見到他們就說：「狄大人，從英兄，你們說得太對了。弟兄們已經把所有的屍體都清理過了，確實就只是這兩種狀況，並沒有第三種。」

狄仁傑滿意地點頭道：「很好。如此，我們今天的勘查就算是卓有成效，可以打道回府。」

陳松濤也來到他們面前，對狄仁傑道：「剛聽沈將軍說了狄大人的發現，真令松濤佩服之至啊。」

狄仁傑含笑擺了擺手，忽然眼睛一亮，盯著熱泉瀑布看了一會兒，才歎道：「這裡還真是別有洞天吶，可惜被歹人利用，變成了一個殺戮的現場。」

陳松濤附和道：「是啊，是啊。咱們并州附近本就頗多奇觀。狄大人，看見這個熱泉瀑布，倒令松濤想起了并州的另一處勝景。」

狄仁傑瞥了他一眼：「松濤想說的是恨英山莊吧？」

陳松濤道：「是啊，那恨英山莊裡也是熱泉遍佈，頗為奇特的一個地方。松濤聽說，狄大人前日已經去過了？不知山莊女主人馮丹青是否給狄大人看了范老先生的屍體？」

狄仁傑冷冷地回道：「看是看到了，只是死因還有諸多疑問，老夫正在躊躇之中。」

袁從英突然插嘴道：「大人前日才第一次去恨英山莊，查案尚需時間，陳大人何必如此催促？」

陳松濤道：「袁將軍，你這話是什麼意思？我何曾催促了？這案子是我并州都督府委託狄大人幫忙辦理的，我連問都不能問了嗎？」

狄仁傑道：「從英！陳大人，請莫多心。老夫只是需要多幾天時間而已，但凡有所突破，我一定會及時與并州官府溝通。正好，老夫還想請陳大人幫個忙。」

陳松濤拉長著臉，問：「什麼忙？」

「老夫想要沈槐將軍協助辦理恨英山莊的案件，沈將軍是并州官府的人，也可起個代表和監督的作用。」

陳松濤道：「這倒沒什麼問題。松濤這就將沈槐派給狄大人，請狄大人隨意差遣。」

再次奔馳了一個半時辰，一干人馬才在晌午過後回到并州城內。陳松濤和沈槐將狄仁傑和袁從英送到狄府門口，便自行離去。

狄仁傑目送他們走遠，才鬆了口氣，正要招呼袁從英進府，袁從英突然一催馬攔到他面前，輕聲道：「大人，從英就不進去了。」

狄仁傑詫異：「怎麼？你要去哪裡？」

袁從英垂下眼睛，道：「大人，我，我認識了幾個朋友，住在您這裡不方便經常與朋友相聚。因此，從今天起，從英就不到您府上住了。」

狄仁傑大驚，一時竟說不出話來。

袁從英看著他的神情，勉強笑了一下，道：「大人，等我找好住的地方，會讓人把地址送給狄忠，您以後有事找我，就讓狄忠送信給我。當然，現在有案子在辦，我還是會天天到您這裡來的。我……走了！」說罷，他衝著狄仁傑一抱拳，也不等狄仁傑回答，就催馬飛快地離開了。

狄仁傑在原地呆了半晌，直到狄忠從府門裡面跑出來，叫了他好幾聲，才回過神來。

無知無覺地回到書房，狄仁傑頹然坐在案邊，長久地發起呆來。

并州，東市，九重樓酒肆。

狄景暉用緞被蒙住臉面，在床上不停地翻來覆去。陸嫣然端著一碗醒酒湯走進來，斜坐在他的身邊，輕聲道：「景暉，我熬了碗酸棗葛花根的醒酒湯，你喝了吧。喝下去會舒服些。」

狄景暉猛地掀開被子坐起來，就著陸嫣然手裡的碗，一口氣喝乾了醒酒湯，又倒回到床上，抱著腦袋不停地呻吟。

陸嫣然深深地歎了口氣：「你這又是何苦呢。昨晚上拚命地鬧，今天難受成這個樣子。」

狄景暉翻著身，嘴裡嘟囔著：「不用你管，你走開。」

陸嫣然道：「景暉，你不能再躺了。已經過了未時，剛才狄大人就派人送信到酒肆來，要你馬上回去一趟。來人說狄大人正在到處找你，很著急。」

狄景暉坐起身來，似乎一下子清醒了不少，默默地開始穿衣服。

陸嫣然一邊伺候他，一邊說：「景暉，會不會是袁郎把昨晚的事情和狄大人說了？」

狄景暉低聲道：「不會，他一個字都不會說的。而且我敢肯定，袁從英現在已經離開我爹那裡了。」

「為什麼？」

狄景暉沉思著說：「我做了這麼多年生意，也算閱人無數，看人還是有些把握的。我原本以為，袁從英和我父親身邊其他的侍從一個樣，故而一開始就從心底裡看不起他。可他是個什麼樣的人，我昨晚上才算是真的見識了。坦白說，如果不是現在的局面，我真的很願意和他交個朋友。」

陸嫣然輕聲道：「昨晚上他走的時候，說了一句話，大意是說，他永遠也不會原諒你的。」

狄景暉愣了愣，苦笑了一聲，道：「大丈夫有所為，有所不為。事出無奈，也就顧不得那麼許多了。其實，就連我自己也很難原諒自己的行為。」

說著，狄景暉把陸嫣然拉入自己的懷中，輕輕撫摸著她的秀髮，親吻著她的額頭，溫柔地道：「嫣然，我什麼都不在乎，只在乎你。如今只有在你這裡，我才能感到真正的快樂。只要你還在我身邊，我就算得罪了全天下，也不會在意。」

陸嫣然把頭深深地埋入他的胸膛，輕輕歎息著道：「我又何嘗不是呢？從我還是個小姑娘的時候起，就一門心思地愛你。在我的心裡，我生就是你的人，死也一定是你的鬼。今生今世，我就是為你活著，也隨時可以為你去死。只要你說一句話，景暉，你讓我做什麼我都心甘情願。」

兩人緊緊地擁在一起，竟彷彿是來到世界末日一般，既感到絕望的辛酸，又備嚐傷感的甜蜜。

沉默了一會兒，陸嫣然問：「景暉，你能不能夠告訴我，到底出了什麼事情？為什麼你要那樣對待袁公子？」

狄景暉的臉色又黯淡下來，沉聲道：「嫣然，這些事情與你無關，你就不要再問了。總之，我要讓袁從英離開我爹，不讓他再協助我爹做事。我與他個人，並沒有什麼恩怨。」

陸嫣然問：「可我就是不明白，這樣做對你到底有什麼好處呢？」

狄景暉突然煩躁起來，一把將她推開，道：「這些你不懂。好了，我要走了。」

陸嫣然跳起來，拉住他的手，道：「景暉，你告訴我，是不是藍玉觀出什麼變故了？是不是？」

狄景暉臉色大變，嘶啞著喉嚨道：「嫣然，你不要胡思亂想了。藍玉觀沒有任何問題，都在我的掌控中。你要相信我！」

陸嫣然含淚點頭：「那我就清楚了，這麼說就是恨英山莊的事情，是我師父的死……」

狄景暉問：「你師父的死，什麼意思？」

陸嫣然道：「馮丹青請了狄大人去恨英山莊，還給狄大人看了我師父的屍身。昨天她來百草堂找我，說狄大人已經驗明我師父是被人用短刀殺死的，並且知道，師父死的那天上午，只有你一個人去見過我師父。」

狄景暉一拍桌子，恨道：「馮丹青！總有一天我要殺了她！現在她是處心積慮要置我於死地啊。逢人就說這些鬼話，簡直是瘋了。」他注視著陸嫣然道：「嫣然，你不用擔心。我爹是什麼人？他不會上馮丹青的當的。更何況，我畢竟是他的兒子，他總不會隨隨便便地就把自己的兒子定成殺人犯吧？我沒有殺范其信，這是事實。她馮丹青想要嫁禍於我，那是她癡心妄想！」

他捧起陸嫣然那張佈滿淚痕、楚楚動人的臉，柔聲道：「嫣然，這些天你都沒有對我笑過。讓我看看你的笑吧。我至今還記得第一次看見你的時候，你才是個三四歲大的女童，可我一下子就被你的笑迷住了，那麼美麗……碧綠色的雙目就像兩潭深不見底的秋水，又像初夏時節的晴空……你笑一笑，嫣然，對我笑一笑。」

陸嫣然抬起頭，對狄景暉露出悲傷而深情的笑容。狄景暉吻了吻她的眼睛，便走了出去。

并州城東，土地廟。

袁從英騎著馬來到了城東土地廟，和上次來時的小心謹慎不同，這次他一路飛奔，直接駕馬衝進了土地廟的破院子。在院中勒住馬韁繩，袁從英剛一翻身下馬就喊起韓斌的名字來。喊了幾聲，院子裡面依然一片寂靜，沒有任何響動。袁從英的神情變得緊張起來，緊走幾步跑上臺階，土地廟的門敞開著，破敗的土地爺神像上披滿了灰塵和蜘蛛網。滿地的泥土中，靠牆有個草稈堆，應該是韓斌晚上睡過的。泥地上的小腳印亂七八糟，看不出有其他人的痕跡。

袁從英稍稍鬆了口氣，在土地廟裡面轉了一圈以後，便走了出來，繼續在院中慢慢搜索著。院子東頭的院牆已經完全倒塌了，院牆外是一片雜草叢生的荒僻之地，稀稀落落地長著幾棵大樹，烏鴉在上頭盤旋。袁從英仔細地四下搜尋著，突然，在倒塌的院牆上發現了一小灘血跡。這一驚非同小可，他湊過去又仔細看，果然是殷紅的血漬，十分新鮮，頓時覺得胸口陣陣發緊，頭暈目眩，幾乎就要一頭栽倒在地，趕緊扶住一塊牆磚，接連喘了好幾口氣，才算穩住心神。再往荒草叢中看去，裡面似乎伏著什麼東西。

袁從英咬著牙，從腰間拔出若耶劍，牢牢地握在手中，跨過那灘血跡，一步步走進荒草叢中。走了十來步，若耶劍在草叢中探到了什麼東西，他收回劍，伸手撥開面前的荒草，只見韓斌蜷縮成一團，正在那裡呼呼大睡！袁從英看得呆了呆，若耶入鞘，伸手一把摟過那熟睡的孩子。韓斌被他弄醒了，迷迷糊糊地睜開眼睛，看了一會兒才認出他來，噘起嘴來抱怨：「你幹什麼呀！我在睡覺。」

袁從英笑道：「大下午的，睡什麼覺？」

韓斌道：「我捉了一個晚上的黃鼠狼，睏死了嘛！」

「捉黃鼠狼？」袁從英啼笑皆非地看著他，覺得自己的腦袋已經完全混亂了。

韓斌拉著他的手，把他拖到倒塌的院牆處，指著那小灘血跡說：「我還用剪刀給了牠一下子，這就是牠的血。」

袁從英說：「啊，原來是這樣。我還以為……」勉強往前走了幾步，一下坐在土地廟前的臺階上，看著韓斌不吱聲了。

韓斌在他身邊坐下，道：「我看了兩個晚上了，那黃鼠狼真壞，總鑽隔壁人家的雞窩。昨天我想去掏幾只雞蛋吃，可牠把下蛋的母雞咬死了。我氣壞了，我要給母雞報仇！」

袁從英歎了口氣，問道：「那你抓住牠沒有？」

「沒有，牠跑了……不過我也讓牠流血了。」

袁從英點頭道：「可你也差點讓我急暈過去。」

韓斌撇嘴道：「哪會啊，沒見過你這樣的。」

袁從英看著他苦笑：「我今天很不舒服，真的，你能不能對我稍微好點？」

韓斌看著他的臉色，不說話了。過了好一會兒，這孩子垂著腦袋說：「其實，我是晚上害怕，不敢睡覺，所以才……」

袁從英輕輕地摟住他，低聲道：「從今天開始你就再也不用害怕了。以後我一直和你在一起。」

韓斌疑惑地看著他，嘟囔道：「真的嗎？你真的和我在一起？可我不要去狄府！」

袁從英道：「不去狄府，我們另外找地方住。」努力振作了下精神，問道：「你這個小地頭蛇，知不知道哪裡有客棧？要僻靜些的，最好在城北，不要離狄府太遠。」

韓斌皺起眉頭開始苦思冥想，袁從英便乾脆靠在廟牆上閉起了眼睛，漸漸地意識模糊起來，突然聽到韓斌叫了聲：「大下午的，睡什麼覺！」

袁從英睜開眼睛，笑著問：「你想起來了？」

「嗯，我們走吧。我帶你去。」

「好，但是要儘量走小路，不容易被人發現的路，你認識嗎？」袁從英站起身來。

「當然認識，這裡我熟著呢。」

「很好。」

袁從英牽過馬，把韓斌抱上去，自己在前頭牽著轠繩，順著韓斌指示的方向往前走去。韓斌的確對太原城非常熟悉，一路上他們七彎八繞，走的盡是些僻靜無人的小巷或者荒廢的空地，慢慢地就從城東繞到了城北，沿著一條小河又走了一段，眼前出現了一座小型院落，旗幡上面分明是「臨河客棧」四個字。

袁從英沒有急於進去，而是先繞著客棧慢慢轉了一圈。院落不大，屋舍顯出年久失修的樣子，客棧一面臨河，一面是片樹林，另一面是稀稀落落的住家，正門對著條坑窪不平的泥濘道路。他冷眼觀察，發現路上來往的行人非常少，而且一律行色匆匆，完全沒有在此停留的意思，看來這裡確實是個不容易被人注意到的地方。袁從英這才牽著馬進到院中，把韓斌抱下來，帶他到櫃檯上要了個房間。

那店夥對於有生意上門似乎還頗不樂意，聽袁從英說要個僻靜的房間，不耐煩地答道：「這位客官，您自己瞧瞧，咱們這店整個兒的就夠僻靜了，十天半個月也來不了幾個人。如今這店裡一共才住了三位客人，加上您和這小孩，總共五位。至於房間嘛，您就自己挑吧，愛住哪間就住哪間，反正我們這裡就一個規格。」

袁從英最後挑定了最東頭靠河的一個房間，待店夥把他們倆送入房間，袁從英掏出些銅錢給他，讓他把地址送到狄仁傑的府上，並囑咐要親手交給狄忠大管家。店夥拿著錢眉開眼笑地跑了。

這真是間簡陋的屋子，靠河的那面牆上有扇窗戶，窗戶下面擱著桌椅，另一側的牆下是座土炕，再加一個歪歪斜斜的櫃子，就是全部的傢俱了。韓斌爬上椅子，好奇地往窗戶外探頭看著，倒是覺得很新鮮。袁從英在他的對面，一言不發地靠在椅子上，只是靜靜地看著他。韓斌望了一陣子河面，覺得沒意思了，回過頭來，袁從英朝他笑了笑，問：「怎麼樣？願意住在這裡嗎？」

韓斌點點頭，開心地說：「比土地廟好多了，也比藍玉觀好。」說完，知道說漏了嘴，吐了吐舌頭。

袁從英也不追問，道：「我現在要出去一會兒，天黑之前一定會回來。你乖乖地待在這裡等我，好不好？」

韓斌「嗯」了一聲，連珠炮地問：「你又要出去啊？去哪裡？去幹什麼？」

袁從英道：「我正要問你呢，你知道哪裡有藥鋪嗎？」

「藥鋪？你要買藥嗎？你生病了嗎？」韓斌又一連問了好幾個問題。

袁從英搖搖頭，又點點頭，自己也笑了，說：「我的背痛得厲害，本來也不想理會的，可是剛才抱你的時候，發現胳膊都痛得有些麻木了，差點兒抱不動你。所以看來還是得理會，真是麻煩……不過，我出去正好可以帶點吃的回來，你想吃什麼？我去買。」

韓斌道：「我想吃豆沙餡餅。」

「好。」

韓斌想了想，又道：「藥鋪嘛，東市的百草堂是最大的。要不你就去那兒吧，離這裡也不算太遠。東市上有好幾個賣豆沙餡餅的鋪子，那裡的豆沙餡餅最好吃了。」

袁從英啞然失笑：「你這個孩子，還挺會差遣我的。好吧，那你等著，我去去就回。」

袁從英走出屋子，關上了房門。韓斌朝房門看了好一會兒，從懷裡摸出一個小紙包，打開看看，想了想，又仔仔細細地包好了，在屋子裡上下左右地瞧了個遍，最後將紙包藏到了櫃子底下。

東市，百草堂。

袁從英來到東市百草堂門前，略略觀察了下周圍，正要往裡進，突然聽到身旁有人叫「袁郎」，他扭頭一看，只見陸嫣然亭亭玉立地站在路邊，正朝他看著，神情稍顯羞怯，卻又有些期盼。

看見袁從英停下了腳步，陸嫣然快步來到他的身邊，低聲問：「袁郎，你是來找景暉的嗎？狄大人送信過來，他剛剛已經回去了。」

「哦。」袁從英答應了一句，就打算離開了，陸嫣然看他要走，忙道：「袁郎請留步，嫣然有些話要同袁郎說。」

袁從英想了想，點頭做了個「請」的手勢。陸嫣然的臉上旋即露出欣慰的笑容，連忙引著袁從英登上樓梯，來到了百草堂二樓的一間內室。

請袁從英在桌邊坐下，陸嫣然倒了杯茶給他，自己坐在他的對面，神情複雜地沉默著。袁從英等了一會兒，看她一直不說話，正要開口發問，陸嫣然突然低聲道：「袁郎，昨天你已經看見我和狄景暉在一起。你不想問問，我們是什麼關係嗎？」

袁從英冷冷地道：「陸姑娘，我對這個沒有興趣。」

陸嫣然苦笑：「袁郎，我明白你的意思。可是如果這些事情與狄大人正在辦理的案子有關係，你也不想知道嗎？」

她等了等，見袁從英沒有答話的意思，便繼續道：「嫣然想了很久，還是覺得應該把我和景暉的事情告訴你和狄大人。可是，我實在沒有勇氣在狄大人面前講這些話。故而，今天就請袁郎聽我說一說。嫣然把這些話說完，便可以安心了。」

袁從英詫異地看了看她，便移開了眼神。陸嫣然悠悠地長歎一聲，目光迷離地開始述說：「袁郎，你肯定不會想到，陸嫣然這個名字還是景暉給我起的。當年，師父從人口販子那裡收留我的時候，我還是個三歲大的女童，既沒有身分背景，也沒有名字。後來師父講給我聽，那天景暉第一次見到了我，便要給我取個名字。是時恰逢六月孟夏，他便用『陸』字給我為姓，又見我一直在笑，他才取了『巧笑嫣然』中的『嫣然』為我的名，從此，我便有了名字，叫作陸嫣然。」

陸嫣然的眼中漸漸泛起了淚花，聲音也開始顫抖起來：「我從小便不知道自己的父母是誰，在這世上更沒有任何依靠，除了師父將我撫養長大，教我醫術和藥理之外就只有景暉時時在我身邊。他給我取名的時候，尚是個二十歲不到的年輕人，卻已明經中第，是令多少人羨慕的青年才俊。長大以後，我常常會恨自己生得太晚，不能夠憶起他那時的倜儻風流，可我又每每倍感幸運，因為我在他的眼前長大成人，我的一切便都印在他的腦海裡面，無人可以奪去，亦無人可以替代。在嫣然這一生之中，只有兩個人是最重要的：一個是師父，另一個便是景暉。師父對嫣然有養育之恩，而景暉……他就是我的全部生命。」

陸嫣然講到這裡，忍了許久的淚水，終於順著她線條優美的面頰一滴一滴地落下。她哽咽著停下來，屋子裡面頓時陷入寂靜之中。夕陽將白色的窗紙映成暖暖的金黃，在地上畫出橫豎相交的格子，塵埃在光束中輕輕地舞蹈。

陸嫣然看著袁從英沉默的側影，含淚微笑著道：「袁郎，你真有點像一個人。」

袁從英疑問地看了看她，陸嫣然又低下頭去：「不過那只是我認識的一個可憐人，遠不像你這般英武剛勁。」她輕輕拭去面上的淚水，側身道：「嫣然失態了，請見諒。」袁從英輕輕搖了搖頭。

陸嫣然歎了口氣，繼續道：「在我八歲的時候，景暉娶了陳長史大人的千金小姐，在我十多歲的時候，他的孩子們都出世了。我知道我和他是兩個世界的人，他是當朝宰相的公子，我只是個來歷不明的孤兒，但是這並不能阻止我一門心思地，把他當成了我全部的寄託。讓我歡喜的是，景暉對我也有一番真情實意。袁郎，或許這幾天你所見到的景暉讓人頗難接受，但我敢說，這並不是真正的他。這麼多年來，在我的眼裡，景暉一直都是個善良豁達、慷慨率真的好人。他那麼想成就一番事業，那麼想做出與眾不同的成就，那麼想讓他的父親對他刮目相看。他真的做到了呀，我覺得他非常非常的了不起。可是，也許就因為他太了不起太成功了，近些年來，在他的身邊，我總能感覺到隱約的危險和不安。我說不清楚是什麼，景暉也不願意告訴我，他是怕我為他擔心啊。他的心地，其實非常非常溫柔。」說到這裡，陸嫣然突然提高了聲音，正視著袁從英道：「袁郎，馮丹青是一個心懷叵測的女人，自從她嫁到恨英山莊之後，我們原來平靜的生活就被打破了。你一定要提醒狄大人注意她的一言一行，不要相信她說的話，更不要理會她的那些暗示。我可以向你發誓，景暉與我師父的死沒有任何關係。如果……最後狄大人和袁郎，發現景暉牽涉到了什麼罪行，那也絕不是他的本意。就算有罪，罪也在我陸嫣然！」說完這最後一句話，陸嫣然的胸脯劇烈起伏，嘴唇一個勁地顫抖著。

袁從英沉默了很久，待陸嫣然稍稍平靜下來，才開口道：「陸姑娘，我會將你的話轉達給狄大人。只是我覺得，你還是對我隱瞞了一些事情。我想告訴你，如果你真的希望幫助狄景暉，最好的辦法還是對狄大人將一切和盤托出。你剛才所說的話，確實改變了我對狄景暉的一些看法，但我的看法其實一點兒也不重要，重要的是事實。」

陸嫣然微笑地注視著袁從英：「不，袁郎，你的看法非常重要，至少對我是這樣。」說罷，她站起身來，又一次深深地對袁從英拜了一拜，含淚微笑道：「嫣然只是個低如微塵的女子，即便是死也毫不足惜，但嫣然的歉疚和祝福卻是真心實意的。嫣然在心中盼望著，有一天你會和景暉成為肝膽相照的朋友。袁郎，請你一定要多多珍重。」

袁從英欠身還禮後，便默默地離開了。

并州大都督府，後堂。

陳松濤躊躇滿志地搓著手，在堂前來來回回地踱著步。范泰站在他的面前，臉上也顯出喜色。良久，陳松濤才停在范泰的面前，注視著他道：「一切盡在我的掌握之中啊。事情進展得簡直太順利了。沒想到狄景暉這個笨蛋，這麼容易就上了鉤。呵呵，你沒看到今天上午袁從英的樣子，狄仁傑這個老狐狸一見之下，居然魂不守舍，神采盡失。太好了，真是太好了。」

范泰諂媚地道：「誰說狄仁傑是當世神人，我看他和陳大人您比，可差遠了。」

陳松濤洋洋得意地搖頭道：「也不能這麼說。關鍵是，這次我們招招攻的都是他的軟肋。現在，他的兒子牽涉進了殺人案中，他最信任的護衛長又與他貌合神離，失去了左膀右臂，這個老狐狸自然是方寸全亂。一個花甲老人，身邊全無可以信賴之人，還要面對這麼多麻煩，想來還是滿可憐的啊，哈哈哈哈。」

他在原地轉了個圈，突然想起了什麼，問：「馮丹青這兩天有什麼動靜嗎？」

范泰答道：「倒也沒有什麼特別的，就是一門心思地希望嫁禍於狄景暉，逃脫她自己的干係。」

「嗯，在這點上，她和我們的目標是一致的，你盡可全力支持她。當然，她的把柄我們還是要牢牢地捏在手中，這樣便可隨時掌握主動。」

「是，請陳大人放心！小的明白。」

陳松濤沉吟著道：「恨英山莊的事情就扔給狄仁傑，讓他去傷腦筋，我只要時不時地去催促一下，就足夠讓他難受的了。至於藍玉觀那裡嘛，狄仁傑今天上午似乎也看出了些端倪，但我擔心……藍玉觀上面我們下的功夫還不夠。」

「那我們還可以做什麼呢？」

「目前看來，狄仁傑還沒有把藍玉觀和狄景暉、陸嫣然聯繫起來。對了，那個逃掉的小孩子韓斌找到了沒有？」

范泰為難道：「找不著啊，我的人在太行山裡搜索了個遍，在太原城裡也多處設點，可就是沒有發現他的蹤跡，這個小孩子鬼得很，不好辦啊。」

陳松濤沉著臉道：「不行，這個小孩子是目前藍玉觀案子留下的唯一活口，假如讓狄仁傑搴先找到的話，恐怕對我們就相當不利了。」

范泰道：「屬下明白，屬下一定千方百計去找，只要這小孩子還活著，我掘地三尺也要把他找出來。」

陳松濤點頭，少頃又道：「韓斌這件事情你趕緊去辦，我再給你兩天時間，活要見人死要見屍。一旦解決了韓斌，我們就再給狄仁傑下點猛藥，讓他好好看一看他的寶貝兒子在藍玉觀所做的好事。到那時候，狄景暉就算講了實話，也沒有人會相信他了。一切麻煩都會落在他的身上，恨英山莊、藍玉觀，只要隨便落實一條罪狀，他就是死路一條。而狄仁傑無非是兩個選擇：一、為了保住兒子和我們合作；二、為了自己的一世清名犧牲兒子。呵呵，任何一個選擇都會要了他的老命，而我們卻總可以得到我們所想要的。」

范泰由衷地稱讚道：「陳大人，這真是條絕妙的計策啊。」

陳松濤理理翡鬚，得意洋洋地說：「狄景暉這條線，我下了這麼多年的功夫，總算到了收穫的時候了。」

并州城北，狄府。

狄景暉來到狄仁傑的書房時，狄仁傑正在欣賞那幾盆總也不開花的素心寒蘭。聽到響動，他轉過身來，狄景暉驚訝地發現，父親比兩天前剛回到家時似乎蒼老了許多。在晦暗的臉色襯托下，鬢邊的白髮顯得越發刺眼。狄景暉的心中一動，低下頭來，慢慢走近父親身邊，叫了聲：「爹，您找我？」

狄仁傑答應了一聲，緩緩地開口問：「景暉，你知道我找你是為了什麼嗎？」

狄景暉的身子一震，頗不情願地回答：「必定是為了昨天晚上喝酒的事情吧。」

狄仁傑搖搖頭，道：「景暉啊，你還是這麼沉不住氣。所謂以靜制動，後發制人的道理，你似乎永遠也學不會。」

狄景暉「哼」了一聲，一屁股坐到椅子上，嘟囔道：「那又能為了什麼？」

「景暉，今天我想和你談談恨英山莊的案子。」

「恨英山莊？上回我們不是已經談過了？」

「不，上次我只是瞭解了你和恨英山莊的關係，卻沒有真正地談到范其信的死。今天，我想把你當作范其信的義子和多年生意的合作夥伴，來和你探討一下對他死亡的看法。」

「不是把我當作嫌犯來審問？」狄景暉反問。

狄仁傑慈愛地笑了：「景暉，你可以去問問狄忠，我是如何審問嫌犯的。不，你還不是嫌犯，或者說，你在這個案子裡面的嫌疑並不比馮丹青更大。既然我都沒有把她當作嫌犯拘押，自然也不會簡單地把你當作嫌犯。我現在希望能夠聽到所有相關者的見解，就是這樣。」

狄景暉的敵意有些收斂了，正襟危坐地道：「父親，您問吧。」

狄仁傑沉吟著道：「景暉，我想問你，如果讓你判斷，你認為誰在范其信的死亡上最有嫌疑？」

狄景暉毫不猶豫地答道：「當然是馮丹青。」

「哦？說說你的理由。」

狄景暉想了想，在腦子裡面整理了思路，儘量條理清晰地回答：「首先，她最有動機。她自三年前嫁到恨英山莊，嫁給范其信這麼個古怪至極的老年人，肯定是有目的的。我想，最大的可能就是窺伺恨英山莊的產業，或者是范其信的那些醫藥絕學。然而三年下來，據我所知，范其信連一點兒醫藥絕學都未曾傳授給她，那麼她的希望也就只能寄託在奪取產業上了。范其信多年修煉，身體好得很，一時半會也死不了，所以她就著急了，我想，這就是她殺死范其信最可能的理由。」

狄仁傑點頭道：「這個殺人理由倒還能說得通。你還有別的觀點嗎？」

狄景暉道：「然後，就是她最有機會殺死范其信。她嫁到恨英山莊的這三年來，一手掌握了范其信的全部飲食起居。原來都是嫣然在照顧范老爺子，自從馮丹青來了以後，嫣然就給趕出了恨英山莊，我見到范其信的機會也越來越少，還都要透過馮丹青安排。所以，我覺得其他人要找機會殺死范其信並不容易，而且肯定逃不過馮丹青的眼睛。」

狄仁傑問：「外人如此，那麼恨英山莊裡的其他人呢？比如范泰之類的下人。」

狄景暉道：「下人們也不能直接接觸到范老爺子，況且他們沒有理由去殺他們的主人啊。」

狄仁傑又問：「那麼，如果馮丹青要殺死范其信，你覺得她會使用短刀這種武器嗎？」

「這個……」狄景暉思索了好一會兒，才遲疑地說：「這個我說不好。據我對她的印象，她不像是會舞刀弄槍的。所以我覺得，如果她要殺人，恐怕會用個別的法子，比如下毒之類的。」

狄仁傑重複著：「下毒，下毒……」突然，他的眼睛一亮，點點頭，繼續說道：「景暉，你看，如果我們在一起心平氣和地分析問題，是可以找到一些有用的線索的。但問題是，我總有一種感覺，似乎有什麼力量在阻止我們好好地坐在一起。景暉，你再仔細想想，事情是不是這樣？而且，這種力量既有你自己的原因，也有其他的因素。」

狄景暉皺起眉頭，思考著。

狄仁傑又道：「恨英山莊這件案子，其實不應該首先懷疑到你的身上。就如你所說，馮丹青始終應該是第一嫌疑。但奇怪的是，從一開始，似乎就有人蓄意要把嫌疑轉移到你的身上。馮丹青是這樣做的，陳松濤也是這樣做的。」

「陳松濤！」狄景暉驚呼了一聲。

狄仁傑點頭：「是啊，馮丹青這樣做，我尚可以理解。陳松濤這樣做，我就感覺十分蹊蹺了。這樣做對他有什麼好處呢？如果他有足夠的證據證明你就是殺人凶手，他為什麼不拿出來，而只是想方設法地給我暗示？如果他沒有證據說你是殺人凶手，那麼作為你的岳丈，他難道不應該主動幫助你洗脫嫌疑嗎？」

狄景暉咬緊了牙關，面色變得十分難看。

狄仁傑看著他的樣子，輕歎口氣，道：「景暉啊，你是個十分自負的人。你總是認為，靠你自己就可以解決一切問題。但實際上，每個人都會需要別人的幫助。尤其在碰到困難的時候，認清楚誰是你的朋友，誰是你的敵人，幾乎就是性命攸關的啊。景暉，雖然你我在很多事情上有不同的看法，但我是你的父親，是真心願意幫助你的人。我希望，你一定要認識到這一點。」

狄景暉輕輕地喚了一聲：「父親。」低下了頭。

狄仁傑走到他的身邊，拍了拍他的肩，又道：「景暉，我不想說得更多。但是我從心底裡面相信，你昨天晚上所做的事情，並非出自於你的本意。其實像你這樣自信的人，反而更容易給人利用。所以，我只要求你冷靜下來，認認真真地把這些天發生在你身上的事情好好地思考一下。我想，你自己會找到答案的。現在，你可以走了。」

狄景暉充滿意外地看著父親那張疲憊傷感的臉，一時竟不知道是該走還是該留。狄仁傑朝他擺擺手，狄景暉這才猶猶豫豫地站起身來，朝外走去。狄仁傑注視著他的背影，突然道：「景暉，謙恭不是懦弱，忠誠更不是愚昧，你應該學會尊重謙恭的力量和忠誠的價值。要知道，這世上還有比你的聰明和財富更強大得多的東西，好好想想吧。」

狄景暉走了，狄仁傑長久地凝望著他離開的方向，陷入了沉思。

狄忠悄悄走進來，低聲道：「老爺，有一個臨河客棧的店夥送來了這個地址，您看。」

狄仁傑接過字條，仔細地看了好幾遍，小心地收在袖中，微笑著點點頭，道：「狄忠，準備車駕，我要去一趟這個臨河客棧。」

太行山麓。

一列馬車隊在山道上疾馳著。從中間那輛織錦環繞、鑲金嵌銀的豪華馬車裡，探出一張焦急不安的臉，正是張昌宗。他大聲問隨從：「這麼走還要幾天才能到并州？」

「大概還要三天。」

「不行！聖上一共才給了我二十天的時間。兩天之內必須趕到并州！」

「是！」

馬車隊加快速度，風馳電掣般地往并州方向而去。

# 第八章　背棄

并州城北，臨河客棧。

韓斌眼巴巴地看著袁從英一個個地打開桌上的紙包，拚命咽著口水。冒著熱氣的豆沙餡餅、香味撲鼻的醬牛肉和烤羊肉，直待看到柿子乾和大紅棗時，他決定不再假裝斯文，伸出手去，抓起一塊柿子乾就往嘴裡塞。

店夥在門外招呼道：「客官，您要的碗筷。」

袁從英過去打開房門，店夥托著兩副碗筷走進來，擱在桌上，朝那一桌豐富的食品看了好幾眼，笑道：「客官，這麼吃著太乾，我再給您送點熱粥過來吧。」

「多謝。」

韓斌咽下柿子乾，抄起筷子轉戰醬牛肉和烤羊肉，接連吃了好幾口，突然停下來，看著袁從英問：「噯，你的藥呢？你沒買藥嗎？」

袁從英道：「你總算想起我來了。」

韓斌的小臉一紅，嘟噥道：「等你到現在，我餓了嘛。」

「知道你餓了，這些夠你吃了嗎？還滿意嗎？」

「還行。你的藥呢？為什麼沒買藥？」韓斌滿嘴豆沙餡餅，仍然堅持地問。

袁從英答道：「我在百草堂碰上了陸嫣然，和她說了半天話，就沒有買藥。」

「嫣然姐姐！我好想她。」

袁從英眉頭一蹙：「嫣然姐姐，叫得還真親熱。上次你就說認識她，這回是不是可以告訴我，你到底和她是什麼關係？」

韓斌斜了他一眼，道：「嫣然姐姐是對我和我哥哥最好的人。她是我的好姐姐。」咽下口餡餅後，又不懷好意地笑著說：「你和嫣然姐姐說話了？那她有沒有告訴你，你像一個人？」

袁從英真有些吃驚了，瞪著韓斌道：「什麼像一個人？你說我像誰？」

韓斌十分得意，回瞪著袁從英，等了一會兒，才說：「你現在好凶，凶的時候就不像了。不凶的時候嘛……你其實很像我哥哥的！」

「你哥哥？」袁從英努力回憶山道上那個死者的猙獰面容，自言自語道：「我見過他的樣子啊，怎麼可能？」

韓斌恨恨地道：「你見到他的時候，他已經快死了！」又低下頭，輕聲道：「他死的時候都大變樣了，根本看不出原來的樣子。本來我哥哥長得很好看的，嫣然姐姐都這麼說。」

袁從英「哦」了一聲，道：「你和他倒不怎麼像嘛。」

韓斌咧開嘴笑了：「我知道我長得不好看！可你和他真的有些像，最像的是眼睛。嫣然姐姐老是說我哥哥，雖然是個啞巴，嘴不會講話，可眼睛卻會說話。」

袁從英頗有些尷尬：「你吃飽了沒有？吃飽了就好好給我說說你和你哥哥的事情，還有陸嫣然。」

「還有狄三郎！」

「狄三郎？」

「嗯，狄三郎和嫣然姐姐老在一塊兒，你要我說嫣然姐姐，就不能沒有狄三郎啊。」

袁從英點點頭，道：「很好，這些正是我想聽的。」

正說著，店夥端著一大碗公熱氣騰騰的粥進來，擺在桌上。韓斌瞧了瞧，搖頭道：「這個沒味道，我不要吃。」

袁從英道：「你也吃得夠多的了，這些就留給我吧。」

韓斌抹了抹嘴，心滿意足地往椅子上一趴：「好吧，那你就問吧。」

袁從英問：「你們是怎麼認識陸嫣然，還有狄景暉的？」

韓斌轉了轉眼珠，道：「這個嘛，其實我也不記得了，那時候我還太小了。都是嫣然姐姐後來告訴我的。她說，那時候我哥哥帶著我到處要飯，冬天來了，我們兩個就快要凍死餓死了，可巧狄三郎碰到了我們，說我們可憐，給我們吃的穿的，還把我們帶到了藍玉觀。」

「藍玉觀！」袁從英大驚，自言自語道：「狄景暉和藍玉觀還有關係？」

「嗯。不過那時候藍玉觀裡只有一間屋子，就我和哥哥住。」

「但是現在有很多間屋子？」

「是呀，以前沒有的。那些屋子都是後來建的。」

袁從英點點頭：「對，這一點大人和我已經看出來了，藍玉觀中唯有那一間屋子建在多年之前。」

韓斌趴在椅子上，撐起腦袋努力回憶著：「藍玉觀呢，其實就是熱泉瀑布後面的山洞。山洞裡面有一個修道的真人，叫藍真人，他經常待在那個洞裡頭修道，他是狄三郎的朋友。嫣然姐姐告訴我，狄三郎把我和哥哥帶去藍玉觀，是因為藍真人要人每天給他送飯，但是他又喜歡清靜，不願意讓人知道他在那裡。狄三郎看我和哥哥在這裡誰都不認得，哥哥是個啞巴，我又小，所以才把我們兩個找來伺候藍真人。這樣呢，我和哥哥就有地方住了，還有飯吃，不用再挨餓了，嗯，後來我們就在藍玉觀住下來了。」

袁從英沉吟道：「原來是這樣。」

「嗯，就是這樣的。狄三郎把我和哥哥帶去了藍玉觀。我們住的屋子裡有個地道直接通到山洞裡面，哥哥每天就走地道把飯送給藍真人。後來我們就一直待在那裡，隔一段時間哥哥就去城裡買些東西，錢都是狄三郎和嫣然姐姐給的。」

韓斌用手指蘸了點水，開始在桌上畫起些不知所云的圖案，接著道：「因為我哥哥是個啞巴，又不會寫幾個字，狄三郎和嫣然姐姐要跟他說事情特別費勁，後來狄三郎就給了哥哥紙和筆，讓他畫，可沒想到我哥哥畫得特別好，你相信嗎？狄三郎和嫣然姐姐都看呆了！」

「哦？」

韓斌滿臉驕傲地說：「真的！狄三郎一個勁誇我哥哥有本領，還給了哥哥好多紙、筆、顏料什麼的，又帶了好多畫來給哥哥看，這下子哥哥就發瘋了。那年我五歲了，能記得清楚發生的事情。我記得，從那以後，哥哥就開始沒日沒夜地畫畫，別的什麼都不管了，飯也想不起來去送了，連他自己都不記得吃飯睡覺，成天就是畫啊畫啊。所以嘛，從那時候起，就變成我替他給藍真人送飯了。再後來，就連哥哥自己都得我來管了。本來他只是不會說話，別的倒還好，可自從開始畫畫，他就只知道畫畫這一件事了。所以呢，雖然他是我的哥哥，可一直是我在照顧他！」

說到這裡，韓斌的小臉上綻開溫柔快樂的笑容，他輕聲道：「嫣然姐姐說我哥哥是個畫瘋子，我也覺得是。可我好愛他。真的，你不知道他畫的畫有多漂亮。其實，他的那些畫也沒什麼用，狄三郎和嫣然姐姐喜歡了就拿去玩，別的畫完就扔了。哥哥也不在乎，他只要不停地畫，其他什麼都不管。」

袁從英輕輕撫摸了下韓斌的腦袋，問：「那後來呢？」

韓斌道：「後來嘛……有一天嫣然姐姐說恨英山莊來了個夫人，要畫壁畫，就讓我哥哥去幫忙。哥哥去了好久，三個月呢！我都想死他了。等他回來的時候還累得要死，病了很長時間。」

「你知道為什麼會這樣嗎？」

「我知道，因為那個壁畫非常大，畫起來很辛苦。可是馮夫人又特別奇怪，她讓我哥哥畫了兩遍！」

「畫了兩遍？什麼意思？」

韓斌皺著眉頭道：「我也搞不懂，我哥哥又說不明白。好像就是先畫了一遍，然後在那畫的上面又畫了一遍，把先前畫的都蓋掉了。反正，馮夫人誰都不讓進那屋子，就讓我哥哥成天待在裡頭，連吃飯睡覺也不許出來，只要醒著就不停地畫。等畫完回來，我哥哥瘦了好多。連嫣然姐姐都說馮夫人太壞，說真不該讓哥哥去幫她。」

說到這裡，韓斌突然看了看袁從英，笑道：「咦，奇怪，你們兩個的毛病都差不多呀。我哥哥那次畫完畫回來，也老哼哼，意思是說他背疼。因為畫壁畫的時候，一會兒要弓著腰，一會兒要仰著脖子，我哥哥累了三個月，回來就腰疼背痛了好久。哎，你為什麼會背疼啊？」

袁從英一愣：「我？也沒什麼，以後再告訴你。」

韓斌點點頭道：「好呀，那你記得以後一定要告訴我。你沒有買到藥，現在背還疼嗎？」

袁從英道：「過會兒再說我的事。你哥哥畫完壁畫以後又發生了什麼事情？」

韓斌思索著道：「嗯，後來嘛，我哥哥又去過幾次恨英山莊，也是去畫壁畫，但時間都不長，一個月不到就回來了。再後來，他自己又老跑到藍玉觀的山洞裡去，在山洞裡面畫壁畫，畫的東西也不給我看，不知道在幹什麼。」

「那個藍真人也還一直在修道嗎？」

「大半年不見了。狄三郎說他成仙了。嗯，原本藍真人也不是天天在的，一會兒來一會兒走。狄三郎說他是真人，要出去雲……雲遊，所以隔一段時間就會不見，然後又來了。這幾年來的時間越來越少，就這樣子，一直到半年前……」

袁從英追問：「半年前，藍玉觀裡到底發生了什麼變故？」

韓斌突然閉了嘴，再不說一句話，也不看袁從英，倔頭倔腦地抿著嘴唇。袁從英剛想逼問，卻看見他的眼睛裡面淚光閃閃，好像馬上要哭出來了，袁從英的心一軟，歎了口氣，便道：「你不想說就算了，我問完了。」

韓斌鬆了口氣，抬頭看看袁從英，問：「那你現在可以說了吧，你的背還疼嗎？」

袁從英點點頭：「疼，不過不用管它，我都快習慣了。」

「那不行。」韓斌跳下椅子，跑到袁從英身邊，說：「我幫你揉揉背吧，過去我哥哥背痛的時候，我就幫他揉。」

袁從英愣住了，看了韓斌一會兒，才道：「好，那你就試試。」說著，他微微閉起眼睛，任憑韓斌的小手在自己的背上摩挲了好一陣子，方才回頭笑道：「行了，你就別白費力氣了，這麼不痛不癢的，有什麼用處？」

韓斌失望地耷拉下腦袋，低聲道：「怎麼會呢？我哥哥說有用的啊。」

袁從英輕輕地把他攬到臂膀中：「有用的，謝謝你，可我不能讓你太辛苦。」

下起雨來了，雨滴在屋子外面的河面上，耳邊全是淅淅瀝瀝的聲響。屋子裡面越發陰冷，袁從英覺出韓斌凍得有些發抖，便把孩子緊緊摟在懷裡，他自己的背又痛又冰，這時已經完全麻木了，反而不覺得很難受。

就這樣沉默了一會兒，袁從英突然放開韓斌，壓低聲音道：「有人來了！」他跳起來，把櫃子的門打開，朝韓斌使了個眼色，韓斌心領神會，立即蹦了進去，袁從英馬上把櫃門合上，環顧了一下四周，從腰間抽出若耶劍，悄無聲息地快步走到門口，貼在門上聽了聽。

腳步聲越來越近，他又仔細聽聽，這才長舒了口氣，將劍插回鞘中，打開房門，迎著來人，輕喚了一聲：「大人。」

狄仁傑把滴著水的雨傘靠在門邊，笑著說：「好大的雨啊。這個季節不下雪倒下雨，反而更加陰冷入骨啊。」說著，他邁步進屋，拍了拍身上的雨水。

袁從英站在原地，有些不知所措地看著他，呆了呆，趕緊繞到狄仁傑的身後去關門，一邊問：「大人，您怎麼來了？您有事讓狄忠來找我過去就好了，這外面還下著大雨……」

狄仁傑看著他笑，擺手道：「無妨，一下午都待在家裡，也想出來走走。左右有車，狄忠在門口看著呢。只是，你這家臨河客棧的穿廊好得很啊，外面下大雨，裡面下小雨，這麼一小會兒，下頭已經積起了寸把高的水，我看乾脆改名叫河上客棧算了。」

袁從英低頭一看，狄仁傑的靴子和褲腿都濕了，急得說：「大人，這可怎麼辦？」

「別急，沒濕到裡頭。」狄仁傑微笑著說，目光卻掃在那一桌的飯食和兩副碗筷上面，又轉回來看著袁從英，「從英，不請我坐下嗎？」

「大人請坐。」

「好。」狄仁傑坐到桌邊，看袁從英略顯侷促地站在自己面前，笑道：「一向都是你到我屋裡來，今天我到你屋裡來，還真有些不習慣，你也坐啊。」

袁從英沒有坐下，卻從桌上拎起茶壺，倒了些水在碗裡，自己看了看，嘟囔道：「全都涼了。」他抬頭對狄仁傑說，「大人，您要喝熱茶的，我這就到前面櫃上去取。」

他拔腿就要往外跑，狄仁傑一把拉住他的手：「行啦，去了也沒用。我進來的時候都看過了，櫃上一個人都沒有，燈都滅了，旁邊的廚房裡也漆黑一片，你就是去了也找不到熱水。」

袁從英狠狠地把茶壺往桌上一放：「什麼破地方！大人，您要不急，我自己去燒水給您喝。」

狄仁傑大笑起來：「好了，好了，別發狠了。我不渴，你就別忙活了。」又朝桌子偏了偏頭，「晚飯還挺豐盛？從英，你什麼時候也愛吃豆沙餡餅了？我記得你似乎不喜歡吃這種甜膩的食物。」

袁從英低下頭，輕聲道：「來了個朋友……」

「哦？那朋友現在？」

「已經走了。」

「看來我來得不巧，早到一會兒，你還可以給我介紹介紹。」狄仁傑一邊戲謔著，一邊觀察著袁從英的表情，可看到他滿臉的尷尬，心裡卻又著實不忍起來，輕歎口氣道：「從英，怎麼找了這麼個地方住？太簡陋了。」

袁從英答道：「我沒顧得上那麼多，再說，也沒想到您會來……大人，您找我有什麼事？」

「也沒什麼特別的事情，就來看看你。」

又是沉默，只有屋外嘩啦啦的雨聲、雨滴落到河面上和屋簷下的滴答聲。袁從英走到狄仁傑對面，在桌邊坐了下來，眼睛望著前面，似乎拿定了主意不先開口。

狄仁傑從側面看著他的樣子，知道他心裡有些怨著自己，不由覺得又是辛酸又有點可氣。想要和他開誠佈公地談談，心裡卻又沒底，怕萬一談不好再出什麼岔子。真是從來不知道，自己也會有這樣瞻前顧後難以決斷的時候，思之再三，還是決定先從案子談起，便道：「從英，今天上午探查藍玉觀現場以後，我們還沒有詳細分析過。」

「嗯，大人您請說。」袁從英的神色稍稍鬆弛了一些。

狄仁傑道：「從英，今天上午我們發現藍玉觀中的死者分為兩類。一類是被殺的，這十分明顯，而另一類卻是在已經死了以後，再被砍得肢體殘斷的。我回來後仔細想了想，那些死後再被砍殺的屍體，其面容猙獰神情痛苦的樣子，令我想起了另外一個死者。」

袁從英朝櫃子瞥了一眼，低聲道：「韓銳。」

狄仁傑點頭：「非常正確。我也想到了食糕而亡的韓銳。一樣扭曲變形的五官、一樣瘦骨嶙峋的身體，都揭示了韓銳和藍玉觀中的死者，在死前均經歷了非常大的身體上的折磨，很像是某種疾病。」

袁從英凝神思索著，自言自語道：「……死的時候大變樣了。」

「嗯？」狄仁傑聽著他的話，應道，「因此，我就想到了那塊蓬燕糕，這種疾病會不會和蓬燕糕有關係？」

「大人，我覺得有關係，但不是和一般的蓬燕糕，而是和藍玉觀廚房裡我們發現的，摻雜了其他東西的蓬燕糕有關係。」

「很對！說得更加準確一些，是和藍玉觀裡面的蓬燕糕中所摻雜的東西有關係。」

狄仁傑輕撚鬍鬚，又道：「如果某樣東西和一種疾病有關係，那麼這樣東西要麼是引起疾病的，要麼就是治療疾病的，我說得有道理吧？」

「有道理。大人，而且我想，既然韓銳在死前那麼痛苦地拚命想要吃蓬燕糕，會不會是他當時神智昏亂，以為這些普通的蓬燕糕裡面也摻雜了他所需要的東西，這種東西可以救他，或者減輕他的痛苦？」

「是啊，如果這麼考慮的話，那麼這種東西就應該是一種藥物。」

袁從英眼睛一亮：「對，一種藥物！摻在那糕裡面，這最有可能了。」

狄仁傑接著道：「從英，我們上次討論案情的時候，還分析過韓銳、藍玉觀和恨英山莊之間的聯繫。我曾經有過推論，一是韓銳的金鏈證明了他和大食國的關聯；二就是我曾根據韓銳手上的顏色分析出他是個畫師，當然，這兩樣都還不能證明他和恨英山莊有直接的關係。」

「大人！」袁從英叫了一聲，又瞥了櫃子一眼，下決心道：「大人，您分析得非常正確，韓銳的確是個畫師，而且曾為恨英山莊畫過壁畫。」

狄仁傑十分吃驚：「從英，你是怎麼知道的？」

袁從英略一猶豫，答道：「大人，是恨英山莊的陸嫣然小姐告訴我的。我今天在百草堂藥鋪見到的她。」

「陸嫣然小姐？」狄仁傑狐疑地打量著袁從英，「她為什麼會和你交談？你去百草堂幹什麼？」

袁從英避開他的目光，答道：「其實，昨天晚上我在九重樓酒肆喝酒時，她就在那裡。今天我路過百草堂時又見到了她，我們談了很多。」

狄仁傑想了想：「好吧，那你能不能告訴我，你和她都談了些什麼？」

「大人，我正想告訴您。陸嫣然小姐對我說，韓銳確實是個繪畫的天才，就是她把韓銳介紹到恨英山莊，去幫助馮丹青繪製壁畫的。因此，您的推斷相當正確。」

「哦，她還說了其他什麼嗎？」

袁從英字斟句酌地道：「她還告訴我，她從小就認識狄景暉，就連她的姓名都是拜狄景暉所起的。她深愛著狄景暉，雖然狄景暉娶了陳大人的女兒，但是陸嫣然和狄景暉始終沒有斷過往來。」

狄仁傑聽得愣住了，半晌才道：「居然還有這樣的內情。」

「嗯。」袁從英點頭道，「她還說要大人小心馮丹青，說那個女人心懷叵測。」

「景暉倒也是這麼說的。」

袁從英看了狄仁傑一眼，不再說話了。

少頃，狄仁傑回過神來，又問：「陸嫣然還說了別的什麼嗎？」

「有，還有一個重要的情況，就是韓銳、韓斌兄弟兩個都是狄景暉安排到藍玉觀去的。」

狄仁傑震驚了，看著袁從英說不出話來。袁從英也不管其他，就把韓斌剛剛告訴自己的那些情況，假借陸嫣然之口原原本本地說給了狄仁傑聽。

等袁從英全部說完，狄仁傑才長長地吁了口氣，歎道：「韓銳兄弟、藍玉觀、恨英山莊，終於全都聯繫起來了。而把他們聯繫在一起的，居然是狄景暉和陸嫣然。」

袁從英沉默著點了點頭。

過了好一會兒，狄仁傑又道：「這些情況非常重要，我要再好好想想。現在有一點很重要，那就是藍玉觀半年前發生的變故，一旦弄清了這個，恐怕我們所面臨的一系列問題，就都有了最關鍵的線索。當然，對於這個變故，陸嫣然和狄景暉應該都很清楚。」

袁從英道：「可是陸嫣然並沒有告訴我，藍玉觀半年前發生的事情。」

狄仁傑道：「不，從英，其實我們還是有一些線索的。半年前有人在藍玉觀建了一些新的房舍，隨後相繼有無家可歸的人失蹤，這兩天我們又在藍玉觀發現了幾十名死去的道眾，假如把這些事情都聯繫在一起，那麼還是可以得出一個推論的。那就是：半年來，有人把一些無家可歸的人召集在一起，弄到了藍玉觀新建的房舍裡面充當道眾。這些道眾中的一些人得了某種古怪的疾病，其中也包括韓銳。最後，就在前天晚上，他們的屍體全部在藍玉觀中被發現。其中有些人死於疾病，而有些人則是被直接殺死的。」

「大人，您說得非常有道理。」

狄仁傑長歎一聲，道：「從英啊，這番推斷甚至讓我自己都感到毛骨悚然啊。我感到，藍玉觀裡一定發生過非常恐怖的事變。」

袁從英衝口道：「您去問問狄景暉吧，我想他應該知道些什麼。」

狄仁傑苦笑：「這是自然。這個狄景暉，他的所作所為已經讓我倍感困擾了，有時候我真的覺得，這個兒子好像是我前生欠下的一筆孽債。」

袁從英低下頭，不再說話。

狄仁傑又思索了一陣子，突然道：「對了，從英，今天上午我在藍玉觀的熱泉潭邊還發現了一樣東西——那種奇異的紅花。」

「紅花？」

「對。從英，你是否還記得，我們在恨英山莊曾經看到過大片奇異盛開的紅花？」

「記得。大人，您在藍玉觀也看到了這種花？」

「沒錯，這又是一個聯繫。也許可以成為一個突破點。景暉曾經對我說過，范其信研究過許多來自異域的特殊藥物，並且在恨英山莊培植這些特殊的藥材，莫非這紅花也是？我要去查查，查查……」

在又一陣長久的沉默之後，袁從英輕輕地說：「大人，夜深了，您該回去了。」

狄仁傑猛抬起頭直視著他，目光逼迫得袁從英不由自主地垂下眼睛，但嘴裡還是倔強地堅持著：「大人，您該回府休息了。有什麼事情需要我做的，您說就是了。」

狄仁傑平抑了下情緒，儘量用和緩的語氣說：「從英，你打算在這裡住到什麼時候？」

「我也不知道……」

「如果我要你回去呢？」雖然竭力克制，狄仁傑的聲音仍然透出些許顫抖。

袁從英低著頭，就是不說話。狄仁傑只恨得咬牙切齒，又拿他無可奈何，氣憤難抑之下，一句話脫口而出：「莫非你是打算從此以後再也不回去了？」

「大人，住在什麼地方並不會影響從英對您履行職責。」

袁從英此話一出，狄仁傑被氣得腦袋裡嗡的一聲，但緊接著反倒平靜了下來，再看看他，臉色很差，面容十分憔悴，狄仁傑的心中感到揪起來的痛，不由柔聲說道：「從英，是不是因為景暉？我已經說過了，請你不要和他計較。況且你也看得出來，他現在的處境很麻煩，我想他多半是被人利用了。」頓了頓，狄仁傑又強作笑容道：「現在這兩個案子都和狄景暉有關係，其實也就是和我有關係。而我如今赤手空拳的，非常需要你的幫助。」

袁從英終於抬起頭來，看著狄仁傑，微笑了一下道：「大人，我都明白。您放心，從英自會不遺餘力地幫助您。這是我的職責，也是我的私心。任何人都改變不了我的這個心意，狄景暉，根本就算不得什麼。」

狄仁傑聽著他的話，只覺得心頭越揪越緊，忙道：「既然如此，你現在的這番舉動又是為什麼……」

「其實也沒什麼，我……」袁從英皺起眉頭，似乎是在努力地思考著，神情又好像有點恍惚，「我只是覺得，這樣一點點地過渡，到最後您可能會比較容易接受。」

狄仁傑厲聲問：「接受？你要我接受什麼！」

「接受我違背您的意願，接受我按自己的心意做出的選擇，接受我讓您失望。」袁從英一口氣說完這句話，臉色煞白。

狄仁傑猛地坐直身子，又頹然靠回到椅背上。他感到自己從來沒有像現在這樣無助，這樣軟弱過。這些天他經歷得太多，承受得太多，本來還以為有最後的一個支持者，永遠可以信賴可以仰仗的這個人。然而今天，這最沉重的打擊竟要從他而來嗎？狄仁傑覺得自己幾乎要倒下了，再也想不起來可以說什麼，只是沉默著。

袁從英站起來，走到他的跟前，輕聲道：「大人，都是我不好，您別這樣。」

狄仁傑看著他，長歎一聲：「從英啊，你到底是在做什麼？」

袁從英笑了笑：「大人，從英，恐怕不能再履行對您的承諾了。」

「我可以知道原因嗎？」

「大人，您就當是從英懦弱吧。」

「懦弱？」狄仁傑冷笑一聲，逼視著袁從英道，「這世上任何一個人說自己懦弱，我都會相信，唯有你，袁從英，你說這兩個字我偏不能相信。難道你要我相信，一個可以為朋友捨命擋箭的人懦弱？難道你要我相信，一個可以為職責孤身犯險的人懦弱？難道你要我相信，袁從英，一個重義輕生隨時準備赴死的人懦弱？」

「大人！」袁從英目光炯炯，也毫不含糊地逼視著狄仁傑道，「大人對從英的信任，從英感激萬分，無以為報。是的，從英從來不畏懼死亡，從英唯恨只有區區一條命，不能為情義為國家去死上一百次一千次。但是，從英對權力的爭奪毫無興趣，從英更不願意為了宗室的鬥爭而死。大人，您對我有知遇之恩，更是我一生的良師益友，您最瞭解我，也最心疼我，今天我就求您，讓我自己做一次主。從英如果真的不能陪伴在大人身邊，為大人效力，那麼就讓從英去戍邊，去征戰疆場，而不要讓從英留在這廟堂之上。從英已經忍耐了太久，不想再繼續忍耐了！」

狄仁傑不知道還可以再說什麼，他只感得椎心刺骨的痛，痛徹心腑。良久，他緩緩地說出一句：「從英，我原以為你是一個有信念的人。」

袁從英笑了，眼裡卻似乎有點點淚光在閃動。他輕聲道：「大人，我是一個有信念的人。只是，我的信念和您的信念並不完全相同。過去的十年，我將您的信念全部當成了我自己的，我覺得這樣很好，很簡單。這些年來，我一直避免去想一些事情，可是最近，卻似乎怎麼也避不開了。我常常不能睡覺，想得很苦，但是一直不能下定決心……直到昨夜，大人，是您的兒子幫我做出了這個決定。其實，我從來沒有一刻怨恨過他對我的那些舉動，那些對我根本不值一提，相反我現在很感謝他，因為正是他昨天的那些話，終於讓我看清楚了我自己的心。我不想再猶豫，也絕不會再動搖。」

寂靜，可以壓死人的寂靜再次覆蓋在這間簡陋陰冷的客棧房間上。過了很久，狄仁傑做出最後一次努力，他低聲問道：「從英，假如我答應你剛才所說的一切，你仍然急著要在今天就離開我嗎？」

袁從英的淚水慢慢淌了下來，他回答道：「大人，每每想到要和您分離，我甚至會感到恐懼。但在我的心中還有一種更深的恐懼，我怕我總有一天會做錯事情，會傷害到您，所以，您還是讓我離開吧。」

狄仁傑支撐著桌子才能站起身來，袁從英伸出手來想要攙扶他，卻又猶豫著不敢碰到他。狄仁傑不再看他一眼，徑直走到門前，拉開房門就往外走。

雨大得鋪天蓋地，雨水順著破損的廊頂傾瀉而下，整條穿廊都積滿了水，狄仁傑一腳踏進積水之中，大踏步地往前走，袁從英拿起雨傘撐開了追在他的身後，幾乎是一路小跑地隨著狄仁傑來到客棧門前。

狄忠從馬車裡面探出腦袋，看見他們兩人的身影，連忙跳下馬車，也撐起傘來迎，狄仁傑頭也不回地上了馬車，厲聲叫道：「狄忠，我們走！」

狄忠答應，匆匆瞥了袁從英一眼，也忙著上了馬車。袁從英又往外跑了幾步，看著馬車消失在一片大雨之中，彷彿失去知覺似的站在那裡，任憑瓢潑的雨水沖刷著全身。

不知道站了多長時間，袁從英才好像突然從夢中驚醒，轉身急急忙忙地跑過穿廊，一回到房間裡，就去打開櫃子的門，嘴裡叫著：「斌兒，斌兒。」

韓斌蜷縮成一團靠在櫃子的一角上，閉著眼睛，似乎是睡著了。袁從英一把把他抱了出來，才看到他的小臉通紅，呼吸也很急促。袁從英趕緊把他放到炕上，摸摸額頭，滾燙滾燙的，袁從英又連著叫了好幾聲，晃晃他的身子，韓斌還是不醒。袁從英急了，往四下看看，冰冷的房間裡除了桌上一支搖搖欲滅的蠟燭，再沒有一絲生氣，連桌上的食物也早就沒有半點熱度。他伸手抓過土炕上的被子，那被子薄得簡直不像話，還有股子陰濕的氣味，袁從英展開被子來把韓斌的小身子緊緊地裹住，扭頭往外跑去。

他衝到櫃旁店夥的房前，一腳就把門蹬開了。睡得稀裡糊塗的店夥轉眼就被他拎出被窩，摔在了地上。袁從英揪著店夥的衣領子，嘶啞著喉嚨嚷：「睡什麼睡！有人生病了，快想想辦法！」

店夥蒙頭蒙腦地醒過來，一眼看見袁從英凶神惡煞般的表情，還以為碰上了閻王索命，又冷又怕地哆嗦成一團，好不容易才弄明白發生了什麼事情，甩開袁從英的手，一邊穿衣服，一邊抱怨道：「這位客官，您要嚇死小的啊。您別瞎著急，快領我去看看。」

「快走！」袁從英催促著店夥回到房裡。

店夥看了看韓斌道：「這孩子一定是凍病了。暖一暖，發發汗就會好的。要不先把這土炕燒著了，我再去煮碗薑湯，餵他喝下去。」

袁從英道：「你去煮薑湯，給我點乾柴，我來燒炕。」

好一陣忙亂後，土炕總算燒著了，屋裡頓時暖和了不少。袁從英接過店夥端來的薑湯，給韓斌一勺勺地餵了下去，看著他的額頭冒出了很多汗珠，呼吸也平順了些，這才略略鬆了口氣。

直到此刻，袁從英才發現自己渾身都還是精濕的，也搞不清楚是汗還是雨，從土炕邊撐起身來，走了兩步就倒在椅子上，眼前一陣陣的天旋地轉。

店夥又進屋來，一手拎著個包裹，一手端著又一碗薑湯，把兩樣東西都放到桌上，看了眼袁從英，道：「客官，小的剛在櫃上看到這個包裹，裡面有幾件衣裳，看著像是給您的，就帶過來了。這碗薑湯您自己喝吧，這孩子已經病了，您可病不得。」

袁從英勉強道了聲謝，待店夥走出去，拿過薑湯一口氣喝完，又坐了好長時間，方才感覺精神稍稍振作了些。他打開包裹，裡面果然是自己常穿的幾件衣服，知道一定是剛才狄仁傑來的時候，狄忠替自己帶來的。他呆呆地看著這個包裹，又坐了很久，才站起身來，慢慢脫下身上濕透的衣服，換上一件乾淨的素色袍衫，走到土炕邊，靠在床頭，一動不動地瞧著熟睡的韓斌。

并州城北，狄府。

狄仁傑的馬車在傾盆大雨中回到了狄府。家人看到馬車停下，趕緊打開大門，狄忠叫道：「老爺，到了。」卻沒有絲毫動靜，狄忠又等了一會兒，撩開車簾探頭進去看看，狄仁傑仍然顧自發著呆，狄忠提高聲音再喊了一遍，狄仁傑才突然醒過神來。狄忠攙著他正要下馬車，從門內冒著大雨跑過來一個人，邊跑邊大聲喊著：「狄大人，狄大人。」狄仁傑止住身形，展眼一看，是沈槐。

沈槐三步併作兩步來到馬車前，站在大雨中向狄仁傑抱拳行禮，大聲道：「狄大人，陳長史請您立即過去一趟，有要緊案情發生。」

「哦？什麼要緊案情？」狄仁傑也大聲問道。

「恨英山莊的陸嫣然小姐今天下午到并州大都督府投案自首，說是自己誤殺了師父范其信。」

狄仁傑驚詫地重複：「投案自首？陸嫣然？」

「是的。但是她堅稱只能對您供述詳情，因此陳長史便派末將前來，請狄大人過去審問陸嫣然。末將一個多時辰前到您的府上，可闔府上下沒有人知道您去了哪裡，故而一直等到現在。」

狄仁傑略一沉吟，問：「沈將軍，這件事情你有沒有對我府中的其他人提起過？」

沈槐道：「沒有，我知道件事只能對您說。剛剛狄公子問我為何而來，我也只含糊應過。」

狄仁傑點了點頭，厲聲道：「很好，沈將軍，請你立即上我的馬車，詳細情況我們路上談。我這就去大都督府。」

「是！」沈槐抹了一把臉上的雨水，登上了狄仁傑的馬車。

狄忠「駕」的一聲，馬車在疾風驟雨中掉了個頭，朝并州大都督府衙門飛奔而去。

來到大都督府，狄仁傑率先下了馬車，快步走入正堂，沈槐緊隨其後。陳松濤面色陰沉地迎上前來，正要開口，狄仁傑道：「情況我已經很清楚了。陸嫣然現在哪裡？」

「押在後堂，等待訊問。」

狄仁傑點點頭，對陳松濤道：「這件事情確實十分蹊蹺，老夫要連夜提審陸嫣然。」

「當然，本官就等著國老來到，便可開審。」

狄仁傑突然微微一笑，問陳松濤：「松濤啊，你是否信任老夫？」

陳松濤被他問得措手不及，忙道：「狄國老這是什麼話，松濤對狄國老自然是十分信任。」

「既然如此，老夫今夜要單獨審問陸嫣然，不知松濤是否應允？」

「這……」陳松濤面露難色，猶豫了一下，還是點頭道：「也好，狄國老既然要單獨審問，必然有國老的考慮，松濤照辦就是。」

「很好。我在後堂審問即可。」

沈槐將狄仁傑領到後堂，自己便關門離開了。陸嫣然的身上綁縛著繩索，只能側身坐在後堂中間的一把椅子上，雙眼空洞地望著前方，連狄仁傑走到跟前都沒有發現。狄仁傑仔細端詳著面前這張美麗而憂傷的面孔，深深地歎了口氣。

聽到聲響，陸嫣然方才醒過神來，掙扎著想站起身，卻因為雙腿也被綁牢在椅子上而無法動彈，只好輕輕叫了聲：「狄大人。」

狄仁傑在她的面前坐下，問道：「陸嫣然，你說是你誤殺了你的師父范其信，現在就把整個經過對我說一說吧。」

陸嫣然垂下眼睛，低聲敘述起來：「狄大人，嫣然一直以來深蒙師父的養育之恩，總希望能夠學習到師父的醫藥絕學，以報師恩，並澤眾人。師父也一直不遺餘力地教導著嫣然。然而，自從三年前馮丹青嫁到恨英山莊以後，一切都變了。師父的飲食起居都被她一手掌控，我連見到師父都很困難，更不要說再繼續向他學習醫術藥理了。我曾經多次去和馮丹青理論，也找師父談過幾次，但都沒有任何結果。就在出事的那天中午，我趁馮丹青去取午飯給師父的時候，又來到十不停上規勸師父，求他不要對馮丹青偏聽偏信，讓她蒙蔽了心智。可是師父他，他根本就對我不加理會。我一氣之下，便拿出師父送給我的短刀，本來只是想威脅師父，如果他再不傳授絕學給我，我就要去和馮丹青同歸於盡，哪想到師父過來與我爭奪短刀。我、我、我一失手，便、便……」說到這裡，已是淚如雨下。

狄仁傑沉默了許久，才道：「陸姑娘，即使你想替人頂罪，幫人消災，也應該把謊話編得更加圓滿一些。你的這番漏洞百出的供述，不僅幫不了你想幫的人，還會給人以口實，反而害了他啊。」

陸嫣然抬起頭，哀哀地道：「狄大人，嫣然所說句句屬實，您就判定嫣然的罪吧。」

狄仁傑道：「那好，陸嫣然，我來問你，你所用的凶器，那把短刀現在在哪裡？」

「已被我扔到了郊外的汾河之中。」

「那把短刀有多長，刀刃是怎麼開的？你當時將短刀插在了范其信的哪個部位？他是當場氣絕還是有所掙扎？」

「我……」陸嫣然茫然地看著狄仁傑，躊躇著，終於咬了咬嘴唇道：「狄大人，您所問的這些問題，嫣然一個也答不出來。但是狄大人，您是唯一驗過我師父屍身的人，這些問題的答案您肯定都知道。所以狄大人，您告訴嫣然怎麼認，嫣然就怎麼認。」

「胡鬧！」狄仁傑站起身來，痛心疾首地望著面前這個美麗的姑娘，怒吼道：「你們這些年輕人啊，什麼時候才能明白自己究竟在做什麼！一個個還都以為自己很有道理，稱得上有情有義，可你們根本就不知道，自己所做的事情有多麼荒謬！」

陸嫣然被狄仁傑這沖天的火氣嚇住了，愣了半晌，方才輕聲道：「狄大人，不論您怎麼想，總之嫣然都是有罪的。嫣然只想能夠幫助……幫助無罪的人洗清嫌疑。」

狄仁傑長歎一聲，放緩口氣道：「嫣然啊，我知道你想幫助的人是誰。那個人也是我的至親，我也從心底想要幫到他。但你用的方法是不對的，你這樣做只會讓真正的凶手逍遙法外。而真正的凶手一旦逃脫，就會變本加厲地實施罪行，到那時候，恐怕就再沒有人能夠幫到我們共同的朋友了。」

陸嫣然低下頭，不再說話了。

狄仁傑在堂上慢慢踱了幾步，轉過頭來，對陸嫣然道：「嫣然，我現在有幾個至關重要的問題要問你，你務必要如實回答。」

陸嫣然點了點頭。

狄仁傑問：「范其信最近幾年是否服用過什麼丹藥？」

「是，師父一直在煉金丹，並長年服用。」

「范其信的飲食是否都只經過馮丹青之手？」

「是的，全部都由馮丹青侍奉。」

「范其信長年靜修，一定保養得面白膚細吧？」

陸嫣然聽到這個問題，奇怪地看了狄仁傑一眼，才道：「師父雖然長年靜修，但一直在恨英山莊親手培植各種特殊的藥材，所以時常日曬雨淋，故而面容倒有些像個老農，並不面白膚細。」

狄仁傑點點頭，沉思片刻，從袖中取出一樣物件，遞到陸嫣然面前，問：「嫣然，你見過這個物什嗎？」

陸嫣然一看，正是狄仁傑和袁從英從韓銳身上取到的金鏈，疑道：「這是嫣然從未見過的父母留給嫣然的一件信物，但早就送了人。您是從哪裡得來的？」

狄仁傑道：「嫣然小姐是不是送給了一個叫韓銳的人？這個人前日死在老夫的面前，金鏈就是從他身上取得的。」

陸嫣然驚呼：「韓銳死了？」搖著頭，淚水撲簌簌地滾落下來，喃喃道：「韓銳終究還是死了。我怎麼不知道……他什麼都不告訴我。」

狄仁傑歎道：「是啊，韓銳死了，而且死得十分淒慘，令人不忍卒睹。嫣然啊，據我所知，韓銳只是一個可憐的啞巴，與世無爭，與人無害，他實在不該遭受如此悲慘的命運啊。如今他死了，他的小弟弟韓斌不知去向，生死未卜，這真是一幕人間慘劇啊。」

陸嫣然猛烈地搖著頭，突然間聲淚俱下：「狄大人，求您就定了我的罪吧！我有罪，是我害死了韓銳，害苦了韓斌，是我，我該死！」她終於泣不成聲了。

狄仁傑看著她，低聲道：「嫣然，這才是我想知道的事情，你能夠告訴我嗎？」

陸嫣然突然恐懼地看著他，連聲道：「不、不，我沒有什麼可說的了。狄大人，您只要知道這一切都是我的罪過就夠了。您就讓我償命吧！」

狄仁傑厲聲呵斥：「荒唐！你就這麼想死嗎？如果你的死，真的能夠救你想救的人還則罷了，怕只怕不僅於事無補，還會帶來更多的不幸！」他看著淚流滿面的陸嫣然，長長地吁了口氣，道：「嫣然，你就留在大都督府裡面好好地想想吧。我希望你能夠儘快想明白應該怎麼做。明天我還會再來。」

說著，他快步走出後堂，沈槐馬上迎了過來，狄仁傑道：「陸嫣然的供詞尚有諸多疑點，請沈將軍先將她收押，容老夫明日再審。」

沈槐應道：「是，現已過午夜，陳大人已經休息了。請狄大人也快快回府休息吧，末將這就將陸嫣然收監，明日再細審不遲。」

狄仁傑點點頭，登上馬車離開了大都督府。馬車行到半路，他撩起車簾，對狄忠道：「狄忠，這件事情絕不可對景暉提起，記住了嗎？」狄忠答應著，馬車在風雨中繼續前行。

并州大都督府，陳松濤密室。

陳松濤焦躁不安地在密室裡面走動著。范泰悄悄閃了進來，抱拳道：「大人，急召屬下來有什麼要事嗎？」

「今天陸嫣然跑來自首，說是她殺了范其信。」

「啊？還有這等事情？」

「是啊，我看這個小女人是想捨身救愛，打算犧牲自己來洗脫狄景暉的嫌疑。」

范泰湊上前道：「大人，那咱們乾脆就來個屈打成招，定她個和狄景暉共犯不就完了。」

陳松濤搖頭道：「事情沒那麼簡單，她一口咬定只要狄仁傑審問，當時沈槐等人都在場，所以我只好去找了狄仁傑來。」

「狄仁傑可曾審出什麼來了？」

陳松濤點頭道：「我讓人在後堂偷聽了，雖然不是很真切完整，但有一點可以斷定，狄仁傑這個老狐狸已經基本認定馮丹青的罪了。」

范泰驚道：「啊，他是怎麼知道的？」

陳松濤冷笑一聲：「從今天狄仁傑問陸嫣然的幾句話裡可以看出，馮丹青的那招移花接木，多半已經被狄仁傑識破了。他現在很是胸有成竹，不再擔心他的兒子會牽連在范其信的案子裡面。」

范泰問：「既然如此，馮丹青那裡我還要幫她隱瞞嗎？」

「不必了，這個女人本來就是個麻煩，這次能夠借狄仁傑的手除掉她，也是我的計策中的一環，現在咱們就靜觀其變，等著狄仁傑去收拾她就好了。」

「是。」范泰答應。

陳松濤又在屋中轉了個圈，回過身來，自言自語道：「本來我還想借著陸嫣然投案自首這件事情，再激一激狄景暉，但是現在看來，靠恨英山莊這件案子去陷害狄景暉已經不可能了。就是讓狄景暉知道了陸嫣然投案的事情，他只要找老狐狸一問，就不會再慌亂。因此，我們必須動用藍玉觀這個方案了。而且，也只有藍玉觀的事情才可以真正地置狄景暉於死地，絕無半點迴旋餘地。」

范泰道：「狄仁傑今天上午不是去探查過藍玉觀了嗎？他會有什麼行動嗎？」

陳松濤搖頭道：「不清楚這隻老狐狸在打什麼主意，我的感覺不太好。韓斌一直找不到，狄仁傑又一點點地在破解我們給他設下的種種謎團，我們必須要儘快採取主動，不能再被動等待了。」

范泰點點頭，問：「可是，咱們還能怎麼在藍玉觀的事情上加力呢？狄景暉現在按兵不動，陸嫣然又跑到您這裡來了，韓斌找不到，所有的知情人就剩這麼幾個了，他們要是都沒有動作，難道要我們自己去向狄仁傑揭露案情？」

「不，這樣不行，這樣狄仁傑一眼就會識破我們的意圖。」陳松濤皺眉沉思起來，突然，猛一抬頭道：「你剛才說陸嫣然跑到我這裡來了，我們現在只有動她的腦筋了。對啊，狄景暉和陸嫣然情深意篤，只要陸嫣然出事，他狄景暉就絕不可能再沉得住氣。既然如此，咱們就乾脆在藍玉觀來個一不做二不休，把這兩個人一起了結了！到那時候，狄仁傑痛失愛子，恐怕連這條老命也要送掉了吧。」

他朝范泰招了招手，范泰立即湊了過去，陳松濤在他的耳邊一陣耳語，范泰聽得頻頻點頭。

下了一夜的雨終於慢慢止住了。

東方飄出一縷淡淡的微紅，將被雨水洗刷得澄淨一片的天空點綴出些許暖意。就像在人們的心中，縱然有萬千的愁緒和傷痛，也總會因為黎明的到來而重又鼓起勇氣，並獲得全新的力量，去繼續面對似乎永無盡頭，其實轉瞬即逝的脆弱人生。

# 第九章　搏殺

并州大都督府，後堂。

陸嫣然被綁了整整一個晚上。她的四肢都麻木了，頭腦也昏昏沉沉的，恍惚之間，昨夜和狄大人的那番對話似乎只是一場夢，那麼的不真實。她甚至都記不太清楚，自己為什麼會在這裡，眼前一會兒是馮丹青妖豔又惡毒的臉，一會兒是狄大人怒氣沖沖的神情，一會兒又是韓銳、韓斌兄弟單純潔淨的眼神，但出現最多的，仍然是令她魂牽夢縈、時時刻刻都無法忘懷的狄景暉的臉。他意氣風發又滿含深情地對她笑著，笑得她的心變得如此軟弱，軟弱得想立刻偎入他的懷中，就此睡去死去，永遠也不要再醒來……

後堂的門打開了，并州法曹帶著幾個衙役走了進來。走近她的面前，法曹冷言道：「陸嫣然，這個晚上過得還不錯吧。怎麼樣？有沒有什麼想說的？」

陸嫣然費力地抬起頭，神思恍惚地道：「狄大人呢？狄大人在哪裡？」

法曹道：「狄大人早就回府歇息去了，今天不會來了。」彎下腰托起陸嫣然的臉，笑道：「真是個美人啊，難怪連狄大人都生起了憐香惜玉之心。他吩咐了，你所供稱的刀殺范其信之罪，供詞多有謬誤，令人難以取信，故而不能定你的罪，也不便繼續收押你，今天就把你放了。」

「放了我？」陸嫣然詫異地問。

「對啊，狄大人說了，放了你，你現在就可以回家了。」法曹說完，向身邊的衙役使了個眼色，一名衙役走上前來，解開了陸嫣然身上的繩索，喝了一聲：「起來，快走吧！」

陸嫣然站起身，搖搖晃晃地往門外走，走到門邊，又回頭疑惑地望望。法曹「哼」了一聲，又講了一遍：「快走吧！」陸嫣然這才慢慢地朝都督府外走去。

院內的一棵參天古柏下，陳松濤在綠蔭掩映下，面無表情地看著這一切，直到陸嫣然走出府門，才對身邊的一個衙役輕聲囑咐：「通知范泰，可以行動了。記住，先讓陸嫣然走遠點兒再動手，不要在都督府旁邊。」

「是！」那人答應一聲，匆匆而去。

并州，城北，臨河客棧。

袁從英在韓斌的床頭目不轉睛地守了整整一夜。黎明到來的時候，桌上的蠟燭終於燃盡了，雨停以後，窗紙上漸漸泛出清冷的白光。借著這半明半暗的光線，他俯下身去，仔細觀察孩子的臉。韓斌在熟睡中露出天真的笑容，面色雖然還有些灰白，但已經顯出大病初癒的生氣。袁從英探探韓斌的額頭，燒已經退了，他長長地舒了口氣，伸手把韓斌抱到懷中。

剛走到門口，懷裡的孩子用細弱的聲音問：「我們去哪裡？」

袁從英停下腳步，微笑道：「你醒了。」

說出這句話時，他才發現自己的嗓子已經完全啞了。

韓斌盯著袁從英，依然細聲細氣地問：「嗯，你要帶我去哪裡？」

袁從英道：「這裡不能再住了，我們換個地方。」

韓斌扁了扁嘴，問：「為什麼？這裡不好嗎？」

袁從英抱著韓斌回到桌邊坐下，輕輕撫摸著他的頭：「我怕這裡不安全，以防萬一還是換個地方比較好。昨晚上如果不是因為你生病，就該走的。」

韓斌眨了眨眼睛，輕聲道：「你是怕昨天來的老爺爺再來找你嗎？你們吵架了嗎？」

袁從英笑了：「你還真是聰明，什麼都知道啊。不，我們沒有吵架，我也不怕他來找我，但是我怕有人會跟著他來找到我們，我又不能一直這麼守著你，還有別的事情要做……好了，趁天還沒有大亮，我們現在就出發。先回土地廟躲一天，然後我再去找個更安全的地方。」

韓斌很不情願地摟住袁從英的脖子，噘著嘴不說話。袁從英也不管他，抱著他輕輕地打開房門，四下看看，飛快地跑過穿廊，從馬廄裡牽出馬匹，把韓斌放到馬上。接著，他又返回仍然空無一人的櫃檯，留了些錢在桌上，便牽著馬沿原路返回了城東土地廟。

到了城東土地廟，袁從英把韓斌安頓在草稈堆裡，又把從客棧帶過來的餡餅、牛羊肉放在他的身邊，說：「天亮了，這裡很安全，你乖乖地睡覺吧。餓了就吃這些。我要去辦點事情，天黑以前一定會回來。」

韓斌依依不捨地拉著他的衣袖：「你能不走嗎？我一個人害怕。」

袁從英輕撫著韓斌的頭，道：「不行，我得去看看那個老爺爺需要我做什麼。不要害怕，我知道你很勇敢。在這裡等我，天黑前我一定回來。」

袁從英朝韓斌揮揮手，就離開了城東土地廟。

袁從英很快就到了狄府外，騎著馬繞著狄府轉了一圈，卻並沒有進去。回到狄府門前，他四下看了看，發現街邊有家茶樓，一大早已經人來人往，便牽著馬走過去，讓夥計將他引到二樓臨街的窗邊位置，坐了下來。

夥計送上熱茶，袁從英喝了一口，朝外望望，這個觀察點很好，可以看清楚狄府出入的全部動靜。直到此刻，他也並不清楚這樣做的目的究竟是什麼。但在經過昨夜之後，這是他現在所能想起來做的全部事情，就在這裡，在距離狄仁傑咫尺之遙的地方，他靜靜地等待著，心中並沒有太多的期待，卻感到十分平靜。

時間似乎過得很快，日上三竿了，街面上越發熙熙攘攘，突然，袁從英發現狄府的門開了，狄景暉騎著一匹高頭大馬一臉緊張地出了府門，沿著街道往下飛奔。袁從英向桌上扔下幾枚銅錢，飛快地跑下樓梯，也上馬尾隨在狄景暉身後疾馳起來。

并州，狄府。

狄仁傑這天起得很晚，多年來他早起的習慣從沒有被打破過，但是這天直到巳時，狄忠在他的臥房外來來回回轉了無數個圈，卻始終沒有聽到老爺召喚的聲音。狄忠有些擔心，拿不定主意是不是該直接闖進去。正在躊躇，沈槐來了，還是像一貫那樣行色匆匆地來到堂前，對狄忠說：「大管家，狄大人審問得怎麼樣了？」

狄忠一愣：「沈將軍，您在說什麼？什麼審問？」

沈槐也被他問得有些發愣，反問：「怎麼？狄大人不是在審問陸嫣然嗎？」

狄忠道：「哪有啊，我們老爺還沒起呢！」

沈槐臉色變了，呆了一呆，遂跺腳道：「糟糕，怕是有鬼！」

「啊！」狄忠的臉色也變了，趕緊拉著沈槐就往後院跑，來到狄仁傑的臥房外，也不管三七二十一地就在門上猛敲起來，一邊喊：「老爺，老爺，沈將軍來了，有要緊事情找您！」

「什麼事？」門內傳來狄仁傑答應的聲音。

狄忠如釋重負地和沈槐交換了一下眼神，門打開了，狄仁傑披著外袍站在門邊，滿臉的皺紋在日光下顯得又深又密，雙眼佈滿血絲，顯然是一個晚上沒睡。

狄忠看得一驚，心裡卻很明白是怎麼回事，輕輕叫了聲：「老爺。」便垂手退到一邊。

沈槐向前一步，對狄仁傑抱拳道：「末將參見狄大人。狄大人，您沒睡好？」

狄仁傑擺擺手道：「老年人嘛，覺自然少些。沈將軍，你來我府中有什麼急事？不是說好了，今天我會去都督府再審陸嫣然，你到我這裡來做什麼？」

沈槐急得高聲道：「狄大人！事情不對啊。我今天去都督府，想先看一看陸嫣然的情況，準備一下再給您重審，哪知法曹大人告訴我說，陸嫣然一早就被您派人提到府上來審了。還說什麼狄大人的架子真大，審案子還要在家裡審等等的一番鬼話，末將當時就覺得不對，但又說不出什麼來，便在都督府裡頭等了一會兒，還是越想越覺得古怪，所以才趕來您這裡，沒想到……」

狄仁傑一步跨出房門，盯著沈槐大聲問：「還有這等事？」

沈槐連連搖頭道：「咳，我該早點過來看看。」

狄仁傑衝他擺手：「別急，別急，讓我想想，想想，這麼做的目的是什麼……」他面沉似水，雙眸閃著鷹一般犀利的光，沉默了一會兒，突然喚道：「狄忠，你去看看景暉在不在他房裡，把他給我叫過來！」

「是！」狄忠飛快地跑了。狄仁傑轉過身來，上上下下打量著沈槐，沈槐被他看得心裡直發毛，有點手足無措。

突然，狄仁傑乾笑一聲，問：「沈將軍，你的功夫應該還不錯吧？」

沈槐低下頭，不知該如何回答。

狄仁傑緊接著又問：「從英似乎對你還挺讚賞，他和你比試過嗎？」

沈槐囁嚅道：「有，前日晚上喝酒時，從英兄和末將比過劍。」

狄仁傑猛地盯住沈槐：「他和你比過劍，比過劍……那結果如何？」

沈槐尷尬地說：「末將哪裡是從英兄的對手，他說末將的劍法還算凌厲，但缺少實戰經驗。」

狄仁傑聽到這話，突然仰天長歎一聲，便不再說話了。就在這時，狄忠跑來，一迭連聲地喊著：「老爺，老爺，三郎君一個多時辰之前就出去了，走時很匆忙。我問過了，似乎是有人來給他送了封信，三郎君一看信便立即走了。」

狄仁傑的身子猛地搖晃了一下，沈槐連忙上前扶住，急道：「狄大人，你怎麼了？」

狄仁傑搖搖頭，勉強鎮靜了一下，看定沈槐，問：「沈將軍，我能相信你嗎？」

沈槐被他問得有些莫名其妙，但還是堅定地答應了一聲：「能！」

狄仁傑點頭道：「好。沈將軍，你現在就去一趟藍玉觀，如果我所料不錯，陸嫣然和狄景暉現在都應該在那裡！」

「啊？」沈槐大驚。

狄仁傑又想起什麼，問：「藍玉觀那裡，現在還有官軍把守嗎？」

沈槐回答：「沒有了。昨天上午各位大人探查過現場之後，陳大人就吩咐把屍首全部運回都督府，官軍也都撤回來了。」

狄仁傑咬著牙低聲道：「很好，安排得十分妥帖。」再次望著沈槐，一字一句地道：「沈將軍，你在藍玉觀恐怕要面臨一場惡戰了。」

沈槐還是有些發蒙，但也毫不猶疑地抱拳道：「末將願為狄大人效力，末將現在就去。」

狄仁傑又道：「狄忠，你去把府中看家護院的家丁們都召集起來，讓他們跟著沈將軍一起去。」

沈槐問：「狄大人，為什麼不通知官軍？末將可以帶著官軍去啊。」

狄仁傑冷笑道：「難道你還沒有察覺出來，如果沒有官府的內應，這一系列的事情是根本無法實施的？如果你現在去通知官軍，那就連你也去不成了。而且我敢肯定，官軍一定會在適當的時機出現的。所以沈將軍，如果你真想幫助老夫，那麼就帶上我的家丁前往，這些家丁俱是府兵出身，並不比官軍差！」

沈槐不再問話，轉身大踏步地往外走去。狄忠帶來的一眾大約二三十名精壯家丁跟在他後面，一起跑步出了狄府。

狄仁傑站在堂前，目送著他們離去。狄忠湊過來，輕聲問：「老爺，我去臨河客棧請袁將軍來幫忙吧。」

「你敢！」狄仁傑一聲厲喝，猶如晴空中的一聲霹靂。他瞪著雙血紅的眼睛，對著狄忠一字一句地道：「你給我記住，從今往後，我再也不想聽到這個人！」

狄仁傑走回堂中，正襟危坐，猶如入定一般。狄忠急得抓耳撓腮，堂內堂外地亂竄，隔一會兒便去門口張望，一會兒又跑回正堂前跺腳。實在急得不行了，他終於鼓足勇氣，來到狄仁傑身邊，低聲道：「老爺！您再想想辦法啊。光有沈將軍和咱們的家丁去能行嗎？萬一不行，那，那三郎君會不會出事啊？」

狄仁傑猛地一抬頭，目露凶光，聲色俱厲地道出一句：「那我就殺了他！」

狄忠被他的神態語氣驚得一哆嗦，不由自主地問：「老爺，您，您要殺誰啊？」剛問出口，突然恍若大悟，頓時嚇得臉色慘白，站在原地全身都顫抖起來。

狄仁傑也被自己的話震住了。他愣在那裡，臉上陰晴不定，全身也不由自主地顫抖著。從昨夜離開臨河客棧起，難以遏制的怒火一直在燃燒，就在剛才，當他無奈至極派出沈槐去解救兒子的時候，這股怒火終於轉變成了刻骨的仇恨，恨到一個「殺」字脫口而出！然而，也就是在這殺心即起的瞬間，他感受到了更加強烈的痛，此生從未有過的剜心般的痛。他盡最大的力量平復著自己的心緒，召喚自己的理智，運用起自己六十多年來積累下來的全部人生智慧，狄仁傑默默地思索著，審視著自己的內心，解讀著昨夜袁從英的行為和話語，還有他所流下的淚。十年了，這還是狄仁傑第一次看到袁從英在自己面前流淚。

狄仁傑沉默了許久許久。狄忠在旁邊等著，只覺得彷彿過了千年萬載，終於聽到他聲音低沉地道：「狄忠，你去一趟臨河客棧。」

「啊！」狄忠一抖。

「你去把從英找來。」狄忠狐疑地望著他，還不敢動。狄仁傑慘然一笑，「放心，我不是要殺人。你是對的，我需要從英來幫我，現在只有他能幫我。」語音未落，淚水潸然而下，狄忠低頭跑了出去。

狄仁傑繼續一動不動地坐著，等待著。半個時辰之後，狄忠氣喘吁吁地跑進來，擦著汗大聲嚷道：「老爺，沒找到袁將軍。他的房間裡是空的，夥計說本來還有個小孩和他在一起，可現在也找不到了。」

「什麼？還有個孩子？」狄仁傑瞪著狄忠，眼前閃過昨夜那桌飯食，自言自語道：「我明白了，那個孩子一定是韓斌，他是為了保護韓斌才……可是從英啊，你為什麼不告訴我實情，是因為景暉嗎？對，這幾天景暉一直都住在這裡。可即使如此，難道你連我也不信任了嗎？你究竟在做什麼？」

狄忠急道：「老爺，我再去找找袁將軍！」

狄仁傑擺手：「不，哪裡也不要去，你找不到他的。咱們就在這裡等著，等著。」

狄忠「咳」了一聲，只好站在原地不動了。

并州郊外，藍玉觀。

狄景暉策馬飛奔，只花了不到一個時辰就趕到了藍玉觀。一路上，他根本沒有留意過其他，只是拚命趕路，因此袁從英幾乎緊跟在他身後也到了藍玉觀，他都毫無覺察。來到藍玉觀外的夾縫旁，狄景暉翻身落馬，叫喊著陸嫣然的名字便直奔了進去。一轉出夾縫，看到眼前的情景，他便呆住了。

陸嫣然披頭散髮地站在熱泉潭邊，一邊一個蒙面的黑衣大漢，像抓小雞似的各抓著她的一條胳膊。一見到狄景暉，她便撕心裂肺地喊起來：「景暉！景暉！」身旁的一個大漢搧起巴掌把她打得一個踉蹌，摔倒在地，她卻依然在那裡哀哀地叫著狄景暉的名字。

老君殿前的空地上，一字排開幾十名蒙面的黑衣漢子，各個岔開雙腿站得紋絲不動。在他們前面，一個同樣蒙著面的黑衣人正悠閒地來回踱著步，見到夾縫前呆若木雞的狄景暉，他哈哈一笑，張口道：「狄三郎，別來無恙否？」

狄景暉聽到黑衣人的聲音，大驚失色道：「怎麼是你！」

黑衣人笑道：「為什麼不能是我？」他一使眼色，隊中跳出來兩個黑衣人，一左一右夾上狄景暉，把他推到了這名黑衣頭領的面前。

狄景暉瞪著黑衣人，咬牙切齒地道：「我一直都在想，究竟是誰在藍玉觀的事情上想方設法地害我，可我一直想不明白。藍玉觀的事情如此機密，參與的人也都是我最信得過的。我實在想不出消息是怎麼走漏出去的，還緊跟著出了這麼多事，樁樁件件都欲陷我於彀中，置我於死地。今天我終於明白了，做出這一切的還是你，和你的主子！」

黑衣人微微一愣，隨後又放聲大笑起來：「說得好啊，還是我，和我的主子。狄景暉，看來今天你是真明白了，但可惜，你明白得太晚了！」

狄景暉恨道：「沒錯，我的確是明白得太晚了。我真是笨啊，怎麼就沒有想到你們。嫣然從范老爺子那裡拿到的配方，正是你那主子窺伺已久卻得不到，所以就想盡一切辦法來陷害我們！」

黑衣人擺手道：「狄景暉，你莫要血口噴人。說我們陷害你，這話我可不承認。剛才你自己也說了，配方是陸嫣然從范其信那裡拿到後給你的，也是你們兩個勾搭在一起，弄了些無家可歸之人在這個藍玉觀裡面，給他們吃你們搞出來的藥物，結果吃出毛病來了，還死了人。你們兩個才是罪有應得，怎麼反說是我們陷害？」

狄景暉跺腳道：「是范其信騙了嫣然，騙了我！他堅持說這藥沒有問題，出事以後還答應要給我們解藥的。可他後來卻反悔了！而你們——你和你的主子把他也給殺了！」

黑衣人道：「哎，又血口噴人不是？誰說范其信是我們殺的？你說話也要有證據嘛。到目前為止，你的那位當世神探的爹都還沒把這樁案子給斷出來呢，你怎麼就空口白牙說是我們殺的？我倒想說，明明是你和陸嫣然，因為被范其信耍了，在藍玉觀裡栽了跟頭，他又不肯給你們解藥，所以你們兩個一怒之下，才殺了范其信滅口。怎麼樣？這個故事很通順吧？就是說給你那位神探大人的爹爹聽，他也得信個三分吧？」

「你！」狄景暉氣得說不出話來。

陸嫣然嘶聲叫道：「范泰！馮丹青不就是想要長生不老藥的秘方嗎？你去告訴她，我這裡有，我可以給她，都給她。只要你們放過景暉，要我做什麼都行！」

黑衣人給她叫得有些發愣，繼而又發出一陣狂笑：「瞧瞧，說實話了不是？小美人兒還有長生不老藥呢，早點兒交出來嘛。藏得這麼牢，難道是想和你的情哥哥一塊兒長生不老，永享歡愛不成？」說著，他走到陸嫣然身邊，瞪著一雙淫褻的眼睛，伸手去摸陸嫣然的臉。

「范泰！你放開她！」狄景暉目眥欲裂，大聲吼道，「你不要高興得太早！藍玉觀的事情我們雖然有錯，但只能算是誤害。而你們卻把身體尚且健康的道眾全都殺死，你們犯的才是十惡不赦的重罪！我爹一定能夠查出事情的真相，到時候定要讓爾等粉身碎骨！」

范泰冷笑道：「你爹？你爹要是知道了事情的真相，恐怕我們還未粉身碎骨，他老人家自己就先氣死了吧？狄大人是什麼樣的人物，怎麼可能容忍藍玉觀的醜聞發生在自己的家裡？既然你認為自己罪不至死，為什麼不早點去向你爹坦白，反而要弄到今天這樣不可收拾的地步？我看你心裡肯定也有數，你的罪若換成別人，或許罪不至死，但犯在狄大人的手裡，必然就是一個大義滅親的下場。可憐啊，狄景暉，聰明一世，偏偏要死在自己父親的手中，真真是悲慘吶！」

狄景暉聽到這番話，臉色由赤紅轉為慘白，額頭的青筋根根爆出，卻再說不出一個字，只是眼睜睜地瞪著范泰，喘著粗氣。

范泰得意洋洋地看看狄景暉，又瞧瞧陸嫣然，歎了口氣，道：「老子此刻也調笑夠了，你們這對苦命鴛鴦，是時候該送你們上西天了。兩個人一塊兒走，也有個照應，到陰間去做對風流鬼吧。」說著一揮手，吩咐：「把他們兩個弄到一起，讓他們最後再說點兒體己話吧。」

兩個黑衣大漢架起狄景暉，把他推到陸嫣然的身邊。兩人立即緊緊地擁在一起，狄景暉把陸嫣然整個地摟在懷裡，愛憐地撫摸著她那張被打得又青又紫的面孔，低聲安慰著：「嫣然，別怕。有我呢，有我呢。」陸嫣然在他的懷裡嗚咽著，顫抖著。

狄景暉抬起頭，怒視著范泰道：「范泰，恨英山莊和藍玉觀的事情我一個人擔著就是了，要殺要剮隨你便。只要你放她走，百草堂和恨英山莊就全歸馮丹青！」

范泰一陣搖頭晃腦，咂著嘴道：「我道你個狄景暉，還當真是個情種啊。我們在藍玉觀搞出這麼些事情來，你只要咬著牙不動聲色，還真能將我們搞得十分被動。可到頭來，為了這個女人，你還是將將地跑來自投羅網。更可笑的是，到了此刻，你居然還想著要談什麼條件。我現在就可以明白地告訴你，藍玉觀今天就是你們二人的葬身之地，你們在此作下那麼多的孽，死在這裡也算死得其所了！」

話音落下，范泰將手一揚，一個黑衣人立即朝狄、陸二人揮起手中的匕首。然而，卻見寒光一閃，黑衣人手中的匕首飛上了半空，捏著匕首的右手已經鮮血淋漓。他痛得慘叫一聲，還沒看清楚發生了什麼事情，咽喉已在瞬間被鋒利的劍鋒割斷，連哼都沒哼就倒在了地上。

范泰大吃一驚，倒退了半步，才看清楚擋在狄景暉和陸嫣然前面的是誰。

范泰倒吸了一口涼氣，從牙縫裡迸出三個字：「袁從英！」

袁從英微微點了點頭，不慌不忙地說：「范大總管，我們又見面了。」他的聲音嘶啞低沉，語氣中的那股逼人之勢氣勢不減反增。

狄景暉和陸嫣然一起叫了起來：

「袁從英！」

「袁郎！」

袁從英側過臉去，只朝他們淡淡地掃了一眼，並沒有說一句話，但他的鎮靜自若卻讓這兩個人立即安靜下來。一時之間，耳邊只有熱泉瀑布的嘩嘩水聲，在藍天白雲下的山間幽谷中迴盪著。

范泰沉不住氣了，喝道：「袁從英，你怎麼會在這裡？」

袁從英一挑劍眉：「聽上去你似乎很不歡迎我啊，可是……」慢慢掃了一眼那排死士，「你帶來這麼一大幫子人，總不會光為了殺我身後這兩個手無寸鐵的人吧？」

范泰道：「本來只是以防萬一，但現在看來，倒是一個很明智的決定。」

袁從英一笑：「那就好，這麼說他們都是為我準備的。」他的目光落在范泰的臉上，神情中帶著疲憊，慢吞吞地說：「看來，你們只能先緩一緩辦你們的事了。要殺他們，除非先殺了我。」

范泰道：「上次是我輕敵，才讓你得了手，今天我一定要報了這一箭之仇！」

他將手一抬，剛要招呼手下，袁從英卻突然挺劍直直地朝他的面門刺了過來。這招既不蓄勢也沒隱蔽，簡直像個完全不懂功夫的人在拚命。范泰措手不及，趕緊往後一仰，躲過袁從英的劍勢，兩人即刻纏打在一處，難解難分。

范泰的手下們圍在旁邊，因范泰還未來得及下命令，一時竟也不知該如何是好，只是在旁觀戰。卻見袁從英使劍，一上來就是拚盡全力的打法，招招致命；范泰用雙刀，也被袁從英逼得使出了渾身解數，雙刀舞得上下翻飛。這一場打鬥剛一開始就已是絕殺的路數，兩人中的任何一個只要有絲毫的鬆懈，就會立斃於對方的兵刃之下。

兩人越打圈子越大，刀光劍氣把周圍的泥土都掀起了幾寸高。從熱泉潭前開始，很快就打到了藍玉觀中央的空地上。死士們也跟著慢慢往後退，離開熱泉潭越來越遠，大家都全神貫注在兩人的打鬥之上，不知不覺在狄景暉和陸嫣然面前露出一大片空當。

袁從英眼神掃過之際，劍尖直掃范泰的前胸，范泰揮舞右手刀擋開若耶劍，左手刀朝袁從英的頭上就斬了過來，哪想到袁從英根本就不舉劍去擋，卻反手一劍朝著范泰的咽喉就刺。范泰大驚，人朝旁邊一歪，左手的刀砍在袁從英的右肩上，鮮血頓時冒了出來，袁從英卻趁著范泰這一剎那的重心不穩，飛身躍起，眨眼間已到了狄景暉和陸嫣然的面前。只聽他大吼了一聲：「快跑！」自己抱起陸嫣然，就朝老君殿直衝而去。狄景暉這時倒也反應迅速，緊跟在袁從英的身後猛跑。范泰和眾人還沒來得及看清發生的一切，這三個人已經衝進了老君殿，牢牢關上了大門。

范泰跑到老君殿前，氣得破口大罵：「袁從英，你這個混蛋！滾出來！」

他此時方才醒悟過來，袁從英剛才的那通不要命的打法，目的就是伺機把狄景暉和陸嫣然轉移到老君殿中。

「范頭領，這下怎麼辦？」一個死士問道。

范泰狠罵：「什麼怎麼辦？往裡衝啊！」

眾人答應一聲就要猛攻，殿門霍然打開，袁從英如鬼魅一般從裡面一躍而出，手起劍落，寒光閃過之處，攻在最前面的三四個人慘叫著倒在地上，眾人被嚇得連連後退。

他並不再逼，一轉身回到老君殿門前，靠在緊閉的殿門之上，微微地喘息著，目光中的殺氣令人不寒而慄。

范泰氣急敗壞地看看倒在地上的幾名手下，俱已氣絕身亡，死得倒十分痛快。他暗點了一下人數，片刻間已經折損了五名死士，剩下的那些也被袁從英震懾得心神渙散，表情中顯露出明顯的恐懼。

再看袁從英，范泰突然心有所動，低聲對身旁的死士道：「情況有些不對。」

「怎麼了，范頭領？」那人忙問。

范泰道：「袁從英的打法有問題。你想，他如今只有一個人，就算他自己本領再大，要對付我們這麼多人，已經十分困難，現在還要救狄景暉和陸嫣然兩個，他最好的辦法是什麼？」

那人轉動著眼珠道：「最好的辦法就是和我們周旋，等待援兵。畢竟以他一人之力，要從我們這麼多人手中搭救兩個完全不會功夫的普通人，幾乎是不可能的，所以他必須要等待援手。」

「沒錯。」范泰道，「他現在把那二人弄到老君殿裡保護起來，算是得了先機，但他自己也負了傷，為何還要這麼拚命地和我們搏鬥？」

那人眼睛一亮：「莫非……他沒有援兵？」

范泰冷笑著點頭：「我猜他是一個人跟過來的，沒有來得及通知其他人。所以，袁從英現在是在做困獸之鬥！而且我看他現在的樣貌，似乎已有些力不從心。所以他就是想招招斃命，快速殺敵，還指望能把我們嚇退。哼，可惜打錯了算盤，我不會再上他的狗當了。既然他沒有援兵，那我們就慢慢地和他磨，看他一個人可以堅持到什麼時候！」

范泰將手一揮，眾人排好陣形。范泰吩咐道：「五人一組，上去和袁從英纏鬥，不要與他搏命，只要讓他捉襟見肘、耗費體力就行。十個回合就退，下組馬上接替，咱們就和他來個車輪大戰！」

「是！」眾人應聲雷動。

老君殿前，袁從英默默觀察著正在排兵佈陣的范泰，一邊努力調整著呼吸，一邊從疲憊已極的身心中調動著全部的精力和意志。聽到對面一眾死士信心滿滿的應聲，袁從英的唇邊甚至泛起了一抹冷冷的笑容，輕輕地說：「不怕死的就上吧，今天我陪你們好好玩玩。」

第一組死士揮舞著兵刃，吶喊著衝過來，將袁從英圍在了中間。他還是不變的打法，不躲不閃，只是進攻，手中的若耶劍像被煞神附體一般，所指向的全都是對手的要害之處，死士們雖有心躲其鋒芒，怎奈此人身法快如閃電，力量似乎用之不竭，兼有鋒芒銳利的若耶寶劍，第一組的五人頃刻間又被放倒兩名，剩下的三個趕緊撤下去。第二組的五個人又衝了上來，仍然是前一組狀況的重複，接著是第三組、第四組……范泰一邊冷眼觀戰，一邊向身後站立不動的幾名死士使了個眼色，這幾個人立即噌噌噌地爬上老君殿前的幾棵大樹，取下背上的弓箭，搭上強弩，齊齊對準了激烈的戰場。

車輪大戰持續著，范泰手下的死士們正在變成一具具的屍體，散倒在老君殿的門前，剩下的人竟也無所畏懼，重新組隊，毫不遲疑地繼續衝上去。袁從英的全身上下都濺滿了鮮血，眼前早已是模糊一片，但是他的動作仍然沒有絲毫的遲緩，只是用盡全力拚殺著。

范泰看著殺紅了眼的袁從英，心中忍不住十分惶恐。終於，他下定決心，從嘴裡送出一聲呼哨。盤踞在樹頂的弓箭手聽到指令，剎那間弓箭齊發，帶著尖嘯射向戰場。搏鬥中的死士們猝不及防紛紛中箭倒地，袁從英閃電般的身形在箭雨中穿梭，飛身躍起，若耶劍送出之時，兩名弓箭手從樹頂翻落，袁從英也隨之落回到老君殿門前，胸口卻已經釘上了一支利箭。他微微搖晃了一下身體，如炬的目光射向范泰，啞聲道：「暗箭傷人，連自己人都不放過，算什麼本事！」

范泰獰笑道：「你實在太厲害了，必須有所犧牲。袁從英，現在我看你還能挺多久！」

袁從英輕輕拭去嘴角邊的鮮血，揮起若耶劍，將插在胸前的那支箭的箭身削斷，一言不發地死死盯著他。

范泰晃動著手中的雙刀，正要親自上陣，藍玉觀外突然傳來喊殺聲連連。范泰大驚，回頭一看，只見一支人馬大聲吶喊著從夾縫中衝了進來，領頭的正是沈槐！

范泰身邊的死士驚道：「范頭領，他不是沒有援兵嗎？」

范泰怒吼：「糟糕，中計了，快撤！」

他召集著被袁從英殺剩下來的若干名死士，往藍玉觀夾縫外殺去。

沈槐領著狄府的家丁們迎上來，兩支人馬當即搏殺在一處。沈槐單挑范泰，數招之下已居下風，正在手忙腳亂之際，忽聽一聲大喝：「沈賢弟！」袁從英跳入圈中，舉劍擋開范泰一刀，與沈槐二人共戰范泰。范泰左支右絀，雙刀翻飛，怎奈袁從英攻勢凌厲，沈槐體力充沛，一個不留神，范泰的右胸已被若耶劍刺中。

范泰踉蹌中就地一滾，勉強躲過沈槐朝肩頭刺來的一劍，骨碌碌滾出一尺開外，站起身來便朝夾縫外狂奔。袁從英騰身而起，從范泰的頭頂躍過，落在夾縫之前，再挺若耶劍直刺范泰的咽喉，此時沈槐也已趕到范泰的背後，一劍插向范泰的後心。范泰在前後夾擊之中，困獸猶鬥，怒吼著向上方翻飛，袁從英緊逼其後，翻手又是一劍，范泰再也躲避不開，被若耶劍直刺入右眼之中。范泰狂嘯著落下，沈槐正對著他的後心補上一劍，范泰口噴鮮血朝前撲倒，袁從英飛起一腳，將范泰踢得往後翻滾，沈槐舉劍再刺他的前胸，范泰蹬了蹬雙腿，終於氣絕身亡。

袁從英跨過范泰的屍身，高聲喊道：「狄景暉和陸嫣然在老君殿，快去救人！」自己跳入家丁和死士們廝殺的圈中，左右開弓，連斃數命。那些死士卻也特別，雖已死傷過半，兼主將陣亡，卻毫不退縮，依然一味苦戰。袁從英雖有留活口之意，怎奈他們一味求死，搏命地拚殺，稍有不慎必反遭其害，只好痛下狠手，與狄府的家丁們一起，將這些剩下的死士們全殲了。沈槐三步兩步跑到老君殿門前，狄景暉和陸嫣然躲在殿中，透過殿門的縫隙將外面的情況看得一清二楚，本來在看到袁從英中箭時，他們幾乎已失去了生還的希望，哪想到風雲突變，此時信心重燃，只道就要起死回生，於是迎著沈槐大開殿門，一前一後喊叫著奔跑出來。

剛跑到殿前的空地上，樹上尚躲藏著的一個弓箭手朝狄景暉的後心射出一支箭，狄景暉狂喜中向前跑著，猶自渾然無覺，突然感到背上被一個溫軟的身體緊緊摟住，回頭看去，陸嫣然伏在他的背上，嘴裡冒出鮮血，雙眼卻閃著喜悅的光，直直地看著他，慢慢地軟了下去。

沈槐朝著樹上的弓箭手擲出手中的寶劍，正中那人前胸，弓箭手摔下樹來腦漿迸流。狄景暉叫了一聲：「嫣然！」卻已經完全變了調。他轉身抱住後心中箭的陸嫣然，緊緊將她摟入懷中，淚水奪眶而出。陸嫣然卻露出笑容，抬手輕撫著狄景暉的臉，斷斷續續地說：「景暉，我總想著有一天要為你而死，今天終於做到了，我真高興，真高興……」

狄景暉拚命搖頭，陸嫣然貪戀地凝望著他淚流滿面的臉，終於頭一歪，閉上了眼睛。

「嫣然！」狄景暉埋頭在她的身上，慟哭失聲。

袁從英走到沈槐身邊：「沈賢弟，此地不可久留，我們必須馬上走！」

沈槐點點頭，過去拉扯狄景暉：「景暉兄，請節哀，此乃是非之地，必須馬上離開！」狄景暉掙開他的手，繼續痛哭。袁從英快步走到狄景暉身邊，抬手對著他的後腦輕輕一拍，狄景暉頓時倒地。

袁從英對沈槐道：「把他抬到馬上。」

幾個家丁跑過來擔起狄景暉，沈槐抱起陸嫣然的屍體，眾人一起快步跑出絕壁夾縫，各自上馬跑上官道。

沈槐大聲問跑在身前的袁從英：「從英兄，你怎麼會在這裡？」

袁從英頭也不回地道：「先回去再說，快！大人在等！」

就在離開狄府還有一個街口的地方，袁從英突然攔住沈槐的馬匹，急促地道：「沈賢弟，愚兄就送你們到此。我現在還要去辦其他要緊的事情，你這就去向大人交差吧。」

「啊？」沈槐目瞪口呆，「從英兄，你要去哪裡？」

袁從英答非所問地道：「全部的經過問狄景暉就可以了。記住，你只可對狄大人一人提起我也到了藍玉觀，切記！」說完，他掉過馬頭轉眼就跑得不見了蹤影。

沈槐也顧不得其他了，趕忙領著一眾人馬穿過最後一條巷子，來到了狄府門前。哪知剛一到門口，卻看見密密麻麻的官軍荷槍持劍地將狄府團團圍住，一見到沈槐他們，立即就衝了過來，領頭的一名副將衝沈槐叫道：「沈將軍，都等著你呢。快進去吧！」

沈槐心中忐忑，只得命人將狄景暉和陸嫣然抬起來，在官軍的圍護之下奔進狄府大門。門裡的甬道兩邊也是重兵把守，只留中間的過道讓人通行，沈槐快步跑到正堂前，舉目一看，主座上左右兩邊端坐著狄仁傑和陳松濤！

沈槐暗暗叫苦，只好硬著頭皮上前施禮，稟報道：「狄大人，陳大人，末將參見二位大人。」

狄仁傑沒有吭聲，只是死死地盯著沈槐身後擔上來的兩個人。陳松濤倒是氣定神閒地應道：「沈將軍辛苦了。剛剛從藍玉觀浴血奮戰回來吧？怎麼樣，是不是把情況對我和狄大人說一說？」

「這……」沈槐的頭皮有些發麻，「是，末將趕到藍玉觀時，正好看見恨英山莊的范泰總管帶著一幫武士，和狄三郎、陸小姐在理論著什麼，末將也沒來得及聽明白他們在說什麼，就看到范泰要動手殺害狄三郎和陸小姐。眼看要發生慘禍，末將自然上前阻止，結果混亂中，范泰和陸小姐都被誤傷身亡，范泰的手下也多數斃命。」

陳松濤指著昏迷不醒的狄景暉問：「他是怎麼回事？」

「哦，狄三郎見陸小姐為救自己而死，傷心過度昏迷了，應該很快就能醒來。」

陳松濤扭頭對狄仁傑道：「狄大人，您的意思呢？」

狄仁傑面無表情地回答：「陳大人，您是在處理公務，老夫不便多言。」

陳松濤露出陰森可怖的笑容，對沈槐道：「沈將軍，陸嫣然本來不是好好地押在都督府後堂，怎麼又會跑到藍玉觀去了？還和狄景暉在一處？」

「這個末將也不太清楚。」沈槐索性來個一問三不知。

陳松濤一拍桌子，喝道：「大膽沈槐！分明是有人從都督府提出了陸嫣然，你居然還敢在本官面前胡言亂語。」

狄仁傑悠悠地開口了：「我倒是聽說，有人借我之名帶走了陸嫣然。」

陳松濤冷笑道：「狄大人，您剛才不是說不干涉我辦理公務嗎？怎麼，現在忍不住了？您說得對，本官確實聽法曹大人報說，正是狄大人派人從都督府將陸嫣然提到府上來審。既然狄大人說是有人借你之名，那就是說，狄大人不承認是自己提出的陸嫣然？」

狄仁傑道：「當然不是我派人去的。陳大人如果不信，可以讓法曹來與我對質。」

陳松濤道：「狄大人，誰不知道你的口才乃當世一絕，推理論證更是無人可敵。也罷，我不想與你糾纏是否你提出的陸嫣然，但問題是，狄景暉怎麼會和陸嫣然一起跑到藍玉觀，又怎麼會與恨英山莊的范泰發生火拚？」

狄仁傑不動聲色地回答：「老夫對這些一無所知。」

「哦？那你為什麼要讓沈槐帶著你的家丁去藍玉觀？」

「今早沈將軍來我府中尋找陸嫣然，老夫便料定此乃有人設計陷害老夫，故而才讓沈將軍帶著家丁去尋找陸嫣然小姐。昨日老夫審問陸小姐時，曾向她提起過藍玉觀，她當時的神情非常恐慌，所以老夫才推斷陸嫣然很有可能在藍玉觀。至於實際發生的事情，老夫也完全不知其中的原委，還須陳大人澄清案情始末。」

陳松濤一個勁地點頭道：「狄大人啊狄大人，果然是滴水不漏的一番說法。本官實在佩服狄大人的英明機智，只可惜啊，養子為患，」一指狄景暉，接著道：「那麼，他又為什麼會出現在藍玉觀？狄大人也有說法給本官聽嗎？」

狄仁傑一笑：「老夫沒有，松濤可有？」

陳松濤道：「本官倒是有一些，只是不便現在就說給狄大人聽，怕狄大人聽了承受不住。」

「哦？松濤太小看狄某了，不妨說來聽聽？」

「好，那我就說了！」陳松濤道，「簡而言之，狄大人，你前日在藍玉觀所看到的恐怖的殺戮，就是您的兒子狄景暉一手策劃的！」

狄仁傑將手中的茶杯一擲，厲聲道：「陳松濤，說話要有證據！」

「狄景暉和陸嫣然今天一起出現在藍玉觀就是證據！」

「哼！昨日上午你我還一起出現在藍玉觀呢，你怎麼不自承殺人？」

陳松濤道：「狄大人，本官知道你愛子心切，不願意承認狄景暉的罪行。但是我可以告訴你，狄景暉肯定牽涉在藍玉觀案件中，這一點只要等他醒來，一問便知。」

狄仁傑說：「陳大人何不現在就把狄景暉弄醒，當堂訊問？」

陳松濤道：「狄景暉是藍玉觀案件的重要嫌疑人，我當然要細細審問，只是沒必要在狄大人你的府上審。狄大人，本官現在就要把狄景暉帶回大都督府去收押審理了，還請狄大人配合本官執行公務。鑑於狄大人和狄景暉的關係，請狄大人在案件審理期間多多迴避，不要干涉審理過程。」

狄仁傑沉聲道：「松濤啊，你似乎忘記了，你自己還是狄景暉的岳丈。你是不是也應該迴避？」

「這……」陳松濤一時語塞，頓了頓才道：「陳某乃朝廷命官，自當秉公執法，絕不徇私舞弊。」

狄仁傑冷笑：「那就太好了。松濤請便吧，請放心，狄某絕不會為了兒女私情而罔顧大義公正，狄某還有這一點點骨氣。」

陳松濤站起身來吩咐：「來人吶，把狄景暉抬去大都督府。陸嫣然的屍首交與法曹大人處置。沈將軍，你也即刻隨我回都督府，我還要好好問一問你的擅自行動之罪呢！」

官兵前呼後擁著陳松濤離開了狄府，沈槐想和狄仁傑說句話，無奈沒有機會，只好也跟著走了。

狄府的正堂上一下子便安靜了下來。狄忠氣得滿臉通紅，對著官軍的背影狠狠地揮著拳頭，對狄仁傑說：「老爺！這個陳松濤該死啊！」

狄仁傑卻十分平靜，微微一笑道：「景暉沒事，沈槐救下了他，這就好啊。」

「謝天謝地！三郎君好好的。可是老爺，陳松濤把三郎君押走了，咱們還得想辦法救他啊。」

狄仁傑搖頭道：「景暉在藍玉觀的案子裡面到底有沒有罪，說實話我心裡也沒有底。如果他真的有罪，我絕不會救他。可恨的是，現在我連當面問一問景暉的機會也沒有了。」

「老爺……」

「我現在最擔心的就是陳松濤，他到底在打什麼主意，會不會對景暉不利？還是想要借景暉來要脅於我？他搞出這些事情的目的究竟是什麼？」狄仁傑說到這裡，突然望定狄忠道：「狄忠，我現在缺少幫手啊。」

看著狄仁傑滄桑的面容，狄忠無語低頭。

突然，狄仁傑說：「不對！狄忠，你快去叫一個今天去過藍玉觀的家丁來。」

狄忠趕忙跑出去叫來了一個。狄仁傑一見那家丁，便問：「今天在藍玉觀中，就是沈將軍領著你們解救的三郎君嗎？」家丁回道：「不，還有袁將軍。沈將軍帶著小的們趕到藍玉觀的時候，袁將軍已經一個人在那裡拚殺了，後來他又和我們一起殺了范泰的手下。」

狄仁傑一把抓住家丁，高聲喝問：「他真的在！為什麼他沒有和你們一起回來？」

家丁撓著頭道：「袁將軍和我們一起回來的啊，可是到了府門前就不見了，奇怪……」

狄仁傑回過身去，示意家丁離開。狄忠走到他身邊，卻聽見他在喃喃自語：「從英啊從英，你真的在，真的在。」

狄忠也狂喜道：「是啊，老爺，我就說嘛，袁將軍一定會幫您的，一定會！」

再看狄仁傑，蒼老的臉上神情似喜似悲，嘴唇顫動良久，才拉著狄忠的臂膀，擠出一句話來：「也不知道從英現在怎麼樣了。」

整個下午，狄仁傑都把自己鎖在書房裡冥思苦想。天色漸暗的時候，狄仁傑招呼來狄忠：「狄忠，準備馬車，我要去一趟景暉在城南的家。」

「是！」狄忠答應著，又問：「老爺，還要像昨晚我們去找袁將軍那樣，來個金蟬脫殼嗎？我敢說這會兒咱們府周圍一定給人盯得死死的。」

「不必，大搖大擺地去。兒子入了監，我去安慰安慰兒媳，瞧瞧孫子孫女兒，難道也有罪不成？」

「老爺說得有理。」狄忠正要去準備，突然大叫一聲：「哎呀，糟了！」

狄仁傑嗔道：「大驚小怪的，又出什麼事情了？」

狄忠煞白著臉道：「今天下午我去臨河客棧找袁將軍時，因走得太急，沒、沒注意有沒有被人盯上……」

「什麼？哎呀，你！」狄仁傑頓時也緊張地站起身來，猛地朝前踱了兩步，才穩住身形，道：「還好，從英和韓斌已經離開了。否則，你怕是真的要給從英招來大禍！」

狄忠連連捶著自己的腦袋：「這個豬腦子，豬腦子！還好袁將軍福大命大，早就走了。要不然我可真是該死了！」

狄仁傑道：「好了，下回一定要注意了。如今的情形，從英可不能再出什麼事啊！」

并州城南，狄景暉宅邸。

陳秋月呆呆地坐在臥房的梳妝鏡前，任憑丫鬟往她的鬢邊插入金釵步搖，可惜這些價值連城精美絕倫的飾物，只能越發襯托出她滿臉的木然和頹喪。這副本也算得上嬌豔奪目的容貌，如今光剩下了行屍走肉般的皮囊。她的淚已經流乾了，心也早就碎成了片，宛如烈火灼烤中的飛蛾，連繼續翻飛的勇氣都喪失了，只期待著這樣的煎熬可以早點結束，哪怕早一刻也好。

「狄老爺來了。」丫鬟進門通報，陳秋月仍然木木地沒有反應。丫鬟們也見慣了她這副模樣，便提高聲音不緊不慢地再報一遍，陳秋月方才悠悠醒轉，道：「請到正堂，我這就過去。」

她站起身，任憑丫鬟幫她整理好身上的綾羅綢緞，才扶著丫鬟的胳膊，搖搖擺擺地走入正堂，瞧見狄仁傑端坐在中央，便深深地納了個萬福，口稱：「秋月拜見阿翁。」

狄仁傑瞧著這個兒媳，心中湧起一股說不清道不明的情緒。那時景暉偏要與自己作對，非娶陳松濤的女兒不可，父子幾乎鬧翻，最後還是狄仁傑讓了步，心中實在不痛快，從此便對這個兒媳沒有好感。可是直到今天，當他看到這個仍然處於青春年華卻已經形容枯槁的女子時，才第一次意識到，她是自己那個令人又愛又恨的兒子的妻，是自己那對金童玉女般孫兒孫女的娘，是自己的至親，可偏偏卻要遭受到這麼許多的冷落、徬徨和苦惱，她畢竟是無辜的啊……她，真的是無辜的嗎？

狄仁傑微笑道：「秋月一向可好？」

「媳婦很好，多謝阿翁掛懷。」陳秋月依然一副心不在焉的樣子，在旁邊的椅子上坐下。

狄仁傑道：「老夫今天的來意，秋月可知？」

「媳婦知道。」陳秋月回答得很乾脆，倒讓狄仁傑略感意外，不由微微一笑道：「哦，秋月請講講看。」

陳秋月冷冷地道：「狄景暉讓我爹給抓起來了，阿翁是為此而來吧？」

狄仁傑皺眉：「狄景暉？秋月，他可是你的夫君啊。」

「夫君？我倒是把他當成我的夫君，可他何曾把我當成過他的妻？」陳秋月一言既出，自己也未料到地激動起來，急促地說：「阿翁，您可知道這半年來，他在家中吃過幾餐飯？抱過孩子們幾回？總共看過媳婦幾眼？」話音未落，淚水已迅疾地滾滿整個面龐。

狄仁傑在心中長長地歎息著，但還是硬下心腸道：「景暉的脾氣不好，做事欠考慮，對你是有虧欠的。然而他終究不是個壞人，我始終都不相信，他會犯下什麼嚴重的罪惡。如今他身涉大案，而你父親對他的態度卻似乎頗有深意。」

陳秋月低著頭不說話。

狄仁傑觀察著她的表情，語調平緩地道：「其實，我只希望景暉能夠得到一個公正的審理。如果他確實有罪，我這個當父親的絕不會偏袒他半分，但是，我也絕不允許任何人為了不可告人的目的，用卑劣的手段去栽害他，進而妄圖挾制我。我狄仁傑，生平最恨的就是被人要脅，而事實也證明，所有曾試圖挾制我的人，無一不會遭受到最悲慘的下場！」

陳秋月的身體止不住地顫抖起來，仍然沒有說話，一雙眼睛卻在訴說著最刻骨的絕望。

狄仁傑冷靜的話語在繼續著：「秋月，景暉縱有千錯萬錯，他是你的夫君，連市井小民都知道一日夫妻百日恩。他還是你一雙兒女的爹爹，我想你也不願意看到，他們小小年紀就經歷骨肉離散之苦。我這一生看到的和聽到的太多了，秋月啊，今天我可以告訴你，什麼樣的仇恨，都抵不過摯愛親情！什麼樣的企圖，都換不回問心無愧！」

陳秋月爆發出一陣垂死般的嗚咽，癱倒在椅子上，已近崩潰。

狄仁傑看了她許久，長歎一聲，起身準備離去。就在他要跨出門去的那一刻，陳秋月聲音顫抖地從他身後傳來：「阿翁請留步，媳婦有話要說……」

狄仁傑的腳步驟停，轉過身，緩步回到陳秋月的面前，低聲道：「秋月，你說吧，我聽著。」

# 第十章　毒丸

并州大都督府，後堂。

陳松濤氣急敗壞地在後堂裡埋頭踱步，旁邊站著幾名手下，一個個噤若寒蟬，提心吊膽地等著主子發話。陳松濤嘴裡嘟嘟囔囔，似乎在自言自語：「范泰死了，我折損了一員大將啊。袁從英是從哪裡冒出來的？他不是離開狄府了嗎？啊？怎麼又跑到藍玉觀去了？你說！」兩眼精光四射地對著一個手下怒吼。

手下哆哆嗦嗦地答道：「屬下不知。」

「廢物！」陳松濤一甩袍袖，「好在我及時趕到狄府，當著狄仁傑的面截下了狄景暉，才算阻止了他們父子交談案情，否則還真不好說會否讓狄仁傑推斷出真相來，那樣就麻煩了。不過，總算狄景暉還在我的手裡，料定狄仁傑也不敢輕舉妄動，呵呵，投鼠忌器嘛。而今的當務之急是要除去袁從英，留著他後患無窮。」

「大人，袁從英在藍玉觀一戰中已經身負重傷，只要能夠找到他，結果他的性命應該不難。」

「可他現在已經離開了狄府，去向不明，怎麼才能找到他呢？」

這時，旁邊的一個手下湊上來說：「大人，今天上午狄仁傑派出沈槐去藍玉觀以後，監視狄府的人看到狄忠急急忙忙地出去跑了一趟。我們的人跟上了他，發現他去的是城郊的一個客棧。」

「哦？他去幹什麼？」陳松濤忙問。

「小的們去客棧打聽了，夥計說昨天有個男人帶著一個小孩子住進了這個客棧，不過今天一早就走了。聽夥計的形容，那個男人很像是袁從英，小孩倒像是韓斌。」

「什麼？袁從英竟然和韓斌在一起，這可是樁大麻煩！」陳松濤驚得面色大變，連忙又問：「查清楚袁從英離開客棧後去了哪裡嗎？」

「夥計也不知道了。」

陳松濤十分失望，正在發呆，那名手下又得意地接著道：「不過當時屬下想著，也許他們還會回去，故而就派了人守在那裡，結果還真有收穫。」

「哦？快說！」

「晌午時候，那個小孩韓斌居然偷偷摸摸地跑回了客棧，到他們原先住過的房間裡頭摸索了半天，似乎是取了樣什麼東西，就又跑掉了。小的們一路跟蹤，發現他躲在城東土地廟裡頭。屬下想，袁從英一定還會去找他，所以就囑咐手下不要打草驚蛇，只將那裡團團圍住，打算守株待兔。」

陳松濤大喜過望：「你做得很好！這是個絕佳的機會！如果這次能把袁從英和韓斌同時滅口，諒他狄仁傑縱然有再大的本領，也無力翻天了。」他喊過那幾個手下，吩咐道：「你們分頭行動，一方面繼續嚴密監視狄仁傑的動靜，一方面增加人手包圍城東土地廟。客棧也不要放過，還要留些人在那裡繼續監視。剩下的人留駐都督府，狄景暉這邊千萬不能有什麼差池。等解決了袁從英和韓斌，也就是我和狄仁傑直面相對的時候了。」

城東土地廟。

天色漸漸黯淡下來，又一個夜晚要來了。秋天已近尾聲，嚴冬即將光臨，天也是暗得越發得早。韓斌一個人躲在破敗的土地廟裡，只覺得越來越冷，越來越害怕，幾乎要哭出來了。下午他偷偷跑回臨河客棧，是為了去取一樣落在那裡的，比性命還重要的東西。早上被袁從英帶來土地廟時，他剛剛醒來，還有點病後的迷糊，完全忘記了自己藏在客棧櫃子下面的東西，等袁從英離開土地廟後才想起來，只好一個人又跑回客棧去取。他不是個嬌生慣養的孩子，從小就頗有些膽量，但不知道為什麼，此時此刻蜷縮在昏暗的土地廟裡，卻感到莫名的緊張和恐懼。他的小身體不停地哆嗦著，也不知是因為冷還是因為害怕，嘴裡不停地唸叨著：「你快來呀，快來呀，快來呀……」唸著唸著，眼睛不知不覺地潮濕了，周圍變得愈加模糊，似乎有鬼影幢幢，又似乎正變幻出噩夢中的景象，他驚叫一聲緊緊閉上眼睛，再也不敢睜開。

突然，韓斌感覺肩膀被一雙溫暖的大手摟住了，有人在用低沉溫和的聲音叫著他的名字：「斌兒，你怎麼了?害怕了嗎？」韓斌的心狂喜地猛烈跳動起來，趕緊睜開眼睛，正碰上袁從英關切的目光，淚水頓時奪眶而出，歡叫了聲：「你總算來了！」猛地扎向他的懷裡。

袁從英向後一仰，靠在土地爺神像的底座上，一邊拚命擋住韓斌不讓他往自己的胸前撲過來，一邊小心翼翼地用左手把他摟到自己的身邊。兩個人一起坐倒在地上，韓斌暈頭轉向地抬頭朝袁從英看，才看見他滿臉的汗水，還有唇邊滲出的鮮血，大叫道：「啊！你，你怎麼了？」

袁從英搖搖頭，一時說不出話來，但還是竭盡全力用左手把韓斌按住，好半天才微笑著說出一句：「勁頭還真不小。你要是真撲上來，咱們兩個可就同歸於盡了。」

韓斌又驚又怕，直勾勾地瞪著袁從英，不明白發生了什麼事情。袁從英只輕聲道：「別怕，沒事的。你先別動，讓我歇一會兒。」說著，他把頭靠到牆上，閉起眼睛，韓斌依偎在他的肩頭，身子一動不敢動，眼睛卻在上上下下地仔細搜索，一下看見了袁從英胸口上那支被削斷的箭身，頓時嚇得吸了口涼氣，眼淚又湧了出來。

袁從英睜開眼睛，側過頭來看看他，笑道：「一個男孩子，還這麼愛哭。」

韓斌擦著眼淚，嘟囔道：「是你嚇人嘛。」

袁從英道：「嗯，是我不好，嚇到你了。」說著，他坐直身子，側耳聽了聽周圍的動靜，皺眉道：「斌兒，今天你出去過沒有？」

韓斌吞吞吐吐地回答：「沒、沒有……」

「真的沒有？」

「沒有。」

袁從英點點頭：「那就好，可為什麼我總覺得有些不對勁？不過，再待一會兒應該沒問題。」他又瞧瞧韓斌，微笑著說：「幫我一個忙，好嗎？」

「嗯。」

袁從英伸手把滾在一邊裝著衣服的包裹拿過來，從裡面抽出件白色的袍衫，「嘩啦」兩聲，撕下兩根布條。他將其中一根團了幾下，做成個布團，交到韓斌的手上，說：「斌兒，你聽好了，現在我要把胸口的這支箭拔出來，拔出來的時候會出很多血，所以你要用這個布團馬上把傷口堵住，做得到嗎？」

韓斌緊緊捏著那個布團，連連點頭，眼淚卻又滾了出來。袁從英輕輕擦了擦他的臉，低聲道：「不該讓你做這種事的，可沒有別的辦法……好了，別怕，我儘量快。」說完，他用左手牢牢捏住露在外面的箭身，咬了咬牙，向外猛地一用力，那支箭被拔了出來，大片血沫頓時從傷口湧出，韓斌整個人往前一探，堵住傷口，兩個人又一齊倒在地上。

土地廟裡面一片寂靜，聽不到任何聲響，倒在地上的兩個人都沒有再出聲，只是一動不動地躺著，好像都陷入了昏迷，又好像只是睡著了。就這樣靜靜地過了好一會兒，袁從英才伸手按住布團，輕輕地捅了捅韓斌，低聲問：「喂，沒嚇暈過去吧？」

韓斌這時方能騰出手來，一邊抹著眼淚，一邊回答：「誰說我怕？是你自己暈了。」

「我有嗎？」

「有。」

袁從英不說話了，摟著韓斌又躺了一會兒，才道：「斌兒，扶我起來。」

韓斌「嗯」了一聲，費力地把袁從英扶著坐起來，靠在牆上。

袁從英把另一根布條遞給他，說：「用這個包紮，儘量裹緊點。會嗎？」

「會。」

韓斌拿起布條開始裹，弄了好一陣子，搞得滿頭大汗，才算把傷口包紮好了。等他忙完，兩個人互相瞧著，都大大地舒了口氣。韓斌跪在袁從英的面前，小心翼翼撫摸著傷口邊的布條，仰頭看著袁從英蒼白的臉，輕輕地問：「你疼嗎？」

袁從英也輕聲道：「還好，多虧有你在。」

韓斌想了想，又問了一遍：「真的還好嗎？那你剛才為什麼會暈過去？不是因為太疼了嗎？」

袁從英摸了摸韓斌的腦袋：「不是，是因為我老了。」

韓斌嘟著嘴道：「你哄我，你才不老。」

兩人又都沉默了，過了一會兒，袁從英朝緊閉的廟門偏了偏頭：「斌兒，去看看外面天黑了沒有？」

韓斌跑到廟門邊，湊著門縫往外看了一會兒，又跑回到袁從英的身邊，報告道：「還沒全黑，不過到處都陰森森的，風好大，怪嚇人的。」

「我們還是得離開這裡，我總覺得不安心。」袁從英的臉沉下來，顯得異常蒼白。

韓斌眨了眨眼睛：「離開？你能走嗎？」

「現在不能，可是等到天全黑以後，我們必須走，不能走也得走。」

韓斌有點糊塗了，問：「那怎麼走啊？」

袁從英溫和地看著韓斌，輕聲道：「所以你還要幫我一個忙。」

「好，你說。」韓斌感覺自己很有用，很重要，不由自主地挺了挺腰。

袁從英看著他的樣子，輕歎了口氣，說：「我太累了，我要躺一會兒。不用很長時間……」

他停下來，微微喘息著，繼續說：「過後我就能走了，帶著你走。可是從現在開始，你必須要守在門邊，時刻注意外面的動靜。如果聽到什麼，或者看到什麼，你就馬上來叫我。我應該不會睡著，但是假如我睡著了，你只要看到天全黑下來，就立刻叫醒我，然後我們就走。」他的聲音越來越低，幾乎都聽不見了，但一雙眼睛卻死死地盯著韓斌的臉，最後又竭盡全力說出一句：「一定要照我說的做，懂嗎？」

看到韓斌拚命點頭，袁從英這才往後一靠，合上了眼睛，過了一會兒，又睜開眼睛，發現韓斌還跪在自己身邊發呆，便抬起手指了指門，韓斌忙跑到廟門邊，回頭瞧瞧，袁從英朝他微微一笑，慢慢躺了下去。

韓斌趴在廟門上努力地往外望著，能看到的只有幾蓬枯草在風中搖擺，還有遍地的泥沙被大風捲起，到處都是灰濛濛的。他隔著門縫往天上看去，天上沒有雲，也沒有西沉的落日和初升的圓月，只有一大片陰沉黯淡的天空，過一陣子就變得更加陰沉一些，大概不久就會變成漆黑。

韓斌在門邊坐下來，沒有看到什麼特別的，也沒有聽到什麼特別的，心裡空落落的，又覺得有些緊張，很想立即跑回袁從英的身邊，守在他那裡。可也知道不能這麼做，這樣做他會生氣……韓斌不由又朝躺在地上的袁從英望過去，他的側臉看上去是多麼像自己的哥哥啊，韓斌開始胡思亂想起來，下回要是能見到嫣然姐姐，一定要問問她，她是不是也這樣想，可是這還用問嗎？她一定會說，對啊，多像啊……韓斌把頭埋到臂彎裡，對哥哥的思念一下子向他襲來，他那顆小小的心痛得受不了，便悄悄地無聲地哭了起來。

哭了很久，他才想起來自己的任務，趕緊朝門縫外看，眼前已經是黑魆魆的一片，就在他哭泣的這段時間裡，天完全黑了。啊！韓斌在心裡驚叫了一聲，趕緊跑回到袁從英的身旁，張開嘴剛想喊，又停下了。土地廟裡此時已黑得什麼都看不清了，但是韓斌覺得，自己能清清楚楚地看到這張沉睡中的臉——他看上去多累啊。

韓斌忽然做了一個決定，不叫醒袁從英，很快他就會為了這次自作主張後悔的，但現在他還有些得意，覺得自己第一次可以替別人做一次主。在袁從英的身邊又坐了一會兒，韓斌也開始犯起睏來。要在黑暗中大睜著眼睛保持清醒本來就不容易，何況他昨晚上還剛剛生了病。迷迷糊糊地，韓斌在袁從英的身邊躺了下來，眼皮慢慢黏到一處，掙扎著張開來，最後還是被睏倦打敗了。

韓斌開始做夢了。像許許多多次做夢一樣，他又夢見了自己和哥哥在一起，嗯，還有嫣然姐姐。他們三個在藍玉觀前的熱泉潭邊，溫暖的陽光照在身上，他盯上了空中飛舞的一隻綠色蜻蜓，正在努力地和蜻蜓鬥著心眼、比著速度，無意中一瞥，卻看見哥哥和嫣然姐姐坐在一塊兒，他想去嚇他們一跳，就悄悄地湊過去，可是他看見了什麼？為什麼哥哥在哭呢？呀，他的啞巴哥哥真的在哭啊，哭得那麼傷心，嫣然姐姐好像也很哀傷的樣子，眼淚一滴滴地落下來，然後他看見，嫣然姐姐從脖子上取下一條金閃閃的鏈子，抓過哥哥的手，把鏈子放在哥哥的手心裡，她說：「我知道你的心，可我的人我的心都已經給了別人了，不能再給你。這條金鏈，是我父母留給我的唯一紀念，現在我就把它送給你，讓它天天陪著你，你就當是我在你的身邊吧。」哥哥嗚嗚地叫著，抓住嫣然姐姐的手不肯放，可嫣然姐姐還是站起身來跑開了，只留下哥哥對著手中的金鏈子，哭了很久、很久。韓斌呆呆地站在一邊看著哥哥哭，不知道是該過去安慰他，還是該遠遠地跑開。蜻蜓早就飛得沒影兒了，陽光是這麼暖和，照著哥哥也照著自己，眼前的一切都是金燦燦的……

突然，韓斌被人猛地搖醒了。他一個激靈從地上跳起來，立即看到袁從英蹲在自己面前，煞白的臉上那雙眼睛亮得嚇人，緊盯著他好像要把他吃了似的，啞著嗓子一字一句地問：「你為什麼不叫醒我！」

韓斌知道自己犯錯了，但他不明白袁從英的神情為什麼那樣恐怖，他求饒地抓住袁從英的胳膊，帶著哭音說：「我看你睡得那麼熟，我、我……」

袁從英滿臉怒氣地瞪著他，忽然一把將他攬到懷裡，用盡全力抱緊他，輕聲道：「你呀，你闖了大禍了。」

韓斌感覺到袁從英的身體在微微顫抖著，但是他的胳膊又是那麼有力，說的雖然是抱怨的話，語調卻是那麼溫柔，聽上去倒更像在安慰人。韓斌還是不明白到底發生了什麼事情，只是覺得有些奇怪，為什麼原先陰冷刺骨的土地廟裡突然變得暖和了，周圍熱烘烘的，耳朵邊還有劈劈啪啪的聲音在響，那是什麼聲音呢？

韓斌把腦袋擱在袁從英的肩上，聽到他又輕輕地對自己說：「斌兒，我們有麻煩了。但你不用害怕，不會有事的。我保證。」

「嗯。」韓斌答應著，依舊稀裡糊塗的，只覺得身體暖暖的好舒服，可是心底裡卻升起隱隱約約的恐懼。他朝廟門看過去，好像從門縫裡瞥見一道紅光，周圍似乎也變亮了，他突然有點明白到底是怎麼回事了。「啊」了一聲，韓斌把頭埋在袁從英的肩頭，他再不敢看，也不敢想了，只是拚命摟住袁從英的脖子，把整個身子蜷縮到他的懷裡。

土地廟裡的溫度在迅速地升高，劈哩啪啦的聲音也越來越響了。袁從英突然用力推開懷裡的韓斌，對他大吼了一聲：「找那支箭，快！」

韓斌被他推得倒退了好幾步，一屁股坐在地上，趕緊又一骨碌爬起來，在地上到處找剛才被拔出來的那支斷箭。袁從英也從地上抓起那件被撕掉一大片的白色袍衫，又開始「嘩啦啦」地猛撕，很快就撕出了好幾根長布條。他把這些布條一根連一根地打起結，一會兒就連成了長長的一條。

韓斌在地上找到了那支還沾著血的斷箭，趕緊撿起來遞到袁從英的手中，袁從英把箭身繫到了布條的一端，拉了拉，足夠結實了，才站起身來，朝四下看了看。在土地爺掛滿蜘蛛網的泥像前，有一個滿是灰塵的供桌，供桌上有一個銅香爐，裡面的香灰早被倒掉了，盛了滿滿一爐的水，是袁從英早上為韓斌儲存好，準備讓他口渴時候喝的。袁從英拿起這個香爐，朝韓斌招了招手，韓斌馬上跑到他面前，卻不料袁從英拎起香爐就往他的頭上倒。

韓斌給冰冷的水淋得直打哆嗦，水滴滴答答地順著腦門往下淌，他也不敢吭聲，咬著嘴唇連連眨巴眼睛。袁從英將剩下的一些水澆到了自己的頭上，便把香爐扔到地上，拿起那根頂端繫著箭的布條，走到土地廟中間，往後牆的最上面看，那裡有一扇木窗，關得嚴嚴的，上頭也掛滿了蜘蛛網。韓斌跑到他的身邊，仰頭看著他。

袁從英低聲說：「斌兒，咱們準備走。你先讓開。」韓斌閃到一邊，袁從英甩了甩布條，猛地一擲，斷箭直接刺穿了木窗板，只留下布條在裡面。袁從英立即用盡全力，把布條死命往下一扯，這扇年久失修的木窗竟被他整個拉脫了框，砸落在廟內的地上，朝外的一面上全是熊熊燃燒的烈焰。一方夜空頓時出現在他們的眼前，只是這方夜空再也不是平時那片寧靜的黛藍色，而是被周遭的火舌所包裹，呈現出令人心悸的豔紅，炙熱的空氣變換著妖異的形狀，使得這方夜空變得那麼模糊、鬼魅，遙不可及。

突然，韓斌感到自己被一下子抱了起來，他聽到袁從英大聲吼道：「抱緊我！」

他立即伸出雙臂，死死地環抱著袁從英的脖子，整個身體都貼牢在袁從英的身上。袁從英一手抱著韓斌，一手握著若耶劍，一步跨上供桌，又一步躍上土地爺神像的肩頭，再一步便高高地躍起，帶著韓斌從那方唯一的逃生之窗飛過。剎那間，韓斌只看到眼前紅光閃過，全身都能感覺到突如其來的高溫，鼻子裡呼吸到灼人的熱氣，就在他覺得馬上要窒息的一瞬，他們重重地落到了地上，骨碌碌地滾出了好遠。

韓斌從袁從英的懷裡摔了出來，但他立即掙扎著從地上挺起身來，回頭一看，整個土地廟已經成了一片火海，屋頂開始倒塌，大片的火焰跟著斷裂的橫樑砸向廟裡，可他自己身上乾乾淨淨的，沒有一點火星。

韓斌剛想回頭找袁從英，就聽到那個熟悉的聲音在耳邊響起來：「快跑！」

他一扭頭，袁從英一把拉住他的手，帶著他朝遠離土地廟的方向飛快地跑起來。他們像飛一般地躍過倒塌的院牆，跑入廟後的那片荒草叢，繼續沒命地往前狂奔。

韓斌跑著，臉上身上被枯草的草稈扎得生疼，可是他不管，他緊緊攥著袁從英的手，氣喘吁吁地用他所能使出的全部力氣往前衝著，忽然腳下一絆，他朝前重重地摔了個大跟斗，他伸出手去抓袁從英，可是撲了個空。

韓斌發現不對勁了，一直伴隨在他耳邊的急促腳步聲停下了。他連忙抬頭，看見袁從英一動不動地站在自己的身邊，目不轉睛地看著前方。韓斌也往前望去，那裡有些人，還有些馬，都站得整整齊齊的，朝他們看著。韓斌的心猛地一沉，不自覺地往袁從英的身邊靠過去，袁從英伸過手來輕輕攬著他的肩，就那麼靜靜地站著，不動也不說話。月亮升起來了，白茫茫的光灑在荒草上，風吹過來，他們的面前泛起一片銀色的波濤，那麼靜謐，那麼安詳。

終於，對面有人說話了：「真沒想到，在這樣的情況下你們還能逃出生天。太不容易了。看來今天我們沒有白等。」

韓斌覺得過了很久，才聽到袁從英的回答，可是他的聲音聽上去竟是那樣悲傷，更像是在自言自語，他說的是：「為什麼一定要逼著我在孩子面前殺人？」

然後，袁從英蹲下身子，拉過韓斌，輕輕地對著他的耳朵說：「閉上眼睛，我不說就不要睜開。」

韓斌點頭，緊緊地閉起眼睛，感覺自己又被穩穩地抱了起來。

接下去發生的事情韓斌全都沒有看見，他只知道袁從英一邊抱著自己，一邊揮動著若耶劍，衝進了對面的人馬中間。他的耳朵裡，各種聲響頓時混成一片，刀劍相碰、人喊馬嘶、慘叫、怒吼，所有的一切都好像發生在片刻之間。

隨後他們便躍上了一匹馬，那馬長嘯一聲後飛馳起來，韓斌依然緊緊閉著眼睛，耳朵裡面的各種雜音都漸漸遠去了，代之以呼嘯的風聲、急促的馬蹄聲，還有沉重的呼吸聲。又不知道過了多久，馬由疾馳轉為慢步，周圍變得十分安靜，韓斌覺得一直緊緊摟著自己的那隻手鬆開了，他不由得睜開了眼睛，發覺自己橫坐在一匹馬上，他們已經進入一片黝黑的樹林裡面，周圍除了樹木再也看不到別的東西或人。

他驚喜地叫起來：「我們跑出來了！」

身後的人沒有回答，韓斌回過頭去，正好迎著袁從英朝他軟軟地倒了下來。韓斌嚇壞了，拚命用力抱住那倒下來的身子，可是畢竟人小力氣不夠，兩個人同時摔到馬下。袁從英還沒有完全失去知覺，努力掙扎著想撐起身子來，可是再也無法從身體裡面找到一點點力量，劇烈的疼痛佔據了四肢百骸，他也不能夠抵抗了，只好任憑疼痛侵吞掉最後的一絲清醒。

韓斌用盡全力抱住他，搖晃他，大聲喊著：「別這樣啊，你醒醒！我們還要走呢！」袁從英張了張嘴，想回答他一句，可是沒有發出聲音，反而是鮮血從嘴裡湧出來，接著便一頭栽在韓斌的身上。

韓斌把袁從英拖著靠在一棵樹上，自己一下便跪在他的身邊，全身哆嗦著，眼淚流滿了稚嫩的面龐，太行山道上讓他永生難忘的情景再度出現在眼前。他不明白，為什麼自己還要經歷一次同樣的痛苦，只覺得心縮成了一團，痛得就快要死掉了。終於，這孩子下定了決心，抖抖索索地從懷裡掏出個紙包，打開來，顫顫地捏起個圓圓的小藥丸，把它送到袁從英的嘴邊，在他的耳邊輕輕地說：「哥，哥，好哥哥，你吃吧，吃下去，就不難受了。」

袁從英昏昏沉沉地把藥丸吞了下去，韓斌靠在他的身邊，緊緊地摟著他的身子，一聲不響地等待著，不停地流著淚，把袁從英胸前的衣襟哭濕了一大片。

并州城南，狄景暉宅邸。

陳秋月冰冷的語調在一片靜穆的屋子中響起來，她面無表情地述說著，似乎在說一個與自己全然無關的故事：「魏王武承嗣任并州牧的時候，父親就成了他的親信。其實，這也不算是什麼太大的秘密。畢竟，能夠在并州這樣的北都重鎮擔任多年長史，執掌并州的一概軍政要務，如果沒有魏王的深刻信任，是不可能的。只是父親行事一貫謹慎，在場面上從未顯露過對武家的特別仰仗，反而和眾多親近李唐的官員也保持了不錯的關係。當初，他把我嫁給景暉，也是出於這個考慮。但是私底下，父親早已同魏王相互合作，一點點將并州的大小官員都換成了武氏親信。大約五年前，魏王窺伺太子之位久而不得，便暗中圖謀，意欲向聖上兵諫，如果聖上不肯，甚至做好了謀反的準備。也就是在那個時候，父親把腦筋動到了景暉的身上。」

「景暉？」狄仁傑喃喃。

陳秋月含淚點頭：「是的。彼時，景暉已經是富甲一方的商賈，尤其是他經營藥材，因此不論是他的財富本身，還是他手中所握有的救死治傷的珍奇藥材，都令父親和他的同謀們覬覦不已。父親對景暉多有試探，從景暉的言談中感覺到他的桀驁不馴，甚而對您也多有不滿，便覺得有了可乘之機，於是就叫媳婦去說服景暉，讓他一起參與魏王的陰謀，還許以事成之後，或官封王爵，或助他獨霸整個大周藥市。總之，是對景暉百般利誘，妄圖將他拉下水。」

狄仁傑聽到這裡，點頭道：「嗯，恐怕陳松濤這樣做，還有我的原因。畢竟，將景暉拉下水，也就等於擒住了我的臂肘，好歹毒的計策啊。」

陳秋月道：「是的。可是我父親萬萬沒有料到的，景暉竟斷然拒絕了他的全部提議。這個結果完全出乎我父親的意料，令他十分懊惱，又驚又怕，更擔心這麼一來，景暉反而會將他們的圖謀報告給您。但是，景暉也沒有這麼做，他對我和我父親承諾說，他自己對於李武之爭實在沒有半點興趣，所以只要我父親的行為不傷害到您，他便可以聽之任之，也不會對您透露一絲一毫。只是從那以後，他對我便日漸冷淡，卻與恨英山莊的陸嫣然越走越近，後來甚至公開出雙入對，完全不顧媳婦的臉面，令媳婦我也徹底寒了心……」

狄仁傑長歎一聲，搖了搖頭，並沒有搭話。

陳秋月抬起滿是淚痕的臉，繼續道：「阿翁，實際上，媳婦所知道的也就是這些了。自從五年前的事情以後，不僅景暉對我心生厭惡，我父親也對我多有責備，怪我收不住丈夫的心，沒有本事讓景暉與我們同心同德，從此便不再向我透露他的計畫，只在需要我出力的時候，才吩咐我做事情罷了。可是，景暉與我既然早已貌合神離，只不過維持個夫妻的臉面，我的話對他也起不了什麼作用，他在做什麼，我也只是隱隱約約地有些感覺罷了。我這個做妻子做女兒的，早已經被自己的丈夫和父親雙雙拋棄掉了。」她從鼻子裡輕輕地哼出一聲，冷冷地道：「阿翁，秋月早已經了無生趣，若不是實在捨不下一雙兒女，我、我……」她說不下去了，只是呆呆地坐著。

狄仁傑端詳著陳秋月，並不想說什麼寬慰的話，實際上也沒什麼寬慰的話可以說。他默默地走到門口，背對著陳秋月，低聲道：「秋月，你所說的這些非常重要，謝謝你。」說完，便邁步出了門。

陳秋月淚眼迷茫地望著老人的背影，臉上現出如釋重負般的表情，嘴角邊甚至掛上了一抹冰冷的微笑，只是這笑容彷彿來自於另一個世界，將她與紅燭閃閃的屋子隔開。

這一切，對於她來說，終於要到盡頭了嗎？

狄仁傑和陳秋月談完後，並沒有馬上離開狄景暉的宅邸，而是來到狄景暉的書房中，就著桌上的筆墨紙硯，飛快地修書一封。叫過狄忠，囑咐了幾句。狄忠連連點頭，拿著書信出了門，很快又返了回來，向狄仁傑彙報：「老爺，已經找妥當的人把書信送出去了。您就放心吧，這裡暫時還沒有人監視，呵呵，不像咱們府上，已經給圍成個鐵桶了。」

狄仁傑點頭，道：「景暉已經讓陳松濤收監，這裡只住著陳秋月，他自然不會派人來監視自己的女兒。不過，這裡的僕役中一定有不少陳松濤的耳目，我和陳秋月談話的事情，估計陳松濤已經知道了，說不定他正在往這裡趕呢。好吧，既然他要來，咱們也該走了。狄忠，回府！」

「是！」

狄忠伺候著狄仁傑上了馬車，一行人離開狄景暉的宅邸向城北的狄府而去。狄仁傑端坐在車中，掀起車簾往天上望望，一輪皎潔的明月高懸著，映著出奇靜穆的夜色，只是這夜色似乎與平日有些不同，深邃幽藍的天際遠端，隱隱約約地彷彿能看到些許紅光。狄仁傑皺起眉頭，久久地眺望著這不多見的一抹嫣紅，心中陡然升起一股難以形容的牽掛和擔憂，還有深深的不祥之感，瞬間令他全身冰涼。他情不自禁地大叫了聲：「狄忠，你看，那是怎麼回事？」

「啊？」狄忠連忙順著狄仁傑手指的方向望過去，「老爺，看著似乎，似乎是……」

「似乎是什麼？」狄仁傑喝問。

「似乎是火光。」

「火光，火光？」狄仁傑重複了幾遍，「狄忠，你看那是什麼方向？」

「老爺，看著像是東面，應該是城東頭。」

「嗯，那就不是臨河客棧，臨河客棧在城北……城東，會是什麼事情呢？」突然，狄仁傑下了決心，吩咐道：「狄忠，咱們過去東面看看。」

「老爺，都過四更天了，您——」

「哎，哪來那麼多話，去彎一下，要不了多少時間。」

一刻鐘後，狄仁傑的馬車就來到了城東土地廟前。土地廟依然在熊熊燃燒著，里長指揮著人在滅火，周圍聚起一些百姓，正在七嘴八舌地議論著。

狄忠將狄仁傑扶下馬車，覺得狄仁傑的胳膊不停地哆嗦著。狄忠也很緊張，咽了口唾沫，道：「老爺，我過去問問。」

「嗯。」狄仁傑覺得喉頭乾澀，半個字也吐不出來。

一會兒，狄忠匆匆跑回來，道：「老爺，這是個荒廢多時的土地廟，平日裡從沒有人來，今天也不知怎麼就走了水。」他觀察著狄仁傑的神情，猶豫著加了一句，「老爺，我問過了，這裡面確實沒人，您別擔心。」

狄仁傑搖了搖頭，徑直朝土地廟走去。狄忠急得拉住他的袖子：「老爺，那裡還救著火呢，您過去太危險了，別過去，我求您了。」

狄仁傑停下腳步，仰頭對著熊熊的紅光，瞇起眼睛看了很久，方才轉身對狄忠道：「走，咱們到周圍看看。」

狄忠攙扶著他，兩人圍著土地廟轉了個大圈，一直轉到了廟後的荒草叢。有火光的映襯，荒草叢倒是能看得很清楚。狄仁傑慢慢朝荒草叢的深處走過去，突然，他的身子猛地一晃，狄忠趕緊扶住他，順著他的目光，看見前面大片的荒草被踏得倒伏在地，還有整片整片的血跡，濺得到處都是，除此之外再無其他，沒有屍首沒有傷者沒有兵刃。

很顯然，這是一個已經被清除過了的戰場，能帶走的都帶走了，只有流出來的鮮血無法收走，將荒草染成斑駁的紅色。

「老爺！」狄忠緊緊攙著狄仁傑的胳膊，眼淚在眼眶裡面直打轉。

「別急，別急。」狄仁傑低聲說著，踏在血跡之上，一步步堅定地往前走著，邁了幾步，腳下突然踢到樣東西，撿起來一看，是塊鑄鐵馬掌，已經被血染成鮮紅。狄仁傑指著馬掌上的一個刻印給狄忠看。

狄忠輕輕唸道：「并！啊，這是官軍的馬。」

狄仁傑點點頭：「嗯，這就是官軍在此製造慘禍的最好證據。百密一疏，他們的戰場終究還是清除得不夠乾淨。」

慢慢地，他們走出了荒草叢，前面是大片樹林，一眼望不到頭。血跡、足跡和馬蹄印在此分成了多路，而且雜遝不清，再也無法繼續跟蹤下去了。

狄仁傑輕輕拍了拍狄忠的肩，低聲道：「從英沒事，這裡有過激戰，而且所有的足跡都是往遠離土地廟的方向，就說明火沒有困住他。而從英只要能戰鬥，就沒有任何人能打敗他。我相信他，一定會堅持住。」

狄忠抹了把眼淚，重重地點頭。

狄仁傑轉身道：「咱們現在就回去。回府之後，你立刻帶上府中的家丁再來此地搜索。」

他走了幾步，又扭回頭看著荒草叢上的血跡，緊咬牙關，低沉地道：「我必須回去了。再過一個時辰天就該亮了，到時候有人會來找我，這一切也該結束了。」

并州城南，狄景暉宅邸。

陳松濤匆匆忙忙地走進陳秋月的房間，看見女兒又坐在椅子裡發呆，頓時氣不打一處來，發狠道：「難怪狄景暉不想回家，看看你現在這副樣子，死人都比你好看。」

陳秋月毫無反應，連眼珠都沒有轉一下，如果不是鼻翼輕輕地扇動，她的這張臉也確實和死人一般無二了。

陳松濤也拿她沒辦法，無可奈何地歎了口氣，換了稍稍緩和的語氣問：「狄仁傑來過了？他來幹什麼？」

陳秋月冷冰冰地回答：「您把他的寶貝兒子都抓起來了，他來找我有什麼奇怪的？」

「嗯，那你看他的情緒怎樣？是不是已經方寸盡亂了？」

陳秋月連眼皮都沒抬，依然用那副空洞平淡的語氣答道：「他倒沒多說什麼，就是一再說不相信景暉真的有罪，還問我有沒有機會去探視景暉。」

「哦？那你是怎麼回答的？」

「我說一切全憑爹爹做主，我也沒有什麼辦法。」

「那他就走了？」

「就走了。」

陳松濤皺起眉頭思忖著，臉上的表情將信將疑。

陳秋月突然抓住父親的手，語氣急促地道：「父親，我求你了，千萬不要傷害景暉。他畢竟是我的夫君，是我那兩個孩子的父親。您已經快成功了，就饒了景暉的性命吧。」說到這裡，她撲通一聲跪倒在陳松濤的面前，兩隻手死死地攥著陳松濤的袍服下襬。

陳松濤「咳」了一聲，掰開陳秋月的手，氣急敗壞地說：「你幹什麼！瘋了嗎？我什麼時候說要殺狄景暉了？再說事到如今，你我與狄仁傑、狄景暉已經不共戴天了，不是你死就是我活。就算我殺了狄景暉，那也是必須的。秋月，難道你想要我死嗎？我看你簡直是神魂顛倒理智盡失了，真是令我心寒。我告訴你，只要有需要，我隨時會殺了狄景暉，你就乾脆當他已經死了吧！」

陳秋月又撲上去拉父親的衣袖，聲嘶力竭地嚷著：「爹，讓我去看看景暉，去看看景暉好不好？我求你了，求你了……」

陳松濤重重地將陳秋月的手甩開，轉身走出房門，從門內傳出陳秋月淒慘的哭號。門前，一個手下急急地湊過來，向他報告道：「大人，袁從英和韓斌沒有抓住，讓他們給跑了。」

「什麼！」陳松濤聲色俱厲地吼起來，「這麼多人，抓不住一個重傷之人和一個小孩子？你們這些飯桶，居然還有膽子回來覆命！」

「屬下們確實沒想到，袁從英會從廟後的窗戶裡逃走。那扇窗戶離地足有兩丈來高，他居然能帶著一個孩子從那裡逃走，確實是匪夷所思啊。本來在廟後安排的伏擊人手就比較少，大隊人馬都在前門堵著呢，袁從英從後面逃走，遭遇的僅僅是小隊人馬，所以他一通猛殺才得以脫身。大人，此事確實是屬下無能，但事已至此，還請大人示下，接下去該怎麼辦？」

「什麼怎麼辦？繼續全城搜索。只要見到他們就殺，再令各城門守衛嚴加防範，只要是一個年輕男子帶著個小孩子的，全都要仔細盤查。」

「是！」

并州城，東門內的樹林中。

韓斌緊緊地依偎在袁從英的身邊，周圍是這麼的靜，他把耳朵牢牢貼在袁從英的胸前，能夠清楚地聽到那顆心的跳動，這堅韌的聲音讓他感到很安全，這孩子現在什麼都不怕了，只管等待著。終於，天空中響起悠遠綿長的鐘聲，這是五更二點的晨鐘，雖然月亮還升得高高的，太陽的影子也見不著，但畢竟新的一天到來了。

隨著鐘聲，韓斌感到袁從英的身體動了動，他一下子抬起頭來，正對上袁從英的目光。那麼清亮銳利的目光，平靜溫和中卻帶著一絲疑慮。韓斌知道這疑慮來自哪裡，便勇敢地挺起腰來，準備好面對袁從英的問題。

袁從英開口了，聲音依然嘶啞低沉，卻十分有力。他直視著韓斌的眼睛，慢慢地問道：「斌兒，你剛才給我吃的是什麼？」

韓斌從懷裡掏出紙包，小心地打開來，捧給袁從英看。紙包裡面是許多顆深褐色的小藥丸。

袁從英只看了看，又重新注視著韓斌的臉，問：「這是什麼？你從哪裡得來這些？」

韓斌深深地吸了口氣：「我知道只吃一回沒關係的。我看到你那麼難受，那麼疼，就像我哥哥那樣，我受不了。所以……」他的眼淚又慢慢流了下來，語氣一下子急促起來，「這就是害死我哥哥的東西，也是害死藍玉觀裡很多人的東西，我也不知道它叫什麼。是狄三郎和嫣然姐姐弄來的，他們讓哥哥和我把這些藥丸摻在糕裡頭，給藍玉觀裡的人吃，說是好東西，要看看效果。可是……後來就出事了。」

他顫抖起來，袁從英默默地把他摟住，輕輕地撫摸著他的腦袋。

韓斌繼續說著：「這東西剛開始吃的時候會覺得特別精神特別舒服，什麼樣的痛都能治，什麼樣的病都會覺得好了。狄三郎和嫣然姐姐很高興，說是找到了包治百病的仙藥。但是後來卻發現不對勁，這藥吃上了就不能停，一停下來就渾身難受，骨頭痛得在地上打滾，還會越來越嚴重。狄三郎和嫣然姐姐就讓我們不要再給他們吃這東西，還找來人守著藍玉觀，不讓他們出去，說想辦法給他們治，可最後也沒找到辦法。有些人就那麼死掉了，死的時候樣子可怕極了，拚命地叫喊掙扎，好像都是活活痛死的。狄三郎和嫣然姐姐沒有辦法，只好又給他們吃這藥，吃一次能管一兩天，然後就又不行了，還得再吃。本來嫣然姐姐說好不讓我和哥哥碰這東西的，可我哥哥總想為嫣然姐姐做些事情，什麼都願意為她做。所以，剛開始嫣然姐姐說要試試這藥的效果時，他自己就偷偷地吃上了。結果、結果……」韓斌抽抽搭搭地說不下去了，淚眼婆娑地抬起頭，「哇」的一聲猛撲到袁從英的懷裡，嚎啕大哭起來。

袁從英靜靜地等著，待韓斌漸漸止住悲聲，才輕輕抬起他的臉蛋，低聲道：「斌兒，不要傷心。你做了很對的事情，現在我全都明白了。」然後，他微笑著伸了伸胳膊，「這藥還真是神奇，我現在什麼痛都感覺不到了，而且還很有力氣。非常好。如今就是再來個幾十號人，我都能輕鬆對付。」

看見韓斌還在那裡抽噎，袁從英將他從地上抱了起來，托上馬背，自己也翻身上馬，低下頭貼著韓斌的耳朵說：「男孩子應該勇敢，好了，不要再哭了。現在我送你去個絕對安全的地方。你剛才說什麼？這藥能管一天？還是兩天？」

「我也不知道，大概一天吧。」

「行，抓緊時間一天也夠用了。再說，你這裡不是還有很多嘛。」

「啊，不行！」韓斌嚇得臉色大變，回過身來死命揪住袁從英的衣服，「不可以吃第二次的，不可以的！」

袁從英笑了笑：「傻孩子，放心吧。我明白的。」說著雙腿一夾，用劍身輕輕一拍馬屁股，那馬仰天長嘶，高高揚起前蹄，像箭一般地躥了出去。

并州東城門的守城兵卒，聽到晨鐘敲完最後一響，方才欣欣然打開城門。天氣越來越冷了，離太陽升起來還有一個多時辰，外頭更是凍得連鬼都齜牙，趕早進出城門的人這幾天已經絕了跡，兩個守城兵卒百無聊賴地往城門兩側一站，正尋思著如何打發這段難熬的時光，卻驟然覺得眼前白光一閃，待他們兩個反應過來，就只能看到一匹馬絕塵而去的背影了。

兩人目瞪口呆地向城外的方向傻望了半天，才互相嘟囔道：「怎麼跑得這麼快，簡直是見了鬼了。」

這已經是袁從英第四次走上去藍玉觀的路了。胯下這匹從敵人手中奪來的馬竟是少有的良駒，跑起來如同行雲流水一般，既快又穩，騎在馬上只聽見耳邊的風聲呼嘯，眼睛被凌厲的寒風吹得幾乎睜不開。不過這也沒有關係，這條路他現在不用看都不會走錯了。最重要的是，身上不覺得冷，不覺得痛，只有取之不盡的力量和永不枯竭的勇氣……突然，他猛地一拉韁繩，馬匹再次振蹄長嘶，藍玉觀的絕壁就在眼前了。

袁從英跳下馬，牽著韓斌的手慢慢轉入絕壁。一切都如他所推測的那樣，這裡空無一人，一片寂靜，如果不是滿地流淌的血跡，誰又能猜出幾個時辰前，在這裡還發生過一場慘烈的戰鬥。此刻，這個地方又被所有的人遺棄了，彷彿從來就只是一個杳無人跡的空山幽谷。袁從英帶著韓斌輕輕踏過滿地的血污，穿過熱泉潭前的空地，站到了最小的那間丹房門前。袁從英深深地吸了口氣，一模一樣的月光，從整整五天之前的那個夜晚一直照耀到此刻，而在他自己的身上，卻已經發生了如此巨大的變化，竟使得五天之前的回憶，都宛如隔世一般了。

袁從英感到韓斌在悄悄地拉自己的手，便低頭朝他笑了笑：「如果我沒有記錯，這間屋子通向熱泉瀑布後面山洞的路口，所知道的人除了我和大人，就只有你、你的哥哥，陸嫣然和狄景暉。所以，現在我要把你藏到山洞裡面去。我想，在那裡面你是絕對安全的。」

韓斌眨著眼睛不說話，袁從英也不等他回答，就把他牽進了小屋，翻開木榻，掀起覆蓋在洞口的蓋板，自己先跳了下去，然後回身伸出雙臂，把韓斌也抱了下去。劃亮一個火撚，袁從英領著韓斌踩著窄窄的石階往上走，兩人都沒有說話，爬完長長的百多級臺階，眼前就是那個寬闊平坦的大洞穴，耳邊是嘩啦啦的瀑布流水聲，從瀑布後面透出細微的亮光。黎明到來了。

袁從英在韓斌面前蹲下來，摸了摸他的腦袋，笑著說：「好了，現在你安全了。我要走了。」

韓斌不說話，只是死命地摟住袁從英的脖子，牢牢地貼緊他。袁從英便讓他這麼抱了一會兒，才把他的小手掰開，從懷裡摸出一樣東西來，放到韓斌的手中，那東西一動便閃出光來，袁從英笑道：「這是你的武器，第一次見面時我沒收的，現在還給你。萬一有什麼事情，你就用它來保護自己。不要手軟，要像第一次對我那樣。」

韓斌把那東西扔到地上，還是伸手過來緊緊抱住袁從英。

袁從英輕輕地說：「斌兒，你就在這裡等著，要有耐心。等著我，即使我來不了，我也會讓那位老爺爺來找你。如果是他來，你也要像對我一樣，把所有的事情都告訴他，不管有沒有對我說過的，全都告訴他。如果你想為你的哥哥報仇，如果你想救你自己，如果……你還想幫助我，就一定要照我說的做。」

他等了一會兒，還是沒有等到韓斌的回答，便又笑了笑，輕聲道：「斌兒，你給我吃藥丸的時候，叫我什麼？怪好聽的，再叫一聲給我聽，好不好？」

韓斌把頭靠到袁從英的肩上，袁從英感到肩頭頓時變得濕濕熱熱的，然後便聽到很輕的一聲：「哥哥。」

「嗯。」袁從英含笑應著，又加了一句，「下回再見到我，也要這麼叫，以後一直這麼叫。」

「好的。」

從瀑布後面透過來的光線越來越亮了，袁從英最後一次輕輕推開韓斌的身體，正色道：「斌兒，藥丸你都放好了嗎？」

「放好了。」

「再給我看看。」

「哦。」韓斌把紙包掏出來，袁從英打開看看，又小心地包好，遞還給韓斌，「不要放在身上，在這裡找個地方藏起來。除了我和那位老爺爺，其他人誰都不能給。」

「我知道。」

袁從英站起身來，沒有再和韓斌道別，便急匆匆地循著那條窄小的石階走了下去。等他再次站到藍玉觀前的空地上時，眼前已是霞光萬道，一輪紅日在絕壁後噴薄而出，他抬起頭直視這輪新升的朝陽，雙目頓時被光芒灼到。此時他才發現，自己的眼淚已經悄悄地落滿了面頰，倒也不用去擦抹，更不需要掩飾，因為這裡除了他之外一個人都沒有。既然想哭就哭個痛快吧，今天之後，這一生便都不用再流淚了。

袁從英攤開手掌，裡面是一顆深褐色的小藥丸，他充滿柔情地回想著韓斌清澈的眼睛，孩子畢竟是孩子，終究還是容易騙的。他從胸前摸出一塊黏著血跡的絲帕，將藥丸包好。該做的準備都做好了。

在清晨的冽冽寒風中，袁從英閉起眼睛，靜下心神，細細感受著一副毫無負擔充滿力量的軀體所能帶來的全部勇氣和信心。雖然明知這種感覺是虛假的，暫時的，卻還是讓他熱血沸騰興奮不已。如果有需要，他真的不在乎像韓銳那樣死去，只要能夠用好自己所剩下的全部能力，去幫助他願意捨命守護的人。

想到這裡，袁從英情不自禁對自己嘲諷地笑了笑：願意捨命去守護，卻不願意放棄那一點點驕傲，就為了這點驕傲，自己一定狠狠地傷了狄大人的心。但是他並不感到後悔，他所擁有的本來就不太多，付出的時候又很大方，到今天也快給得差不多了。可就算是付出一切，總還是要為自己保留最後的一些什麼，那麼就保留這點驕傲吧，睿智如狄大人，終歸會理解的。

太陽很快地升高，袁從英跑出絕壁間的夾縫，找到那匹意外得來的好馬，倍感愛惜地梳理了下馬的鬃毛，便縱身上馬再次向并州飛馳而去。要做的事情還有太多，而時間很緊迫。

# 第十一章　對質

并州城北，狄府。

狄仁傑一回到府中，就在書房裡埋頭查看各種典籍。狄忠在門口守著，雖然一夜沒睡，倒也不感到睏倦。見狄仁傑忙得不亦樂乎，狄忠送進香茶，湊在他身邊輕聲道：「老爺，您都兩宿沒好好休息了，要不要睡一會兒？」

狄仁傑搖頭：「不必。還有些資料需要落實，再說，我估計客人很快就要上門了。就是睡，也睡不了多久。」想了想，又說：「狄忠，我這裡不需要人伺候，你從現在起就到門前去候著，一旦有人來，就立刻領到書房。」

「是。」狄忠答應，又猶豫著問：「老爺，您能告訴小的您等的人是誰嗎？小的也好確定來人對不對啊。」

狄仁傑抬頭看他，微微一笑道：「其實我也不知道等的是誰。我只知道今天一定會有人來。」

「哦。」狄忠鬱悶地退出書房，快步來到府門前。家人看他過來，招呼道：「大管家，您來了。」

「嗯，情況怎麼樣？」

「還是那樣。隔著一條街，就有人不停地在咱府外面繞來繞去，而且一天比一天放肆，那幾張臉小的們都看熟了。」

狄忠聞言，湊著門縫往外瞧瞧，忽然嘟囔道：「好像換了些人？怎麼這幾個有點眼生？」

「哦？」家人聞言忙湊過來看，「是啊，好像今天突然換了一批？」

狄忠想了想，搬了把凳子往門後一坐，安靜地等待起來。等的時間並不算長，便聽到門上響起敲擊門環的聲音。

家人剛想去應，狄忠伸手一攔，自己來到門邊，微微開啟一條縫隙，只見門前站著一人，青色斗篷罩著全身，只露出一對炯炯有神的眼睛。

狄忠剛想開口，那人已經不緊不慢地招呼：「在下來拜訪狄大人。」

「您是？」

看到狄忠面露警惕的神情，那人從袖筒中抽出一封書信，遞到狄忠手中。狄忠一瞧，正是昨天夜間，自己讓人從狄景暉府中送出的那一封，頓時眼睛一亮，立即打開府門，將來人放了進來。關門時，狄忠特意望了望街對面，那幾個陌生面孔一起朝這裡盯著看。身邊，青衣人輕輕說道：「大管家放心，這些都是自己人。」

狄忠點點頭，連忙引著來人直奔狄仁傑的書房。來到書房門口，狄仁傑未卜先知似的已經站在門前了，對著來人輕輕一頷首，兩人便一起走進書房，狄忠在他們身後將房門緊緊閉住，自己守在門前。

書房內，狄仁傑站定身形，微笑地看著青衣人，道：「閣下是否可以讓狄某見識一下真面目？」

青衣人褪下帽子，露出一張富態鎮定的圓臉，朝狄仁傑作揖道：「吳知非見過狄大人。」

狄仁傑手撚鬍鬚：「并州司馬吳大人。」

「正是下官。」

「吳司馬請坐。」

「狄大人請。」

二人分賓主落座，狄仁傑細細打量著吳知非，含笑道：「可惜我一回到并州，就被攪進一大堆的麻煩之中，否則也不用等到今天才同吳大人相識。」

吳知非哈哈一樂：「狄大人這些天的煩心事，下官略有所聞。不過，下官雖沒有機會一睹狄大人的風采，倒是已經有緣和狄大人的心腹衛隊長袁從英將軍喝過酒了。」

「哦？」狄仁傑微微一愣，「你是……」

「狄大人的三郎君平常挺看得起我，請袁將軍喝酒時還讓去我作陪了。」

狄仁傑點點頭，臉色沉了下來，道：「你們在一起喝酒是在三天前吧？可歎今天景暉已經入監，從英下落不明，作為他們的父輩，老夫的心情吳大人能體會嗎？」

吳知非沉默著，臉上是一副高深莫測的表情。

狄仁傑朝他看了一眼，淡淡一笑道：「當然，老夫今天請吳大人過來，不是為了談狄景暉和袁從英，而是為了談陳松濤。想必，吳大人已經從老夫的信裡面看出了這一點，否則絕不會親身而來。」

吳知非口中唸唸有詞：「狄大人的詩作得好啊。『卅載光陰彈指間，峻松古柏不失顏。驚濤恨起追前浪，難有當年勇作帆。舊恙未平新病至，消沉筋體志何堪。沉痾問治需新藥，廿五年華正向前。』這不正是『松濤有恙，沉痾五載』嗎？」

狄仁傑笑了：「吳大人果然精明，一眼就看出了老夫這首歪詩裡面的玄機。吳大人是在五年前就任的并州司馬吧？」

「哦？狄大人一定是查過吏部的檔案了？」

「哈哈，吏部的檔案在京城，查一次來回恐怕得十多天的時間。而老夫剛剛才見到吳司馬，哪來的時間去查檔？」

「那……」

「老夫所說的，僅僅是推斷而已。只不過，你剛才一承認，就等於肯定了老夫的推斷。」

吳知非的臉色變了變，神情恭敬了一些，朝狄仁傑微微欠身道：「狄大人的睿智下官早有耳聞，仰慕之至。昨日下官看到狄大人的信，便知道狄大人已經掌握了許多內情，故而今天特意來向狄大人請教。」

狄仁傑捋了捋鬍鬚，笑道：「請教不敢當。不過，吳司馬是不是也該亮明了真實身分，否則老夫怎知能否暢所欲言呢？」

「這……」吳知非面露難色。

狄仁傑冷笑：「既然吳司馬不願直說，老夫就代你說吧，吳司馬，你是皇帝派來的內衛吧？任務就是監視陳松濤！」

吳知非大驚，不由自主地問道：「您怎麼知道的？」

狄仁傑又是微微一笑：「推斷。不過你的反應再次證實了我的推斷。而且，根據你的反應，我還可以進一步確認說，沈槐也是內衛。我說得對嗎？」

吳知非再難掩飾臉上的驚愕表情，甚而流露出了些微的惶恐。狄仁傑瞟了他一眼，再一次淡淡地笑了，端起茶杯，抿了口香茗，慢悠悠地道：「此次并州之行前，老夫在洛陽曾與相王有過一次交談。那次交談，便是方才我這些推斷的一大基礎。」

狄仁傑向吳知非回憶了同相王的那次談話，隨後道：「正是由於相王的囑託，老夫在出發來并州之前，就去吏部調取了并州軍政官吏的檔案。粗粗流覽一番之後，唯一的發現就是，五年前朝廷曾向并州派出過幾位文官和武將，其他再未看出什麼特別之處。」

吳知非若有所思地點點頭，等待著狄仁傑的下文。

狄仁傑繼續道：「我是在六天前到達并州的，一到這裡便被捲入了種種事端，吳大人對這些事情一定非常清楚，我就不再一一細述了。總之，所有的事端似乎都試圖要將我的兒子狄景暉置於萬劫不復的境地，而景暉由於多年來與我之間的嫌隙，也由於他本人在這些事情中的牽連關係，始終不願對我開誠佈公，使我陷入了空前被動的局面中。我既無法探知這些事件背後所隱匿的真相，也不知道應該對自己的兒子採取何種立場。在這短短的六天中，我感到的是從未有過的困惑和無助！」

狄仁傑的聲音略變喑啞，臉上的神情卻顯出憤怒和堅毅來：「但是，陰謀終歸是陰謀。計畫得再周密，執行得再成功，總有它的破綻與漏洞。就在那個幕後之人步步緊逼的同時，他也把自己的意圖越來越清晰地暴露在了我的眼前。哼，他太小看我狄仁傑了，以為只要挾制住我的兒子，就可利用我的拳拳愛子之心來逼迫我，令我頭腦昏亂，喪失判斷力。他實在是大錯特錯了！不，仇恨與憤怒只會更加激勵我的鬥志，紛繁複雜的局面也只會提供出更多的線索。我所需要的，只是一點點思考的時間。這六天雖然很困難，但是我一直沒有停止過思考，到了昨天，這些思考的脈絡終於被聯繫了起來。」

他頓了頓，忽然露出微笑，問吳知非：「吳司馬，你一定知道，我所說的幕後之人就是陳松濤吧？」

吳知非聚精會神地聽著狄仁傑的話，此時默默地用眼神肯定了狄仁傑的話。

狄仁傑正色道：「陳松濤的狠毒狡詐最終反害其身。他利用狄景暉來脅迫我的時候，似乎完全忘記了，他自己的女兒正是景暉的妻子。昨天夜間，就在景暉被押入監之後，我和兒媳陳秋月談了一次話。談話揭露出了五年前發生過的一樁陰謀，成了我把所有事情串聯起來的關鍵。我知道，并州還有人對這樁五年前的陰謀也很有興趣。因此我便根據自己對沈槐的判斷，寫了一封藏頭詩派人送給他。我預料，沈槐看了這封信，要麼會親自來找我，要麼他背後的勢力會來找我。結果——就等到了你，吳司馬。呵呵，既然你來了，老夫便不妨將所瞭解到的情況，與你詳細地說一說。」

接著，狄仁傑便將陳秋月所敘述的五年前的陰謀，對吳知非毫無保留地和盤托出。

吳知非聽完，頻頻點頭道：「狄大人真是幫了下官的大忙。狄大人剛才已經點穿，下官是皇帝派來的內衛，下官也就直說了，五年前皇帝得到密報，說魏王曾經策劃過一次謀反，陳松濤和并州上下均參與其中。皇帝投鼠忌器，不願意公開調查此事，便派了內衛來并州潛伏，收集各方線索。我和沈槐正是在五年前的那次官吏調動中，分別被安插到了大都督府和折衝府，從軍政兩頭分別著手調查。然而，陳松濤此人十分老辣細緻，我和沈槐下了很大的功夫才博得他和當時的折衝都尉劉源的信任，調查取證都要用最隱蔽的方式進行，因此進展非常之慢。轉眼魏王已逝，我們的調查仍然沒有重大的突破，皇帝在密摺中多次指責我們辦事不力，唉，最近這一年多時間，下官也是度日如年啊。」

狄仁傑接口道：「但是最近這一年來，由於相王接任并州牧，陳松濤既害怕相王利用手中的權力，將他苦心經營多年的并州地盤搶奪過去，也害怕在官員調動和人事變遷中，五年前的罪行會暴露出來，因此他的活動開始猖獗起來。雖然還沒有足夠的證據，但我判斷，王貴縱將軍的死一定與他有關。另外，發生在我和我兒子身上的一系列事件，都是他一手策劃的。」

吳知非遲疑著道：「狄大人，景暉是我的好朋友，這五年來我和他交往頗歡，對他的為人也有一定的瞭解。坦白說，他在恨英山莊和藍玉觀這兩個案子裡面究竟做了什麼，下官認為很不好說。景暉絕不是一個邪惡之徒，但他做事情太過大膽不計後果，我擔心他被人利用了。」

狄仁傑道：「我明白你的意思。我此刻也並不想為狄景暉開脫。恨英山莊的案子老夫心中已經有底，藍玉觀目前還是疑竇頗多。但老夫深信，只要有機會與景暉當面交談，就一定能夠問出事情的全部真相。只可恨陳松濤卑劣地將景暉收入監中，隔斷了我與他的聯繫。另外，藍玉觀案件還有一個重要的線索，就是小孩子韓斌，我也是昨天剛剛得知，韓斌被從英所救，並保護了起來。可是……就在今天凌晨，我發現城東土地廟大火，附近還有官兵與人搏殺的痕跡。如果我所料不錯，那應該是陳松濤派出的人馬，與從英發生了遭遇戰。」

吳知非驚道：「我說怎麼昨天夜間，大都督府有異常的兵馬調動，還聽說城東的土地廟著了火，原來是這樣……這麼說來，袁將軍的處境恐怕很危險。今天陳松濤已下令全城搜索一個帶著小孩的年輕男子，還要格殺勿論。」

「這個陳松濤，該殺！」狄仁傑從牙齒縫裡擠出這句話來，雙眼怒火爆燃。他看看吳知非，語氣鄭重地道：「吳司馬，雖然陳秋月向我袒露了五年前的事情，但要她去作證揭發自己的父親，恐怕是不可能的。而今，狄景暉便是五年前事件的重要知情人。陳松濤現在的所作所為，目的就是要阻止景暉揭露五年前的罪行。所以我認為，如果想在五年前的案件上求得突破，同時徹底查清藍玉觀的案子，狄景暉都是最關鍵的人證。今天我之所以傳遞書信引出吳司馬，目的非常簡單，就是要請吳司馬助我一臂之力，共戰陳松濤，把你我都關心的案件，包括五年前的和現在的，全都搞得清清楚楚，讓無辜之人得到解脫，也將有罪之人繩之以法！」

吳知非正色道：「下官完全同意狄大人的見解。事實上，下官在來狄府之前，就已經吩咐沈槐設法營救狄景暉。沈槐目前正在謀劃。陳松濤的手中幾乎握有并州全部的兵馬調動之權，我們歷時五年，雖然逐漸培植了一些自己的人馬，但畢竟人少勢孤，行事仍需非常小心，萬一打草驚蛇，恐怕陳松濤會狗急跳牆。今天我來這裡，就暗中將監視您府邸的兵卒調換成了我的人手，否則你我的會晤，早被陳松濤知悉了。」

狄仁傑點頭道：「老夫相信沈槐的能力，他一定能找到妥當的辦法救出景暉。」說到這裡，又微微一笑道：「其實，老夫也是從沈將軍這些天的行動中，才推斷出內衛在并州的這個結論。」

「哦？」吳知非一臉茫然。

狄仁傑理了理鬍鬚，解釋道：「老夫剛才說了，自從踏上并州的土地，老夫便處處受制於人，時時面臨各種威脅。但是老夫也發現，一直有一股勢力在想方設法地幫助老夫，沈槐，便是這股勢力的代表。一開始，沈槐就主動提供了許多和藍玉觀有關的線索，包括韓銳、韓斌兄弟的情況，都是由他之口說出。也是沈槐，與從英夜探藍玉觀，發現了道眾被殺害的慘況。後來，還是沈槐，幫助我們把并州半年來發生的一些怪事同藍玉觀聯繫了起來。坦白說，從一開始我就對沈槐的真實身分產生了懷疑，作為并州折衝府的主將之一，他的行為明顯地與陳松濤的意圖大相逕庭，他還很主動地博取了從英的好感，他的種種表現都非同一般。我也曾經懷疑過，他是在以旁敲側擊的方式，將我們引入藍玉觀事件，並且透過取得我和從英的信任來掌握我們的動態。因此，當從英搬離我府，景暉又被引到藍玉觀的時候，我讓沈槐去解救景暉，其實是下了一個大大的賭注！當時的情景下，我也確實別無選擇，但我是在拿我兒子的命來賭啊……」

狄仁傑停了片刻，平復了下心情，才繼續道：「萬幸沈槐還是與從英聯手救下了景暉，雖然陳松濤搶先一步截走了景暉，但這卻恰恰說明了，沈槐確實與陳松濤不同路，否則陳松濤就不必如此大費周章，而從英和景暉也會遭遇到更大的危險，甚至將面臨死亡。因此我斷定，沈槐所代表的，恰恰是與陳松濤針鋒相對的另一股勢力。那麼，這股勢力究竟是什麼呢？幾天前，我曾因沈槐的洛陽口音，詢問他是否洛陽人士，何時來的并州，他回答說，自己是五年前從羽林衛中被派到并州折衝府的。

「想起了這番話，我便立即聯繫上了離開并州前查閱檔案時所發現的狀況。我馬上想到，沈槐也是五年前被派往并州的那批官員中的一個，而且還是來自於皇帝親率的羽林衛，難道說，這股勢力來自於皇帝？對此我還不敢立即確認。但接下去與陳秋月的對話，終於完全肯定了我的推斷。很顯然，五年前魏王的這場陰謀，皇帝並不是一無所知的。她從朝廷調派了若干官員到并州，就是為了暗中調查事情的真相，沈槐便是其中之一。那麼，能夠肩負皇帝如此機密任務的，除了她最信賴的內衛，又能是什麼人呢？」

吳知非長吐一口氣道：「狄大人的智慧真是令下官佩服得五體投地。」

狄仁傑擺手道：「如今景暉和從英的情況都很危急，我還是希望吳大人能夠伸出援手，與我共同應對陳松濤，將案情的真相調查清楚，還朝廷一個安定可靠的北都！」

吳知非肅容道：「狄大人所言極是。調查五年前的案子本就是下官的職責，陳松濤在并州囂張至此，下官早有心將其查辦，怎奈始終搜集不到可靠的證據。今天下官既然來了，就是想要不遺餘力地與狄大人聯手。只是……」他的臉上突然換上一副為難的神情。

狄仁傑不動聲色地問：「只是什麼？」

「唉，狄大人有所不知。皇帝派來了一個欽差大人，昨日已到并州，命下官今日要與狄大人一起去向他陳述案情經過。」

「欽差大人？是誰？」

「這位欽差是……張昌宗張將軍。」

「什麼！」狄仁傑也難掩驚詫的表情，直直地瞪著吳知非，「張昌宗來并州過問此事？太奇怪了，這一切和他有什麼關係？」

吳知非歎道：「唉，狄大人有所不知，恨英山莊的馮丹青正是張昌宗的姨媽。」

狄仁傑愣了半晌，方道：「原來還有這樣的淵源，難怪陳松濤不肯進恨英山莊查案，反而引我捲入此事，我現在算是都明白了。」他冷笑了一聲，又道：「也好，如此老夫倒更想會會這姨甥二人，向他們好好分析一下恨英山莊范其信被殺的案子。我會給他們帶來意外的驚喜。」

吳知非有些擔心地道：「狄大人，撇去藍玉觀案子不提，恨英山莊的案子也牽涉到景暉，只怕張昌宗這個欽差不會很公正啊。」

「不怕，我狄仁傑為官為人，秉承的始終是一個無愧於心。面對任何複雜困難的局面，只要心中有正義與公道，便會無所畏懼。吳司馬，我們何時出發？」

吳知非道：「如果狄大人準備好了，我們現在就出發，趁府外還是我的人手，可以神不知鬼不覺地離開府邸。而今還要多加小心，不能讓陳松濤有絲毫察覺。」

「好，老夫現在就隨你去恨英山莊。」

并州大都督府。

沈槐正在問一名副將：「狄景暉情況如何？」

「末將去監房探聽過了，狄景暉昨天下午醒來之後，先是大吵大鬧了一番，要求見狄大人和陳大人，遭到拒絕之後便不吃不喝不睡，像個木頭人似的待在監房裡頭，一直到現在都是這個樣子。」

「獄卒裡面有沒有咱們的人？」

「目前這批就是咱們的人，如果想救狄景暉，從現在開始到今天晚上是最好的時機。」

「嗯，夜間子時會換一班人吧？那班是陳松濤的人？」

「是啊，所以如果我們現在救出狄景暉，到夜間換班的時候肯定再瞞不住，那時恐怕就要刀兵相見。」

沈槐皺眉道：「時間太窘迫了，萬一今夜吳大人、狄大人和欽差大人在恨英山莊無法取得共識，陳松濤又狗急跳牆，我們就會非常被動。如果能夠再爭取多一些時間就好了……怎麼才能找到個萬全之策呢？」他看了一眼副將，吩咐：「你先去和咱們這班的班頭打招呼，做好救人的準備。我這裡再謀劃一下。」

「是。」副將匆忙出門去了。

沈槐低頭沉思了一會，突然聽到耳邊有人叫了聲：「沈賢弟。」他猛地一抬頭，見袁從英正站在面前朝自己微笑。袁從英穿了一身稍顯肥大的藍色棉布袍服，臉色很蒼白，神情卻十分鎮定安詳。

沈槐又驚又喜：「從英兄！你怎麼會在這裡？」

袁從英搖頭道：「說來話長。」看到沈槐上下打量自己，他笑道：「我原來的那身衣服已經不成樣子了，所以就向路人『借』了這一身，有點不合體，但總算可以不太引人矚目。沈賢弟，你能不能告訴我，昨日在狄府門前一別之後，發生了些什麼事？」

「這……唉，從英兄，你大概還不知道吧，昨天我們把狄景暉救回狄府，不料陳松濤大人已經堵在那裡，直接就把狄景暉截下並收監了。」

「居然會這樣？」袁從英皺眉道，「這我倒沒有想到。如此說來，大人沒能和狄景暉說上話？」

「沒有。」

袁從英道：「我方才去狄府旁觀察了一下，周圍監視得十分密集，所以我才沒有貿然進入，想先找你瞭解一下情況，卻不料狄景暉還是出了事。」他低下頭默默地思考，沈槐一言不發地注視著他。

半晌，袁從英抬起頭，對沈槐淡淡微笑道：「沈賢弟，愚兄有些心裡話，想和你談談。」

沈槐連忙跑去牢牢掛上門閂，回到桌邊時，袁從英已經坐下，沈槐便坐到他的對面。

袁從英眼望前方，慢慢地說：「沈賢弟，我與大人是在六天前來到并州的。萬萬沒想到，這六天竟會是我一生中所度過的最艱難的六天。我相信對於大人來說，恐怕也是如此。沈賢弟，這六天裡的事情，你都很瞭解，關於狄景暉與我之間發生的一切，我也沒有什麼特別可說的。如果狄景暉不是大人的兒子，我大概一輩子都不會同他這樣的人打交道，可他偏偏是大人的兒子。這幾天來，我眼看著大人因他而百般為難、焦慮異常……我可以不計較狄景暉對我的敵意，只要能夠幫助大人，我什麼都願意做。但是，我在無意中遇到了一個孩子，就是這個可憐的孩子，給我帶來了一個無法解決的難題。」他看看沈槐，問：「沈賢弟，今天我在城門口看見兵卒盤查帶著孩子的男人，你也聽說了嗎？」

沈槐低聲應道：「是的，陳大人在找你和韓斌。」

袁從英輕輕點了點頭：「韓斌，就是這個孩子，他的身上藏著藍玉觀案件的真相。跟隨在大人身邊整整十年，辦案時我總是把搜集到的全部線索交給大人，由他來總結梳理，揭開謎底。這一次我本也應該這樣做，但當我發現藍玉觀的案件牽扯到狄景暉時，我猶豫了。案件的真相還不清楚，我無法判斷狄景暉究竟有沒有罪，如果我將韓斌交給大人，一旦大人發現狄景暉有罪，那麼他必將遭受到沉重的打擊。這幾天來，我很清楚地感受到大人對狄景暉的舐犢之情，我不敢想像大人會怎樣面對狄景暉的罪行。但是假如我不交出韓斌，又該如何處置這個孤苦伶仃的小孩呢？他已經失去了唯一的親人，還面臨著被滅口的危險，如果沒人幫他，這孩子就只有死路一條了。」

說到這裡，袁從英苦笑起來：「沈賢弟，愚兄不是一個很聰明的人，過去每每遇到紛繁複雜的局面，我都習慣向大人求助，但這一次，卻偏偏不能去問大人。你知道嗎？我甚至想過帶著韓斌，就此隱姓埋名遠走他鄉。我想，也許這樣做既可以保住孩子的一條性命，也可以從此湮沒藍玉觀案件的真相，那麼或許大人會感到輕鬆些吧。但問題是，即使狄景暉有罪，大人就會因此而不希望揭露藍玉觀的真相嗎？那些在藍玉觀案件中冤死的人們就白白死了嗎？我自己的良心也斷然無法接受這種結局。」

袁從英停止了述說，定定地凝視著前方，彷彿又陷入了無盡的困擾之中。

沈槐輕輕地叫了聲：「從英兄。」

袁從英從遐思中被喚回，抱歉地微笑：「沈賢弟，對不起。我跟隨在大人身邊十年，已經習慣了孤獨，除了大人，我沒有任何朋友，像今天這樣與人傾心交談的機會非常少，我都恍惚覺得是在自言自語。」

看到沈槐略顯驚詫的表情，袁從英搖搖頭，繼續說：「剛到大人身邊的時候，他就囑咐我『慎獨』，開始時我並不十分理解，但在經歷了幾次陰險的騙局之後，我明白了，懷疑別人是大人處於他這個身分的必然選擇。而我，作為他身邊的最後一道屏障，也無權顧及個人的喜好和願望，否則我就無法承擔好保護大人的職責。所以，沒有朋友就沒有朋友吧。在大人身邊，我倒也不覺得孤獨。可是這次……」他忽然笑起來，「我怎麼說起這些來了。沈賢弟，你別在意。」

沈槐搖了搖頭，垂下眼簾。袁從英安靜了片刻，方正色道：「我方才談到，因為藍玉觀的案情不明，我一直無法決斷該如何行事。直到在藍玉觀前聽到了狄景暉和范泰的對話，我才終於可以斷定狄景暉罪行的程度。他有罪，但那是被人欺騙之下所犯的罪，情有可原，罪不至死，所以我才出手解救他和陸嫣然。我助你把狄景暉送回狄府，就是希望大人能夠和狄景暉當面對質，聽到狄景暉親口陳述案情，從而親自對兒子的罪行做出判斷。我覺得，大人應該得到這個決斷的權力。沈賢弟，你說呢？」

沈槐急忙點頭：「從英兄所言極是。」

「可是狄景暉現在在都督府的監房裡，我們該怎麼辦？」袁從英問，眼中閃出狡黠的光。

沈槐斬釘截鐵地道：「設法把他救出來，送到狄大人那裡。」

袁從英應道：「太好了，愚兄也是這樣想的。事不宜遲，萬一陳松濤動念要將狄景暉殺人滅口，就來不及了。我們現在就好好謀劃一下，該怎樣解救狄景暉。」

沈槐面露難色：「從英兄，看守狄景暉的獄卒裡有我的親信，可以幫我們入獄救人。可問題是，到了今天夜間，獄卒要換班，到時候狄景暉被救的事情一定瞞不住。我擔心，這麼短的時間還不夠狄大人破解所有的案情，並妥善安排好狄景暉。而陳松濤一旦得知狄景暉被救，必然要去向狄大人追究，到時候就被動了。」

袁從英沉吟著點頭：「有道理。陳松濤越晚得到消息，大人就越能夠做好充分的安排，所以一定要避免打草驚蛇。」看了看沈槐，突然道：「沈賢弟，如果有人代替狄景暉住進監房，你覺得能不能多瞞一陣子？」

沈槐瞪大眼睛：「你是說調包？這……倒是可以試試。都督府的監房四面封閉，裡頭光線十分暗弱，如果有個差不多身形的人待在那裡，獄卒絕對不會懷疑。因為通常情況下，誰都想不到會發生調包這種事情，自然也不會去刻意檢查。」

袁從英微笑：「如此甚好。那咱們就定下這個計策，我可以代替狄景暉待到監房裡去。就算被發現，我也可以應付。」

「這倒是個好主意。只是從英兄，你又要孤身犯險了。」

「不怕，我沒問題。只是沈賢弟，待我換出狄景暉後，你一定要將他安全地送去給狄大人，這樣我才算沒有白白冒險。」

「我可以用性命擔保！」

兩人將頭湊在一塊兒，把聲音壓到最低，開始商議具體的行動計畫。

午時剛過，沈槐和一名送飯的獄卒來到狄景暉的監房。只見狄景暉無聲無息地靠坐在牆角，耷拉著腦袋，看不到面容。沈槐走過去輕輕叫了聲：「景暉兄。」

狄景暉沒有絲毫反應，一動不動。

提著食盒的獄卒開口了：「狄景暉，吃飯了。」聲音不高，狄景暉卻猛地抬起頭，瞪大眼睛朝那名獄卒望過去。袁從英不慌不忙地迎著他的目光，走到狄景暉的面前。

狄景暉完全清醒了，緊張地瞧瞧沈槐，又看看袁從英，嚅動著嘴唇：「袁從英、沈槐，是你們？是我爹讓你們來的嗎，是不是要放我出去？」

沈槐低聲道：「景暉兄，我們是來救你的。」

狄景暉愣了愣，一骨碌從地上爬起來，拉著沈槐的胳膊就要往外走，沈槐忙道：「景暉兄，別忙，你先把外衣脫下來。」

狄景暉滿臉困惑地看看沈槐，袁從英已經脫下了那一身獄卒的衣服，遞給狄景暉：「你穿這個，把你的衣服給我。」

狄景暉朝後退了一步，臉一下子漲紅了，想說些什麼，終究沒有張開口，默默地脫下衣服，遞給袁從英，目光卻始終不和他接觸。袁從英毫不在意，利索地換上狄景暉的衣服，低頭看了看，倒挺合身。狄景暉也已獄卒打扮，沈槐和袁從英四目相對，默默地相互點頭示意，沈槐便引著狄景暉忙忙地閃出監房。一名獄卒過來掛好鎖，便退到外頭的值房去了。

袁從英四下看了看，窄窄的一間監房裡面，牆角一個亂草堆，除此便什麼都沒有了。監房外的桌子上點著一盞搖搖欲滅的蠟燭，袁從英將草堆挪到黑暗的牆角，正好避開蠟燭微弱的光線。他滿意地點點頭，將若耶劍藏進草堆，自己往上一躺，面對牆壁蜷縮起身體，腦袋下面枕著若耶劍，很快就沉沉地睡著了。

并州郊外，恨英山莊。

恨英山莊的正殿中，白玉榻上端坐著張昌宗，俊臉略略有些泛白，倒平添了一股令人憐愛的風姿。下手椅子裡面正是馮丹青，她今天換上了一身鮮豔的紅衣，面色也如身上的服色般嬌豔欲滴，儀態萬方地坐在椅上，如癡如醉地注視著張昌宗，絲毫都不掩飾滿眼的愛慕。

張昌宗看著她的樣子，壓低聲音道：「吳知非和狄仁傑已經到山莊門口了，你收斂些。」

馮丹青好像沒有聽見，仍然是一副意亂情迷的模樣。張昌宗的臉色一變，正要發作，殿門開啟，莊丁引著吳知非和狄仁傑邁步走進殿來。張昌宗趕忙又換了一副傲慢的神情，乾脆往後一靠，居高臨下地藐視著二人。

吳知非強壓心中的厭惡，來到榻前躬身施禮：「內衛閣領吳知非參見欽差大人。」

張昌宗微微頷首，算是打了招呼，眼睛卻盯住狄仁傑，陰陽怪氣地道：「狄國老，才多久不見，怎麼似乎老了很多？聖上好不容易讓你致仕返鄉，你倒成了這副模樣，豈非辜負了聖上的一片心意？」

狄仁傑淡淡一笑，不尷不尬地答道：「老臣不敢負聖上的心意，只是總有人不允老臣安生。這不，就連今天在座的馮夫人，也給老臣出了不少難題啊。」

馮丹青的身子一哆嗦，總算收斂起一直黏在張昌宗臉上的目光，轉而盯上狄仁傑，悠悠地開口道：「狄大人，您不說我還不好意思提呢，先夫的案子，您到底查得怎麼樣了？我這兩天怎麼一點兒消息都沒聽見啊？」

狄仁傑滿臉笑容：「老夫這裡已有了消息。」

張昌宗和馮丹青不由自主地交換了一下眼神，張昌宗冷冷地道：「恨英山莊范其信與馮丹青向聖上獻藥有功，聖上此次派本欽差來并州，其中一個任務就是要重重犒賞恨英山莊，哪想到范老先生竟被人害死。狄國老，聽說你接下了這個案子，調查出結果了嗎？」

「老夫剛才已經說了，有好消息帶給馮夫人和欽差大人。」

「那就說來聽聽。」

狄仁傑的語調十分平靜：「欽差大人，本官已經查出了殺害范其信的元凶，那個人……」頓了頓，眼中閃出嘲諷的冷光，一字一頓地說：「那個人就是馮丹青。」

馮丹青驚得一下從椅子上跳了起來，臉色煞白，顫抖著聲音道：「狄、狄大人，你簡直是血口噴人！」

張昌宗的聲音也變了：「狄仁傑，你這麼說有證據嗎？」

狄仁傑含笑道：「證據很簡單，便是馮夫人收藏在十不亭旁小屋中的屍首。馮夫人，要不要讓人去把屍首拉到這裡來？」

「你！」馮丹青措手不及，有些慌亂了。

張昌宗道：「狄大人，你只管說就是了。我見不得死人。」

「好，沒關係，那本官就說說吧。本官是四天前被馮夫人請入恨英山莊驗屍的。當時，本官所看到的是一個文雅老者的屍首，脖子上有一道致命刀傷。馮夫人告訴我，范其信是在十不亭上遭人刀傷，臨死前囑咐她來找我，並要求不讓官府介入。這一番說辭和屍首的情況看似吻合，但其實，當時本官就發現了一個重大的問題。」

「哦，什麼問題？」

「脖子上的刀傷有問題。當時我讓從英也看了這個刀傷，我們事後都一致同意，死者在這樣的刀傷下肯定立時斃命，絕不可能對馮夫人說出什麼『莫叫官府，找狄懷英』這樣的話。」狄仁傑觀察著馮丹青煞白的臉色，含笑道：「馮夫人，下次你再想移花接木，千萬要注意細節，不要再犯如此明顯的錯誤。」

他繼續說道：「這麼一個簡單的錯誤，就足以說明馮夫人在說謊，要麼她所說的范其信死亡的場景是假的，要麼那具屍體根本就不是范其信！本官與范其信雖是故交，但與范其信已經多年不交往，確實想不起他的樣貌。不過本官後來從狄景暉和陸嫣然那裡得知，自范其信死後，馮夫人始終不讓他們見到范其信的屍體，而他們兩人是絕對能夠認出屍體真假的，這便說明馮夫人心虛。另外，陸嫣然還向本官證實，范其信面容粗黑，貌似老農，這更與馮夫人給我看到的面白膚細的文雅老者的屍體差之千里。綜合這些情況，本官有足夠的理由斷定，馮夫人讓我看的屍體，絕不是真正的范其信。」

馮丹青僵硬地坐在椅中，臉上紅一陣白一陣。

狄仁傑道：「那麼，馮夫人為什麼要花這麼大的力氣，給我看一個冒充的死者呢？最可能的原因就是，她害怕本官透過范其信的屍首，推測出他的真實死因。於是就產生了另一個疑問，為什麼馮夫人害怕讓本官瞭解范其信的真實死因呢？實際上，按照馮夫人提供給我的線索，最可能的殺人嫌犯是狄景暉，但假如這個死因是假的，狄景暉便被排除了嫌疑。那麼，剩下最可能有殺人嫌疑的是誰呢？當然就是馮夫人！因為馮夫人是唯一一個，能夠直接接觸范其信的人。所以，本官認為馮夫人費盡心機要達到的目的，無非就是把殺人嫌疑從自己身上轉移到狄景暉的身上。所以，本官也就可以進一步斷定，在范其信真正的屍體上，有著馮夫人殺人的直接證據！」

馮丹青縮在椅中，全身不停地哆嗦，勉強憋出一句話：「你……你這都是在血口噴人！」

狄仁傑鎮靜地直視著她：「馮夫人，是你給范其信飲下了葛草根水吧？范其信多年服食金丹，體內多金，而葛草根水與金相剋，一旦服下便會毒性發作，范其信必死無疑。唯一的問題是，這樣死去的人面色赤紅，死因一覽無餘。而自馮夫人嫁入恨英山莊，范其信的一切飲食都經馮夫人之手，如果真實的死因暴露出來，馮夫人的罪行就根本不可能掩飾了！」

張昌宗強自鎮靜地問：「狄仁傑，你所說的一切都是推測，並沒有可靠的人證物證。」

狄仁傑從容作答：「恨英山莊的范泰大總管就是人證，他已經被吳知非大人收押，隨時可以來作證！」說著，淡淡地向吳知非使了個眼色，吳知非心領神會地一笑，擺出一副高深莫測的表情。

張昌宗的聲音也哆嗦了起來：「馮丹青為什麼要殺范其信？她沒有理由啊……」

他的語音未落，馮丹青突然從椅子上跳了起來，幾步便撲到張昌宗的身前，死死抓住他的衣服，瘋狂地叫嚷起來：「六郎，六郎，我做的一切都是為了你啊，你要救我，救我啊！」

張昌宗嚇得往旁邊就躲，馮丹青卻似完全失去了理智，拚命抓住張昌宗，本來嬌美的面容扭曲得變了形，滿嘴裡只是嚷著：「六郎，我全是為了你啊！不要讓我落到他們的手中！救我！」

狄仁傑和吳知非倒沒料到這個局面，都略顯驚詫地看著互相拉扯的兩個人，一邊思考著。

張昌宗被馮丹青拉扯得幾乎摔倒，抬頭瞥見狄吳二人的神情，突然目露凶光，飛起一腳便把馮丹青踹倒在地，從袖中褪出一柄匕首，一轉手便狠狠地插入了馮丹青的胸膛。馮丹青的眼睛瞬間瞪得老大，死死盯住張昌宗，嘴角旁流下一縷鮮血，臉上由困惑漸漸換上刻骨的仇恨，眼白一翻便倒在了地上。

狄仁傑上前一探她的鼻息：「她死了。」他慢慢起身，盯著張昌宗，「欽差大人，你這是幹什麼？」

張昌宗連連喘著粗氣，猶自強作鎮定道：「這個女人犯了殺人罪，本欽差將她就地正法了。」

狄仁傑點頭：「馮丹青的殺人動機還未問明，欽差大人就貿然殺人，莫不是想滅口？」

張昌宗大叫起來：「狄仁傑，你休要得寸進尺！我是欽差，有聖上賦予的殺伐之權，不要說殺了馮丹青，此刻就是殺了……」在狄仁傑威逼的目光下，張昌宗硬生生把後面的話咽了回去。

正在此時，一名衛士跑進殿來，高聲報道：「沈槐將軍把狄景暉帶來了！」

張昌宗彷彿遇到了救星，趕緊喊道：「快讓他們進來！」又下令：「快把馮丹青的屍體抬下去！」

衛士們急急忙忙地收拾了馮丹青的屍體，張昌宗勉強鎮定下來，說：「狄仁傑，本欽差此次一來并州，便聽說你的兒子捲入了數件重案。對此，你有什麼話要說嗎？」

狄仁傑沒有理會他，只是定定地望著一身獄卒服飾的狄景暉。父子二人眼神接觸之際，生離死別的感慨和血脈相連的親情同時浮現在他們的眼底。狄仁傑在心中微微歎息一聲，他知道，期待已久的信賴和理解終於到來了，但願還不算太晚……

沈槐上前來，匆匆把搭救狄景暉的經過說了一遍，狄仁傑聽說袁從英調換狄景暉入監，一時臉色大變，好不容易才恢復鎮靜。

隨後，狄景暉筆挺地站在正殿前，面對著張昌宗、狄仁傑、吳知非和沈槐，開始敘述藍玉觀的故事：「多年來，我與恨英山莊的范其信共同經營來自異域的珍奇藥材，一直卓有成效。大半年前，范其信對我提起，他又培育了一種來自大食的奇異花種，並從中研製出了一種特別的藥物。他告訴我說，這是包治百病的神藥。我聽了自然欣喜萬分，但范其信又告訴我說，藥的效果還不清楚，最好找些人來試試。於是，我便謀劃著找了一些無家可歸的人，在郊外的藍玉觀建了幾間房舍，召這些人來充當道眾。我想，他們本就生活困苦，到了我這裡，有吃有住，還給他們服用神藥，也算做了件好事。

「剛開始，這種藥物確實顯出神效，特別在鎮痛提神上效果驚人。但漸漸地，問題出現了。一旦停藥，服食之人便會痛苦萬分，求生不得求死不能，有些人竟會在百般痛苦中死去。我惶恐之下，一邊給他們繼續服食藥物，維持生命，一邊去找范其信要解決的方法，誰知他告訴我他也沒有辦法。我急壞了。我一共召集了幾十個人服藥，其中一些靠每天服藥尚能維持，另一些則服用的量越來越多，到最後怎麼服食都無法減輕痛苦，就這樣被活活折磨而死，其狀慘不忍睹。正在我無計可施之時，卻得到了父親要回并州的消息。我感到非常惶恐，生怕此事敗露給父親。」

狄仁傑道：「景暉，後面的事情我可以代你說，你看看是否正確。我來并州的當天下午，你趕去藍玉觀察看情況，卻發現那裡已經空無一人，你當時便大驚失色，又百思不得其解，幾番盤桓後才趕回家給我接風，卻因心緒煩亂而大鬧了一場。」

狄景暉點了點頭，滿臉愧容。

狄仁傑繼續道：「緊接著的第二天晚上，沈將軍與從英共探藍玉觀，在那裡看到了一個殘暴的殺戮現場。所有的道眾，不論已經病死的，還是尚活著的，都被殘忍地斬斷肢體，罪行之惡令人髮指！」

狄景暉聽到這裡，大聲辯道：「父親，那不是兒子做的。真的，請您相信我！」

狄仁傑點頭：「我知道那不是你做的。要完成那樣的殺戮，必須要有一個訓練有素的隊伍，而你，沒有這個能耐。」

狄景暉連忙說：「是的，父親。後來兒子在藍玉觀前遭陷時才知道，殺人者是恨英山莊的范泰！一定是馮丹青指使他做的！」

張昌宗又忍不住要跳起來，狄仁傑瞥了他一眼，含笑搖頭道：「景暉，你弄錯了。范泰雖然是恨英山莊的總管，但他背後的主子卻不是馮丹青，而是陳松濤！」

「什麼！」狄景暉大驚。

狄仁傑道：「一方面，馮丹青雖然一直設法要將范其信之死嫁禍給你，但她的口中從來沒有提到過藍玉觀。由此可見，她對藍玉觀的事情一無所知；另一方面，陳松濤曾多次在我面前暗示過藍玉觀的事情，似乎很知情。後來，他又設計將陸嫣然從都督府中提出，送去藍玉觀引誘你上鉤，妄圖將你和陸嫣然一起殺死在藍玉觀。這件事情，以及隨後他趕到我府上攔截你的行為，徹底暴露了他才是范泰的上峰這一事實。顯然，藍玉觀中所發生的一系列殺戮，全都是陳松濤一手策劃的，目的無非是要引我去探查藍玉觀的案子，從而發現你的罪責。

「一開始，陳松濤怕你由於我的到來而採取行動轉移道眾，便搶先一步劫走了他們，想隱匿起人證後再做圖謀。但他在這裡犯下了第一個錯誤，就是讓當時正在觀外為道眾準備食物的韓銳兄弟逃脫了。然後，陳松濤在拜訪我時得知，我已在來并州的前一個晚上誤入了藍玉觀，他立刻發現這是一個千載難逢的機會。他知道我一定會很快再去探查藍玉觀，便馬上派范泰把道眾又全部送回到藍玉觀。他深知，讓道眾誤服藥物致死的罪責還不算最重，便一不做二不休，乾脆製造了一個可怕的凶殺場面。他的如意算盤就是要把藍玉觀的罪行，連真帶假一股腦地都坐實在你的身上。當然，你在藍玉觀所做的事情，也一定是范泰暗中探知後報告給他的。因為五年前的謀反策劃被你所知，陳松濤一直顧慮萬分，又窺伺你手中的藥材和財富，便想用這一系列的陰謀來陷害你。同時，也透過你來進一步挾制我，妄圖讓我也落入他的掌控之中。」

狄仁傑將這番推論說完，在場所有的人都大為震驚，狄景暉更是憤怒地要從眼裡噴出火來，忍耐不住叫道：「父親！陳松濤是個狡詐罪惡的陰謀者！他不僅要害我，還要害您！是他害死了嫣然……我要殺了他！」

張昌宗高聲喝道：「狄景暉，你自己還是藍玉觀案件的重犯，怎的如此囂張！這裡輪不到你說話！」

吳知非道：「欽差大人，卑職和沈槐五年前被聖上派到并州，目的便是查訪陳松濤參與魏王謀反策劃的內情，狄景暉是最重要的知情人，何不讓他把供詞陳清。如果欽差聽下來覺得有理，我們便可據此將陳松濤抓捕，押送京城請聖上處置。」

張昌宗陰沉著臉思索，一時無語。狄仁傑微笑著開口道：「欽差大人，您年前助迎廬陵王回京，使廬陵王重登太子之位，魏王可就是因為這個原因鬱鬱而亡的。陳松濤是魏王的心腹，恐怕他的心裡頭對您十分怨恨呢。這樣的人留在北都并州，對您對聖上都十分不利啊。」

張昌宗聽得渾身一顫，吳知非又上前一步稟道：「欽差大人，聖上對并州的事情一直十分關心，卑職在此地五年沒有重大進展，聖上多次責問，令卑職寢食難安。如果這次欽差大人能夠查清這樁懸案，就是幫聖上除去了一塊心腹大患，為聖上立了大功，新任的并州牧相王爺也定會感激萬分。」

張昌宗一擺手：「行了，本欽差心裡明白。狄景暉，你這就把五年前的事情經過詳細地敘說一遍，不要再妄圖耍什麼花招，只有老實交代，才能給你自己贏得一線生機。」

狄景暉便將五年前的往事詳詳細細地交代了一遍。待他說完，張昌宗對吳知非點頭道：「方才所說的有很多朝廷絕密，可以證明狄景暉的證言非虛。」

吳知非趕緊躬身道：「既然如此，欽差大人，咱們就快快行動吧。否則一旦讓陳松濤發現狄大人已暗離府邸，狄景暉又被救出，他定會狗急跳牆。那時不僅我們的目的無法達到，說不定還要威脅到欽差大人的安全。」

張昌宗臉色發白，轉著眼珠道：「陳松濤掌握著并州的軍政，我這裡只有一支區區百來號人的欽差衛隊，也難對付陳松濤的人馬啊。」

狄仁傑淡淡一笑：「百來號人都多餘了，本官有個建議，可以速戰速決。」

張昌宗鼻子裡「哼」了一聲，吳知非忙道：「狄大人快說。」

狄仁傑道：「如今還未到亥時，按沈將軍方才的陳述，陳松濤應該還沒有發現從英調換景暉的事情。因此我們要立即行動，可兵分兩路。沈槐將軍率幾名親信，去監獄與從英會合。我與吳司馬陪欽差大人一起去都督府見陳松濤，給他來個措手不及。陳松濤見到欽差突然到來，毫無準備，一定非常惶恐。我們三人便把他圍在議事廳的中央，以保護欽差安全為由，讓欽差衛隊將議事廳團團圍住。待沈槐與從英趕到後，即可指揮欽差衛隊收服衛府官兵。沈槐本就是他們的主將之一，又有欽差的旨意，再加陳松濤被擒，我料想不會遇到重大的反抗。即使有些亡命之徒，有從英和沈將軍在，也可保萬無一失。」

吳知非和沈槐都連連點頭道：「此計甚妙。」

狄仁傑看張昌宗還在猶豫，便又笑道：「欽差大人是在擔心自己的安全吧。倒也不必勉強，只要將欽差手中所持金牌交給知非和我，我二人也可從容前往。只是這功勞——」

張昌宗一跺腳：「少廢話，立即行動！」

眾人急匆匆往外走，沈槐悄悄來到狄仁傑身邊，耳語道：「從英兄讓我給您帶句話。」

狄仁傑忙問：「哦，什麼話？」

沈槐猶豫了一下，略帶困惑地道：「子夜悲泣，他就說了這四個字。」

「子夜悲泣？」狄仁傑蹙起眉頭，突然眼睛一亮，又低頭思索了片刻，道：「知道了，沈將軍，謝謝你。咱們走吧。」

# 第十二章　真相

并州大都督府。

夜色深沉，陳松濤在都督府正堂上坐立不安。一名手下匆匆跑進來，向他彙報：「陳大人，狄仁傑從昨天回府以後就閉門不出，今天一整天都沒有動靜。」

「嗯。袁從英和韓斌找到了沒有？」

「還……還是沒找到。」

「廢物！真是廢物！」陳松濤勃然大怒，想想又強壓怒火，道：「情況不對，狄仁傑那裡太安靜了，這個老狐狸絕不會就此善罷甘休。他現在一定在拚命想辦法，找對策。」

「可是大人，他的手中沒有一兵一卒，又能想出什麼辦法來？」

「不好說啊。」陳松濤的臉色十分陰沉，「我有種很不好的預感，似乎要出什麼大事。太安靜了，太安靜了……」

靜了一會兒，他抬頭對手下說：「你到城南小姐家裡去一趟，陪她去監獄探望狄景暉。」

「是。」手下答應著剛要走，陳松濤又叫住他：「你告訴小姐，讓她有話就儘管說，以後恐怕就沒機會了。」

手下出了門，陳松濤望著他的背影，重重地歎了口氣。

突然，那個手下又跑了回來，身邊還跟著一個狄景暉府的家人，兩人全都神色大變，腳步踉踉地直衝進正堂，嘴裡嚷著：「陳大人，不好了！」

陳松濤忙迎過去，厲聲喝道：「什麼事？怎的如此慌張？」

那個家人撲通一聲跪倒在陳松濤面前，臉上眼淚鼻涕糊成一堆，聲嘶力竭地喊：「老爺，咱、咱家小姐，服毒自盡啦！」

「什麼！」陳松濤一連往後倒退幾步，手下趕緊過來攙扶，他才算沒有跌坐在地，好不容易定了定神，陳松濤顫抖著聲音問：「小姐她、她……」

家人搖著頭哭喊：「老爺，您、您去看看吧。」

陳松濤心中已了然，頓時淚如雨下，抖抖索索地要往外走，腿腳卻軟綿無力，幾乎半癱在手下的身上，被連拖帶拽地扶出了門。

半個多時辰後，陳松濤被攙到了陳秋月的臥室，他一路叫著陳秋月的名字，跌跌撞撞地撲到床前。陳秋月靜靜地躺在床上，如紙般雪白的臉上神情安詳，這些年來一直籠罩在她臉上的愁容此刻都消失了，只有無盡的平淡，在最終的容顏上描繪出了永恆的寂寞。她的身邊，年邁的父母悲痛欲絕，一對兒女哀哀哭號，都再也喚不醒這株枯萎已久的生命之花，陳秋月終於解脫了。

「秋月，你怎麼這麼傻……」陳松濤聲淚俱下，下意識地去握女兒的手，卻發現女兒的手中牢牢捏著樣東西，展開一看，是枚晶瑩潤澤的玉佩。陳松濤一眼就認出了這枚玉佩，那是當初狄景暉來陳家求親時，贈給陳秋月的定情之物。今天，陳秋月就是緊握著這枚玉佩而去的，也許在她的心中，唯如此才能將摯愛的夫君永遠留在自己的身邊，再不用擔心他會離去。陳松濤的手抖得厲害，玉佩從手中跌落，掉在地上立即碎成兩半，陳松濤死死地盯著地上的碎玉，咬牙切齒地道：「狄景暉，秋月因你而死，你就陪她一起去吧！」

大都督府，監房。

陳松濤帶著一班人直衝進關押狄景暉的監房，獄卒措手不及，嚇得連鎖都打不開，抖著手扭了半天的鎖。陳松濤等得不耐煩，上前一巴掌把獄卒打倒在地，自己扭開了鎖，一步跨進監房，對著蜷縮在牆角草堆上的人大喝：「狄景暉！你的死期到了！」

那人身子一震，似乎剛剛從酣夢中被吵醒，他慢慢坐起來，低著頭看不清面容。陳松濤冷笑一聲：「當然，我不會讓你痛快地死，那樣太便宜你了。我要一點點折磨你，讓你為這麼多年來帶給秋月的痛苦付出代價！」

說著，他朝身邊的兵卒一揮手，兩個兵卒躥過去就要擒住草堆上的人，卻只見銀光一閃，兩個兵卒同時倒在地上。

陳松濤還沒來得及看清發生了什麼，一柄閃著寒光的寶劍就架在了他的脖子上。陳松濤大駭，卻無法轉頭去看，只覺得肩膀被捏得劇痛，動一動都不行。他汗如雨下，從喉嚨裡擠出幾個字：「你、你絕對不是狄景暉，你是誰！」

腦後傳來平靜的聲音：「袁從英。」

陳松濤驚呆了，好不容易擠出一句話來：「你？怎麼是你！狄景暉在什麼地方？」

袁從英語調輕鬆地答道：「坦白說，我也不知道。不過，我勸你此刻就不要去關心別人了，還是多關心關心自己吧。」

「你打算怎樣？」

袁從英微笑：「我進來後還沒考慮過該如何出去，現在既然你來了，我就可以出去了。」

陳松濤色厲內荏地叫起來：「袁從英，你可知挾持朝廷命官該當何罪嗎！你想以身試法嗎？！」

「沒錯，我就是想試試。」袁從英往前一推陳松濤，陳松濤剛想掙扎，就覺得脖子上微微一涼，立即出現道血口，點點血珠滲了出來。陳松濤痛得倒吸了一口涼氣，腳下不由自主地就順著袁從英的推搡往前挪動，嘴裡還兀自強硬：「袁從英！都督府裡到處都是重兵把守，只要我一聲令下，就可讓爾萬箭穿心，我勸你還是不要癡心妄想，憑一己之力脫身！」

袁從英也不理他，手上加力，陳松濤便身不由己地往監房外移步，他帶來的兵卒們面面相覷，緊張地盯住二人，卻也只好跟著慢慢往監房外退縮。

陳松濤眼珠轉動，一邊向兵卒拚命地使眼色，一邊破口大罵：「袁從英，你就是個傻瓜！笨蛋！狄仁傑明知道你來是死路一條，卻還為了救他的兒子讓你來送死，這樣的人，你還為他賣命！」

「你住嘴！」袁從英的手上再一加勁，陳松濤只覺得肩上銳痛鑽心，頓時發不出聲音了。最靠近門邊的一名兵卒趁機閃出門外，拔腿正想跑，沈槐帶人已經趕到了。那個兵卒見了沈槐，還以為來了救星，登時大叫起來：「沈將軍，快救陳大人！陳大人被袁從英劫持了！」

「什麼！」沈槐神色一凜，輕輕揚手，兵卒就被沈槐的人拿下了，那人還滿臉茫然，嘴裡叫嚷著：「沈將軍，你……搞錯了吧？是袁從英劫持了長史大人，你不去救陳大人，抓我做什麼？」

沈槐冷笑道：「抓的就是你。」

說著，他帶人直撲向監房大門，正好袁從英押著陳松濤來到門前。沈槐大喝：「從英兄，我來幫你！」陳松濤手下的幾個兵卒已完全暈頭轉向，未做抵抗便束手就擒。

「沈槐，怎麼你也要作亂嗎！」陳松濤見此情景，不顧一切跺腳嘶喊。袁從英往他頭上劈手砍去，陳松濤即刻委頓在地。

沈槐見狀忙上前道：「從英兄，手下留人啊。」

袁從英朝他笑笑：「放心，他太吵了，我只是讓他安靜安靜。你怎麼來了？」

沈槐也笑了，一邊示意手下用繩索將陳松濤綁縛起來，一邊道：「從英兄，狄大人他們去正堂了，本想在那裡堵陳松濤，我來監房找你。沒想到陳松濤已經先被你拿下……」他的話還沒說完，張昌宗、吳知非和狄仁傑便領著欽差衛隊趕了過來。

沈槐忙迎上前抱拳施禮：「稟報欽差大人、狄大人、吳大人，末將奉命來此解救袁將軍，可一來就看到袁將軍已拿下了陳松濤。現陳松濤在此，請各位大人定奪。」

張昌宗瞧了瞧被捆成一團的陳松濤，又看看袁從英，哼道：「袁從英，見了本欽差為何不跪？」

袁從英看都不看他一眼，只低頭默默地站著。張昌宗正想發作，突然從都督府外傳來陣陣喊殺聲。

吳知非和沈槐聽了聽，頓時驚道：「不好！這是折衝府的人馬，一定是鄭暢得到消息，來圍攻都督府了！」

張昌宗嚇得臉色煞白，哆嗦著道：「狄仁傑，都是你出的好主意。這下可怎麼辦，折衝府的兵力數倍於我的欽差衛隊，咱們根本不是人家的對手。」

狄仁傑自來到監房前，目光便一直定定地落在袁從英的身上，此時方才掉轉目光，鄙夷地看了看張昌宗，不慌不忙開口道：「欽差大人，你莫要忘記自己是身負聖上託付的欽差，你的話就是君命。一個小小的折衝都尉算得了什麼？他鄭暢此刻已是逆天謀反，欽差大人更要顯君威，立皇命，指揮眾人平定叛亂，救并州於水火，又怎可說出這麼失身分的話！」

張昌宗被他說得面紅耳赤，卻又難掩滿心慌張，語無倫次地道：「大話誰都會說，現在該怎麼辦？你說！」

狄仁傑朗聲道：「吳大人，沈將軍，都督府內還有多少守兵？」

沈槐道：「日常守衛都督府的百餘人。」

「好，沈將軍，你即刻以欽差的命令收編這些守兵，告訴他們，陳松濤、鄭暢意圖謀反，罪惡滔天，聖上已派欽差來將其查辦，只要這些守兵就地反戈，誓死保衛大都督府，保衛欽差大人，就可既往不咎將功折罪。」

「是！」沈槐答應著，帶領幾名親兵匆匆跑往前院。

狄仁傑看了看欽差衛隊，又對張昌宗道：「請欽差大人再遣五十名衛兵去幫沈將軍，留五十人護衛內院。」

張昌宗猶豫著，狄仁傑加重語氣道：「欽差大人，如果叛軍攻破外院，這裡留再多的人也沒有用。」

張昌宗這才狠狠地點頭道：「也罷，狄仁傑，如若今日本欽差有個閃失，你也別想活了！」

狄仁傑微微一笑：「請欽差大人放心，老臣還不想死。」

一直沉默地站在旁邊的袁從英突然邁步往外就走，狄仁傑忙喚：「從英，你去哪裡？」

袁從英頭也不回地拋下一句：「我去解決外面那些人！」

狄仁傑張了張嘴想說話，卻又咽了回去，只是盯著袁從英的背影發愣。

張昌宗陰陽怪氣地開口道：「這是怎麼回事？狄國老，袁從英怎麼擅自行動？他眼裡還有沒有我這個欽差了？」

狄仁傑冷笑道：「欽差大人是想讓老臣把袁從英叫回來嗎？」

張昌宗語塞，只憋出個「你」字，臉上一陣紅一陣白。

都督府門前，沈槐和鄭暢的人馬展開了一場混戰。鄭暢領著府兵要往裡衝，沈槐率欽差衛隊和都督府守兵死守，府門前幾百個人戰在一處，只見刀劍相撞，血肉橫飛，這些平日裡親如兄弟的同袍，今夜真是同室操戈，手足相殘。漆黑的夜幕前，銀白的月光下，眨眼間便是猩紅遍地，好一幕慘烈悲壯的場面。

沈槐身先士卒，衝在最前面，劍鋒閃耀之處，敵兵紛紛倒地，他殺開一條血路，直奔鄭暢而去。他與鄭暢本是同僚，但私底下各為其主，平日裡就面和心不和，互相提防，今天更是仇人見面分外眼紅。鄭暢見沈槐殺來，也不親自迎戰，仗著自己人多，指揮兵士重重疊疊圍在身前，沈槐一時竟無法殺入這個密集的人肉陣中。

正在焦急之中，沈槐忽覺身邊捲起一陣疾風。與袁從英同戰幾場，沈槐已能辨出這獨一無二的速度和氣勢，便知是他趕到，頓覺心中勇氣倍增。果然，若耶劍一路掃落紛紛血雨，袁從英剎那間便殺到沈槐近旁。

沈槐大喜，朝他狂喊：「從英兄，你來了！」

袁從英大聲喝道：「擒賊擒王，誰是主將？」

沈槐舉劍指向鄭暢：「就是他！」

袁從英道聲：「知道！」劍鋒一橫，搓步蓄勢，整個人便如離弦之箭，直飛入鄭暢身前的人肉陣中。若耶劍左右翻飛，砍瓜切菜一般，他的身後頓現一道血河。鄭暢哪裡見過這個陣勢，知道這個惡煞般的人物是衝自己而來，眨眼間擋在面前的兵卒俱已倒地，趕緊撥轉馬頭要跑，眼前忽然一道白光，他大張著嘴卻再也喊不出聲。頭顱已被袁從英提在手中。

袁從英高高舉起鄭暢的人頭，朝激戰中的人群斷喝道：「鄭暢是反賊！爾等不要再為他送命！放下武器者免死！」他的聲音依然嘶啞，臉色也很蒼白，但神情傲然，氣勢逼人，獨立於兩隊陣前，真宛如威風凜凜的戰神一般。

沈槐雖和袁從英並肩作戰過，但也還是第一次見到他這般模樣，竟被震懾得心神蕩漾，渾身上下熱血沸騰，不由從心底裡發出讚歎。鄭暢的兵卒則個個面面相覷，猶豫中不自覺地放下了手中的刀劍，他們本就不願與同袍為敵，更怕背負造反的罪名，如今主將被殺，投降便是最佳選擇，既有生機誰都不想求死。

沈槐見此情景，也立即來到袁從英的身邊，高聲喝道：「諸位弟兄，陳松濤、鄭暢意欲謀反，聖上派來的欽差大人已下令將二人查辦。現陳松濤就縛，鄭暢授首，我沈槐保證，只要弟兄們棄暗投明，欽差大人一定會對大家既往不咎，有功者還另有封賞！」

這番話說出，再無人遲疑，眾人齊聲高呼：「我們願聽沈將軍號令！」一場血雨腥風的慘烈戰鬥就此結束。

都督府正堂前，狄仁傑等眾人伸著脖子等待戰訊，只聽到外面一片混亂後安靜下來，緊接著沈槐渾身血紅地跑進來，興奮地向眾人抱拳，高聲道：「眾位大人，鄭暢授首，叛軍投降了！」

「太好了！」張昌宗喜上眉梢。

吳知非頷首道：「袁將軍、沈將軍辛苦了！」

狄仁傑凝神端詳緊跟在沈槐身後的袁從英，見他行動如常，身上那套狄景暉的錦袍也只潑濺上不多的血跡，這才大大地鬆了口氣，心中湧起千言萬語，又不知從何說起。正自躊躇，只聽張昌宗冷言冷語道：「袁從英，你未得本欽差命令就擅殺朝中大將，這可是大罪！」

狄仁傑一聽這話，氣得胸中怒火翻滾，知道張昌宗是怨恨袁從英對他的輕慢，故意找碴，正要好好說幾句教訓下張昌宗，就聽袁從英淡淡地答道：「原來你不想他死，早說啊。那你就把他的腦袋裝回去吧。」他的右手中還提著鄭暢的人頭，此刻抬手一甩，一顆血肉模糊的腦袋往張昌宗的身上直飛過去。

張昌宗大駭，倒退幾步，腳下一絆跌坐在地上。鄭暢的人頭剛剛好落在他的懷裡，張昌宗俊臉煞白，兩手亂舞將人頭抖落到地上，吳知非趕緊湊上去將他扶起來，嘴裡唸叨著：「欽差大人，您沒事吧。袁將軍，你這玩笑開得也……」沈槐強忍著笑，把人頭撿起來遞給旁邊的兵卒。

張昌宗受驚不小，一時說不出話來。袁從英就像什麼都沒看見，轉身來到狄仁傑面前，低著頭問了句：「大人，沈槐把我的話帶給您了嗎？」

狄仁傑呆了呆，才想起沈槐在恨英山莊對自己說的那四個字，忙道：「子夜悲泣，是這句話嗎？從英，沈槐告訴我了。」

袁從英低聲道：「您知道我的意思。」

「當然。」狄仁傑道：「子夜悲泣，從英，你是向我暗示你把韓斌藏在藍玉觀的山洞之中，對嗎？你我就是在那裡過夜時，聽到孩子的哭聲。」

「您去過藍玉觀了嗎？」

「還沒來得及……」狄仁傑回答著，心中越發困惑，袁從英只管低著頭，還是看不到他的表情。

狄仁傑料想他一定是在擔心韓斌，便柔聲道：「從英，你把韓斌藏在那裡是個好主意，我料想他必定安全，所以便先來這裡，陳松濤是主犯，擒獲他最重要，況且我也擔心你——」

袁從英打斷狄仁傑的話：「大人，現在叛亂已定，請您……隨我立即去藍玉觀見韓斌。」

狄仁傑心中一沉，袁從英從來不曾打斷他的話，更不會用這樣幾乎是命令的語氣。狄仁傑想了想，點頭道：「好，從英，我這就隨你去。」

話音剛落，張昌宗在正堂前大聲道：「叛軍剛定，本欽差要立即升堂問案。狄國老，你怎麼還在那裡嘀嘀咕咕？來人吶，帶陳松濤、狄景暉！」

狄仁傑略一猶豫，袁從英忽然朝他抬起頭，皺了皺眉，輕聲道：「大人，您去審案子吧。不要耽誤了正事，我這就去藍玉觀把韓斌帶來。」

狄仁傑越發感覺他的神色不對，雖不知就裡，卻分明能聽出他聲音裡的焦慮，他到底怎麼了？狄仁傑緊張地思考了下，低聲道：「從英，你別著急，等我一會兒。」袁從英又低下了頭。

狄仁傑來到張昌宗面前，微微躬身道：「欽差大人，藍玉觀案子中尚有一位關鍵證人未到，就是前面提到的那個從藍玉觀逃走的小孩韓斌。老臣請欽差大人再稍等片刻，待老臣去將那小孩帶來後再審案不遲。」

張昌宗道：「派個人去便可，狄國老何必要親自前往？」

「這孩子十分關鍵，其他人去老臣不放心，必須是老臣和袁從英一起去。」

「莫名其妙！」張昌宗怒道，「袁從英在搞什麼名堂！從一開始就對本欽差大為不敬，現在又如此行事詭異。狄國老，你太縱容他了吧。不行，本欽差現在就要審案，狄國老，你想走就走，請便吧。」

狄仁傑的臉色變了，強壓怒火，沉聲道：「欽差大人，沒有袁從英擒住陳松濤，誅殺鄭暢，你此刻能不能安穩地坐在這裡還未可知。他怎麼就行事詭異了？老臣倒覺得欽差大人你的行事很詭異。老臣想提醒你，恨英山莊的案子還沒有結呢。馮丹青為什麼要殺范其信？她死前說的那幾句話，還有欽差擅自誅殺馮丹青的行為，都著實可疑得很吶！」

張昌宗嚷起來：「狄仁傑！你想威脅我！」

狄仁傑雙眼精光四射，厲聲喝道：「老臣只想請欽差大人不要逼人太甚！」

張昌宗在武皇身邊見慣了狄仁傑忠誠謙卑的態度，此刻看到他暴怒至此，本來就心虛，還真的有些膽戰心驚。

吳知非見他臉上陰晴不定，趕緊上前道：「欽差大人，既然韓斌是關鍵證人，還是待韓斌到案後再做審理為好。此刻夜色已深，就請欽差大人在大都督府內安歇，明天早上再審案不遲。沈將軍，請你立刻安排大都督府的防務，要確保欽差大人的安全。」

沈槐答應著，狄仁傑已轉身快步來到袁從英面前，微笑道：「從英，咱們走。」

袁從英輕輕應了一聲，領頭往外就走。沈槐趕上來，悄悄在狄仁傑身邊道：「狄大人，我派三十名可靠兵卒給你們，一路保你們安全。」

「好，多謝沈將軍。」

并州郊外，藍玉觀。

「原來這裡就是藍玉觀啊。」一沿著夾縫魚貫而入，來到熱泉潭前的空地上，一名兵卒忍不住感歎道。周圍仍然是一片肅靜，伴著熱泉瀑布的水聲，這句感歎蕩起悠悠的回音，清晰地傳到隊伍最前面，狄仁傑和袁從英的耳裡。兩人不約而同地停下腳步，舉頭環顧四周，月亮驟然間大放光明，只映得滿地清冷，地上彷彿結了一層寒霜。晨霧瀰漫的邊緣，幾顆孤星在絕壁之上閃著淒冷的光。

袁從英語氣急促地喚道：「大人，快來。」

他率先推門走進韓銳、韓斌的小屋，移開木榻，舉起火把，仔細地檢查遮蔽洞口的蓋板，從縫隙裡拉出根細細的草葉，憔悴的臉上露出微笑：「沒有人來過。」

狄仁傑走過去，袁從英已經掀起蓋板，閃身讓到一邊，輕聲道：「大人，您自己進去吧。我囑咐過韓斌了，他會對您將所有的一切和盤托出的。」

狄仁傑疑惑地回頭，也輕聲問：「怎麼？你不和我一起進去嗎？」

袁從英搖搖頭，仍然微笑著低聲說：「大人，我就在這裡守著，您和韓斌談完了，就把他帶出來，我等著你們。」

說著，他伸出手攙起狄仁傑的胳膊，小心地扶他踏入洞中的石階，才將手中的火把遞給狄仁傑。看著狄仁傑舉著火把慢慢爬下去，直到消失在漆黑的洞中，袁從英才在洞旁緩緩坐下，他下意識地在心中估算了一下時間，便不再想任何事情，只是目不轉睛地注視著洞口，等待著。

等到韓斌的小腦袋自洞口冒出，歡叫著朝他撲過來，袁從英這才如夢方醒，趕緊伸手去摟，韓斌一鑽到他懷裡就不肯鬆開，一遍遍地叫著：「哥哥，哥哥。」

狄仁傑緊跟著也從洞中出來，卻面沉似水，看到韓斌纏著袁從英撒嬌，便俯身來拉韓斌，嘴裡說道：「來，好孩子。狄爺爺有非常重要的話說，你先讓開。」

韓斌很聽話地鬆開手，讓到了一邊。狄仁傑一邊疾步朝門外走去，一邊低聲說：「從英，我們去那熱泉潭邊。」

袁從英一言不發地低頭跟著狄仁傑，二人並肩來到熱泉潭邊，狄仁傑面向熱泉瀑布，深吸口氣說：「韓斌已經把所有的事情都告訴我了……這孩子很細心，他數過身上帶的藥丸數量，剛才他對我說，藥丸不知怎麼少了一顆。」

狄仁傑轉過身來，一字一句地道：「從英，如果那顆藥丸還在你身上，把它給我。」

說到這裡，他再也沒有勇氣直視袁從英的眼睛，高仰起頭，緩緩伸出不停顫抖的右手，隨即便感覺到自己的手被緊緊地握住了，只握了一下，手心裡面就觸到一個小小的圓球。狄仁傑的腦海裡面已是一片空白，仰起的臉上剎那間老淚縱橫。

他透過迷離的淚眼，看見懸下瀑布的絕壁頂上，已有幾縷金線破霧而出，但這日出不像生機勃勃的新生，卻似無奈地決然面對污穢壓抑的塵寰，自知結局的最後一搏。幾番掙扎之後，終於，長夜轉白，寰宇合流，又是新的一天來到了。

狄仁傑鬆開緊握的右拳，任憑那顆小小的褐色藥丸從掌心滑落，無聲無息地沒入深潭。一個輾轉很久都無法做出的決定，終於在他的心中堅定下來。他的身邊已空無一人，袁從英早就走開了，狄仁傑緩緩拭去眼角的淚水，邁步朝小丹房走去，來到門邊。韓斌眨著明亮的眼睛，愣愣地看著他。

狄仁傑蹲下身去，慈愛地摸摸孩子的腦袋，道：「斌兒，好孩子，快，去找你哥哥，去陪著他。」

韓斌答應了一聲，趕緊往絕壁跑去，他剛才看得很清楚，袁從英離開狄仁傑後，就走到夾縫外面去了。韓斌跑出夾縫外，果然，袁從英就坐在不遠處的一塊石頭上。韓斌幾步便奔到他的身邊，看到袁從英在揉眼睛，韓斌便去拉他的手，滿手的汗，韓斌有些緊張，忙問：「哥哥，你怎麼了？」

袁從英搖搖頭道：「沒什麼，汗流到眼睛裡了，有點澀。」勉強笑了笑，又問：「斌兒，你數過那些藥丸嗎？」

韓斌有些糊塗了：「沒有啊，我從來沒數過，數它幹什麼呀……」

「哦。」袁從英又揉了揉眼睛，可眼前還是越來越模糊，越來越黑，什麼都看不清了。

陣陣劇痛中，他只能隱隱約約地聽到韓斌在說：「哥哥，你不舒服了嗎？來，你靠著我……」

洛陽，宮城外，天津橋前。

狄仁傑剛從馬車上下來，耳邊有人在喚：「狄國老，別來無恙啊。」

狄仁傑一抬頭，相王李旦微笑地站在他的面前，神情殷切地注視著他。

狄仁傑趕忙迎上前，叫了聲：「相王殿下。」

正要躬身施禮，李旦搶前一步將他攙住，顫聲道：「狄國老，才一個多月不見，怎麼就憔悴至此？」說著，深深地歎了口氣。

狄仁傑淡淡一笑：「人老了，便如風中秋葉，一日不如一日了。」

李旦連忙搖頭：「狄國老這話太傷感，為了大周，狄國老也一定要珍重啊。」

狄仁傑道：「殿下不必擔心，老臣很好。殿下也是來見聖上嗎？」

「是啊，狄國老，咱們一起走吧，邊走邊談。」

「殿下請。」

李旦與狄仁傑並肩走入應天門，李旦低聲道：「狄國老的來信本王都看過了，并州發生的事情實在是令人感歎。」

狄仁傑點頭：「老臣聽說聖上已命殿下親自審理陳松濤，不知道情況如何？」

李旦道：「陳松濤雖為人奸詐狠毒，詭計多端，終究是個膽小如鼠、貪生怕死之輩。他現已對其五年前與魏王共同策劃謀反、一年前謀害王貴縱將軍，以及在藍玉觀的種種罪行一概供認不諱。本王今天入宮，就是要向聖上面陳案件詳情。」

狄仁傑沉吟著道：「魏王已逝，老臣料想聖上必不會再做追究，有陳松濤承擔下全部罪責，這些案子也都算了結了。」

李旦點頭：「嗯，此案一結，陳松濤、鄭暢一夥在并州的勢力也土崩瓦解，本王終於可以真正執掌并州軍政了。本王今天入宮，還想請求聖上允本王即日去并州巡授，整頓并州的一切軍政要務。」

狄仁傑道：「殿下想得很對。有殿下在，老臣相信并州一定會氣象一新的。」

李旦又低聲道：「狄三郎被押在大理寺另案審理，本王已經關照過大理寺卿，狄三郎並沒有受苦。」

狄仁傑顫聲道：「多謝殿下關照。」

李旦道：「狄三郎的涉案情況也已審理得十分明白，大理寺卿的奏章本王看過了，狄三郎罪不至死，本王會懇請聖上酌情寬處，請狄國老放心。」

狄仁傑又道了聲謝，語帶哽咽。

不知不覺，二人已來到御書房前，一名緋衣女官迎上來道：「相王殿下請進，請狄大人先在此等候。」

李旦進了御書房，狄仁傑站在廊前默默等候，心中只覺一片清明。等了大約半個多時辰，李旦出來，向狄仁傑含笑點了點頭，便朝外走去。緋衣女官將狄仁傑引入御書房，低聲通報：「陛下，狄大人來了。」

書案前，武則天慢慢轉過身來，表情複雜地注視著狄仁傑穩步走到面前。見狄仁傑口頌聖安，撩袍服下襬就要下跪，武則天忙伸手來攙，沉聲道：「狄愛卿，朕說過好多遍了，你見朕就免了跪拜之禮，你這一跪朕全身都疼。來人，快給狄國老看座。」

狄仁傑落座，武則天上下打量著他，良久，才點點頭說出一句：「事情朕全都知道了。狄愛卿，你受委屈了。」

狄仁傑渾身一顫，恭恭敬敬地站起來，只叫了聲：「陛下。」便說不下去了。

御書房裡一片寂靜，君臣二人相顧無言，心中都有萬千思緒翻湧著。半晌，武則天平復下激動的心情，向狄仁傑舉手示意，看著狄仁傑又坐下來，才緩緩啟口道：「狄愛卿，現在你知道朕為什麼要突然讓你致仕回鄉了吧。」

狄仁傑低頭答道：「陛下，臣不願妄測聖意。」

武則天一愣，微笑道：「你啊，你這是有怨氣啊。」

「老臣不敢。」狄仁傑又要起身，被武則天抬手按住。

武則天笑著搖頭道：「狄愛卿，你就是有怨氣，朕也絕不會怪你，人之常情嘛。朕倒是希望，經此一劫，你我君臣之間不僅不會失卻和睦，反而能更添一份難得的信任。狄愛卿，你能幫朕實現這個願望嗎？」

「陛下！」狄仁傑顫聲道，「陛下的深情厚誼實在令臣既感且愧，臣……」

武則天愣愣地看著他的樣子，不由深深地歎了口氣，道：「狄愛卿，你可知道，當朕接到密報說你的兒子狄景暉牽涉在五年前的案子中，而你的姻親陳松濤又在并州一手遮天，做出種種可疑之事，朕真的不敢想像，你與這一切究竟有什麼關聯。朕不相信你會謀逆，更不相信你會與陳松濤聯盟，這樣做與你一貫的立場相違背，但事情牽扯到你的兒子，朕又擔心你會因此而被人牽制，受人掣肘，做出違逆背反的事情來。并州的一切太過撲朔迷離，千絲萬縷的牽絆更令人困惑。朕思慮萬千，還是決定讓你回鄉，也是給你一個機會，親自去梳理和處置這一切。」說到這裡，武則天對狄仁傑頗有深意地一笑，「狄愛卿，朕想，你的家事還是應該讓你自己去處置。」

狄仁傑苦笑：「老臣明白，陛下這麼做是體諒老臣。」

武則天點頭：「狄愛卿，你沒有讓朕失望。吳知非、沈槐他們也做得很好，如今事情總算是有了一個令人滿意的結局。至於如何處置狄景暉，朕心中也已有計較。狄愛卿，你放寬心便是……你自己嘛，也該結束致仕，重回廟堂了。朕，一時還離不開你呢。」

狄仁傑依然苦笑著，只低聲道：「萬歲天恩浩蕩，臣萬死難報。臣遵旨。」

武則天沉吟了半晌，又道：「狄愛卿，除了查察陳松濤一案之外，朕讓你去并州還有另外一個原因。」

狄仁傑點頭道：「恨英山莊。」

「嗯，就是這個恨英山莊，張昌宗的奏章朕看了，可是還有些疑點解釋不清，朕想，你一定能給朕帶來清晰的答案。」

狄仁傑淡淡地道：「欽差大人的查案結果，老臣怎可妄加評論。」

武則天皺起眉頭：「狄愛卿！朕知道你和張昌宗素來有些嫌隙，但朕在你們之間從來都是對事不對人，這一點你心裡應該很清楚。」

見狄仁傑低著頭不搭腔，武則天道：「你這個樣子，不會又是為了那個袁從英吧？」

狄仁傑欠身道：「陛下，陳松濤、鄭暢叛亂甫定，欽差大人就以擅自行動之罪將袁從英羈押了起來，老臣這一路從并州回神都，都沒能和從英見過一面。袁從英為了審理藍玉觀案件，平定陳松濤、鄭暢的叛亂立下大功，且身負重傷，卻遭到欽差大人如此對待，老臣實在於心難平……」狄仁傑的聲音顫抖起來。

武則天安撫道：「狄愛卿，這些情況朕都清楚。袁從英破案、平亂確實有功，但他目無欽差擅自行動也都是事實，不辦他恐損皇威。如今他雖被看管在吏部的館驛，其實也沒有為難過他。那個小孩，就是藍玉觀的什麼韓……」

「韓斌。」

「對，那個韓斌還一直和他在一起。」

狄仁傑懇切地道：「陛下，老臣也知道，袁從英恃功驕橫，越來越難以管束，但他畢竟跟在老臣身邊十年，老臣與他還是很有情誼的。他如今到了這個地步，老臣……想去看看他。」

武則天仔細觀察著狄仁傑的表情，道：「嗯，不急，待事情了結，狄景暉和袁從英你都可以見到。」

沉默了一會兒，武則天道：「狄愛卿，恨英山莊的案子，朕總覺得張昌宗的奏陳沒有講述得很清楚，朕想聽你把這件案子的前因後果，詳詳細細地說一說。」

狄仁傑畢恭畢敬地回答：「陛下，老臣定當知無不言。只是在老臣講述之前，請陛下一定要回答老臣的一個問題。」

「好，你問吧。」

「老臣想知道，陛下想讓張昌宗從恨英山莊取到什麼？」

武則天神色一凜，沉吟半晌，才長歎一聲道：「狄愛卿，你還記得你離開神都之前，你我君臣的一番對話嗎？」

「陛下指的是？」

「朕記得當時你對朕說，生老病死是天數，至尊榮威乃人力，以人力敵天數，實為不智。」

狄仁傑一驚：「陛下，難道您是想從恨英山莊得到……」

武則天搖了搖頭：「朕已經從恨英山莊得到了一個教訓，你就不要再追問了。」

狄仁傑深揖到地：「是，陛下！」

「朕已回答了你的問題，狄愛卿，你是不是可以說了？」

狄仁傑長吁口氣，慢慢地講述了起來：「陛下，范其信這個異人的生平，老臣就不再一一細述，想必陛下已經瞭解得十分清楚。范其信長期和異域人士交往甚密，若干年前曾結識一個大食來的商團，與其中的一位女子有了一段孽緣，並生下了一個女兒。這個女兒就是陸嫣然。范其信不願此事為他人所知，便以收養孤兒的名義將陸嫣然撫養長大，收為女徒弟。陸嫣然與狄景暉交好，共同協助范其信培植異域藥材，研究具有特殊功效的藥物。恨英山莊特殊的環境，也十分適合培育需要特別溫度條件的草木。老臣在那裡曾見到一種妖異的紅花，名喚米囊花，便是來自大食的花種，經由這種花，可以提煉出大食奇藥『底也迦』。據老臣推測，這種花也是陸嫣然的母親帶給范其信的。後來，范其信自己又以米囊花為原料，製作出了一種藥物，那就是狄景暉和陸嫣然在藍玉觀中給道眾服食的怪藥。而藍玉觀的山洞，其實就是范其信本人的山中修煉之所。」

「原來是這樣。但朕聽說這種怪藥的效用很可怕？」

「是的，怪藥引起了藍玉觀道眾的死亡，而范其信也沒有解救的良方，這件事情被陳松濤的手下范泰所察，才引發了在藍玉觀的一系列事件。」

「嗯，這個朕已經瞭解了。那麼，馮丹青又是怎麼殺死范其信的呢？」

「請陛下容老臣一一道來。陳松濤一直覬覦恨英山莊的奇珍藥材而不可得，便派了范泰潛入恨英山莊，但范泰不懂醫術藥理，陰潛數年所得不多。三年前，馮丹青懷著差不多的目的來到恨英山莊，憑藉著她的美貌和妖媚俘獲了范其信，成了恨英山莊的女主人，她也確實從范其信那裡取得了一些奇藥的配方。

「然而范其信並不真正信任她，這從馮丹青對藍玉觀一無所知中就可以看出來。一個多月前，馮丹青由於被范其信要脅，萬般無奈之下毒殺了范其信，本想假託得道升仙之說來瞞天過海，但她的罪行被范泰目睹，范泰與陳松濤共謀，指使山莊的園丁范貴去報官，為的是不讓馮丹青輕而易舉地逃脫罪責，從而抓住馮丹青的把柄，伺機他謀。

「恰恰此時，老臣送名帖到恨英山莊，馮丹青驚慌之下，只得找范泰幫忙，范泰便引導她定下了一條嫁禍狄景暉的毒計，用一無名老者的屍首來替換范其信的屍體，這樣做既給陳松濤陷害狄景暉的計畫多加了一層手段，又能將馮丹青完全掌控在他們手中。與此同時，陳松濤故意委託老臣查察范其信的死因，此計不可謂不巧，不可謂不毒啊。」

武則天微笑道：「嗯，只可惜他們碰上的是狄仁傑。」

「陛下，天理昭昭疏而不漏，多行不義必自斃。作惡多端總歸是要付出代價的。」

「說得好啊。狄愛卿，朕還有最後一個問題。」

「是，陛下請問。」

武則天的眼中閃爍著皎皎的光華，盯牢狄仁傑，一字一句地問：「馮丹青為什麼一定要殺死范其信？范其信要脅她的事情是不是與張昌宗有關係？」

狄仁傑沉默了許久，方才抬頭道：「陛下，您想聽實話還是假話？」

武則天淡淡一笑：「狄愛卿，你想怎麼說就怎麼說，朕要的只是一個答案。待你回答了這個問題，你我就可以靜下心來，好好商量處置狄景暉和袁從英的辦法了。」

在一片肅然的靜默中，武則天與狄仁傑深深對視，心中都明白，他們各自最關心的人的命運，就要被決定了。

洛陽，大理寺。

狄景暉一身囚衣端坐在監房中，目視前方，看著自己的老父親緩緩走來，當狄仁傑邁進監房的時候，他站起身來，叫了聲「爹」，便雙膝跪倒在狄仁傑的面前。

狄仁傑猶豫了一下，伸出雙手，輕輕扶住兒子的肩膀，慈愛地端詳著狄景暉仰起的臉，含笑道：「瘦了些，氣色倒還不差。」說著，他拉起狄景暉，兩人在監房的長凳上面對面坐下。捏了捏狄景暉身上的囚服，狄仁傑輕聲問：「這衣裳夠不夠？晚上睡覺冷不冷？」

狄景暉忙道：「夠、夠。爹，我不冷……」

看到狄仁傑朝自己關切地點著頭，狄景暉突然間面紅耳赤、滿臉羞愧地低下頭，囁嚅了很久，才極低聲地說出一句：「爹，兒子讓您操心了。對不起。」

狄仁傑搖頭微笑：「你們兄弟三人，從小就是你最讓我操心，沒想直到今天還是如此。明早你這一出發，我便更要牽腸掛肚了。」

狄景暉又叫了聲「爹」，便沉默了。過了一會兒，才道：「爹，兒子要去服流刑的那個地方，您瞭解嗎？我以前從來沒有聽說過。」

狄仁傑點頭道：「嗯，那裡叫伊柏泰，是個名不見經傳的小地方，面朝大漠，背靠金山，正處於突厥與大周交界的地方，可是個極偏遠荒僻之地。你要做好吃苦的準備了。」頓了頓，看著狄景暉含笑道：「你啊，從小到大一直都是養尊處優的，如今去吃點苦頭，也好。」

狄景暉苦笑：「兒子這是罪有應得，吃多少苦頭都是活該。」

狄仁傑看著狄景暉的苦相，意味深長地道：「話雖這麼說，有從英同你一起去，我倒也不甚擔憂。」

狄景暉大吃一驚：「什麼？袁從英同我一起去？為什麼？他不當您的衛隊長了？」

狄仁傑輕輕歎了口氣：「從英得罪了張昌宗，皇帝已將他貶為折衝校尉，派赴沙陀州都督府戍邊。伊柏泰就在沙陀州都督府治下，因此正好將你一路押解赴流。」

狄景暉還是很困惑：「可是爹，您不是已經結束致仕了嗎？那誰來當您的衛士長？」

狄仁傑道：「皇上已經給我任命了一位新的衛隊長，你也認識，就是沈槐沈將軍。」

狄景暉皺眉道：「怎麼會這樣？爹，您為什麼不幫袁從英說話？這樣對待他，也太不公平了。」

狄仁傑點頭微笑：「景暉，怎麼？你也開始替從英鳴不平了？」

狄景暉嘟囔道：「爹，我只是覺得您這樣做會讓人寒心。」

狄仁傑歎道：「別人的看法我不會在意。至於從英的看法嘛，景暉，從明天開始，你就要同從英朝夕相處了，對這件事的看法，你有足夠的時間可以親自和他談。」

狄景暉低下頭不吱聲了。狄仁傑默默地看了他很久，方才輕輕拍了拍他的肩，站起身來，道：「景暉，我這便回去了。明天就不去送你們了，前路多艱，你要多多珍重……常常來信，讓我知曉你好不好。」說完，他轉身便朝外走。

狄景暉從長凳上跳起來，呆呆地看著父親的背影，緊走幾步，哽咽道：「爹，您多保重。」

狄仁傑腳步驟停，卻沒有回頭，終於還是穩步離開監房而去。

回狄府的路上，狄仁傑掀開車簾，探頭問狄忠：「吏部的館驛是在永太坊裡吧？」

狄忠應了聲「是」，接著嘟囔了一句：「老爺，今天從出府門到現在，這句話您都問了有十多遍了。您要是想去看袁將軍，咱們這就過去吧。」

狄仁傑嗔道：「你這小廝，多嘴得很。」

「小的說錯了，咱們這就回府。」

「噯，誰說要回府了，當然要去永太坊啊。」

「是！」狄忠又氣又笑地應著，剛掉轉車頭，狄仁傑突然叫道：「狄忠，我讓你給從英準備的衣物呢？可曾帶在車上？」

狄忠道：「老爺，您壓根兒沒說過今天要去看袁將軍啊，小的怎麼會帶。」

「你這小廝啊，一點長進也沒有，始終不會辦事。還不快回府，先取了東西再去。」

「是！」狄忠無奈地答應一聲，趕緊催馬車快行。馬車跑進尚賢坊，剛停在狄府門口，狄仁傑便急急忙忙地下車，狄忠突然在他耳邊輕聲道：「老爺，您快看，那是誰來了。」

狄仁傑展眼一望，袁從英站在狄府門口，正在向這裡張望，看見狄仁傑，他快步上前，微笑著抱拳道：「大人。」剎那間，狄仁傑只覺得舊日再現，彷彿此刻只是他們無數次分離後的又一次尋常重聚，一切都沒有發生過任何變化。

「狄爺爺好！」是孩子清脆的叫聲，狄仁傑低頭一瞧，韓斌從頭到腳簇新的衣服鞋襪，打扮得乾淨整齊，站在袁從英身邊，一雙圓溜溜的眼睛機靈地眨動著。

狄仁傑不由得笑起來：「原來是斌兒，今天怎的這麼好看啊？誰給你買的新衣裳？」

韓斌不說話，只是笑著抬頭瞧瞧袁從英。狄仁傑被他的聰明模樣引得忍不住伸出手，慈愛地摸了摸他的腦袋，一邊含笑對袁從英道：「從英，我正想去館驛看你，不想你倒先來了。」

袁從英點點頭：「此前一直都不讓出來，昨天聖旨下達以後，這才允許我們外出。」

「好啊。來，快進去說話。」狄仁傑輕輕拍了拍袁從英的胳膊，一邊領著他和韓斌往裡走，一邊仔細打量著他，真的看不出什麼變化，除了略顯憔悴之外，他一如往昔的溫文有禮、英挺自然。

來到書房，狄仁傑道了聲：「從英，坐。」他們分別落座，不約而同地相視一笑，一時間，誰都不願開口說話，只是默默地坐著。

韓斌依偎在袁從英的身旁，好奇地一會兒看看這個，一會兒瞧瞧那個。狄仁傑看著他的樣子，忍俊不禁，便逗他道：「斌兒啊，你老是叫我狄爺爺，一點兒都不親熱。這都要過年了，是不是也該改個口？」

「啊？」韓斌想了想，試探地看看袁從英，又轉過頭，對著狄仁傑輕聲道：「嗯，那、那，我叫您爺爺？」

狄仁傑朗聲大笑起來，連連搖頭：「不行，不行。」

韓斌被他笑得莫名其妙，傻乎乎地問：「為什麼不行？」

狄仁傑笑得眼睛瞇成了一條縫：「本來呢，你的年紀和我那幾個孫兒也差不太多，叫爺爺不錯。可是你已經叫了從英哥哥，便不能再叫我爺爺，否則這輩分可就亂套啦。」

韓斌一臉困惑，求助地看看袁從英，袁從英卻只朝他微笑，一句話也不說。

狄仁傑招呼道：「來，斌兒，到我這兒來。」

韓斌猶猶豫豫地來到狄仁傑的身邊，狄仁傑慈祥地摟住他的肩膀，輕聲道：「你這小孩兒啊，佔了大便宜咯。這樣吧，以後你便跟著從英，叫我大人吧。」

「大、大人？」韓斌叫了一聲，苦起小臉，覺得這個稱呼十分彆扭，噘起嘴道：「這有什麼親熱的？一點兒都不好聽。」

「哦？哈哈。」狄仁傑輕拍了下他的腦袋，「你呀，你以後就會懂的。」

「哦。」韓斌不太自在地答應了一聲。

狄仁傑瞧瞧他，突然想起件事，對袁從英道：「從英，去把我書櫃最上面的木匣子取過來。」

「是。」袁從英拿來木匣子，放在几上。

狄仁傑打開木匣，取出一條金鏈。袁從英和韓斌見著這金鏈，都有些發愣。狄仁傑輕輕攬過韓斌，將金鏈遞到他的手中，道：「斌兒，這條金鏈子，是我從你死去的哥哥身上取下來的。」

韓斌低著頭，小聲說：「這是嫣然姐姐送給我哥哥的，他到死都戴在身上。」

狄仁傑微微頷首：「現在我就把這條金鏈交給你，你帶著它，便是你那死去的哥哥和嫣然姐姐都陪在你身邊了。」說著，他舉起金鏈子，替韓斌戴到脖子上。

沉默了一會兒，狄仁傑扭頭看看袁從英，微笑道：「從英，明天就要啟程，我已經叫狄忠替你收拾好了衣物，回館驛的時候，讓狄忠送你們過去，把東西都帶上。」

袁從英欠身道：「大人，又讓您費心了。」

狄仁傑搖搖頭：「這寒冬臘月的，要去那麼遠的地方，一路上會很辛苦。我本想說服皇帝，讓你們等開春再走，可是……唉，從英，你的身體怎樣了？那些傷……」

袁從英道：「大人，您不用擔心，我已經全好了。」

狄仁傑剛想開口，懷裡的韓斌突然嘟囔了一句：「又騙人。」

「哦？」狄仁傑皺起眉頭，問，「斌兒，你哥哥說謊了？」

韓斌張了張嘴，瞥見袁從英正瞪著自己，便也惡狠狠地回瞪他了一眼，但還是抿起嘴唇，不敢再說話了。袁從英卻彷彿終於下定了決心，正色對狄仁傑道：「大人，從英今天來，一來是向您辭行，二來也是想求您件事。」

「哦？你說，什麼事？」

「大人，從英此行要去什麼樣的地方，您很清楚。如果一路上帶這個孩子在身邊，想必照顧不過來。再說，我也不願意讓他這麼小小年紀，就去那樣荒僻艱苦的地方。大人，從英想求您收留斌兒，將他帶在身邊管教，讓他今後有個好的前途。」

「這……」狄仁傑尚在沉吟，韓斌卻一下從他懷裡掙開，跑回到袁從英的身邊，一把抱住袁從英，跺著腳叫：「哥哥，你幹什麼呀？你不要我了嗎？」

袁從英按住他的小手，輕聲道：「斌兒，你要聽話。跟著大人你可以學——」

他一句話還沒說完，韓斌已經急得迸出了眼淚，臉漲得通紅，拚命嚷起來：「我不要！我誰也不跟，我就要和你在一起！哥哥，我不瞎說話了，我什麼都聽你的，不要趕我走啊！」他把腦袋埋到袁從英的懷裡，死死揪著他的衣服，再也不肯鬆手。

袁從英束手無策地瞧瞧狄仁傑，嘴裡嘟囔著：「大人，您看，我真是管不了他，我……」

狄仁傑默默看著這一大一小兩個鬧成一團，歎了口氣，輕聲道：「我倒有個主意。斌兒，你也別著急，聽大人說。」

韓斌抹了把眼淚，站直了身子。狄仁傑道：「從英，今天你就把斌兒留在我的府中，讓他在我這裡住一個晚上，熟悉一下環境。假如他喜歡上了這兒，那就留下來，假如他還是願意跟你走，明天你出發的時候，我會讓狄忠把他送過去。你看如何？」

袁從英愣了愣，低聲道：「如此甚好。大人，那就這麼辦吧。」他看韓斌倒也安靜了下來，便抬頭對狄仁傑道：「大人，那我就走了。」

狄仁傑點頭：「好。」

袁從英站起身，來到狄仁傑的面前，微笑著抱拳道：「大人，我走了。您多保重。」狄仁傑也微笑著點點頭，並不說話。袁從英又看了看韓斌，便轉身邁步走出書房，狄仁傑默默注視著他的背影，伸手將韓斌拉入懷中，輕聲道：「斌兒，來。我帶你去你哥哥的屋子，咱們在那裡說話。」

皇宮，御書房。

沈槐垂首跪在武則天的面前，許久，才聽到武則天的聲音：「沈槐，你的差使辦得很不錯。」

沈槐深深地磕了個頭：「微臣為陛下效力，萬死不辭。」

「嗯，朕已將你酌升為千牛衛中郎將，接替袁從英擔任狄國老的護衛隊長。」

「微臣領旨謝恩，陛下萬歲萬萬歲！」

武則天冷冷地看著沈槐，突然沉聲道：「沈槐，你可知道袁從英為何會落到今天的地步嗎？」

沈槐渾身一震，緊張地思索著，終於低聲答道：「袁從英的心中只有狄國老，沒有聖上。」

武則天滿意地點了點頭：「你很懂事。狄國老是國之棟樑，從今以後你便要竭盡全力輔助他，保護他，我希望你會做得比袁從英好。」

沈槐又一叩首：「微臣謹遵聖命。」

「好，你去吧。」

沈槐退出御書房，武則天緊皺眉頭思索著。突然，身邊響起怯怯的呼喚聲：「陛下，您要見我？」

武則天沒有抬頭，軟軟地靠坐到龍椅之上，疲憊地說：「六郎，你來了。」

張昌宗應了一聲，侷促地站在她的面前，神情十分緊張。

武則天閉起眼睛，張昌宗遲疑著來到她的身邊，輕聲道：「陛下，您累了嗎？六郎替您解解乏？」

武則天微微點頭，張昌宗伸出手，小心翼翼地替她揉起了太陽穴，揉了好一會兒，武則天睜開眼睛，仔細地端詳著他，輕輕拿住他的手，道：「六郎，在朕的眼裡，你就是個小孩子。小孩子犯了錯，朕是捨不得責備的，你知道嗎？」

「陛下！」張昌宗哽咽著，情不自禁地跪倒在武則天的面前。武則天定定地看著他，深深地歎了口氣，將他顫抖的身體攬入懷中。

# 第十三章　遠行

洛陽城外，洛水亭。

一大早，天上就飄起了紛紛揚揚的雪花，這是入冬以來最大的一場雪了。洛水已經冰封，河岸兩側都鋪滿了厚厚的白雪，天地間一片白茫茫的。

洛水亭中，沈槐從早上起就一直等在這裡，不停地朝官道上舉目眺望。終於，遠遠地從行人稀落的官道上，來了一支小小的人馬。沈槐一眼就認出了腰桿挺直地騎在馬上，一身黑衣的袁從英，還有走在他前面，雖被縛著雙手卻同樣昂首挺胸、邁著大步的狄景暉，他們身邊還有兩個差役，每個人的臉都凍得通紅，身上頭上落滿了雪花。

沈槐大聲叫著：「從英兄，景暉兄！」從洛水亭中跑出來，迎著他們跑上官道。袁從英看到沈槐，立即從馬上跳了下來，踏著積雪朝沈槐快步走來。走到對面，兩人互相一抱拳，都露出笑容。

沈槐有些激動地道：「從英兄，我從一早上就等在這裡了，就想能送送你和景暉兄。總算沒有白等。」

袁從英微微喘著氣，也笑道：「這麼冷的天，你還來送我們，真叫人過意不去。」

沈槐朝袁從英的身後瞧瞧，狄景暉一臉傲然地站著，那模樣不像是被押赴流刑的囚犯，倒更像是個來巡查的官員，不由會心地一笑，上前一步道：「景暉兄，我來給你送行。」

狄景暉點點頭，道：「多謝你的美意。我很好。」

沈槐聽他說得不倫不類，有點忍俊不禁，又回頭看看袁從英，道：「從英兄，下起雪來了，你們這一路往西北，路會越來越難走的，天氣也會越來越差，真要多加珍重啊。」

袁從英淡淡一笑：「沈賢弟，我本就是從西北那邊來的，倒也過得慣那種日子，沒什麼大不了。就是他嘛……」他瞥了眼狄景暉，又朝沈槐擠擠眼睛，「恐怕要吃點苦頭。」

沈槐會意一笑，二人攜手走進洛水亭，沈槐感歎道：「虧得你們倆同行，相互有個照應，這樣狄大人還能略放寬心。」

袁從英聽他提起狄仁傑，神情略變了變，沉思片刻，道：「沈賢弟，衛國戍邊是我一向的心願，今天終於成行，心中唯一放不下的只有狄大人。沈賢弟，而今你已是大人的侍衛隊長，從今往後，大人的安危就寄託在你的身上了。沈賢弟能保得大人平安，便是對愚兄的大恩大德。愚兄，這就謝過沈賢弟！」說著，他唰地撩起衣襬，單膝著地，向沈槐行了個大禮。

沈槐大驚，趕緊拉起袁從英，一時竟不知道說什麼才好。

袁從英又從腰間取下若耶劍，輕輕撫摸了下劍鞘，平端起寶劍，注視著沈槐，鄭重地道：「沈賢弟，這柄若耶劍是十年前我剛到大人身邊的時候，大人贈給我的。如今我既然離開大人，便還請沈賢弟幫我個忙，替我將此劍還給大人。」見沈槐猶豫著，袁從英微笑道：「沈賢弟，本來我應該親手把劍還給大人的。可我知道，那樣的話大人必不肯收，還不免傷感。所以，我早就想好了讓你把劍帶給大人。我料想，你今天一定會來送我們的。」他把若耶劍又往前遞了遞，輕聲道：「沈賢弟，請你接好，這是把寶劍。」

沈槐這才雙手接過若耶劍，輕輕把劍往外一抽，森森寒氣頓時蓋過凜冽的北風，劍身閃出耀眼的光芒。沈槐由衷地讚歎：「真是把難得的好劍。」

突然，寒風中傳來一聲孩子的呼喚：「哥哥！」

眾人回頭一看，狄忠駕著馬車來到洛水亭旁，馬車剛一停穩，韓斌便連蹦帶跳地朝袁從英飛奔而來，一頭撲進了袁從英的懷中，嘴裡不停地嚷著：「這下你不能趕我走了吧？」

袁從英蹲下身摟住韓斌，含笑道：「你這個小壞蛋，怎麼還是來了？狄府不好嗎？」

「不好，哪裡都不好！」韓斌一個勁地叫著，死命抱著袁從英的脖子。

袁從英好不容易才把他略略推開一些，問：「吃過早飯了嗎？還餓不餓？」

韓斌眼珠一轉：「有好吃的嗎？」

袁從英笑著從懷裡掏出個紙包：「豆沙餡餅，想不想吃？」

「想！」韓斌舉起一塊豆沙餡餅，正要往嘴裡送，突然開心地喊起來，「我知道了，我知道了，你想我來，你想我來的！」

見袁從英只是微笑著不答話，韓斌把豆沙餡餅往他的嘴邊送了送：「哥哥，你先吃。」

「我不愛吃這個。你吃吧。」

「不要，你不吃我也不吃！」

袁從英無可奈何地咬了一小口，韓斌這才心滿意足地大吃起來。袁從英直起身子，看見狄忠遠遠地站在馬車旁，便朝他點了點頭。狄忠也衝他點頭，背過身去悄悄地抹了抹眼淚。

「好了，我們該出發了。」袁從英說著，將韓斌抱上馬背，又朝沈槐抱了抱拳，自己也飛身上馬，掉轉馬頭，一行人重新回到官道，沿著鋪滿積雪的道路緩緩向前行去。

洛水亭邊，沈槐和狄忠久久地望著他們的背影，直到漫天飛雪遮蔽了天地間的一切。

官道旁，都亭驛。

傍晚時分，都亭驛裡人聲喧譁。大堂裡，熊熊燃燒的炭火帶來暖意，在寒風大雪中趕了一天路的旅人們，終於可以在這個溫暖的所在歇歇腳，吃點熱湯熱飯，再睡上一覺，明早才有力量去繼續那艱難的旅程。

櫃檯旁的角落裡，袁從英正在和驛吏商量著什麼。驛吏指著狄景暉，皺眉道：「您要三間房沒問題，可他是個服流刑的犯人，不允許住客房，要住監房的。」

袁從英輕聲道：「這裡又不是官府，哪來這麼多規矩，你多掙些錢還不好嗎？」

驛吏為難道：「哎喲，我這都亭驛也是官辦的驛站，自然要講些規矩。否則……」

袁從英想了想，道：「算了，那也不為難你了。我就要兩間房，讓他和我住一起，你就不要管了。行嗎？」

驛吏「咳」了一聲，不再說話了。

袁從英回到一夥人身旁，安排兩名差役回房歇息，讓夥計把飯菜送到他們房中，才帶著韓斌和狄景暉去樓上的客房。狄景暉一瘸一拐地登上樓梯，臉上露出痛苦的神色。三人進了房間，狄景暉一屁股坐在椅子上，長長地出了口氣。

袁從英看了看他，倒了杯茶遞給他，道：「喝口熱水吧。」

韓斌見了，湊過來道：「哥哥，我也要喝熱水。」

袁從英也倒了杯茶給他，問道：「斌兒，你今天是怎麼回事？一路上都在睡覺，我抱你抱得胳膊都快斷了。怎麼睏成這個樣子？昨天晚上沒睡覺嗎？」

韓斌眨眨眼睛：「是有點睏。昨晚上大人爺爺和我說了一晚上的話。」

袁從英皺起眉頭，沒好氣地道：「大人爺爺，什麼亂七八糟的稱呼。大人和你有什麼話可說的？還說了一個晚上？」

韓斌一扭頭：「不告訴你，你凶。」

袁從英瞪了他一眼，走到狄景暉面前，蹲下身說：「把靴子脫了，我看看你的腳。」

狄景暉一愣，臉騰地漲紅了，袁從英笑了笑：「你從來沒走過這種長路，現在腳上一定起了泡，不趕緊處理明天就走不了了。」

狄景暉這才猶猶豫豫地彎腰脫下靴襪，腳底果然起了一大溜水泡，有的已經破了。袁從英看了看，從靴筒裡抽出一把小小的匕首，湊到燭火上去燒了燒刀尖，端起狄景暉的腳，挨個把水泡挑破，又取來乾淨的襪子給狄景暉，讓他自己換上。

袁從英走到水盆旁，一邊洗手，一邊道：「明早這些水泡處就能結疤，走一段路後還會再破，如此兩三次，腳底就會結上厚厚的老繭，像我一樣，你便再也不怕走長路了。」

狄景暉輕輕道了聲謝，想了想，又有些不忿地道：「咱們再買匹腳力多好？我也舒服，你也不用這麼麻煩。」

袁從英道：「你這是在赴流刑，又不是遊山玩水。你是不可以騎馬的。」他回到桌邊坐下，喝了口水，又道：「這樣吧，明天離開驛站以後，你先走一段，到了人跡稀少的地方，就讓你和斌兒一起騎馬。等快到鎮甸的時候，再換回我來騎馬。咱們在關內就這麼辦，等到了關外，就沒人理這個碴了，到時候我再去多買匹腳力來。」

韓斌聽著，噘起嘴嘟囔道：「我才不要和他一起騎馬。」

袁從英問：「那你想怎樣？」

韓斌道：「我和你一起走路。」

袁從英笑著搖頭：「你啊，走不了一個時辰就該累趴下了，到時候怎麼辦？」

韓斌往他的身上一靠：「那你就揹我啊！」

袁從英輕輕敲了敲韓斌的腦袋：「小混蛋，你想累死我啊。」

韓斌朝他吐了吐舌頭，道：「你也知道累啊，那就自己騎馬嘛。」又指了指狄景暉，「他又沒病又沒傷，壯得像頭牛，憑什麼他騎馬你走路！」

袁從英被他說得愣了愣，笑起來：「才跟大人待了一個晚上，就學會捉弄我了。」

正說著，有人敲門，韓斌跑過去打開房門，夥計端著飯菜走進來，放到桌上，袁從英道了聲謝，夥計正要往外走，狄景暉突然問道：「你們這裡可有好酒？」

夥計道：「有啊，客官您要喝什麼酒？」

「這個……有沒有五雲漿？或者新豐酒？梨花春也行啊。」

夥計為難道：「這位客官，您說的這些都是一等一的名酒，咱這裡可沒有。」

狄景暉不耐煩地說：「你就說你們有什麼吧？」

夥計道：「我們這裡最好的也就是石洞春酒了。」

「行，就要這個，先給我們來兩斛。」

袁從英一直聽著沒吭聲，此時才開口道：「狄景暉，你想喝什麼酒你自己買，我可沒錢。」

狄景暉將眉毛一豎：「怎麼可能？川資路費不都在你那裡嗎？」

「咱們一路上就靠這些錢了，往前走說不定還要遇上大雪封路，我估計最少要走一個月，這些錢還未必夠花。」

「你！」狄景暉氣得一拍桌子，「果然學得和我爹一樣小氣。」

夥計道：「客官您還要不要酒了？如果不要我就先下去了。」

狄景暉忙道：「等等，你別走。」說著全身上下一通亂摸，可惜一無所獲，袁從英也不理他，自顧自和韓斌吃起飯來。

忽然，就聽狄景暉一聲大笑：「哈哈，有了！」從桌上抓起根竹筷，往腦袋上一插，順手就把原來的髮簪褪了下來，往桌上一放，道：「就這個了。我用這個換你兩斛酒，總行了吧？」

夥計瞥了眼髮簪：「這東西能值多少錢？」

狄景暉笑道：「你先拿下去給你們管事的瞧瞧，就知道了。」

夥計捧著髮簪跑下樓去，袁從英好奇地問：「你那東西很值錢嗎？」

狄景暉一撇嘴：「哼，買下他這座驛站都夠用。」

「那你就用它來換酒喝？」

「噯，錢財嘛，本來就是身外之物，不花白不花。我狄景暉千金都已散盡，不在乎再多花這點。」

袁從英笑著點頭，就見驛吏點頭哈腰地走進門來，身後跟著好幾個夥計，每個手上都捧著酒菜。驛吏指揮著他們把酒菜在桌上布好，又親自斟了兩杯酒，這才畢恭畢敬地退了出去。

狄景暉心滿意足地端起酒杯，對袁從英道：「袁從英，怎麼樣？今兒我狄景暉真心實意地敬你這杯酒，你喝不喝？」

「當然喝！」袁從英也端起酒杯，兩人一碰杯，仰頭就乾。卻不料韓斌劈手奪過袁從英的酒杯，嘴裡叫著：「不許喝酒！」

袁從英眉頭一皺：「斌兒，你胡鬧什麼。」

韓斌理直氣壯地站在他的面前，大聲道：「不許喝就是不許喝，大人爺爺叫我管著你的！」

袁從英愣住了：「大人讓你管我？管我什麼？」

韓斌得意非凡地道：「昨天夜裡大人爺爺和我說了一個晚上的話，就是讓我管著你。他說，他把你託付給我了。」

他的話音剛落，狄景暉已經笑得前仰後合，幾乎從椅子上摔了出去，嘴裡還道：「袁從英啊袁從英，你完了。好不容易離開我老爹，他居然陰魂不散，還弄了這麼個小鬼頭來管著你，我看你這輩子就死在我老爹手裡了，哈哈哈。」

袁從英一把揪過韓斌，瞪著他：「你說，昨晚上大人都跟你說什麼了？」

韓斌拚命地掙扎，氣呼呼地道：「我才不會告訴你呢，大人爺爺不讓我說。」

袁從英無可奈何地放開他，想想來硬的不行，又換了口氣道：「韓斌大俠，韓斌壯士！你不是想學劍嗎？告訴我你們昨晚上都說什麼了，我就教你。」

韓斌一瞪眼：「別耍花招，怎麼著都沒用。」

狄景暉在旁邊嘖嘖歎息道：「唉，好歹你也當過正三品的大將軍，居然連個小孩子都治不住，難怪把個大將軍都給當沒了。」

袁從英氣得不行，衝口道：「我總比你這個窮光蛋流放犯強！」

狄景暉一拍桌子：「來，今兒我這窮光蛋流放犯便再敬你這校尉一杯，你倒是喝啊。」

袁從英低下頭不吱聲了。

韓斌拉了拉他的衣袖，輕聲道：「好哥哥，你要聽話啊。我去給你熬藥。」

「藥？什麼藥？哪來的藥？」

「大人爺爺給你的，就放在今天狄忠哥哥送來的包袱裡。」

「哦，」袁從英答應了一聲，道：「我自己去吧。」

「不，我會的，我去。你歇著，等我一會兒啊。」韓斌拿起一包藥，跳跳蹦蹦地出了門。

袁從英衝著他的背影說了聲：「小心點，不要亂跑。」

「知道了。」

狄景暉繼續有滋有味地喝著酒，一邊感歎：「唉，這真是我一生中喝過的最難喝的酒啊。」

他看了看袁從英，笑道：「別鬱悶了。我喝酒，你喝藥，各取所需嘛。」

袁從英搖頭苦笑：「我怎麼這麼倒楣。」

狄景暉道：「行啦，咱們兩個彼此彼此。一個多月前，我還是腰纏萬貫的豪富巨賈，風流倜黛，嬌妻美……」他的聲音突然低落下去，一仰頭又喝下杯酒，眼眶濕潤了。沉默了一會兒，他又抬頭笑道：「不過，我覺得現在這樣也挺好。什麼都沒有了，反而輕鬆。你說呢？」

袁從英也笑了笑，沒說話。

狄景暉端著酒杯沉思了一會兒，突然道：「噯，我跟你說件事情。這兩天我一直都在琢磨，可總也想不出個結果，你幫著一塊兒想想。」

「什麼事？」

狄景暉思索著說：「你去過藍玉觀的山洞，有沒有去過裡面的一個小小的輔洞？」

袁從英搖頭：「沒有。我一共才去過那山洞裡面兩次，每次都急著出來，沒在裡頭待久。」

「嗯。其實那個山洞裡頭還有個小小的輔洞，范其信一般就在那個輔洞裡修煉。你知道嗎？韓銳在那個輔洞裡面畫了一幅壁畫。」

「哦？他畫的是什麼？」

狄景暉的臉上露出神秘的笑容：「其實韓斌這小子也見過那畫，可他還太小，看不明白。我當時看到那幅畫時，卻是大吃一驚啊……呵呵，你知道嗎？那是一幅男女交媾的春宮圖。而且，你萬萬想不到畫中的兩個人是誰。」

「是誰？」

「女的是馮丹青。男的嘛，我很長時間也不知道是誰，直到前次在恨英山莊見到張昌宗，才恍然大悟，那個男的就是張昌宗！」

袁從英也不由大吃一驚，迷惑地看著狄景暉道：「這是怎麼回事？」

狄景暉道：「嗯，我前前後後想了好多遍，覺得應該是這麼回事。馮丹青雖然是張昌宗的姨媽，但此二人違反倫理綱常，勾搭成奸。馮丹青來到恨英山莊，其實是為了從范其信手中獲得有奇效的藥物，幫張昌宗博取女皇的歡心。不過這馮丹青倒也有份癡情，為了聊解相思，就畫了這麼一幅春宮圖，還讓韓銳臨摹在山莊正殿的後牆上。然後，她又讓韓銳在春宮之上另畫了一幅圖，蓋住原先那幅，這樣就只有她一人可以睹畫思人了。她本來想的是韓銳是個啞巴，不會把這件事說出去，卻沒想到，范其信讓韓銳在藍玉觀的山洞裡面，憑藉記憶又默畫了一幅一模一樣的壁畫。韓銳真是個天才啊，畫得不差分毫。這樣范其信便得知了馮丹青的隱情。我想，范老爺子起初也不知道那個男人是誰，可是半年多前，他獨自去了趟神都，說是給皇帝獻藥去的，我估摸著就是在那時范其信看到了張昌宗，才算知道了事情的原委。於是，他便回過頭來要脅馮丹青，至於他想達到什麼目的，我也不得而知。反正結果就是把馮丹青給逼急了，也把他的一條老命給送掉了。」

袁從英搖頭歎道：「沒想到還有這樣的隱情。」

狄景暉點頭：「是啊，這事情實在是蹊蹺。最有意思的是，那個男人的身上還畫了朵蓮花，張昌宗不是號稱蓮花六郎嗎？真是滑稽得緊。」

袁從英想了想，問：「你不是把這件事想得很清楚了？還要我幫你想什麼？」

狄景暉含笑道：「這事兒是很清楚了。我想不明白的是，我爹他有沒有把這事告訴皇帝。韓斌帶我爹進過輔洞，我爹也一定把這件事推想得一清二楚了。可問題是，他會不會把事情的真相告訴皇帝呢？他會怎麼說呢？我想了很久，還是猜不出來。要不，你也猜猜？」

袁從英低下頭，冥思苦想了好一陣子，抬起眼睛，搖頭道：「我也想不出來大人會怎麼做。」

狄景暉道：「就是嘛。你看看，我們兩個加在一起都琢磨不透我爹的心思啊。有時候我覺著他也挺不容易的，女皇帝可不好對付。」

「嗯。」袁從英點點頭。

默默地喝了幾杯酒，狄景暉又笑道：「韓斌那個小鬼頭，對你還挺不錯。」

袁從英道：「前些天我下不了床的時候，一直是他在照顧我。他很懂事，是個好孩子。」

狄景暉看了看他，又道：「小孩子有時候真是麻煩啊。我現在別的都不擔心，就擔心我的孩子們。」

「大人不是把你的孩子都接去了嗎？」

「哎，就是這個麻煩啊。女孩兒也就算了，我就擔心我的兒子，不知道會給我爹教成什麼樣子。」說著，狄景暉瞥了一眼袁從英，笑起來，「反正，絕不能教成你這個樣子。」

袁從英一挑眉毛：「我有那麼糟糕嗎？」

「糟糕，非常糟糕！」

「可我看你也不怎麼樣嘛。」

「對，也絕不能教成我這個樣子。」

袁從英想了想，笑道：「既然我們兩個都很糟糕，不如還是讓你的兒子像大人那樣吧？」

狄景暉大樂：「對啊，對啊，我也這麼想。你看，我爹是宰相，如果我兒子像我爹，說不定將來也是宰相。來，為今天的宰相和將來的宰相乾一杯，這杯酒你一定得喝，就這一杯。」

「好！」

二人碰杯，一口飲盡杯中之酒，隨即相視而笑。

洛陽，狄府。

華燈初上，狄府上下已換上了過年用的新鮮紗燈，將整座府邸照得喜氣洋洋。狄忠輕手輕腳走進狄仁傑的書房，看他還是一動不動地坐在書案前，注視著書案上的若耶劍，便悄悄來到他的身邊，喚了聲：「老爺。」

狄仁傑如夢方醒，應道：「狄忠啊，有事嗎？」

「老爺，迎接沈將軍的宴席已經準備好了，您看什麼時候開宴？」

「哦，好啊，馬上就去。沈將軍都安頓好了嗎？」

「安頓好了，就住在原來袁將軍的屋子裡。」狄忠說著，又嘟囔了一句，「本來給他安排的是別間屋，可沈將軍來看了，就要住袁將軍的屋子。」

狄仁傑看了狄忠一眼，微笑道：「那樣也好，從英的屋子那麼空著，也不妥當。你把從英的東西都收拾起來，放到我這裡來吧。」

狄忠道：「其實袁將軍也沒什麼東西，我都收拾好了。」

「哦，那就好。」狄仁傑應了一聲，看到狄忠仍然在那裡欲言又止的模樣，便笑道：「你這小廝，有話便說，不要吞吞吐吐的。」

狄忠猶豫了一下，終於鼓起勇氣問：「老爺，您不會把這劍也送給沈將軍吧？」

狄仁傑聽得一愣，隨即朗聲笑起來：「原來你在擔心這個。你啊，看來你還是不及從英瞭解我啊。」

狄忠撓了撓頭：「老爺，那袁將軍為什麼要把這劍還給您呢？」

狄仁傑含笑搖頭：「你放心，我不會把這劍給任何人的。好了，你這就去請沈將軍入席，我隨後就來。今晚我便要和沈將軍一醉方休。」

狄忠答應著跑了出去。狄仁傑又一次伸出手去，輕輕撫摸著若耶劍，良久，一滴水珠滴上劍鞘，慢慢暈開，映著燭光悠悠閃動。

# 并州迷霧

大唐懸疑錄

作　　者　唐隱
總 編 輯　莊宜勳
主　　編　孟繁珍
出 版 者　春天出版國際文化有限公司
地　　址　台北市信義路四段458號3樓
電　　話　02-7718-0898
傳　　眞　02-7718-2388
E－mail　frank.spring@msa.hinet.net
網　　址　http://www.bookspring.com.tw
部 落 格　http://blog.pixnet.net/bookspring
郵政帳號　19705538
戶　　名　春天出版國際文化有限公司
法律顧問　蕭顯忠律師事務所
出版日期　二〇一八年八月初版
定　　價　360元

本書中文繁體版由四川一覽文化傳播廣告有限公司代理，
經上海紫焰文化傳媒有限公司授權出版

總 經 銷　楨德圖書事業有限公司
地　　址　新北市新店區寶興路45巷6弄6號5樓
電　　話　02-8919-3186
傳　　眞　02-8914-5524
香港總代理　一代匯集
地　　址　九龍旺角塘尾道64號 龍駒企業大廈10 B&D室
電　　話　852-2783-8102
傳　　眞　852-2396-0050



ISBN 978-957-9609-80-7　Printed in Taiwan

國家圖書館出版品預行編目(CIP)資料

并州迷霧 / 唐隱著. -- 初版. -- 臺北市 : 春天出版國際, 2018.08
面；　公分. -- (唐隱作品 ; 5)
ISBN 978-957-9609-80-7(平裝)

857.81　　107013579